In der Wildnis Alaskas wurden vier Straßenjungen zu Männern – und Brüdern.

Wie ein Schlag trifft Gabriel und seine Brüder der Tod des verrückten Ex-Soldaten, der sie damals aus einer gewalttätigen Pflegefamilie gerettet hat. Typisch für den Sarge hinterlässt er seinen Schützlingen schließlich eine letzte Mission: Bringt die sterbende Stadt Rescue wieder zum Blühen.

Gabe hat keinen Bock mehr darauf, ein Held zu sein.

Körperlich und seelisch verwundet, will sich der pensionierte SEAL einfach nur in seiner abgelegenen Hütte verstecken. Sicher will er nicht der Polizeichef einer Geisterstadt sein! Doch ein Befehl ist ein Befehl.

Audrey braucht einen Ort, an dem sie sich verstecken kann.

Nachdem die Bibliothekarin aus Chicago hinter ein schreckliches Verbrechen kommt, wacht sie mitten in der Nacht auf und bekommt es mit einem Auftragskiller zu tun. Verletzt und verängstigt flieht sie und schafft es, ihre Spuren zu verwischen. Neuer Name, neue Identität. Neues Zuhause. Als Audrey lernt, in Rescue zu überleben, verliebt sie sich allmählich in die Stadt ... und in den sexy Polizeichef.

Können sich die unschuldige Introvertierte und der mürrische Polizeichef trotz aller Widrigkeiten ein gemeinsames Leben aufbauen?

KEIN HELD

SÖHNE DES SURVIVALIST
BUCH 1

CHERISE SINCLAIR

VanScoy Publishing Group

Kein Held

@ Deutsche Ausgabe: FP Translations; 2024

@ Originalausgabe: *Not a Hero* by Cherise Sinclair; 2019

Published by VanScoy Publishing Group

ISBN: 978-1-947219-55-7

Dieses Buch enthält explizite Darstellungen sexueller Handlungen und ist nicht für Leser unter 18 Jahren geeignet!

Lektorat: Christian Popp

Cover Art: Bianca Sommerland

PROLOG

Warte nicht darauf, dass dir jemand einen roten Umhang in die Hand drückt und dich einen Helden nennt. Wage einfach den Sprung, verdammt nochmal. – First Sergeant Michael „Mako" Tyne

Der zehnjährige Gabriel MacNair, der mit Kana und Miguel, zwei weiteren Pflegekindern, Baseball spielen wollte, hörte ein Wimmern. Der Laut kam aus dem Hauptschlafzimmer.

Er hielt inne, griff nach dem Türknauf und stoppte. *Nein, du Idiot.* Obwohl er erst seit zwei Wochen in dieser Pflegefamilie war, wusste er es nach dem einen Jahr im System besser, als einfach in das Zimmer eines Pflegeelternteils zu gehen ... und das galt für diesen Mann doppelt.

Phillip hatte große Hände und ein böses Temperament.

Im Raum hörte er Phillip fluchen und knurrte dann jemanden an: „Halt die Klappe, du hässlicher kleiner Scheißer."

„Fass mich nicht an! Geh runter von mir!"

Das war Dereks Stimme.

Gabe holte tief Luft. Alle drei Pflegejungen in diesem Haus waren in Gabes Alter und wie er waren sie bauernschlau. Er

1

mochte sie. Derek redete nicht viel, und er hatte eine gemein aussehende Narbe im Gesicht. An Gabes erstem Tag in diesem Haus, war der Junge jedoch rübergerutscht und hatte seine Bank mit ihm geteilt. Er war in Ordnung.

Aber ... wenn Gabe die Tür öffnete, würde Phillip ihm wahrscheinlich eine Tracht Prügel verpassen. Eine harte Tracht Prügel.

Das Geräusch von einem Schlag war zu hören und dann riss etwas. Derek entließ einen wütenden Schrei.

Mit einem Kloß in seiner Kehle versuchte Gabe, den Knauf zu drehen. Abgeschlossen. Er schluckte schwer. Okay, okay, kein Problem. Er hatte Gramps immer in seinem Schlüsseldienstladen geholfen. Sein Großvater hatte stets gesagt, dass Gabe ein Schloss knacken konnte, bevor er das Laufen erlernt hatte.

Trauer machte sich in ihm bemerkbar. Warum musstest du sterben und mich verlassen, Gramps?

Er nahm das Klappmesser aus seiner Socke und schob leise die Klinge an dem Schließblech des Schlosses vorbei, sodass er die Fallenfeder vom Türpfosten löste. Als die Konstruktion nachgab, steckte er sein Messer weg und machte die Tür auf.

„Hey, Phillip, kann ich ...“ Die leise Entschuldigung starb auf seinen Lippen, als er schockiert auf die Szene vor ihm starrte.

Phillip presste Derek mit dem Gesicht nach unten auf das Bett. Der dicke Schwanz des Mannes wippte aus seiner offenen Jeans. Als er Gabe entdeckte, wurde er rot vor Wut. „Verpiss dich, verdammt nochmal!“

Verängstigt ging Gabe einen Schritt zurück.

Dereks T-Shirt war gerissen und er wehrte sich, trat wie wild um sich.

Ich kann nicht gehen. Sein Herz schlug so hart in seiner Brust, dass es weh tat, als Gabe den Mund öffnete, einen Schlachtruf ausstieß und dann wie ein wilder Stier mit gesenktem Kopf auf Phillip zustürmte. Sein Schädel traf ihn direkt in den Magen und er stolperte seitlich gegen die Wand. „Lauf, Derek! Lauf!“

Keuchend stieß sich Phillip von der Wand ab, holte aus und

beförderte Gabe mit einem Schlag auf den Boden. „Dummer Scheißer."

Gabe krachte beim Fall gegen die Kommode. Sein Kopf drehte sich, aber er versuchte, schnell wieder auf die Beine zu kommen. Und fiel erneut.

Indessen kletterte Derek auf das Bett und stürzte sich auf den Mann.

Ohrenbetäubende Schreie kamen von der Tür, als die anderen beiden Jungen vom Flur in den Raum einfielen und sich an Derek und Gabe ein Beispiel nahmen. Attacke!

Kana, ein großes Kind mit langen schwarzen Haaren, stürzte sich ebenfalls auf Phillip und zusammen mit Derek schlugen sie auf ihn ein. Phillip jedoch schob sie mit Leichtigkeit von sich.

Miguel, der kurze Mexikaner, schwang seinen Baseballschlä-ger. Das Holz traf Phillips Schwanz − und der Schrei, der daraufhin folgte, war furchterregend.

Phillip fiel auf die Knie und hielt sich seine Weichteile.

Schwer keuchend schaffte es Gabe auf die Beine. *Oje*, sie waren alle so am Arsch.

Miguel sah aus, als würde er gleich kotzen, und Kana wich zurück.

Als Derek schwankte, schlang Gabe einen Arm um ihn, um ihn hochzuhalten.

„Mein Gott, was geht hier vor sich?" Ein riesiger Mann stand in der Tür und füllte den Rahmen vollständig aus. Muskelbepackt. Kurze dunkelbraune Haare, die an den Schläfen bereits grau wurden. Die Augen schärfer als Gabes Messer richteten sich auf Phillip, der seinen entblößten Schwanz hielt. Der Kiefer des Fremden spannte sich an, als er auf das Bett schaute, dann zu Gabe und den anderen. „Auf wen hatte es der Perverse abgesehen?"

Derek näherte sich Gabe, hob aber tapfer sein Kinn. „Auf mich."

„Verdammte Stadt. Nicht mal Hosenscheißer sind hier sicher."

Er musterte sie. „Wer von euch hat das Arschloch zuerst angegriffen?"

Gabe hielt sich seinen schmerzenden Kiefer und presste die Antwort heraus: „Ich."

„Ich."

„Ich."

„Yo!" Vier Kinder; vier Antworten.

Gabe wappnete sich, am Oberarm rausgezerrt zu werden. Die anderen fürchteten dasselbe.

Stattdessen krümmte sich der Mund des Mannes zu einem zustimmenden Lächeln. „Ihr Jungs habt Eier. Und habt euch bereits zu einem Team zusammengeschlossen."

Phillip lehnte sich gegen den Nachttisch und tastete nach dem Telefon. „Du hast mich mit einem gottverdammten Baseballschläger geschlagen. Sie werden euch kleine Bastarde für immer einsperren."

Uns einsperren? Angst kühlte Gabes Haut ab und seine Knie bebten.

Der Blick des Fremden wurde eisig. Er machte zwei Schritte, holte aus und schlug mit seiner riesigen Faust auf Phillips Kiefer. Ausgeknockt. Mit einem Schlag.

Anschließend drehte sich der große Mann unbekümmert zu ihnen, stemmte die Hände in seine Hüften und musterte sie.

Am ganzen Körper zitternd positionierte Gabe seine Beine fest auf dem Boden und starrte zu ihm auf. Warum hatte er das getan? Was wollte er?

Erleichtert nahm Gabe wahr, wie Kana seine Schulter gegen seine rieb. Miguel stellte sich auf Dereks andere Seite.

Der Mann nickte, als wäre er zufrieden oder so. „Ich heiße Mako. Ich war nebenan und habe einen alten Kumpel besucht. Er meinte, das hier sei eine Pflegefamilie?"

Das war eine Frage, die harmlos genug war. Gabe nickte.

Mako warf einen Blick auf Phillip. „Ist der Perverse dein Vater oder Onkel?"

„Nein."

Mako runzelte die Stirn. „Wie sieht es mit dem Rest von euch aus? Ist er ein Verwandter von euch?"

Die drei schüttelten den Kopf.

„Ich schätze, das ist gut. Hat einer von euch Familie hier in der Gegend?"

„Nein", murmelte Miguel, während Derek und Gabe den Kopf schüttelten.

Kana schnaubte. „Wäre das der Fall, wären wir nicht hier."

„Richtig, ja, guter Punkt." Das Gesicht des Mannes spannte sich sichtlich an. „Wenn das Arschloch aufwacht, werdet ihr wohl eine Menge Schwierigkeiten bekommen. Ist das richtig?"

Gabe blinzelte Tränen zurück, denn .... ja, genau das würde passieren. Niemand glaubte, was Kinder sagten – nicht, wenn ein Erwachsener etwas anderes behauptete. Wenn Phillip dem Sozialarbeiter sagte, dass die Pflegekinder sich gegen ihn verbündet oder versucht hatten, etwas zu stehlen – Gott, er könnte alles sagen –, dann würde man sie in ein Heim werfen.

Gabe hatte schreckliche Geschichten über diese Orte gehört. *Wir müssen verschwinden, bevor Phillip aufwacht.* Er schaute auf die Tür und merkte dann, dass Mako seinem Gedankengang gefolgt war.

„Ihr würdet wegrennen." Die Augen des Mannes verengten sich.

Keiner antwortete.

„Die Straße ist kein Ort für Kinder", knurrte er. „Und wenn die Kacke am Dampfen ist, stellt ihr kleine Entchen in einem Teich voller hungriger Barsche dar."

Miguel machte ein besorgtes Geräusch. Er war der jüngste und wirklich nett.

Gabe zog die Augenbrauen zusammen. Dinge zu sagen, um Kindern Angst zu bereiten, war nicht richtig.

Gabe versuchte, sich größer zu machen. „Du solltest nicht versuchen, uns zu erschrecken." Als der eiskalte Blick auf ihm zu liegen kam, hätte er fast die Beine in die Hand genommen. Stattdessen presste er die nächsten Worte heraus: „Wir haben keine andere Wahl, Mister."

„Ich heiße Mako, Junge. Sarge ist auch okay." Der Mann fuhr sich mit den Fingern durch die Haare und sah finster drein. „Was für eine beschissene Situation."

Er starrte sie eine Minute an und seufzte dann. „Mein Zuhause ist weit von hier entfernt, und dorthin gehe ich jetzt. Wenn ihr mit mir kommt, werde ich euch großziehen, bis ihr auf eigenen Füßen stehen könnt."

Stille.

Die anderen drei schauten zu Gabe und warteten darauf, dass er eine Entscheidung traf − so, wie sie es seit der ersten Woche getan hatten. Als hätte er irgendeine Ahnung, was er tat. Total verrückt.

Aber wenn sie ihm vertrauten, sollte er besser vorsichtig sein. Er konnte nicht zulassen, dass noch jemand verletzt wurde, und dieser Kerl war riesig. Als sein Gramps im Sterben gelegen hatte, war Gabe auf die Straße gegangen und hatte zusammengesucht, was er finden konnte. Von Geld über Nahrung bis hin zu Medikamenten. Schon zu der Zeit hatte er herausfinden müssen, dass in der Welt schlimme Dinge passierten.

Er musterte Mako. Sauber. Gute robuste Kleidung. Gruselig, aber zäh. Wahrscheinlich recht gemein. Sein Blick jedoch war ehrlich; seine Körpersprache direkt und geradewegs. Keine Anzeichen von Drogen oder Alkohol.

Und er hatte Phillip einen Perversen genannt, als würde er diesen Schlag Mensch verabscheuen.

„Du wirst dich um uns kümmern?", fragte Gabe vorsichtig. „Uns füttern und uns zur Schule schicken?"

Der Mann schnaubte. „In der Wildnis gibt es keine Schule, aber du wirst einiges lernen, Junge. Und dort wirst du besser essen als hier. Du wirst lernen, dein eigenes Fleisch zu jagen, wirst davon leben, was die Natur dir gibt. Und du wirst sicher sein, wenn die Welt zur Hölle fährt."

Würde die Welt bald zur Hölle fahren? Das klang irgendwie verrückt.

Gabe sah zu Phillip. Er bewegte sich immer noch nicht. Verrückt war besser als ein … ein Perverser. Oder in einer Gruppenunterkunft eingesperrt zu sein. Von hier zu verschwinden, wäre klug.

„Ich werde dich begleiten." Gabe traf die Blicke der anderen Kinder und sprach für sie alle. „*Wir* werden dich begleiten."

„Okay, dann lasst uns von hier verschwinden." Der Mann drehte sich um und seine Stimme driftete den Flur hinunter. „Fangt an, euch neue Namen auszudenken."

Mako hatte nicht übertrieben, als er meinte, dass er weit weg wohnte. Der Sergeant – oder Sarge – brachte sie nach Alaska.

Innerhalb eines Monats hatten die anderen drei ihre neuen Namen gefunden.

Ein Elchbulle war auf Kana zugestürmt, sodass er für eine halbe Ewigkeit zwischen Bäumen ausweichen musste, bevor Mako einen Schuss setzen konnte. Das Kind fiel keuchend und lachend zu Boden – denn Kana konnte über alles lachen. Er starrte das riesige Monster eines Elchs an und schlug sich auf die Brust. „Ich werde ihn essen und so groß wie er werden. Ich werde ein riesiger Bulle sein."

Bull hatte seinen Namen gefunden.

Als Miguel ein Kaninchen nur mit Sachen aus dem Wald fing, hatte Mako gemeint, er habe das Zeug zu einem Jäger. Miguel hatte auf die Falle gestarrt, die er gebaut hatte, und geflüstert: „*Cazador. Me llamo Cazador.*"

Miguel hatte noch nicht viel Englisch gelernt, aber der Sergeant konnte Spanisch. „Du willst *Cazador* genannt werden?"

Miguel nickte.

Mako verschränkte die Arme vor der Brust. „Bedeutet Jäger. Ja, das ist eine gute Wahl, Junge. Du bist Cazador."

Als Derek zum ersten Mal sah, wie ein Falke von einem Ast startete und sich im Sturzflug eine Maus schnappte, wusste er, wie er genannt werden wollte. In all den Jahren seither hatte Hawk seine Faszination für die Raubvögel nie verloren.

Nur Gabe hatte sich geweigert, einen neuen Namen zu wählen, weil Gramps gesagt hatte, Mama habe seinen Namen speziell für ihn ausgesucht. Sie hatte genau gewusst, wer er einmal sein würde. Gabriel war ein Schutzengel, der Bote Gottes. Sie hatte gesagt, sie wisse, dass ihr Sohn eines Tages ein Beschützer sein würde. Ein Held.

Er würde seinen Namen nicht aufgeben ... oder ihren Traum für ihn.

Er versuchte, nicht wie ein Feigling zu zittern, als er dies dem Sarge mitteilte.

Mako war lange still geblieben und sagte dann: „Kann nichts gegen die Hoffnungen einer Mutter sagen. Gott weiß, dass diese verdammte Welt mehr Helden braucht."

KAPITEL EINS

Gabriel hatte sich als Held versucht. Er diente als Navy SEAL, Polizeibeamter und als Söldner. Und nun hatte er seinen Umhang endgültig an den Nagel gehängt.

Die Leute wollten keine Helden.

Und er hatte es satt, seinen Hals für andere zu riskieren.

Nein, er würde von nun an von dem Status als Held Abstand nehmen. Genau wie von Menschen. *Etwas anderes kommt nicht in Frage.*

Mit steifen Knochen erhob er sich von der Stelle, an der er auf der Veranda gekniet hatte. Der Stuhl mit Leiterlehne, den er selbst angefertigt hatte, war fertig. Hinkend trug er ihn rein und stellte ihn an den Küchentisch. Nicht schlecht, aber er hatte ewig dafür gebraucht. Ein müdes Grinsen zierte seine Lippen. Wenn er versuchte, seinen Lebensunterhalt mit dem Bau von Möbeln zu verdienen, würde er verhungern.

Kopfschüttelnd ging er zurück nach draußen. Langer Winter, kleine Hütte. Er musste draußen sein.

Der Frühling war endlich auf der Kenai-Halbinsel in Alaska angekommen. Ein paar Wochen zuvor hatte sich der Fluss in der Nähe von Makos alter Hütte als beeindruckende Wasserflut mit massiven Eisbrocken gezeigt. Jetzt normalisierte sich der Wasserstand und der Schnee verschwand.

Zurück auf der Veranda streckte er sich. Seine linke Schulter und Hüfte pochten, als wären sie nachtragend, und doch war das Gefühl weit entfernt von den stechenden Schmerzen, die er bei seiner Ankunft im letzten Herbst erleiden musste. Damals hatte er sich wie ein Invalider nach einer Schusswunde bewegt, denn genau das war er. Jetzt erschien sein Hinken nur, wenn er ein Idiot war und sich überanstrengte. Ein Idiot, den er darstellte, seit der Schnee zu schmelzen begann.

Er sollte irgendwann nach Seward reinfahren. Er war seit seiner Ankunft im letzten Herbst nicht mehr dort gewesen. Wahrscheinlich stapelte sich die Post in seinem Postfach.

Die Post konnte dortbleiben und verrotten. Nach dem verheerenden Hinterhalt auf sein Söldnerteam, der hätte verhindert werden können, wenn ihn das Unternehmen nicht angelogen hätte, hatte er gekündigt und war hierhergekommen – zu dem Ort, an dem er aufgewachsen war.

Die völlige Isolation von Sarges alter Hütte war genau, was er gebraucht hatte, um von den Leuten wegzukommen. Er schüttelte den Kopf. Wie sogenannte Menschen einander so unaussprechliche Dinge antun konnten, würde er nie verstehen. Als Polizist hatte er Verbrechen gesehen, die für Geld, Sex und Drogen begangen wurden. Bei den Navy SEALs und als Söldner war er Zeuge geworden, wie Menschen um Macht, Territorium, Religion und Rasse kämpften. Die Gräueltaten, die er mit eigenen Augen gesehen hatte.

Mit dem Hinterhalt auf sein Söldnerteam im letzten Herbst hatte er seine Belastungsgrenze erreicht. Sein Kiefer spannte sich an, bis es an Schmerz grenzte. Schließlich atmete er aus. *Hör auf, Dummkopf.* Die Vergangenheit gehörte in die Vergangenheit.

Hier draußen gab es weit und breit keine Menschenseele. Die Hütte lag am Arsch der Welt. *Perfekt.* Kein Strom, kein fließend Wasser. Ziemlich heruntergekommen, trotz der Arbeit, die er im

Winter investiert hatte. Als Mako ihn und die anderen Jungs vor über zwanzig Jahren hierhergebracht hatte, war das Blockhaus ein Zimmer mit einem Dachboden gewesen. In diesem Sommer hatten sie die Größe verdoppelt und mit der ersten Lektion begonnen. Bautechniken, Gehorsam, Respekt, Überleben und Erste Hilfe.

Vor sieben Jahren hatten Gabe und seine drei Brüder den Sarge überredet, das Gebiet zu verlassen und in die Nähe von Rescue zu ziehen, wo ein alter Kriegskamerad von ihm wohnte. Gemeinsam kauften sie ein riesiges, abgelegenes Grundstück und bauten fünf Hütten, obwohl dort nur Mako dauerhaft gelebt hatte.

Gabe hatte ihn so oft besucht, wie er konnte – sie alle hatten das –, aber er war nicht bei ihm gewesen, als Mako ihn wirklich gebraucht hatte. Als er letzten Herbst gestorben war.

Gott! Die überschwänglichen Schuldgefühle und die Trauer höhlten einen Platz um sein Herz aus. Oktober. Ein dunkler, hässlicher Monat. Zuerst der Hinterhalt in Südamerika. Seine Männer schrien, brüllten, fielen, starben. Er hatte sie nicht lange gekannt, aber sie waren seine Leute gewesen, und er hatte versagt. Er hätte niemals den bereitgestellten Informationen vertrauen dürfen … oder dem Unternehmen.

Nach einer Operation, um den Schaden durch die Kugeln wieder in Ordnung zu bringen, war er zurück in die Staaten geflogen worden, um hier seine Genesung zu beenden. Er war nach dem langen Flug aufgewacht, hatte den beißenden Geruch eines Krankenhauses wahrgenommen und Menschen im Korridor nicht weit von seinem Bett gehört. Der Schmerz in seiner Schulter und Hüfte war sengend gewesen.

Als er die Augen geöffnet hatte, standen Caz und Bull neben ihm. Sie hatten verloren ausgesehen.

Und sie hatten ihm von Makos Tod erzählt.

Gabe schluckte an der Enge in seiner Kehle vorbei. Warum hatte er immer noch das Gefühl, einen Teil von sich selbst

verloren zu haben? Der Sarge war vor Monaten bei einem Autounfall ums Leben gekommen.

Autounfall, von wegen. Er hatte Selbstmord begangen. Das hatte
er in seiner Abschiedsnotiz deutlich gemacht.

- - - -

*Wenn ihr das lest, bin ich tot. Schon bald werde ich von einer Klippe
fahren. Schade um das Fahrzeug, aber was will man machen. Ich habe vor
einiger Zeit eine Diagnose erhalten. Krebs. Kein Wunder nach dem Mist,
den sie in Vietnam auf uns gesprüht haben. Die Ärzte sagen, sie können
einen Scheiß für mich tun, und ich habe immer gesagt, ich würde selbst
entscheiden, wann das Leben seine Würze verliert – das ist jetzt passiert.*

*Auch die Albträume werden wieder schlimmer. Die PTBS – meine
Fresse, wer hat sich diesen Namen nur ausgedacht? – wurde besser, als ich
euch vier zu mir geholt habe. Euch alle großzuziehen, gab mir eine
Mission. Hat die bösen Gedanken abgewehrt – meistens. Es tut mir leid,
dass sie mich hin und wieder gefunden haben und euch das erschreckt hat.*

- - - -

Gabe schüttelte den Kopf. Ja, Mako hatte sie immer wieder
erschreckt. Der Sergeant hatte in Vietnam gedient, und es gab
Trigger, die den Wahnsinn in ihm freisetzten: Das Geräusch eines
Hubschraubers oder der unerwartete Geruch von Diesel. Feuerwerk. Bei bestimmten Geräuschen suchte er mit weit aufgerissenen Augen nach Deckung. Schlimmer noch: Manchmal war er
plötzlich in den Wald gerannt, nur um Tage später hager und
schweigsam zurückzukehren.

Wenn er aber nicht gerade rannte oder mit einem Flashback
kämpfte, brach sein Temperament aus ihm heraus.

Drill Sergeants konnten grausame Dinge sagen.

Als ahnungslose Kinder hatten sie zunächst nicht verstanden,
aber Cazador, der Menschen schnell begriff, hatte schließlich

herausgefunden, dass der Sarge aus Kriegszeiten an PTBS litt – von einem Krieg, der stattgefunden hatte, bevor sie auf die Welt gekommen waren. Mit der Zeit hatten sie gelernt, wie man die Auslöser vermied ... und was zu tun war, wenn es ernst wurde.

Gabe rieb sich über das Gesicht und den rauen Bart, den er schon länger nicht mehr getrimmt hatte. Er hatte jetzt seine eigenen Albträume von Krieg und Tod und verdammt viel Respekt dafür, wie gut sich Mako geschlagen hatte.

Der Sarge wäre der Erste, der verstehen würde, warum sich Gabe in der Hütte versteckte ... und er wäre der Erste, der ihm in den Arsch treten würde, damit er das Versteck verließ.

Aber Gabe hatte bisher keinen Grund gefunden, die Hütte zu verlassen.

An einen Verandapfosten gelehnt, atmete er ein. Der frische Duft des Frühlings kam mit Vorfreude. Wirklich ... nervig.

Mit der freien Hand massierte er seine pochende Schulter. Es tat nicht allzu weh, wenn man bedachte, wie viel Arbeit er diese Woche geleistet hatte. Die Verletzungen waren so gut wie verheilt.

Sein Verstand jedoch? Nicht wirklich. Wie Grayson, der Psychologen-Freund des Sarges, ihn gewarnt hatte, hatte die Isolation es noch verschlimmert.

Das Land taute unter der Frühlingssonne auf, und er war sich nicht sicher, ob er das jemals würde.

Aber er hatte hier in Makos alter Hütte etwas Ruhe gefunden. Manchmal fühlte es sich an, als könnte er den Sarge hier draußen wahrnehmen. Mako hatte diesen Ort geliebt. Die Hütte war zu drei Seiten von Fichten, Birken und Pappeln umgeben. Ein mit Erlen gefüllter Hang führte zum Fluss, wo die Sonne das letzte verbliebene Eis entlang des Flussufers zum Funkeln brachte. Ein paar Brocken zeigten sich immer wieder im türkisfarbenen Wasser.

Als er das Wasser beobachtete, verstummten die Vögel. Er hörte das herannahende Geräusch von einem – nein, zwei –

Quads, die über die nahezu unpassierbare Schotterstraße zur Hütte herunterkamen.

Er ging in die Hütte, zog seine alte Mossberg-Schrotflinte vom Gestell und kehrte auf die Veranda zurück.

Auf der Lichtung stiegen zwei Männer von ihren Quads und näherten sich der Hütte. Ein bärengroßer Mann und ein kleinerer, schlankerer Typ, der sich mit der tödlichen Anmut eines Luchses bewegte.

Meine Fresse. Fuck.

Caz schob seine Kapuze zurück und blickte auf die Schrotflinte. *„Buenos días, 'mano.* Erschießt du jetzt schon deine Besucher?"

Bull schnaubte. „Er war Sarge schon immer am ähnlichsten."

Gabes Brüder schlenderten zur Veranda.

Mit einem genervten Grunzen ging Gabe hinein, um die Schrotflinte wieder in das Gestell zu legen, während die beiden ihre Stiefel und Mäntel im Eingang auszogen. „Was zum Teufel wollt ihr?"

„Wir wollten nur sichergehen, dass du noch lebst." Bull ging in die Haupthütte.

„Ich lebe." Gabe deutete mit einem nicht ganz so subtilen Nicken auf die Tür.

Sie ignorierten ihn.

„Netter Versuch. Wird nicht funktionieren." Bull zog ihn in eine einarmige Umarmung.

Gabe erstarrte. Es war ein langer Winter ohne Menschen gewesen. Aber okay – *okay* – er liebte seine Brüder. Mit einem Seufzer erwiderte er die Umarmung. „Hey, Bruder."

„Ich habe dich vermisst, *Viejo.*" Auch sein anderer Bruder ließ sich eine Umarmung nicht entgehen. Zuerst als Sanitäter, dann als Nurse Practitioner, hatte Caz das größte Herz von allen und das hitzigste Temperament. „Es ist zu lange her."

Ja, von Herbst bis ... „Welcher Monat ist es überhaupt?"

Caz schüttelte den Kopf. „Mai. Fröhlicher Cinco de Mayo. In zwei Tagen."

Mai? Es war wirklich eine Weile her. Er schnaubte. „Ich bin überrascht, dass Zachary Grayson nicht aufgetaucht ist. Im vergangenen Herbst sagte er, wenn ich nach dem Eisbruch nicht vom Berg käme, würde er kommen und mich ausgraben."

Bull grinste. „Er hat mich letzte Woche angerufen und nach dir gefragt. Seine Frau hat gerade ein Kind zur Welt gebracht, also konnte er sich nicht sofort losreißen, sagte aber, dass du in ein paar Wochen Besuch bekommst, wenn du dich immer noch hier versteckst."

„Verdammter Psychologe." Dennoch fühlte es sich ... gut an, zu wissen, dass sich Grayson sogar mit einem neuen Baby Sorgen um ihn machte.

Augenblick mal. Noch ein Baby? Er zählte rückwärts an seinen Fingern. „Gott, sie muss im letzten Herbst bereits schwanger gewesen sein." Als Graysons Stalker ... Der Gedanke erschütterte ihn bis ins Mark und er holte tief Luft.

Alles gut, MacNair. Das Baby war anscheinend gesund und munter. Es ging allen gut. Er sah zu Bull. „Also bist du hier, um Antworten auf seine Fragen zu bekommen?"

„Nein. Wir möchten mit dir über ein Problem sprechen." Bull marschierte zum Küchenbereich.

Durch die beiden zusätzlichen Personen fühlte sich die Hütte so viel kleiner an. „Probleme sind nicht mehr mein Ding."

Dennoch sickerten Schuldgefühle durch seine gletscherkalte Benommenheit, denn er war gut darin, Probleme zu handhaben. *Jedenfalls war er das mal.* Er war es gewohnt, die Führung zu übernehmen ... in Pflegefamilien, mit seinen Brüdern, im Militär, bei den Strafverfolgungsbehörden und mit dem Söldnerunternehmen. Er brachte Leute zusammen und reparierte, was kaputt war.

Das Problem: er war es jetzt, der gebrochen war.

„Dann hör zu und sag uns, was wir deiner Meinung nach tun

sollen." Bull goss sich eine Tasse Kaffee ein und fuhr mit der Handfläche über den neuen Küchenstuhl. „Gute Arbeit."

„Danke."

Mit dem Kaffeebecher in der Hand ließ sich Bull auf die alte braune Couch fallen und stellte seine Füße auf die Ottomane.

Gabe blickte finster drein. Verdammt! Wenn es sich seine Brüder erstmal bequem gemacht hatten, konnte sie niemand mehr bewegen. Nicht, dass Gabe es versuchen wollte, denn Bulls kindlicher Wunsch, zu einem Riesen heranzuwachsen, war in Erfüllung gegangen. Zum Glück hatte er nicht die reizbare Persönlichkeit eines männlichen Elches. Die brauchte er auch nicht. Er würde einfach alles in den Boden rammen, was ihn ärgerte.

Mit einem resignierten Seufzer holte sich Gabe seinen eigenen Kaffee und setzte sich.

Caz füllte eine Tasse und warf einen Blick auf die offenen Regale in der Küchenecke. „Dein Nahrungsvorrat ist spärlich."

„Das Ende des Winters bringt das mit sich. Klar ist fast alles aufgebraucht."

Cazador wählte seinen Lieblingssessel, öffnete seinen Rucksack, nahm ein Paket heraus und warf es Gabe in den Schoß. „Iss die, während wir reden."

Gabe schaute nach unten. Oreo-Cookies. Doppelt gefüllt. Sein liebstes Junkfood. Caz verstand die Menschen – und er vergaß nie etwas.

Gabe lief das Wasser im Mund zusammen. Ihm waren vor weit über einem Monat Zucker und Süßigkeiten ausgegangen.

Er musste sich räuspern. „Danke." Der erste Biss war eine Symphonie aus Geschmack und Textur, wie Sex nach einer langen Durststrecke. „Gute Bestechung."

Was bedeutete, dass er sich anhören musste, was seine Brüder zu sagen hatten. Vielleicht waren sie nicht durch Geburt oder gar Adoption miteinander verbunden, da Mako sich nie um den Papierkram gekümmert hatte, aber sie waren trotzdem Brüder.

Der Bund zwischen ihnen hatte sich gestärkt, nachdem sie sich Phillip stellen mussten, sie zusammen aufgewachsen waren, Erfahrungen geteilt, getrauert und Blut und Tränen vergossen hatten – und aus praktischen Witzen und dem nächtlichen Geflüster.

Am Anfang hatte der Sarge sie immer als Team bezeichnet. Später nannte er sie einfach Brüder.

Gabe nahm einen weiteren Keks und warf Bull einen fragenden Blick zu. „Worum geht es bei diesem sogenannten Problem?"

„Du hättest in die Stadt gehen sollen, um deine Post abzuholen."

„Zu viel zu tun."

„Das Problem ist wohl eher, dass du Pferd deinen Stall zu sehr liebst."

Gabe funkelte ihn genervt an. Verdammt, er war kein Pferd, das nicht bereit war, den Stall zu verlassen.

Nach einem Blick auf den Kaffee in seiner Tasse runzelte Bull die Stirn, nahm einen vorsichtigen Schluck ... und verzog das Gesicht.

„Kaffee nicht nach deinem Geschmack?" Gabes Mundwinkel zuckten. Der Kaffee stand schon seit Stunden herum.

Bull war in Sachen Essen und Trinken ein pingeliger Bastard. Nachdem er die SEALs verlassen hatte, hatte er eine Brauerei in Anchorage eröffnet, dann ein Restaurant, das so beliebt geworden war, dass er ein weiteres auf der Halbinsel platziert hatte.

Gabe deutete mit seiner Tasse. „Trink ihn. Vielleicht führt er endlich zu Haaren auf der Brust."

„Ich bin Polynesier. Den *Haare auf der Brust*-Blödsinn machen wir nicht."

Der Anflug von Belustigung kam unerwartet und weckte Erinnerungen. Sie hatten Bull wegen seiner glatten und geschmeidigen Haut stets geärgert. Damals, als Gabe, Caz und Hawk jedes neu gekeimte Haar auf ihren schmächtigen Oberkörpern gezählt hatten. Gabe zog eine Augenbraue hoch. „Ich bin neugierig, aber ist dir bewusst, dass dein Kopf so nackt ist wie der Hintern eines Babys?"

„Was, *ehrlich?*" Bull fuhr mit der Hand über seine rasierte Kopfhaut und setzte einen entsetzten Ausdruck auf.

Caz lachte und sah zu Gabe. „Hat mich auch schockiert."

„Er beschuldigte mich, eine Midlife-Crisis zu haben." Bull grinste nur und fuhr über seinen Spitzbart.

Gabe bemerkte, dass der schwarze Bart graue Strähnen aufwies. Graue Haare – jetzt schon. Im Krankenhaus hatte Gabe einige Strähnen in seinen eigenen Haaren bemerkt. Andererseits war es schon ein paar Jahre her, seit er die 30er-Marke überschritten hatte.

Aber dreißig war nicht so alt. „Midlife, von wegen. Also, was ist nun mit meiner Post?"

„Hier, alter Mann." Schmunzelnd übergab Caz ein paar Briefe, zusammen mit einem braunen Briefumschlag. „Wir haben auf dem Weg hierher am Postfach Halt gemacht."

Nachdem Gabe durch die Werbung geschaut hatte, öffnete er den großen Umschlag und zog ein Bündel Papiere heraus. Die Unterschrift auf der ersten Seite ließ ihn zusammenzucken. „Von Mako?"

„Sein Anwalt hatte die Anweisung, die Sachen letzten Monat zu verschicken", sagte Bull. „Es geht um Rescue."

Mako hatte sich für die winzige Stadt entschieden, weil er dort einen alten Kameraden aus Vietnam-Zeiten kannte. Obwohl ein Freund in der Nähe mit der PTBS geholfen hatte, hatte es dem Sarge nie zugesagt, viele Menschen um sich rum zu haben. Er war ein Survivalist bis auf die Knochen, ein Einsiedler, ein Prepper, bevor das Wort überhaupt in Mode gekommen war.

Gabe schluckte seine Trauer hinunter und las den kurzen handgeschriebenen Brief.

· · ·

Meine Jungs,
der größte Stolz, den ich in meinem Leben habe, seid ihr vier, und
selbst, wenn ich sonst nichts in meinem Leben erreicht hätte, könnte ich
nicht glücklicher sein, dass ich euch von LA nach Alaska gebracht habe.

Gabe blinzelte, als seine Augen mit herannahenden Tränen
brannten.

Ich habe auf die harte Tour gelernt, dass ein Mann nach dem Verlassen des
Militärs verloren gehen kann, und dass er entweder für etwas kämpfen
oder etwas aufbauen muss. Mein Erbe an euch ist dies – eine neue Mission.
Willkommen in Rescue. Haltet euch fest, Männer ... Euch gehört jetzt die
Hälfte der Stadt.
Der Tod war stets Teil eures Lebens. Es wird Zeit, dass ihr stattdessen
etwas kreiert. Erweckt diese Stadt wieder zum Leben.
Das ist ein Befehl.

Was zum Teufel? Ihnen gehörte ein Teil von Rescue?

Verunsichert las Gabe den Brief erneut.

Die Bergstadt, die nur wenige Stunden von Anchorage
entfernt lag, hatte als Raststätte und Gemischtwarenladen für die
Goldgräber der 1890er Jahre begonnen. Rescue wuchs wieder, als
das *McNally's* Resort Mitte des 20. Jahrhunderts eröffnet wurde.
Aber vor einem Jahrzehnt schloss das Resort und Rescue vege-
tierte seither dahin.

„Wieso war der Sarge der Meinung, dass wir in der Lage sind,
eine Stadt wiederzubeleben?" Gabe sah auf.

„Schau dir den Brief des Anwalts an." Caz deutete auf das
Paket. „Es scheint, dass ein Konsortium eine Menge Geld in die
Modernisierung des alten Resorts gesteckt hat. Das *McNally's*
wurde in diesem Frühjahr wiedereröffnet."

Bull nickte. „Es gibt ein schickes Hotel, Skilifte, heiße Quellen. Ein Golfplatz ist in Arbeit. Den Scheiß, den Leute im Sommer und Winter eben machen wollen."

In den Unterlagen fand Gabe auch eine Karte von Rescue. Bei seinen Besuchen war er selten in die Stadt selbst gegangen. Sie war durch eine Abfahrt vom Sterling Highway zu erreichen, der nach Homer führte – und die Straße durch die Stadt endete am Resort.

Es gab keinen anderen Weg, zum *McNally's* zu kommen.

„Interessant. Es wird eine Menge Touristen geben, einschließlich Skifahrern, die nach billigen Unterkünften suchen." Wenn er sich aber richtig erinnerte, hatte die Stadt nicht viel mehr als ein paar Geschäfte. Haushaltswaren. Postamt. Makos alter Kriegskumpel Dante besaß das Lebensmittelgeschäft.

„Resort-Mitarbeiter auch", kommentierte Bull.

Ein Zustrom von Touristen in eine unvorbereitete Stadt? „Das kann nur schief gehen. Der verfluchte Sergeant und seine Missionen."

Gabe blätterte durch den Rest der Dokumente. Eine Notiz des Anwalts. Kopien von Rechtsansprüchen auf Grundstücke und Gebäude in der ganzen Stadt. Zusätzlich zu ihren Hütten gehörte ihnen nun ein Restaurant, ein Gartencenter, ein Hotel und einige Geschäfte. Alle hatten in der Vergangenheit die Türen geschlossen.

Makos Erwartungen waren klar.

Gabes Eier schrumpften bei dem Gedanken, den Sarge zu enttäuschen, auf Erdnussgröße zusammen. Sie hatten schon früh gelernt, dass weniger als hundertzehn Prozent Aufwand ein vernichtendes Urteil nach sich zog. Selbst die erste höllische Woche der Navy SEALs war im Vergleich zu seinem ersten Jahr mit dem pensionierten Green Beret ein Kinderspiel gewesen.

Er funkelte den Brief an. „Ich vermisse diesen verrückten Bastard, aber, mein Gott, niemand kann eine Person so gut manipulieren, wie das ein alter Drill Sergeant schafft."

„Ich wette, er lacht sich gerade den Arsch ab." Caz grinste. „Er dachte wahrscheinlich, dass es eine angemessene Rache für die Art und Weise war, wie wir ihn gezwungen haben, in die Stadt zu ziehen."

„Würde mich nicht wundern." Bulls tiefes Lachen war wie ein Nebelhorn.

„Ich kann nicht glauben, dass er das Geld, das wir ihm zukommen ließen, zum Kauf von Immobilien genutzt hat", murmelte Gabe. Sie hatten alle einen Teil ihrer Gehaltsschecks an Mako geschickt. „Es war dazu gedacht, ihn zu unterstützen, nicht um ... das zu tun."

„Es ist nicht so, als hätte er jemals Geld für irgendetwas ausgegeben – außer vielleicht für militärische Ausrüstung, Luftschutzbunker und Notrationen." Bull sah ihn aus den Augenwinkeln an. „Apropos, Militär, wir haben seit Dezember nichts mehr von Hawk gehört. Das Unternehmen sagt, er sei gerade nicht im Land."

Private Militärunternehmen waren nicht besonders gut darin, die Sorgen von Familien zu beschwichtigen. Und dieses Unternehmen stank mittlerweile bis zum Himmel. „Hawk wird sich melden, wenn er in die Staaten zurückkehrt. Dann wird auch er das Paket bekommen."

„Ich schätze, das ist alles, was wir uns erhoffen können", sagte Bull. „Also, zurück zum Thema. Caz und ich sind jetzt seit einem Monat in Rescue. Ich baue dort das alte Rasthaus um. Das Roadhouse."

„Was ist mit deinen Restaurants in Anchorage und Homer?"

Er verschränkte die Hände hinter dem Kopf. „Dafür hat Gott Manager erschaffen."

Ja, das war Bull, der unkomplizierteste Typ auf dem Planeten. Gabe sah zu Caz. „Und du?"

„Sie hatten dort einmal eine Klinik. Ich werde sie wieder öffnen."

„Klingt, als hättet ihr alles abgedeckt. Wieso seid ihr also hier?" Gabe lehnte sich auf seinem Stuhl zurück. Die Freude, seine Brüder zu sehen, verblasste. Er musste allein sein, isoliert, umgeben von Wald.

Bäume sprachen nicht; Bäume brauchten ihn nicht.

Caz musterte ihn über den Rand seiner Kaffeetasse. „Wir wollten, dass du von Makos Anfrage erfährst."

Bull schnaubte. „Von wegen Anfrage. Das ist ein Befehl."

„Und zufällig haben wir Probleme in der Stadt", sagte Caz.

Gabe erstarrte. „Und das hat genau was mit mir zu tun?"

„Der Umbau des Rasthauses wird sabotiert." Bull zog die Augenbrauen zusammen. „Ausrüstung und Materialien wurden gestohlen. Vor zwei Tagen hat jemand alle neuen Fenster eingeschlagen."

Caz nickte. „Das Gleiche gilt für die Klinik."

Besorgnis entfachte in Gabe so schnell, wie er sie im Keim erstickte. „Hat die Polizei etwas unternommen?"

„Rescue hat keine Polizei." Caz zuckte mit den Schultern. „Die State Trooper sind die einzigen, die zur Verfügung stehen, aber sie sind gerade nicht vor Ort. Oder sehr interessiert. Da Rescue als kreisfreie Stadt zählt, sollten wir unsere eigene Polizei haben."

Zur Hölle nochmal. „Hat sonst noch jemand Probleme oder nur ihr zwei?"

Bull fuhr mit den Fingern über seinen Spitzbart. „Ich habe bisher noch nicht viel mit den Einheimischen gesprochen. Ich hatte viel zu tun. Und meine Bauarbeitercrew stammt aus Soldotna, da Rescue keinen Bauunternehmer hat."

Caz schüttelte den Kopf. „Ich weiß es auch nicht. Ich werde mit Papierkram überhäuft, und versuche, etwas in Bewegung zu bringen."

„Denkt ihr, jemand zielt es direkt auf die Kinder des Sergeants ab?", fragte Gabe. Schließlich war Mako nicht gerade der höflichste Kerl aller Zeiten gewesen, wenn er jemanden unausstehlich fand.

„Das bezweifle ich", sagte Caz. „Abgesehen von Dante und ein paar anderen hat niemand in der Stadt Mako persönlich kennengelernt. Was auch bedeutet, dass uns niemand kennt."

Gabe überlegte: *Alte verschlafene Stadt. Neueröffnetes Resort. Touristen. Bull und Caz eröffnen Geschäfte.* „Könnte sein, dass jemandem die Veränderungen missfallen. Vielleicht jemand, der nichts von Leuten aus der Großstadt hält." Wenn er ehrlich war, konnte Gabe mit dem Verantwortlichen mitfühlen, der keine Scharen lauter Touristen in der Stadt wollte. „Ihr könntet ..."

Gabes Stimme verstummte, als er den erwartungsvollen Ausdruck auf den Gesichtern seiner Brüder sah. Ja, sie hatten ihn am Haken. Die Arschlöcher.

„Wir brauchen jemanden, der in Rescue dem Gesetz Geltung verschafft. Wir brauchen dich, *Viejo*", sagte Caz leise.

Alter Mann. Einer von Gabes Spitznamen. Denn er war ein ganzes Jahr älter als Bull und Hawk und zwei Jahre älter als Caz. Weil sie gehört hatten, dass der Sarge seinen Kompaniechef liebevoll als *Alten Mann* bezeichnet hatte.

Weil Gabe immer die Führung übernommen hatte und seine Brüder gefolgt waren.

Er versuchte, das Eis um seine Seele herum zu verdicken, und fühlte, wie es stattdessen dünner wurde – wie das Eis im Fluss wurde es weggetragen.

Verdammt, er war kein Held. Die Rescue-Bewohner waren ihm scheißegal. Er wollte sie nicht beschützen. Die Menschen waren sein Leben – oder seinen Tod – nicht wert.

Aber seine Brüder waren es wert ... Sie waren alles wert, was er zu geben hatte.

Zur Hölle nochmal ...

Kampflos würde er sich aber nicht ergeben. „Ich werde es mir überlegen."

KAPITEL ZWEI

Die erste Maiwoche an der University of Illinois Chicago war eine anstrengende Zeit, in der sich Studenten und Dozenten auf die Abschlussprüfungen in der darauffolgenden Woche vorbereiteten. Was bedeutete, dass auch die Partys zum Ende des Semesters bereits in vollem Gange waren.

Am Donnerstagabend warf Audrey Hamilton in ihrem Rückspiegel einen Blick zurück auf die Universität. Ihre Kollegen aus der Universitätsbibliothek machten sich auf den Weg zu einer Fakultätsparty.

Wie immer hatte sie Ausreden gefunden, nicht zu kommen.

Sie musterte sich im Spiegel. *Du bist ein schüchterner, rückgratloser Feigling. Ein wirbelloses Tier in menschlicher Form.*

Die Wahrheit tat weh.

Sie liebte an ihrem Job den Teil mit den Empfehlungen. Sie genoss es, Studenten und Dozenten dabei zu helfen, die Materialien zu finden, die sie benötigten, um ihre Arbeit abzuschließen.

Die Dinge, die damit einhergingen? Arschkriecherei und Networking? Das gehörte ganz und gar nicht zu ihren Fähigkeiten und lag weit außerhalb ihrer nerdigen Komfortzone.

Und heute Abend war sie geflohen, anstatt sich ihren Ängsten zu stellen und an der Mitarbeiterparty teilzunehmen. Mit einem Seufzer ließ sie sich auf eine verregnete Fahrt durch den Berufsverkehr ein.

Auf dem Parkplatz ihres Apartmentkomplexes bog sie auf ihren persönlichen Stellplatz ein und wäre dabei fast gegen das ramponierte gelbe Auto gefahren, das dort geparkt hatte. Das hohe Quietschen beim Bremsen weckte wahrscheinlich jede Katze in der Nachbarschaft.

Sie starrte das unbefugte Fahrzeug an. *Echt jetzt? Das ist mein Parkplatz!* Knurrend legte sie den Rückwärtsgang ein und entdeckte schnell, dass die Besucherparkplätze von Gebäude C alle voll waren ... ebenso wie die von Gebäude D und E.

Schließlich fand sie einen Parkplatz vor Gebäude F. F für *fuck* – ein Wort, das unendlich befriedigend war, ob gemurmelt oder gebrüllt.

Bevor sie aus dem Auto stieg, zog sie ihr Handy aus ihrer Handtasche. Keine Anrufe von Quentin.

Fuck, fuck, fuck. Sie tippte seine Nummer ein. Wieder einmal. Keine Antwort. Wieder einmal.

Mittlerweile machte sie sich wirklich Sorgen um ihn. Wo war ihr Kunde? Er hatte versprochen, sie anzurufen, und ja, als Autor verfiel er beim Schreiben schnell in einen Tunnelblick, aber heute hatte er zur Recherche ein paar Leute interviewen wollen. Menschen, die beängstigend sein konnten.

Im Moment konnte sie jedoch nichts tun. Sie warf sich ihre Handtasche über die Schulter und schnappte sich ihre Einkaufstüten. Mit einer schweren recycelbaren Tasche an jedem Arm hielt sie im Nieselregen inne und betrachtete die Entfernung zu ihrem Gebäude. Ihr Laptop müsste erstmal im Kofferraum bleiben. Laptops und Regen – keine gute Kombination.

Sie war durchnässt, bevor sie am ersten Gebäude vorbeigegangen war. Der Frühling in Chicago war so ... schön. Wirklich. Sie liebte den Regen. Würde ihn jedoch mehr lieben, wenn sie bei diesem Wetter das Haus nicht verlassen müsste.

Bis sie sich ihrem Gebäude näherte, keuchte sie bereits wie eine Dampfmaschine. Heilige Scheiße, vielleicht sollte sie ab und zu das Fitnessstudio des Komplexes besuchen.

Vielleicht auch nicht.

Sie schnaubte ein Lachen heraus. Sie war ein fauler Nerd und stolz darauf. Deshalb war der Winter die beste Jahreszeit. Da konnte sie es sich auf ihrer großen Couch mit einer Tasse heißer Schokolade bequem machen und lesen.

Schon aus der Ferne sah sie, dass die Sicherheitstür ihres Gebäudes offenstand. Dröhnende Rockmusik und lautes Lachen strömten wie ein Wasserfall aus einer Wohnung in den höheren Etagen. Jemand gab eine Party. Kein Wunder, dass der Parkplatz so überfüllt war.

Es gab Tage, an denen sie sich wünschte, in einer Höhle zu leben.

Sie ging den Flur hinunter zu ihrer Wohnung im Erdgeschoss. Sollte sie den Verwalter anrufen, um sich über den Lärm oder die Autos zu beschweren? *Nein.* Nur weil sie eine langweilige Regelbefolgerin war, bedeutete das nicht, dass sie das Wochenende eines College-Studenten ruinieren würde, indem sie sein Auto abschleppen ließ.

Vielleicht war dies ein guter Anreiz, sich darauf zu konzentrieren, ein Haus zu kaufen. Immerhin war sie mittlerweile siebenundzwanzig. Sie hatte jedoch immer in Wohnungen gelebt, und der Gedanke, ein Haus ganz alleine zu kaufen, war etwas nervenaufreibend.

Sie verzog den Mund. Sie und Craig hatten geplant, ein Haus zu kaufen. Sie hatte sich ein süßes renovierbedürftiges Haus vorgestellt, das in ihr Budget passen würde, da sie hervorragend darin war, nachzuschlagen, wie man Dinge repariert. Craig hatte sich jedoch ein auffälliges, kundenbeeindruckendes Haus gewünscht – und das hatten er und seine neue Freundin schließlich auch gekauft.

Es hatte sich herausgestellt, dass Craig auch eine auffällige, kundenbeeindruckende Frau wollte.

Audrey schüttelte den Kopf. Wie hatte sie die Anzeichen übersehen können, dass ihre Beziehung zum Scheitern verurteilt war? Seine Interessen passten nicht zu ihnen. Tatsächlich war sie nach der anfänglichen Aufregung in der Regel erleichtert gewesen, wenn er nicht vorbeigekommen war und sie einen Abend für sich hatte. Wirklich gestört hatte sie die Art und Weise, wie er ihre Kleidung, ihr Make-up und ihre sozialen Kompetenzen kritisiert hatte.

Irgendwann hätte sie verstanden, dass ihre Persönlichkeiten unvereinbar waren.

Natürlich hatte es geschmerzt, dass er derjenige gewesen war, der sie verlassen hatte.

Sie atmete tief ein und schloss ihr Apartment auf. Als sie ihre Lebensmittel in die Küche trug, versuchte sie, sich nicht an deren letzten gemeinsamen Tag zu erinnern. Vor zwei Monaten hatte er ihr gesagt, dass er keine Zukunft mit ihr sah.

Ihr größter Fehler war es gewesen, ihn zu fragen, warum er mit ihr Schluss machte.

„Weil ich jemanden an meiner Seite brauche, der Menschen mag, der kontaktfreudig ist. Jemand, der meine Kunden und meinen Chef beeindrucken kann, anstatt zu versuchen, ihnen aus dem Weg zu gehen."

Die Worte hatten ihre Seele zusammenschrumpeln lassen.

Introvertierte sollten wirklich nicht versuchen, Beziehungen zu haben. Nerds sollten sich damit begnügen, allein zu sein. Heutzutage waren ihre Beziehungen, abgesehen von zwanglosen Universitätsbekanntschaften, online anzufinden, und damit war sie vollkommen zufrieden.

Der bohrende Schmerz in ihrer Brust sagte nur leider etwas anderes.

Vielleicht sollte sie sich eine Katze anschaffen.

Nachdem sie ihre Einkäufe weggeräumt hatte, sah sie erneut auf ihr Handy. Keine Anrufe. Keine Antwort, wenn sie Quentin anrief. Könnte er immer noch Leute in der pharmazeutischen Forschungseinrichtung interviewen? Nein, dafür war es bereits zu spät. Er wusste, wie besorgt sie war. Er würde sie nicht so hängenlassen.

Er steckte in Schwierigkeiten.

Sie zog die Augenbrauen zusammen. Er war sich sicher, dass ihm seine Referenzen Zugang zu den Wissenschaftlern und Managern verschaffen würden und dass sein bekannter Name dafür sorgte, dass keine Gefahr drohte. Was, wenn er sich geirrt hatte?

Ihre Finger fühlten sich an wie steife Eiszapfen, als sie den Computer in ihrer Büronische hochfuhr.

Quentin schrieb Verschwörungsthriller und stieß bei der Recherche gelegentlich auf kriminelle Aktivitäten, die er mit der Polizei teilte. Der FBI-Agent, mit dem er normalerweise sprach, wohnte hier in Chicago und hatte einen Namen wie eine Restaurantkette. *Denny ... nein, Dennison.*

Obwohl Audreys Spezialgebiet Biologie war, schöpfte sie seit ihrer freiberuflichen Tätigkeit, bei der sie Internetrecherche ausübte, aus verschiedenen Quellen. Und sie war verdammt gut darin, Informationen auszugraben. Es dauerte nicht lange, um den FBI Special Agent zu finden und nur ein paar Minuten länger, um seine Handynummer aufzudecken.

Sie tippte die Nummer in ihr Handy.

„Ich erkenne diese Nummer nicht. Sie haben zehn Sekunden, um zu beweisen, dass Sie jemand sind, mit dem ich reden möchte." Die Stimme des Mannes hatte einen harten New Yorker Akzent.

„Quentin wird vermisst."

Eine Pause. Sein Lachen klang bitter. „Das erfüllt den Zweck."

Am Telefon war ein Kichern zu hören und eine hohe Stimme rief: „Daddy, komm und spiel. Wir haben Candyland."

„Ich komme gleich, Kinder. Bittet eure Mutter, das Spiel mit euch zu beginnen."

Das enttäuschte Jammern verschwand, als sich eine Tür schloss. Seine Stimme richtete sich wieder an sie: „Wer spricht da? Warum glauben Sie, dass er vermisst wird? Fangen Sie ganz von vorne an."

„Ich heiße Audrey Hamilton. Ich betreibe Internetrecherche." Neben ihrem Universitätsjob eine zusätzliche Tätigkeit auszuüben, hatte letztes Jahr noch spaßig geklungen. Ihre Kunden hatten die seltsamsten Anfragen: von Artikeln über Belastbarkeit bei Pflegekindern zu Apfelproduktionszahlen in Wisconsin, oder wie man im Computerzeitalter verschwindet und wie lange es gedauert hatte, im neunzehnten Jahrhundert zu reisen.

Aber sich in ein tatsächliches Verbrechen stürzen? Vielleicht sollte sie ihre Berufswahl überdenken.

„Quentin hat mich beauftragt, Daten über die jüngsten viralen Epidemien und Impfstoffe zu sammeln." Ihre Finger legten sich fester um ihr Handy. „Ich fand ... Als Erklärung: Erinnern Sie sich an die Grippe im letzten Jahr? Aufgrund der hohen Sterblichkeit empfahl die Seuchenschutzbehörde jedem, sich eine Booster-Impfung geben zu lassen. Der Impfstoff wurde von einem kleinen pharmazeutischen Forschungsunternehmen entwickelt. Xeno Labs."

„Ja, ich erinnere mich." Er schnaubte. „Ich habe mich impfen lassen."

„Okay, gut. Quentin bat mich, Artikel über die Erzeugung von Mutationen im Influenzavirus zu finden. Mehrere Wissenschaftler schrieben über ihre Forschung bei der Entwicklung von Impfstoff-Boostern für unerwartete Mutationen."

„Ms. Hamilton, es existieren Million Artikel über die Grippe, oder?"

Sie konnte fast sehen, wie er beschloss, das Gespräch abzubrechen.

„Natürlich. Der Punkt ist, dass ich entdeckt habe, dass die drei besten Forscher in diesem Forschungsgebiet vor zwei Jahren von Xeno Labs eingestellt wurden. Zur selben Zeit."

Stille. „Wurden sie das?", murmelte er. „Quentin hegte einen Verdacht?"

„Er ist sich ziemlich sicher, dass Xeno eine virale Mutation entwickelt hat, die einen Booster erforderlich machen würde. Ihren Booster. Der Gewinn muss enorm gewesen sein." Die Bastarde.

„Das ist ein ernster Vorwurf." Dennison atmete laut aus. „Aber Dane liegt mit seinen Instinkten selten daneben. Meinten Sie nicht, er wird vermisst?"

„Quentin hat heute Nachmittag die Xeno-Labore besucht. Seither ist es unmöglich, ihn ans Telefon zu bekommen."

Sie hörte, wie jemand auf eine Tastatur einhämmerte. „Xeno Labs – nördlich von Chicago."

„Ja, da wollte er hin."

„Ich schicke jemanden dorthin und auch zu ihm nachhause. Was können Sie mir sonst noch sagen?"

„Äh, nicht viel. Ich habe nur Artikel für Quentin nachgeschlagen."

„Ich verstehe. Wenn Sie meine Handynummer haben, nehme ich an, dass das auch für meine E-Mail-Adresse gilt?"

„Ja."

„Schicken Sie mir eine E-Mail mit den Namen der Personen, mit denen er sprechen wollte. Fügen Sie die relevanten Artikel und alles andere, was Sie für wichtig halten, bei. Geht das?"

Quentin war nicht bereit gewesen, mit dem Finger auf das Labor zu zeigen, nicht ohne weitere Informationen. Angesichts der Situation konnte er sie mal mit seinen Bedenken. „Ich sende Ihnen in diesem Augenblick die Namen per E-Mail. Ich schicke die Dateien in einer zweiten E-Mail, nachdem ich sie zusammengestellt habe."

„Perfekt."

Sie hatte Quentin nie persönlich getroffen. Ihr Geschäft wurde über Internet und Telefon abgewickelt, aber er lebte irgendwo in Chicago. Wenn sie –

„Ms. Hamilton, ich weiß, dass Sie sich Sorgen machen, jedoch möchte ich, dass Sie bleiben, wo Sie sind. Ich rufe Sie an, sobald ich weiß, was los ist."

Verdammt, sie wollte selbst in dieses Labor gehen und zu seinem Haus fahren. „Okay."

Nachdem sie die E-Mails an Dennison geschickt hatte, wartete sie geduldig neben ihrem Handy. Niemand rief an.

Schließlich gab sie auf und arbeitete an Informationen für einen Bioladenbesitzer. Und an Statistiken zum Zusammenhang zwischen Pestiziden und früher Demenz, die sie auf ihren Blog stellen wollte.

Stunden vergingen. Trotz der lauten Musik von oben fühlte sich ihre kleine Wohnung weit weg von der Welt und viel zu einsam an. Gerade wünschte sie sich wirklich, dass Craig hier wäre. Oder eine Katze.

Irgendjemand.

Audrey wurde von einem Geräusch geweckt. Sie blinzelte sich den Schlaf aus den Augen, schob ihre Haare zurück und setzte sich im Bett auf. Ihr Trägertop und ihre seidigen Boxershorts hatten sich beim Schlafen etwas verdreht und sie richtete sie.

Hatte ihr Telefon geklingelt? Vielleicht hatten Quentin oder der FBI-Agent angerufen?

Nein ... das war nicht, was sie gehört hatte.

Wieder war ein Geräusch zu hören. Aus dem Wohnzimmer.

Hatte sie Mäuse? Sie griff an der Kristallvase mit Seidenblumen auf ihrem Nachttisch vorbei, um die Lampe einzuschalten.

Schritte ertönten.

Ihre Augen weiteten sich. Da war jemand in ihrer −

Die Schlafzimmertür flog auf, und ein Mann stürmte durch den Raum auf sie zu. Er landete auf ihr und presste so auch den letzten Sauerstoff aus ihrem Körper. Blitzschnell drückte er seine Handfläche auf ihren Mund.

Sie schrie an seiner Hand, wehrte sich, schlug auf seinen Kopf und versuchte, sein Gesicht zu zerkratzen. Das Laken um ihre Beine verhinderte jedoch ihre Chance auf einen Tritt. Seine Arme waren mit Leder bedeckt und so erreichte sie mit ihren Fingernägeln nicht viel.

Schweigend rollte er sie auf den Bauch und presste sie mit seinem gesamten Gewicht gegen die Matratze. Mit einer Hand auf ihrem Hinterkopf drückte er ihr Gesicht nach unten, bis sie nicht mehr atmen konnte. Instinktiv wurde sie panisch.

„Wirst du still sein?" Er riss ihre Arme brutal hinter ihren Rücken, bis sich ihre Schultern ausgekugelt anfühlten.

Verängstigt nickte sie.

Er packte sie an den Haaren und riss sie immer wieder hoch.

Alles, was sie tun konnte, war nach Luft zu schnappen, wenn er es tat. Aber ihr Mund war frei und ... *Schrei, Dummkopf. Schrei!*

Bevor sie das tun konnte, schlug der Mann sie so hart, dass der Schmerz links an ihrem Kiefer nicht lange auf sich warten ließ. Sie fiel zurück aufs Bett. Die Tränen liefen heiß über ihre Wangen.

„Ich habe ein Messer, Fotze. Nur einen Laut von dir und ich schlitze dich auf." Er war ganz in Schwarz gekleidet. Wie bei einem Preiskämpfer war sein Gesicht ramponiert und vernarbt. Er hatte dunkle Haut, eine große Nase und schwarze Augen. Sein ebenso farbenes Haar war kurz rasiert. Seine raue Stimme hielt einen Akzent – einen, den sie aus ihrer College-Zeit kannte, als sie eine Phase mit ausländischen Filmen hatte. Griechisch.

Er zog sie in eine sitzende Position und machte eine schnelle Bewegung. Plötzlich rann warme Flüssigkeit über ihren linken Oberarm, gefolgt von sengenden Schmerzen. Er hatte sie mit dem Messer geritzt. Sie unterdrückte einen Schrei.

„Ja. Besser." Er hielt das Messer hoch. „Hübsch, oder?"

Erstarrt vor Angst konnte sie nur zusehen, wie Blut – ihr Blut – von der Klinge tropfte.

Von der Tür sagte eine nasale Stimme: „Sonst ist niemand hier."

„Gut. Durchsuche die Zimmer." Der Mann vor ihr lächelte. „Wem hast du von deinen Nachforschungen erzählt, Fotze?"

„Nachforschungen?"

Seine Faust rammte sich in ihre Rippen und sie spürte einen Knacks. Als der Schmerz sie verschlang, beugte sie sich nach vorn und kämpfte um jeden Atemzug. Oh Gott, das tat weh!

Er wiederholte lauter: „Wem hast du von Xeno Labs erzählt? Abgesehen von Quentin Dane."

Nur ein Wimmern kam heraus.

Er lehnte sich vor und flüsterte: „Der Autor ist tot, *Poutana*. Er hat mir deinen Namen gegeben. Deine Adresse. Und dann starb er. Schreiend. Willst du auch so sterben?"

Trauer vermischte sich mit Todesangst. *Oh, Quentin.* „N-nein, bitte n-nicht."

„Wem hast du davon erzählt?"

Wenn der Mann erkannte, dass das FBI von den Laboren wusste, würde er dann einfach verschwinden?

„Ich –" Doch gab sie ihm Dennisons Namen, würde er wahrscheinlich als nächstes zu ihm gehen. Der Agent hatte kleine Kinder. Sie hatten Candyland gespielt. Nein, das konnte sie nicht tun. „Quentin. Ich habe nur mit Quentin g-geredet."

Ein Rumms und ein hämmerndes Geräusch drangen aus dem anderen Raum, dann erschien seine Begleitung. „Ich habe ihren Desktop-Computer zerstört." Er wies einen ausgeprägten New Yorker Dialekt auf. „Hat sie mit jemandem gesprochen?"

„Sie sagt Nein. Ich denke, sie lügt." Der Grieche packte ihre Haare und warf sie auf den Boden.

Ihre Hüfte landete zuerst und sie schätzte sich glücklich, dass der Aufprall durch den Teppich gedämpft wurde. Sie fing sich mit den Ellbogen ab, holte instinktiv aus und trat ihm mit aller Kraft gegen sein Schienbein. Ihr nackter Fuß jedoch konnte keinen großen Schaden anrichten.

„Fotze." Er stampfte mit seinem Stiefel auf ihren linken Oberschenkel.

Als der Schmerz durch ihr Bein jagte, versuchte sie, zu schreien. Bevor sie das tun konnte, bedeckte er mit seiner Hand ihren Mund und ihre Nase. Keine Luft. Sie geriet in Panik und schlug wie wild um sich.

Als sich ihr Sichtfeld verdunkelte, lachte er und ließ sie gehen.

Er stand auf und trat ihr dabei in den Bauch. Ihr ganzer Körper zuckte von dem Tritt und so rollte sie sich zu einem Ball zusammen, schnappte unaufhörlich nach Luft – und weinte. Ihr Arm brannte, ihr Bein und ihre Hüfte pochten, jeder zittrige Atemzug rüttelte durch ihre lädierten Rippen und ihren schmerzenden Bauch. *Oh Gott, steh mir bei.*

„Was? Ja, bei ihr." Der New Yorker telefonierte. Ihr Sichtfeld verschwamm mit Tränen, dennoch versuchte sie, sich zu konzentrieren. Wenn sie hier zu Tode käme, wollte sie sehen, wer sie tötete.

Er war kleiner als der Grieche, stämmig und muskelbepackt. Blond. Haare kurz rasiert. Nase dicker als üblich, was darauf hinwies, dass sie mindestens einmal gebrochen gewesen war. Einer der Vorderzähne war angeknackst und es fehlte die Hälfte.

Der New Yorker schob sein Handy mit einem finsteren Blick in die Tasche. „Hey, Spyros, der Xeno-Chef sagt, ein Polizist sei im Labor aufgetaucht."

Audrey versuchte, ihre Stimme ruhig zu halten: „Ihr solltet besser rennen. Die Polizei und das FBI werden bald hier sein."

Der Grieche lachte. „Nein, nein. Ich habe überall Männer positioniert. Ich würde es wissen. Warum denkst du, dass ich noch frei herumlaufe?"

Er hatte seine eigenen Leute bei der Polizei und dem FBI.

Und sein Name war Spyros. Ein Schauder jagte durch sie. Es

war ihm egal, dass sie seinen Namen gehört hatte – weil sie ihn nie identifizieren würde. Sie würde heute sterben.

„Warum haben die Polizisten in dem Labor nach Quentin Dane gesucht?", fragte der New Yorker. „Der Xeno-Typ war sauer."

„Dane meinte, er habe sie nicht angerufen. Er hat nicht gelogen – nicht am Ende." Die Gewissheit in der Stimme des Griechen war erschreckend. „Ich wette, diese Fotze hier hat die Polizei hinter ihm hergeschickt." Er sah mit schwarzen Augen auf sie herab. „Was hat sie ihnen noch gesagt?"

Die Luft war so voll von ihrer Angst, dass sie sich fühlte, als würde sie darin ertrinken.

„Weiß nicht, aber wir sind schon zu lange hier." Der New Yorker schlug gegen den Türrahmen. „Zeit, zu gehen."

„Ja, ich weiß." Der Grieche griff nach unten und packte ihre Oberarme, wobei sich sein Daumen grausam in die Messerwunde an ihrem Bizeps grub.

Tut weh, tut weh, tut weh. Ihr Magen drehte sich, als sie versuchte, ihr Schluchzen zu unterdrücken.

„Komm mit dem Auto zu uns", sagte Spyros. „Parke aber vor dem Seitenausgang. Ich bereite unser Paket vor."

„Fuck, du willst sie mitnehmen?"

„Ich möchte mir Zeit nehmen. Das wird eine blutige Angelegenheit."

„Deine Entscheidung." Die Wohnungstür öffnete sich und klickte zu.

Spyros hob sie auf die Beine, setzte sie auf das Bett und wagte es, ihre Brust durch das Trägertop zu streicheln.

Nein! Als sie seinen Arm wegstieß, gab er ihr eine Ohrfeige.

Ihr Kopf peitschte zur Seite, die Haut neben ihrem Mund riss von seinem Ring. Ihr Kopf drehte sich von der Brutalität.

„Wo ist dein Handy, *Poutana*?"

Ihr Handy. Es würde den Anruf zu Dennison anzeigen. Sie starrte ihn an, zu verängstigt, um zu sprechen.

Er legte eine große Hand um ihre Kehle und drückte zu. „Wo?"

Rote Streifen schossen durch ihr Blickfeld, als sie um Luft rang. Ihre Finger kratzten nutzlos über seine Hand. An ihrer Kehle hob er sie hoch, bis sie vor ihm stand ...

So schnell sie konnte, riss sie ihr Knie hoch und rammte es ihm so hart in die Eier, dass sie regelrecht hörte, wie Zellen platzten.

Er würgte, keuchte und schlug ihr auf die Wange, bevor seine Beine einknickten. Er landete auf seinen Knien.

Halbblind tastete sie nach der Nachttischlampe. Ihre Finger berührten kaltes Glas. Sie packte die Kristallvase und schwang begleitet von einem Kampfschrei.

Das schwere Glas traf seinen Kopf – und zerbrach.

„Aaaah!"

Erschrocken über den geplagten Schrei, krabbelte sie zur anderen Seite des Bettes und stand auf. Sie warf einen Blick über ihre Schulter.

Er lag auf seiner Seite, die Hände an seinem Gesicht. Glasscherben bedeckten den Teppich und lagen unter seiner Wange. Blut strömte zwischen seinen Fingern hervor. Qualvolles Stöhnen erfüllte den Raum.

Sie trat zurück und krachte gegen die Wand.

Sein Kopf drehte sich und sie schnappte nach Luft.

Eine riesige Glasscherbe steckte in seinem rechten Auge.

Galle stieg ihr in die Kehle. Sie konnte sich nicht bewegen.

„Ich werde dich töten ... dich töten, dich töten, du dumme Fotze." Bei dem gutturalen Fluch wurde sie erneut von Angst gepackt.

Lauf, oh Gott, lauf. Sie krachte in die Kommode und schnappte sich ihr Handy, ihre Handtasche und ihre Schlüssel. *Benutze nicht die Tür.* Der andere Mann würde zurückkommen.

Sie öffnete das Schlafzimmerfenster und entfernte das Fliegengitter. Dann kletterte sie aus dem Fenster und schluchzte, als sich ihr schmerzender Körper bemerkbar machte.

Die Rückseite des Gebäudes war dunkel, die einzige Beleuchtung von den Fenstern.

Sie wickelte die Arme um sich selbst und taumelte in Richtung Gebäude D. Jeder Schritt entlockte ihren Rippen einen pochenden Schmerz. Sie hielt sich an die schwärzesten Schatten hinter den Gebäuden und lief durch Pfützen. Eisiger Regen durchnässte ihre knappe Kleidung, ihre Haare klebten ihr bereits im Gesicht.

Sie hielt an der Ecke von Gebäude E an, als sie ein Auto hörte. Ein schwarzer Lieferwagen fuhr an ihr vorbei.

Ihr Herz hämmerte so laut, dass es das Geräusch des Regens übertönte. Der New Yorker würde Spyros finden. Und würde ihr dann nachjagen.

„Beweg dich, Audrey. Mach schon."

Die Nacht verschwamm um sie herum, als sie nach vorn taumelte. Gebäude F.

Da war ihr Auto. Heiße Tränen liefen über ihre Wangen.

Der Motor startete. *Oh, Gott sei Dank.* Sie schnappte sich ihre Beanie aus dem Handschuhfach, zog sie sich über den Kopf und schob ihre Haare darunter. Dann setzte sie ihre Fahrbrille auf.

Sie nahm einen zittrigen Atemzug und fuhr langsam von dem Parkplatz.

Kein schwarzer Lieferwagen. Keine Autos weit und breit.

Mehrere Blocks entfernt bog sie auf einen Parkplatz für einen Lebensmittelladen, der die ganze Nacht offen hatte. Sie schaltete den Motor aus und versuchte, ihr Handy in die Hand zu nehmen. Ihre Hände zitterten so stark, dass es drei Versuche brauchte, um ihre Fingerkuppe in den Fingerabdruckleser zu bekommen.

Als der Bildschirm aufleuchtete, hielt sie inne. Was sollte sie tun? Ihre Finger schwebten über der Anzeige. Über 911.

Aber Spyros hatte jemanden — vielleicht sogar mehrere — in der Polizeibehörde, die für ihn arbeiteten. Und auch im FBI. Das sinkende Gefühl der Verzweiflung ließ ihre Augen brennen. Sie konnte sich nicht an die Strafverfolgungsbehörden wenden.

Nichtsdestotrotz musste sie Quentins Agent warnen.

Dennison antwortete nicht.

Fuck. Mit zitternder Stimme hinterließ sie ihm eine Voicemail – über Quentins Tod, den Einbruch, die Informanten bei der Polizei und beim FBI.

Sie schaffte es … und weinte dann, und oh Gott, auch das tat weh. Ihr Gesicht brannte, als salzige Tränen über die Schnitte und Wunden liefen. Jedes Schluchzen rüttelte ihre Rippen durch, und ihren Bauch, und doch konnte sie nicht aufhören.

Eine halbe Ewigkeit später beruhigte sie sich etwas. Schauder jagten durch sie, als sie sich die restlichen Tränen vom Gesicht wischte. Blut befleckte das Trägertop.

Was nun? Was sollte sie jetzt tun?

Sie war allein. So allein.

Die Erinnerung an Spyros' Drohungen ließ sie beben. Sobald es ihm wieder besser ging, würde er sie jagen. Und wenn er sie fand, würde er sie töten.

Sie konnte sich nirgendwo verstecken. Hatte niemanden, den sie anrufen konnte.

Aber das war nichts Neues. Ihr Kinn hob sich. Sie würde das schaffen. Allein. Ihr erster Kunde war ein Krimiautor gewesen, der sie hatte nachschlagen lassen, wie sich jemand, der nicht gefunden werden wollte, in dieser modernen Welt verstecken konnte.

Ihr Talent für Recherche würde sie retten.

KAPITEL DREI

Am Geländer der MV Ketchikan beobachtete Audrey, wie die felsige Küste von British Columbia vorbeifloss. Sie neigte ihr Gesicht in die kühle Brise und lauschte dem Kreischen der Möwen, während unter ihren Füßen das Deck schwankte.

Ihren ersten Tag auf der Fähre hatte sie damit verbracht, auf den Horizont zu starren und zu versuchen, ihren Magen zu beruhigen. Ihre Rippen waren geprellt – oder gebrochen. Sich zu übergeben, würde wirklich weh tun.

Heute ging es ihr schon weitaus besser.

Sieh mich nur an! Sie war noch nie zuvor gereist, aber in den letzten sieben Tagen hatte sie einen Großteil des Kontinents durchquert. War es nicht seltsam, wie Angst ein Mädchen dazu bringen konnte, neue Dinge auszuprobieren?

Am Morgen nach dem Angriff zog sie die Ersatzkleidung an, die sie im Kofferraum aufbewahrte, machte sich in der Toilette einer Tankstelle frisch und ging dann einkaufen. Sie rechnete mit einem kurzen Zeitfenster, bevor sich Spyros auf die Suche nach ihr begab. Schließlich müsste er sich zuerst um sein Auge kümmern.

Bei dem Gedanken rebellierte wieder ihr Magen.

Ein Kaufhausbesuch gab ihr eine Auswahl an Perücken und Make-up, Hüten, Schals und billiger Kleidung, Sonnenbrillen und Schmuck.

Nachdem sie ihre Wunden, so gut es ging, mit Make-up abgedeckt hatte, war sie in einen Internetshop gegangen, und hatte sich mit Bitcoin und dem Darknet zwei verschiedene Sätze gefälschter Ausweise gekauft und dann die Lieferung nach Denver und Seattle arrangiert. Die Ausweise würden wahrscheinlich eine genaue Inspektion nicht überstehen, aber für ihre Zwecke reichten sie aus.

Jedenfalls hoffte sie das.

Dann hatte sie ihre Bank besucht und sich so ziemlich alle ihre Ersparnisse auszahlen lassen. Als die Bankkassiererin ihre Besorgnis zum Ausdruck brachte, sagte Audrey: „Mein Freund ist gewalttätig und ich muss hier weg. Bitte beeilen Sie sich." Es hatte funktioniert. Die mitfühlende Kassiererin raste durch den Prozess.

Sie hatte in Erwägung gezogen, auf die andere Seite des Landes zu fliegen, aber die Flughafensicherheit war zu genau. Sie würden ihre Kreditkarte und ihren Ausweis prüfen; sie würde von Kameras eingefangen werden. Für die FBI-Agents in Spyros' Tasche wäre es zu einfach, sie mit diesen Informationen aufzuspüren.

Nachdem sie ihr Auto im Langzeitlager gelassen hatte, fuhr sie mit dem Bus in das Viertel South Side und kaufte mit ihrer Kreditkarte einen unscheinbaren Gebrauchtwagen. Wenn ihre Verfolger auf ihre Kreditkartenabrechnung zugreifen konnten, würde dies den Anschein erwecken, als wäre sie in Richtung Süden unterwegs. Hoffentlich.

Sie fuhr nach Westen.

Auch jetzt zuckte sie bei der Erinnerung an diese langen schmerzhaften Tage im Auto zusammen. Zweimal, in gruseligen

Vierteln, war sie aus ihrem aktuellen Fahrzeug ausgestiegen und hatte es mit dem Schlüssel in der Zündung stehengelassen. Jedes Mal, bevor sie ein anderes Auto kaufte, änderte sie ihre Haare und Hautfarbe. Verschiedene Brillen und Hüte bedeckten ihre Augen und Ohren. Lippenstift veränderte die Form ihres Mundes. Gesichtserkennungssysteme waren erschreckend genau.

Nachdem sie ihren Ausweis in Seattle abgeholt hatte, fuhr sie mit dem Bus nach Bellingham in Washington, und bestieg dort eine Fähre nach Alaska.

Als jemand der Bootsbesatzung mit einem Nicken an ihr vorbeilief, lächelte sie. Männer waren zu dieser Persönlichkeit von ihr sehr freundlich gewesen. Sie trug eine dunkelrote, kinnlange Perücke, starkes Make-up und einen gepolsterten BH, der ihre Brüste um einige Körbchen größer erscheinen ließ.

Sie hatte das Interesse der Männer genutzt, um sie dazu zu bringen, sie über Alaskas Kleinstädte zu informieren – da sie einen Ort brauchte, um von der Bildfläche zu verschwinden. Sie wollte eine Stadt, die so klein war, dass sie ohne Verkehrskameras auskam. Noch besser wäre es, wenn es dort keine Polizei gäbe. Jedoch musste sie groß genug sein, sodass sie sich ihren Lebensunterhalt verdienen konnte – egal mit welchem Job! Auch Anchorage musste in der Nähe sein – falls sie schnell in ein Flugzeug steigen musste. Für den Notfall.

Homer war schon zu groß und außerdem zu weit von einer größeren Stadt entfernt. Girdwood, Cooper Landing und Moose Pass hingegen waren genau perfekt.

Und dann gab es noch Rescue, eine Stadt unweit von Cooper Landing. Sie hatte auf der einen Seite einen kleinen See und auf der anderen den Kenai River. Die Bootsbesatzung war von dem Ort nicht beeindruckt. Sie hatten gemeint, dass in der Stadt nichts los sei.

Rescue klang vielversprechend.

Die Vorfreude stieg in ihr. In ein paar Tagen, wenn die Fähre in Whittier anlegte, würde sie ihren letzten Ausweis herausholen und ihr Aussehen ändern. Danach würde sie mit dem Zug nach Anchorage fahren und sich einen Gebrauchtwagen kaufen.

Anschließend müsste sie sich für die Stadt entscheiden, in der sie von nun an leben wollte.

KAPITEL VIER

M änner, wir sind vom Feind umzingelt. Das bedeutet, dass wir die beste Chance haben, die jemals einer Armee geboten wurde. Wir können in jede Richtung angreifen, die wir wollen. - General Tony McAuliffe

Rescues Geschäfte zogen sich über zwei Blocks, und die meisten von ihnen standen leer. Gabe verlangsamte seinen Jeep, als er die Hauptstraße hinunterfuhr. Wie ein alter Obdachloser wirkte die Stadt hager und verblasst. Älter als ihr wahres Alter. Farbe blätterte von den hölzernen Ladenfronten; der Bürgersteig vor den Geschäften war gerissen und die meisten Straßenlaternen waren kaputt.

Er sah keine massive Welle von Touristen, die durch die Straßen streiften. Nur wenige Autos parkten diagonal vor Geschäften. Andererseits war es mit Mitte Mai noch etwas früh für die Angelsaison.

Wenn zu dieser Zeit überhaupt Touristen kommen würden ...

Es gab keine Stoppschilder. Keine *Willkommen in Rescue*-Schilder. Wenn die Stadtbewohner wollten, dass dieser Ort einladender wirkte, mussten sie sich etwas einfallen lassen.

Er fuhr zur Grebe Avenue, bog links ab und wieder links die Schotterstraße hinunter.

Caz sagte, dass das Gemeindehaus mehrere Büros, das Archiv, die Polizeistation und die Klinik beherbergte. Alle Abteilungen teilten sich den Empfangsbereich. Als er auf dem riesigen Parkplatz vor dem Hintereingang parkte, entdeckte er einen zerfetzten Windsack. Offenbar diente das Grundstück auch als Hubschrauberlandeplatz.

Drei Hintertüren führten zu den verschiedenen Gebäudeteilen. Eigentlich ziemlich schlau, steuerfinanzierte Einrichtungen zusammen unterzubringen. Viele Städte in Alaska waren nicht-inkorporierte Gebiete, die keiner Gemeinde angehörten, und steuerfinanzierte Einrichtungen wurden dann vom Landkreis gestellt. Rescue war jedoch einmal groß genug gewesen, um als Gemeinde zu gelten, und hatte sich damit das Selbstverwaltungsrecht verdient.

Als Gabe aus dem Jeep stieg, nahm er aus dem Augenwinkel eine Bewegung wahr. Er erstarrte, Adrenalin flutete sein System.

Gabe beobachtete, wie der schwarze Fellrumpf in einem Busch verschwand, und entspannte sich. Wahrscheinlich hatte der Schwarzbär die Mülltonnen ausgekundschaftet.

Und Gabes Herzfrequenz war immer noch erhöht. Er schüttelte den Kopf. In der Minute, in der er die Stadt erreicht hatte, begann er hinter jedem Gebäude nach Aufständischen zu suchen.

Weil er und sein Söldnertrupp in einem Dorf überfallen worden waren.

Diese extreme Wachsamkeit würde mit der Zeit und der Vertrautheit abnehmen. Obwohl es im Moment nicht ätzender sein könnte.

Er atmete aus und zwang seine Schultern, seine Brust und seinen Bauch, sich zusammenzunehmen, bevor er zur Hintertür der Polizeistation ging. In seiner Tasche war der passende Schlüssel, den er auf dem Küchentisch gefunden hatte, nachdem Caz und Bull gegangen waren.

Er hatte zwei Wochen gebraucht, um seinem Zufluchtsort den Rücken zu kehren. Bull hatte Recht; er verhielt sich wie ein Pferd, das seinen Stall nicht verlassen wollte.

Seine verfluchten Brüder. Gabe runzelte die Stirn und betrat das Gebäude. Er war ein Narr, dass er ins Kriegsgebiet zurückkehrte ... denn das war es, was es bedeutete, ein Strafverfolgungsbeamter zu sein.

Zumindest wäre er nur ein bescheidener Officer und nicht verantwortlich für irgendjemanden außer sich selbst ... und die Stadt. Die ganze verdammte Stadt.

Die winzige Polizeistation war leer. Etwas staubig.

Ein länglicher Raum diente offensichtlich als Großraumbüro mit verstreuten Schreibtischen für die Officer. Er müsste sich einen Schreibtisch aussuchen und sich einleben.

Aus dem einzigen Fenster auf der Vorderseite war die Hauptstraße zu sehen. Die linke Seite des Raumes hatte eine Tür, die sich in den Empfangsbereich für das gesamte Gebäude öffnete.

Er fuhr mit seiner Erkundungstour fort. An der rechten Wand befand sich die Tür zum Personalbereich mit einigen Schließfächern, einer Dusche und der Toilette. Ein weiterer Raum diente zur Beweissicherung und enthielt die offene und leere Waffenkammer.

Die letzte Tür im vorderen Bereich öffnete sich zum Büro des Polizeichefs. Gabe musterte den Staub und den Schreibtisch, der mit Briefen und Unterlagen bestückt war. Sah nicht so aus, als würde jemand diese Position besetzen.

Zu seiner Überraschung entdeckte er auf einem Stapel von Dokumenten eine Notiz mit seinem Namen.

- - - -

Gabe.

Der Stadtrat hat dich zum Polizeichef ernannt. Hier sind deine Dienstmarke, deine Sterne und der Vertrag. Willkommen in Rescue.

Caz

- - - -

Polizeichef? Was zum Teufel?

Gabe schloss die Augen. Von wegen niemand würde ihn zu irgendetwas drängen. *Willkommen in Rescue, Dummkopf. Du bist jetzt die Person, die von nun an dem Gesetz Geltung verschaffen muss.*

Knurrend blätterte er durch den Papierkram – alles in chronologischer Reihenfolge. Natürlich.

Würde er erlauben, sich in diese Situation hineinziehen zu lassen? Er betrachtete die Papiere, die Sterne, die Dienstmarke. Er überlegte, der Stadt eine Absage zu geben. Aber spielte es wirklich eine Rolle, welchen Titel er trug – Officer oder Chief? In einem Kaff dieser Größe machte es keinen Unterschied.

Seufzend unterschrieb er den Vertrag. Okay, er würde mitspielen. Für den Moment. Er würde herausfinden, wer die Pläne seiner Brüder sabotierte und dem Verantwortlichen verdammt nochmal die Seele aus dem Leib prügeln ... Nein, falsch. Er würde den Bastard verhaften und anschließend Rescue dabei helfen, einen oder zwei Officer einzustellen.

Danach konnte er mit gutem Gewissen in Makos alte Hütte zurückkehren.

Nachdem er die Polizeimarke ein paar Mal in die Luft geworfen hatte und das Gefühl hatte, dass sie mit jedem Mal schwerer wurde, steckte er sie an seine Jacke. Die Sterne befestigte er an dem Kragen seiner Jacke.

Er müsste den Troopern dieses Staates eine Vorwarnung geben, dass er nun in Rescue war. Aber ... später.

Über was für einen Stadtrat verfügte Rescue bitte, wenn sie einfach einen unbekannten Mann als Polizeichef einstellten?

Gut möglich, dass sie ihre Meinung änderten, sobald sie ihn

erstmal kennengelernt hatten. Gabe schnaubte. Es hatte eine Zeit gegeben, in der er freundlicher gewesen war. Nicht wie Caz, der sogar die Haare eines Pudels verzaubern könnte, aber zugänglicher als Hawk, der sich lieber häuten ließe, als einen ganzen Satz durch die Lippen zu pressen.

Gabe runzelte die Stirn. Als Kind hatte er Menschen eigentlich gemocht. Auch als Navy SEAL. Dann hatten seine Jahre in der Strafverfolgung seinen Idealismus in einen Sturzflug geschickt. Zu viel Korruption. Zu viel Hass von der Öffentlichkeit, zu deren Schutz er sich verpflichtet hatte. Schließlich musste er sich eingestehen, dass er sein Leben für die gleichen Leute riskierte, die eine Sekunde später das Gesetz brachen. Er hasste es, wie abgestumpft er mittlerweile war.

Nach einer Drogenrazzia, bei der Gabe angeschossen und sein Partner getötet worden war, hatte Hawk ihn überredet, sich einer Söldnereinheit anzuschließen. *Warum nicht?*, hatte er sich gedacht. Die Bürger von LA hatten ihre Polizei nicht geschätzt, warum also bleiben ... Er könnte genauso gut das große Geld machen, wenn er schon sein Leben riskierte.

Aber die Söldnerarbeit erwies sich als unschön. Schlimmer noch: Nachdem das private Militärunternehmen an Investoren verkauft worden war, waren die Aufträge fragwürdig geworden. Er hatte das Gefühl verloren, mit seinem Leben etwas Sinnvolles zu tun.

Seine Emotionen lagen unter einer fetten Schicht Eis begraben, die nur für seine Brüder auftaute.

Er schüttelte den Kopf und fing das helle Glitzern der Sterne ein. Zurück bei der Polizei. „Du bist wirklich ein dummer Hurensohn, MacNair."

Fuck, er brauchte Kaffee.

Als Gabe in den Teamraum ging, öffnete sich die Tür zum Empfangsbereich.

Die Person, die hereinkam, war männlich und um die einen Meter fünfundsiebzig groß. Kurzes dunkelblondes Haar, hellblaue

Augen, muskulös, trug ein khakifarbenes Hemd, eine Jeans und eine hellbraune Jacke. Und eine Polizeimarke.

Der Mann runzelte die Stirn und grinste dann. „Hey, du musst Gabriel MacNair sein." Seine Augen verengten sich bei den Sternen an Gabes Kragen. „*Chief* MacNair."

Gabe nickte. „So scheint es."

Der Mann durchquerte den Raum und streckte seine Hand aus. „Ich bin Earl Baumer. Dein einziger Streifenpolizist. Willkommen in Rescue." Er hatte eine angenehme Tenorstimme mit einem starken Südstaatenakzent.

„Danke."

Baumer versuchte, den Händedruck zu dominieren.

Nicht, dass er das könnte. Leicht genervt fragte Gabe: „Wann wurdest du eingestellt?"

„Vor etwa zwei Wochen, nachdem der Stadtrat das Budget für die Wiedereröffnung der Polizeiwache genehmigt hatte." Baumer zuckte mit den Schultern.

„Ich habe gehört, dass sie ein Jahrzehnt geschlossen war. Warum wird sie also wieder geöffnet?", fragte Gabe.

„Äh, weil das *McNally's* wieder geöffnet wurde, haben wir nun Touristen, die sich aufregen, wenn kein Officer in der Nähe ist. Die meisten Mitglieder des Stadtrats sprangen auf den zunehmenden Touristenzug auf."

Die meisten, aber nicht alle? *Interessant.*

Gabe beäugte Baumer. Der Streifenpolizist war freundlich genug, war er jedoch auch kompetent? „Wo hast du vorher gearbeitet?"

„Ich habe fast zehn Jahre in Thibodaux verbracht. Das liegt in Louisiana." Baumer lief auf den Tisch an der Wand zu, auf dem die Kaffeekanne stand.

Zehn Jahre hätten Baumer den Rang eines Sergeants einbringen sollen, wenn nicht sogar höher. Gabe war Lieutenant gewesen, als er die Truppe nach acht Jahren verließ. Andererseits mochte Baumer den gottverdammten Papierkram vielleicht nicht.

Das wäre schade, denn Gabe fragte sich bereits – nachdem er die Probleme von Caz und Bull bereinigt hatte –, ob er den Job des Chiefs an Baumer abgeben und zu seiner Hütte zurückkehren konnte. „Von Louisiana nach Alaska. Das ist eine große Veränderung."

„Kann man so sagen." Die Kaffeemaschine war vorbereitet, also betätigte Baumer nur den Knopf. „Wir sind vor über einem Jahr nach Alaska gezogen, aber meine Frau und ich wollten sicherstellen, dass uns die Winter gefallen, bevor ich mich zu einem Job verpflichte."

Nicht die dümmste Idee. Obwohl die Sommer in Alaska herrlich waren, trieben die kalten, grauen Winter viele Menschen nach Süden.

Gabe sah auf den Kaffee, der in die Kanne träufelte. Blassbraun. Könnte auch Pisse sein. Mako hatte seinen Jungs beigebracht, dass Kaffee stark genug sein sollte, um als Offensivwaffe eingesetzt zu werden.

„Ich sollte mal die Stadt auskundschaften." *Und mir einen anständigen Kaffee besorgen.* „Treffen wir uns hier um eins? Dann besprechen wir den Dienstplan und du kannst mich über die Probleme der Stadt informieren."

„Klingt nach einem Plan." Baumer schenkte ihm ein entspanntes Lächeln, bevor er sich umdrehte und sich eine Tasse Kaffee eingoss.

Gabe verließ das Gebäude durch den Vordereingang, lief über den Bürgersteig und betrachtete dabei die Stadt. Verstreut zwischen den geschlossenen Geschäften befanden sich auch einige offene. Wie das Lebensmittel- und das Heimwerkergeschäft.

Ein Summen von rechts erregte Gabes Aufmerksamkeit. Ein Wasserflugzeug hob vom See ab, eine anmutige silberne Silhouette am unergründlichen blauen Himmel. Auf der anderen Seite des Sees befand sich ein nicht bemannter Flughafen. Ein Kiesstreifen und ein paar Docks für Wasserflugzeuge. Wahrscheinlich alle in schlechtem Zustand.

Hawk lebte, um zu fliegen. Vielleicht würde er zurückkehren und den Bereich auf Vordermann bringen.

Gabe presste die Lippen zusammen. Zwei Jahre lang hatten er und Hawk in derselben Söldnertruppe gedient. Dann, einen Monat vor dem Hinterhalt, hatte Hawk um eine Neuzuweisung gebeten. Als Gabe ihn nach dem Grund gefragt hatte, war Hawk schlichtweg abmarschiert.

Das Arschloch. Gabe schüttelte den Kopf. Wenn er etwas getan hatte, was seinem Bruder nicht gefiel, hätte es den Bastard sicher nicht umgebracht, ihm davon zu erzählen.

Trotz Gabes Wut dankte er Gott, dass Hawk an diesem Tag nicht bei ihm gewesen war. Dass er nicht in den Hinterhalt geraten war. Dass er nicht wie die anderen sterben musste.

Gabe hatte seinen Bruder seit der Neuzuweisung nicht mehr gesehen. Der kurz angebundene, unhöfliche Bastard, dessen Abwesenheit einen hohlen Schmerz in seiner Brust hinterlassen hatte.

Zur Hölle mit Erinnerungen. *Ich brauche Kaffee.*

Er sah nach rechts, nach links, und überquerte die Straße zu einem altmodischen Café. Das Glöckchen über der Tür klingelte leise, als sie sich hinter ihm schloss.

Abgenutzte Holzbänke, wahrscheinlich aus einer Kirche, bildeten Nischen entlang der vorderen Fenster und an der rechten Seite. Ein paar Tische und Stühle standen verteilt in der Mitte. Die Kunden saßen in den Nischen und genossen Kaffee mit ihren Desserts. Auf der linken Seite endete ein Gebäckdisplay mit Glasfront in einer kurzen Theke mit Hockern.

Hinter der Theke stand eine kleine Frau, schlank wie ein Windhund, mit kurzen brünetten Haaren. Sie lächelte. „Ich habe dich seit Jahren nicht mehr gesehen, aber du bist Makos kleiner Gabriel. Es ist schön, dich wiederzusehen! Interesse an einer Tasse Kaffee?"

Nach einer Minute erinnerte sich Gabe an ihren Namen, aus einer Zeit, als er Rescue mit Mako besucht hatte. „Sarah. Kaffee klingt gut." Seltsam, wie schwierig es war, sich nach Monaten der Isolation in der Nähe von Menschen aufzuhalten. „Die Sorte *Drip and black*, bitte."

Sie bereitete eine Tasse vor, überreichte sie ihm und entdeckte in dem Moment seine Dienstmarke. Ihr Lächeln wurde breiter. „Ich bin so froh, dass du hier bist. Caz hat uns gewarnt, dass du nicht allzu begeistert davon bist, in die Zivilisation zurückzukehren."

Verflucht seist du, Caz. „Ich habe festgestellt, dass ehrliche Menschen in Alaska seltener sind als Klapperschlangen, aber es ist kein –"

„Wir haben keine Klapperschlangen in Alaska."

„Eben."

Sie nahm es ihm nicht übel und lachte sogar. „Ich hoffe, die Menschen in Rescue werden deine Meinung ändern. Ich weiß, dass Mako dich hier haben wollte. Er wusste, wie sehr wir dich brauchen."

Hatte er das? Mako war anscheinend mehr in die Stadt involviert gewesen, als er ihnen erzählt hatte. Seit wann hatte sich der einzelgängerische Prepper mit etwas anderem als einer drohenden Apokalypse beschäftigt? „Bull erwähnte, dass es bei manchen eine Abneigung gegen Touristen gibt?"

„Oh, ja. Wir haben …" Ihre Stimme verstummte, als ein glattrasierter, schlanker Mann eintrat. Wahrscheinlich Ende vierzig. Recht groß. Hellbraune Haare.

Bewaffnet.

Gabe erstarrte, entspannte sich aber schnell wieder. Der Mann war ein Zivilist, kein Aufständischer. Gott, er hatte vergessen, dass das offene Tragen von Schusswaffen in Alaska erlaubt war.

Sarahs Stimme kühlte sich ab. „Guten Morgen, Reverend Parrish. Was kann ich Ihnen bringen?"

„Ich nehme einen Caffè Latte." Der Mann hatte einen Texas-dialekt.

„Kommt sofort." Sarah wandte sich mit einem warmen Lächeln an Gabe. „Ich freue mich darauf, später unser Gespräch fortzusetzen. Willkommen in Rescue, Chief."

Chief. Gabe erstarrte für eine Sekunde. Chief of Police. Polizeichef. *Gott steh ihm bei.* „Danke."

Als er Parrish zunickte, riss der Mann seinen Blick von der Polizeimarke an Gabes Jacke. Er presste die Lippen zu einer Linie und erwiderte das Nicken.

Etwas sagte Gabe, dass sie keine Busenfreunde sein würden.

Ohne Eile schlenderte Gabe durch die Einkaufsstraße von Rescue, erreichte das Ende und ging auf der anderen Seite zurück.

Es würde eine Weile dauern, um hier Fuß zu fassen. Er musste alles über die Stadt wissen. Wenn er Mako besucht hatte, kam er nur in die Stadt, um Lebensmittel einzukaufen.

Aber Polizeiarbeit war Polizeiarbeit, egal welche Größe die Stadt hatte.

Er war ein pensionierter SEAL, hatte als Polizeileutnant in Los Angeles gearbeitet und sogar eine Söldnertruppe angeführt. Er war befähigt, sich um den Papierkram zu kümmern. Das bedeutete nicht, dass er sich darauf freute, das Budget einer ganzen Polizeistation zu verwalten.

Er warf einen Blick auf den Laden, an dem er vorbeikam, und erkannte, dass es sich um Dantes handelte, sodass er entschied, einzutreten. Der Besitzer hatte in Vietnam gedient und er war der Grund, warum der Sarge Rescue als Wohnort gewählt hatte.

Er konnte Dante nicht sehen und schaute sich stattdessen um. Irgendwann im letzten Jahr hatte der Eigentümer das rechte Drittel des Gebäudes abgesperrt. Mit dem Rückgang der Bevölkerung nahm auch der Bedarf an einem großen Lebensmittelgeschäft ab. Mit einem Zustrom von Touristen, Resortpersonal und mehr Bewohnern könnte Dante in der Lage sein, diesen Abschnitt wieder zu öffnen.

Nur eine Person war im Laden; eine weiße Frau, die sich im Bereich mit den Cookies umsah. Sie hatte atemberaubendes Haar. Die dicken Wellen kamen in einem Goldton daher und erstreckten sich auf halbem Weg über ihren Rücken. Sie war etwa einen Meter fünfundsechzig groß, trug eine Jeans und ein Flanellhemd, das sperrig genug war, um alle Kurven zu verbergen.

Bevor er etwas zu ihr sagen konnte, nahm sie sich eine Packung Cookies und steckte sie in ihre Handtasche.

Verdammte scheiße. Enttäuschung durchströmte ihn. Auch hier waren die Menschen nicht gesetzestreu. Seltsamerweise hatte er seine Hoffnung nicht bemerkt, dass Rescue anders sein würde. Unglaublich, wie schnell dieser Wunsch zerschlagen wurde.

Er räusperte sich.

Die Frau wirbelte herum, sah ihn, schnappte nach Luft und wich sofort von ihm zurück. Mit einer Hand an ihrer Kehle sah sie so verängstigt aus, dass er fast Mitleid bekam.

Aber nur fast.

Audrey starrte den Mann an und zog sich, so schnell sie konnte, zurück. Nur kam er auf sie zu. *Oh Gott!*

Er stand direkt im Gang und blockierte so ihren Fluchtweg. Ihr Herz begann schmerzhaft in ihrem Brustkorb zu schlagen. Über ihre Schulter warf sie einen Blick auf die Hintertür, aber es würde Zeit brauchen, um die verschlossene Tür zu öffnen.

Sie drehte sich wieder dem Mann zu. Im Vergleich zu ihr war er schrecklich groß. Weit über einen Meter achtzig, mit kurzen braunen Haaren. Seine Stoppeln waren dunkler als die Bräune eines Mannes, der es gewohnt war, viel Zeit in der Natur zu verbringen. Harte Linien fanden sich um seinen Mund, der kein Lächeln für sie übrig hatte. Er wirkte schlichtweg bedrohlich.

War es möglich, dass der Auftragskiller oder seine Leute sie aufgespürt hatten?

Sie ließ den Blick schweifen, entdeckte Spyros aber nicht; der

Mann war allein. Außerdem hatte sie ihre Spuren verwischt. Menschen verschwanden ständig in abgelegenen Städten Alaskas.

Hier war sie sicher. „W-Was wollen Sie?"

Er verschränkte die Arme vor der Brust – vor einer sehr breiten Brust. „Ganz einfach. Ich will, dass Sie mir alles aushändigen, was Sie gestohlen haben, und dann gehen wir zur Polizeiwache und unterhalten uns ein bisschen."

Unterhalten? Nirgendwohin würde sie mit ihm gehen. Mit einem Mal registrierte sie den Rest seines Satzes. *Polizeiwache ... Oh, mein Gott, er war ein Polizist.*

Sie starrte auf die Marke an seiner schwarzen, mit Fleece gefütterten Jacke.

Augenblick mal. Was meinte er mit *gestohlen*?

„Ich habe nichts gestohlen." Die Angst blühte erneut in ihr auf. Selbst wenn ihr Lichtbildausweis für sie echt genug aussah, würde er einer polizeilichen Hintergrundprüfung nicht standhalten. Sie trat einen Schritt zurück.

Seine Augenbrauen hoben sich leicht. „Ich habe alles gesehen. Bringen Sie Ihre Handtasche zur Kasse."

Empörung fegte durch sie und wetteiferte mit ihrer panischen Angst. „Ich stehle nicht. Dante sagte, ich könnte wählen, worauf ich Lust hätte."

„Mmmhmm." Der Unglaube war in der tiefen Stimme des Mannes eindeutig herauszuhören. „Dann wollen wir ihn mal fragen, hmm?"

Audrey ahmte die Körperhaltung des Mannes nach und verschränkte die Arme vor der Brust. „Er ist nicht hier."

Als sein Blick sie an Ort und Stelle festnagelte, sah sie, dass seine Augen nicht schwarz waren – sie waren mitternachtsblau und gefüllt mit Skepsis. „Er würde seinen Laden nicht unbeaufsichtigt lassen."

„Er bat mich, mich um die Kasse zu kümmern."

„Hat er Sie auch gebeten, seine Ware zu stehlen?"

„Sheriff –"

„Es gibt keine Sheriffs in Alaska. Chief."

„Chief." Oh, sie war so am Arsch. Er war nicht nur ein Kleinstadtpolizist, sondern der Polizeichef. Sie schluckte schwer. Wo war Dante? Sollte er nicht bereits zurück sein? „Chief und weiter?"

„MacNair. Und Sie sind?"

„Juliette Wilson." Sie hatte ihre Hausaufgaben gemacht. Der Nachname Wilson war fast so häufig zu finden wie Jones, Johnson und Smith. Juliette war auch ein beliebter Name.

„Wilson, ja?" Sein Mund verzog sich zynisch.

Die Tür ging auf. Als Dante in den Laden kam, atmete sie erleichtert aus.

Nur ein paar Zentimeter größer als sie hatte der drahtige Besitzer des Lebensmittelgeschäfts zurückweichende weiße Haare und einen ebenso farbenen, dicken Bart.

Als er sie sah, zogen sich seine buschigen Augenbrauen zusammen. Er drehte sich zu Gabe um und knurrte: „Yo, Kumpel, lass mein Mädchen in Ruhe."

Der Chief wandte sich dem Ladenbesitzer mit seinem finsteren Blick zu und Dante blinzelte verwirrt. Dann strahlte er plötzlich. „Du bist es, Gabe, oder? Schau mal einer an. Du bist tatsächlich hier?"

Der Chief schien Dantes Freude nicht einmal zu bemerken. „Ms. Wilson hier füllte Ihre Handtasche mit Lebensmitteln und meinte, du hättest ihr die Verantwortung über dein Geschäft gegeben." Der tiefe Bariton des Polizisten hielt genug Sarkasmus inne, um damit einen See zu füllen.

„Ha, die Arbeit in LA hat dich zynisch gemacht, Junge." Dante mochte Oklahoma vor langer Zeit verlassen haben, aber der Südstaatendialekt in seiner Stimme blieb.

„Sie hat die Wahrheit gesagt?"

„Ja, das hat sie." Dante trat hinter den Kassenbereich und stellte einen Kaffeebecher und eine weiße Papiertüte aus dem Café ab. „Sie arbeitet ab und zu im Austausch für eine meiner

Hütten und ein paar Lebensmittel. Übernachtung und Verpflegung könnte man sagen. Hält mich davon ab, jedes Mal schließen zu müssen, wenn ich den Laden verlassen möchte."

Audreys Muskeln begannen sich zu lockern.

„Ich verstehe." Der Chief warf ihr einen Blick zu, und seine scharfsinnigen Augen verweilten auf den mittlerweile gelben Blutergüssen auf ihrem Gesicht. Sein Verdacht schien nicht wirklich nachgelassen haben, aber er sagte höflich genug: „Es tut mir leid, Sie verdächtigt zu haben, Ms. Wilson."

„Alles gut. Ich kann verstehen, wie schuldig ich ausgesehen haben muss." Gruseliger Typ. Als Kriminelle hätte sie die Beine in die Hand genommen und wäre in Windeseile vor ihm geflohen.

Zu ihrer Erleichterung nickte er und schloss sich Dante im vorderen Bereich an.

Nachdem die beiden Männer die Hände geschüttelt hatten, sah Dante zu ihr. „Julie, wie wäre es, wenn du die Kisten mit dem Müsli auspackst?"

Ja, sie brauchte unbedingt etwas, um sich zu beschäftigen. „Sehr gerne."

„Kaufst du ein oder erkundest du die Stadt?", fragte Dante den Chief.

„In meiner Hütte gibt es kein Essen, aber ich werde später einkaufen." Der Chief zuckte mit den Schultern. „Ich wollte erstmal sehen, womit ich es hier zu tun habe."

„Mit viel, Junge. Sehr viel. Leb dich ein, dann werden wir reden." Dantes Lächeln wurde breiter. „Du könntest nach deinem Bruder auf der anderen Straßenseite sehen. Jeder bekannte Kraftausdruck wehte heute schon über die Straße in meinen Laden."

Audrey tat so, als würde sie nicht zuhören, blinzelte aber verwirrt bei Dantes Worten. Der Mann hatte einen Bruder. Es gab zwei von dieser Sorte? Und beide lebten sie in dieser Stadt. *Was für ein schrecklicher Gedanke.*

„Das überrascht mich nicht. Er hasst Papierkram." Die

Lippen des Chiefs bewegten sich nicht, aber die Lachfalten neben seinen Augen vertieften sich.

Oh. Guter Gott, der Mann wäre gefährlich, würde er jemals die volle Kraft seines Lächelns zum Einsatz bringen. In dem Moment erkannte sie, dass sie ihn anstarrte.

Auch er bemerkte das. Seine Augen verengten sich und sein Gesicht nahm einen harten Ausdruck an. Obwohl Dantes Erklärung den Polizisten hätte besänftigen sollen, schien er ihr trotzdem kein bisschen zu vertrauen.

Ein Schauer lief ihr über den Rücken, weil sie wusste, dass sie höllisch schuldig ausgesehen haben musste.

Beim Verlassen des Supermarktes betrachtete Gabe die Gebäude der Einkaufsstraße. Ein Schauer kroch ihm über den Rücken. Zu viele mögliche Verstecke für einen Scharfschützen.

Er ging über die Straße. *Komm darüber hinweg, MacNair.* Diese Angespanntheit war ihm schließlich nicht neu. Jeder Kriegsveteran verstand dieses Gefühl.

Und sein Unbehagen, sich in der Stadt aufzuhalten? Allzu vertraut aus seiner Kindheit. Jedes Frühjahr brachte Mako sie in die nächste Stadt, wo Gabe und seine Brüder sich wie verängstigte Schafe zusammentaten. Laute Menschengruppen, Autos zischten vorbei ... Da sie widerstandsfähige Kinder waren, ging es ihnen innerhalb einer halben Stunde gut und sie konnten sich der Aufgabe widmen, den Sarge in den Wahnsinn zu treiben.

Mittlerweile war er kein Kind mehr, und sicher würde er schon bald dieses ungute Gefühl abschütteln können.

Und es war nett gewesen, Dante zu sehen. Der Veteran hatte die junge Frau unter seine Fittiche genommen. Übernachtung und Verpflegung im Austausch für ein paar Stunden Arbeit? Ja, der alte Mann gehörte eindeutig zu den Guten.

Auch war es nett gewesen, eine hübsche Frau zu sehen. Obwohl dieses Gefühl nicht auf Gegenseitigkeit beruht hatte.

War sie vor ihm zurückgewichen, weil er Polizist war?

Oder weil er einen Schwanz hatte?

Ihr Gesicht war dünn, ihre Wangen eingefallen. Ihre helle Haut sah schlaff aus, als hätte sie in letzter Zeit einiges an Gewicht verloren. Trotz ihrer großzügigen Verwendung von Make-up zeigten sich blasser werdende Blutergüsse auf ihrem linken Kiefer und ihrer Wange. Noch verheerender war, dass sie Abdrücke am Hals aufwies. Eine Wunde, die langsam heilte, war neben ihrem Mund zu erkennen gewesen, was aus Erfahrung von dem Ring an einer Faust herrührte.

Die abgedeckten Wunden an ihrem Gesicht und Hals deuteten darauf hin, dass, was auch immer – oder wer auch immer – ihr zu nahegekommen war, brutal gewesen sein musste. Er knurrte bei dem Gedanken. Wäre nett, dem Arschloch, der ihr das angetan hatte, mit seiner Faust eine Lektion zu erteilen.

Gabe hatte die Panik gesehen, als er sie des Ladendiebstahls beschuldigt hatte.

Er fühlte einen Anflug von Scham. Nicht für einen Moment hatte er die Möglichkeit in Betracht gezogen, dass sie die Wahrheit sagen könnte.

Seiner Erfahrung nach logen alle.

Aber sie hatte das nicht – zumindest nicht in Bezug auf den Diebstahl, den er ihr vorgeworfen hatte. Gott sei Dank hatte er sie nicht auf die Wache bringen müssen. Ja, es war sexistisch, eine Frau jedoch zu verhaften, gefiel ihm nicht. *Die Frauen und Kinder zu schützen, hatte zu Gramps' Vorsätzen gehört.* Auch Mako hatte nach diesem Kodex gelebt.

Gabe runzelte die Stirn. Selbst wenn Ms. Wilson unschuldig war und nichts gestohlen hatte, blinkte dennoch sein Schuldig-Alarm. Die Frau verbarg etwas.

Ein Blick auf Gabe hatte gereicht und ihre Augen hatten sich mit Todesangst gefüllt. Das hatte wehgetan. Aber die Angst war nicht verschwunden, als ihr klar wurde, dass er Polizist war. Wenn überhaupt, war ihre Sorge eskaliert.

Sehr klug von Ihnen, Ms. Wilson.

Er mochte keine Geheimnisse. Vielleicht wäre es nicht dumm, wenn er sich dahingehend bemühte, herauszufinden, was sie verbarg.

Und ob er sie nun anziehend fand oder nicht, das war alles, was er von ihr wollte – ihre Geheimnisse. Frauen waren ...

Seine Lippen pressten sich aufeinander und er erinnerte sich an den Tag, an dem er das LAPD verlassen hatte. Um eine Untersuchung der organisierten Kriminalität zum Scheitern zu bringen, hatten die Verdächtigen eine Frau bestochen, sodass sie die Detectives in eine Falle lockte. Gabe war angeschossen worden; sein Partner war gestorben. Bei der Befragung hatte die Frau mit den Schultern gezuckt und gelacht. *„Wen kümmert es, wenn ein oder zwei Schweine sterben?"*

An diesem Tag hatte er seine Leidenschaft für den Beruf verloren.

Genug jetzt. Mit einem Kopfschütteln verdrängte er die ranzigen Erinnerungen. *Das war damals; heute ist die Situation anders.*

Er ging durch die verglaste Doppeltür in das zweistöckige Gemeindehaus. Der breite Eingang enthielt einen Empfangstresen, der die Tür zur Polizeistation auf der linken Seite, die Treppe zu den städtischen Büros im ersten Obergeschoss und die Klinik auf der rechten Seite bewachte. Eine Handvoll Klappstühle diente als Wartebereich. Die cremefarbenen Wände waren frisch gestrichen, aber der Hartholzboden müsste demnächst geschliffen und poliert werden.

Die Rezeption war nicht besetzt. Noch eine Sache, um die er sich zu kümmern hatte.

Er bog rechts ab und betrat Caz' Klinik.

Mako war verdammt stolz gewesen, als Caz den Army Special Forces – dem alten Zweig des Sarge – beigetreten war –, und noch mehr, als sich Caz dort zum Sanitäter ausbilden ließ. Nach seiner Entlassung beendete Caz seinen Master mit einer Family Nurse

Practitioner-Lizenz und gründete eine Praxis in Anchorage. Hin und wieder verschwand er monatelang, um Freiwilligenarbeit in Dritte-Welt-Ländern zu leisten.

Mit seiner FNP-Lizenz war es ihm möglich, vor Ort eine Klinik ohne Arzt zu betreiben. Und Rescue brauchte eine Klinik. Selbst wenn die Fahrt nach Soldotna oder Seward nicht lang war, könnte ein Schneesturm oder eine Lawine die Sterling und Seward Highways für ein paar Tage unpassierbar machen.

In der Klinik blockierte ein verbeulter Metalltisch die Tür zu den verschiedenen Untersuchungsräumen und Büros.

Als Gabe hörte, wie etwas gegen eine Wand krachte, gefolgt von zwei weiteren Lauten, hielt er inne. Die Schläge wurden von Flüchen begleitet, die mit *Chinga*-etwas begannen und mit *Cabrón* endeten.

Wenn Caz gereizt war, zog er seine Wurfmesser heraus. Es machte den Anschein, als wäre jemand in einer angepissten Stimmung.

Gabe ging den Flur entlang.

In einem Büro am Ende des Flurs saß Caz hinter einem Schreibtisch. Sein kurzes schwarzes Haar war ungekämmt, seine dunkelbraunen Augen blutunterlaufen und er hatte sich seit ein paar Tagen nicht mehr rasiert.

Gabe räusperte sich.

Caz drehte langsam den Kopf. „Wurde auch Zeit, dass du deinen Arsch in Bewegung bringst."

Da sein Bruder ein Messer hielt und die drei im Schwarzen Brett immer noch zitterten, entschied Gabe – weise, wie er war –, zu schweigen.

Als sich Caz' finsterer Blick aufhellte, lehnte er sich zurück. „Es ist gut, dich hier zu haben, *Viejo*."

Ah ja. Gabe sah zu den Stapeln auf dem Schreibtisch. „Sieht so aus, als hättest du mehr Papierkram als Patienten."

„Die Klinik ist noch nicht geöffnet, also ja. Jedoch wurden alle nötigen Dokumente eingereicht und genehmigt, und ich

bekomme einige Geräte von den verschiedensten Gemeinde-
diensten. Das dringende Zubehör ist bereits bestellt."

„Fortschritt."

„*Sí*. Langsam, aber sicher." Caz erhob sich und streckte sich
mit einem Stöhnen. „Ich hasse es, Formulare auszufüllen."

Die Polizeistation bräuchte ein Budget, Personal, Materialien
... „Das kann ich sehr gut nachempfinden."

„Ich werde bald öffnen können, aber für den Anfang werde ich
allein agieren müssen." Caz zog seine Messer aus dem Schwarzen
Brett.

Gabe verzog das Gesicht. „Die Polizeistation hat insgesamt
zwei Angestellte: einen Streifenpolizisten und einen
Polizeichef."

„Ein Ende des Pendelbogens. Wir starten mit *zu wenig*
Geschäften und *zu wenig* Geld, und mit etwas Glück können wir
den Ansturm von Touristen mit *zu wenig* Dienstleistungen
schwingen. Vor und zurück, vor und zurück."

„Glücklich wird dabei wohl keiner sein."

„So verhält es sich mit Neuanfängen." Caz massierte seine
Schulter – die Schulter, die er sich in dem Jahr ruiniert hatte, in
dem Mako ihnen das Felsklettern beigebracht hatte. „Ich könnte
ein Bier vertragen. Hast du mit Bull gesprochen? Die große Eröffnung der Bar im Roadhouse ist morgen Abend, obwohl das
Restaurant noch nicht ganz fertig ist."

Eine Bar. Das war eine zivilisierte Vorstellung, die er unterstützen konnte. „Gut."

„Sei gewarnt, *mi hermano*, er hofft, dass wir helfen, wenn er mit
seinen Gästen nicht hinterherkommt."

„Egal, wie unrealistisch sie auch sein mögen, es ist gut, Träume
zu haben."

Caz grinste.

Na bitte. Der Hispano mit dem explosiven Temperament war
entschärft worden. *Meine Arbeit hier ist getan.*

„Da du zur Bar gehen willst ..." Caz wühlte in einer Schublade, zog eine kleine Schachtel heraus und warf sie Gabe zu. „Willkommen zurück in der Zivilisation."

„Kondome? Du wirst jeden Tag mehr wie Mako." Der Sarge hatte seine Vorträge zu sicherem Sex normalerweise damit beendet, ihnen Kondome zuzuwerfen. Gabe spürte ein Lächeln bei sich aufblitzen, als er die Schachtel öffnete und drei Kondome in seine Geldbörse steckte.

„Danke, Bruder." Nicht, dass er die Absicht hatte, sie zu benutzen, aber mit seinem medizinisch ausgebildeten Bruder über Dinge dieser Art zu streiten, war sinnlos. „Ich mach' mich besser auf den Weg. Ich muss mit Officer Baumer Zeitpläne ausarbeiten."

„Wir reden heute Abend, wir drei. In Makos Gefrierschrank habe ich noch etwas Lachs, und wir können den Grill in der Eremitage anwerfen."

Gabe schnaubte. Seit sie den Halbkreis aus fünf Hütten auf der anderen Seite des Lynx Lake gebaut hatten, nannte Bull das Gelände *Eremitage*. Argumentiert hatte er mit: *„Was? Es ist die Behausung eines Einsiedlers, oder nicht?"*

Mako hatte das nicht lustig gefunden.

„Sich zum Abendessen zusammenzutun, klingt gut. Ich muss meine Hütte noch auf Vordermann bringen und sie mit Lebensmitteln füllen." Morgen würde er an Bulls großer Wiedereröffnung teilnehmen ... wenn er es ertragen könnte, in der Nähe von so vielen Menschen auf einmal zu sein.

Seine Gedanken kamen zu einem Stopp. Eine Bar. Bull brauchte Personal. Dantes blonder Helfer bekam nur Kost und Logis. Kein Geld. Sie könnte wahrscheinlich einen richtigen Job gebrauchen.

Als Caz' Mundwinkel zuckte, musterte Gabe ihn. „Was soll das dämliche Grinsen?"

„Du hast diesen *Ich habe einen Plan*-Ausdruck nicht verloren."

„Es ist nicht meine Schuld, dass ihr alle dumm genug wart, mir zu folgen."

„Es war eine gute Zeit. Erinnerst du dich, als du beschlossen hast, dass wir dem Bärenjungen helfen sollten, zu seiner Mutter zurückzufinden?"

Die Mutter war ein Braunbär gewesen – und all diese Grizzly-filme hatten bei den Gefahren, sich einer verärgerten Mutter zu nähern, nicht gelogen. Gabe hätte sie fast alle in den Tod geführt. „Es ist kein Wunder, dass sich das Haar des Sergeant mit der Zeit weiß gefärbt hat."

Caz lachte. „Wie lautet also dieser Plan?"

„Möglich, dass ich eine Bardame für Bull habe." Nur vertraute er ihr immer noch nicht.

Er würde sie also im Auge behalten.

KAPITEL FÜNF

Nachdem der Polizeichef gegangen war, beschäftigte sich Audrey damit, die Regale aufzufüllen. Ihre Angst hatte sich jedoch nicht verringert. Sie ließ eine Dose fallen. Beim Aufheben bemerkte sie, dass ihre Hand so stark zitterte, sodass sie ihr erneut runterfiel.

Verdammt nochmal.

Dieser Polizeichef hatte sie gemustert, als wäre sie eine Axtmörderin oder so. *Mein Gott*, er war beängstigend.

„Alles in Ordnung, Mädchen?" Aus dem Gang mit den Milchprodukten schaute Dante vom Auspacken der Milchkartons auf.

„Ich bin einfach ungeschickt, aber mir geht es gut." Fette Lüge. Alles in ihr wollte zurück in ihr Miethaus fliehen.

Es war wirklich interessant, wie schnell das winzige Blockhaus am See zu ihrem Zufluchtsort geworden war, und dass trotz der haarsträubenden Geräusche der Nacht. Eines davon klang wie ein Timer, der über lange Zeiträume hinweg piep, piep, piep machte. Ein anderer Laut ging in die Höhe wie eine Säge, die geschärft wurde.

Oder ... noch schlimmer ... sie hatte etwas im Gebüsch unten am See rascheln hören. Und da sie ein absoluter Feigling war, hatte sie sich als Reaktion die Decke über den Kopf gezogen.

Willkommen in Alaska, Stadtmädchen.

Wenn Spyros wirklich hinter ihr her war, würde ihn vielleicht ein riesiges, fleischfressendes Tier erwischen, bevor er ihre Hütte erreichte.

Apropos, primitives Alaska. Ihre winzige Hütte hatte weder einen Internetzugang noch einen Telefonanschluss. Bis zu ihrer Flucht war ihr nicht mal aufgefallen, wie süchtig sie nach einer Online-Verbindung war – erst an dem Tag, an dem sie ankam und feststellte, dass sie keine hatte.

Jetzt besuchte sie jeden Morgen das Café, um dort das kostenlose Internet zu nutzen und ihre E-Mails zu lesen.

Nur leider enthielten ihre E-Mails niemals gute Nachrichten.

Beim Stapeln von Rindereintopf zog sie die Augenbrauen zusammen. Spyros war immer noch auf freiem Fuß. Special Agent Dennison dachte, der Killer hätte sich irgendwo versteckt, um zu heilen. Am Tag nach ihrem Angriff wurde die Leiche eines Augenarztes im OP-Saal seiner Klinik gefunden. War der Augenchirurg gezwungen worden, Spyros am Auge zu operieren?

Sich wegen des Todes des Arztes schuldig zu fühlen, war töricht, aber ... wenn sie Spyros nicht verletzt hätte, wäre der Arzt noch am Leben. Gott, das Letzte, was sie jemals gewollt hatte, war, die Ursache für den Tod eines anderen Menschen zu sein.

Aber hier, einen Kontinent entfernt, stellte sie für niemanden ein Risiko dar – nicht in dieser winzigen Stadt, von der noch nie jemand gehört hatte. Es gab keine Verkehrskameras, keine Reporter. Sie hatte die Perücken und Verkleidungen aufgegeben. Nur das Make-up benutzte sie noch, um die letzten Prellungen zu bedecken. Es war schön, in einen Spiegel zu schauen und sich wiederzuerkennen: blonde Haare, graue Augen, Sommersprossen.

Die Ladentür öffnete sich und ein bärtiger Mann in einem Overall und einem Flanellhemd kam herein, begleitet von dem Gestank eines ungewaschenen Körpers.

Eklig. Sie nickte ihm höflich zu und nahm ihren Platz hinter der Kasse ein, um seine Einkäufe zu scannen. Denn das war jetzt ihr Job.

Wie lange würde sie sich in Alaska verstecken müssen? Ihr Leben war in Chicago. Ihr Job, ihre gemütliche Wohnung, ihre Freunde. Okay, vielleicht hatte sie mehr Arbeitsbekanntschaften als Freunde, aber trotzdem ...

Sicherlich müsste sie nicht für immer wie eine verängstigte Maus herumhuschen.

Zumindest hatte sie herausgefunden, wie sie ihre IP-Adresse mithilfe von Software verstecken konnte, damit sie mit Dennison den E-Mail-Kontakt nicht verlor. Er hatte ihr gesagt, dass sie Quentins Leiche gefunden hatten. Man hatte den Autoren gefoltert, bevor er schließlich sterben musste.

Gefoltert. Ihre Hände ballten sich vor Wut – und Angst – zusammen.

Dennison schrieb, dass das Pharmaunternehmen trotz frustrierender Hindernisse strafrechtlich verfolgt werden würde.

Allerdings hatte er Spyros' Informanten beim FBI noch nicht ausfindig machen können. Und als eine Task Force Ermittlungen eingeleitet hatte, war ihre Verbindung zu Quentin ans Licht gekommen, sodass ihr Foto in den Chicagoer Zeitungen erschienen war.

Ich will nachhause. Depressive Gedanken legten sich wie ein schweres Gewicht auf ihre Schultern.

Von hinten hörte sie Schritte. Sie schüttelte die bösen Gedanken ab. *Lächeln.*

Mit finsterer Miene stellte der bärtige Mann ein Sixpack auf die Theke. „Gib mir eine Packung Zigaretten. Die dort." Er zeigte auf die Marke.

Sie griff sich die Zigaretten und scannte alles ein. Bevor sie ihm die Gesamtsumme sagen konnte, warf er ihr ein Bündel Geldscheine hin, sein Mund noch immer weit von einem Lächeln entfernt. Jemand war heute wirklich mit dem falschen Fuß aufgestanden.

Schweigend gab sie ihm sein Wechselgeld. Er ging hinaus und traf an der Tür auf Chief MacNair. Als der Chief auch mit diesem grimmigen Blick bedacht wurde, fühlte sich Audrey gleich besser. Die Feindseligkeit des Mannes war nicht auf sie beschränkt.

Ihre Erleichterung blieb kurzweilig, als der Polizist direkt auf sie zukam.

Warum musste er so groß und gemein aussehen? Gott, er war fast so beängstigend, wie es ihre Angreifer gewesen waren. Nein, nein, war er nicht. Was hatte sie sich bei dem Gedanken nur gedacht?

Sie rieb ihre feuchten Handflächen an ihrer Jeans ab und zwang sich zu einem Lächeln. „Chief, kann ich Ihnen helfen?"

„Nein." Er erwiderte das Lächeln nicht. „Interesse an einem Job?"

Die Hoffnung in ihr stieg auf wie ein mit Helium gefüllter Ballon. Ein Job. Nur … Sie beäugte ihn misstrauisch. Männer, die Frauen Jobs anboten, ohne ihre Fähigkeiten zu kennen, suchten möglicherweise nach … intimen Dienstleistungen. Sogar Nerds wie sie bekamen hin und wieder Angebote dieser Art.

Nein, sie war übervorsichtig. Obwohl er einschüchternd war, wirkte er nicht wie ein notgeiler Idiot. Oder wie jemand, der es nötig hatte, auf diese Weise an Bettpartner zu kommen. Er war nicht gerade hinreißend, aber seine raue Männlichkeit zog Frauen wahrscheinlich an wie Bienen zum Klee. Sie bezweifelte doch stark, dass er jemals für Sex bezahlen musste. „Was beinhaltet dieser … Job?"

„Getränke servieren in einer Bar. Oder vielleicht als Kellnerin im Restaurantbereich arbeiten."

„Ähm …" Ein Ort voller Menschen? In der Bibliothek hatte sie es in der Regel immer nur mit einer Person zu tun. Und ihre Recherchetätigkeit hatte über das Internet stattgefunden. Sie nahm die Anfrage des Kunden an, erledigte die Arbeit und gab Informationen zurück. „Ich ..."

Sie überlegte. Vielleicht war der Unterschied gar nicht so groß. Bestellung aufnehmen, Getränke an den Tisch bringen. Zittrig atmete sie ein. „Ich bin interessiert, aber ..."

Wie ehrlich sollte sie sein?

„Aber was?"

Hinter dem Rücken des Polizisten lächelte Dante sie ermutigend an.

„Ich habe noch nie gekellnert."

Der Polizeichef musterte sie und zuckte dann mit den Schultern. „Am Ende entscheidet der Besitzer." Er deutete zur Tür.

„Jetzt sofort?" Ihre Stimme kam als Quietschen heraus und sie errötete. Aber mal im Ernst! Keine Vorbereitungszeit? Nachschlagen, was Kellnerinnen so machten? Welche Kleidung sie trugen?

„Was du heute kannst besorgen ... Das Roadhouse öffnet morgen."

Oh. Sie sollte so schnell wie möglich dorthin gehen, wenn sie den Job haben wollte. Sie zögerte und sah wieder zu Dante.

„Geh nur, Mädchen. Du brauchst einen Job, bei dem man dich bezahlt. Selbst, wenn du ihn an Land ziehst, kannst du hier immer noch für Unterkunft und Verpflegung arbeiten."

Er war so ein netter Mann. Als er ihr die Hütte angeboten hatte, sagte er ihr, dass sie wie seine verstorbene Tochter aussah. Die Trauer in seinen Augen hatte Audrey das Herz gebrochen.

Sie lächelte ihn an. „Danke, Dante. Das klingt perfekt."

„Es ist nicht weit", sagte der Chief. „Wir können laufen."

Schweigend lief er neben ihr her und bog rechts ab, dann links in die Sweetgale Street.

Aus dem Augenwinkel betrachtete sie ihn. Warum konnte der Kerl keinen Bierbauch und ein Doppelkinn oder so haben? Nein, sein Bauch war flach, seine Schultern breit und sein Kiefer markant. Fies aussehend. Selbst ein schwaches Hinken konnte die Bedrohung, die er ausstrahlte, nicht mindern.

Er erwischte sie dabei, wie sie ihn ansah. „Keine Bange, das Gefängnis liegt in der anderen Richtung."

„Was für eine Erleichterung", murmelte sie, und bei seinem leisen Glucksen stolperte sie. Er hatte also einen Sinn für Humor. Wer hätte das gedacht? „Wo ist dieses Roadhouse?"

„Da." Er deutete mit dem Finger. Das Gebäude befand sich an der Kreuzung von Sweetgale und Dall – der Straße, die zum Resort führte. Ein langes Außendeck überblickte den ovalen See.

„Das ist eine großartige Lage."

Er betrachtete das Gebäude, als hätte er das vorher nicht bemerkt, und nickte. Er gehörte nicht gerade zu dem Schlag, der einem Mädchen das Ohr abkaute, *hmm*?

Ein riesiges Holzschild hing an dem alten Blockhaus. Der Name *Bull's Moose Roadhouse* streckte sich in einem Bogen über die Silhouette eines Elchs. „Heißt es nicht *bull moose*? Elchbulle?"

„Ja, aber der Name des Besitzers ist Bull."

Die Eltern des Mannes hatten ihr Kind Bull genannt? Wie furchtbar war das bitte?

Der Chief öffnete die Tür und sie ging hinein. Die massiven Baumstämme, aus denen die Wände bestanden, waren in einem dunklen Gold eingefärbt.

Kronleuchter aus Wagenrädern hingen hoch oben an massiven Balken. Ein Rahmen aus gestreckten Tierhäuten trennte den Barbereich vom Restaurant. Im Barbereich standen alte Holztische und -stühle auf dem mit Sägespänen bedeckten Holzboden. Vor der kleinen, erhöhten Bühne auf der rechten Seite befand sich eine Tanzfläche. Das Dekor enthielt Geweihe an den Wänden, aber zum Glück gab es keine Tierköpfe oder -körper.

Gab es eine Dekorationskategorie namens *Rustikales Alaska*?

„Wir haben nicht geöffnet", brüllte eine laute Bassstimme von hinten. „Komm morgen wieder."

„Ich habe eine mögliche Kellnerin für dich." Der Polizeichef führte sie mit einer Hand auf dem unteren Rücken nach vorne.

Als er sie wieder losließ, spürte sie den Verlust der – beruhigenden – Berührung.

„Gabe? Wurde auch Zeit, dass du kommst!" Der Besitzer trat aus dem hinteren Bereich in den Hauptraum.

Guter Gott! Kein Wunder, dass er Bull genannt wurde.

Dieser Mann war mindestens zehn Zentimeter größer als der hoch aufgewachsene Polizeichef und einfach riesig. Mit einem rasierten Kopf, einem grau-schwarzen Spitzbart und schwarzen Augen zeigte sich dieser Mann auf eine gänzlich andere Weise bedrohlich. Die Begegnung mit dem Chief war wie ein unerwartetes Zusammentreffen mit einem Wolf – eine Gefahr, über die sie sich in Chicago nie Sorgen machen musste. Bull war ein Stadtbus, der eine Person platt machte, ohne dass die Passagiere die Unannehmlichkeit zu spüren bekamen.

Bull umarmte den Chief mit einem Arm, und gab ihm dann einen knochenbrechenden Klaps auf den Rücken. „Warum hast du so lange gebraucht, alter Mann?"

Schaut euch das an. Es fehlte nicht viel und Chief MacNair würde lächeln. Aber ... hatte Bull ihn gerade alt genannt? Sie runzelte die Stirn. Der Polizist sah ein paar Jahre älter aus als sie, wahrscheinlich in seinen Dreißigern, jedoch noch immer weit entfernt von vierzig.

„Meintest du nicht, du hättest Hilfe für mich?", fragte Bull.

„Ja." Der Chief wies mit dem Kinn auf sie. „Juliette Wilson."

Bulls Augen verengten sich, als er ihr ins Gesicht sah.

Verdammt nochmal. Im hellen Licht konnte das Make-up ihre Prellungen wohl nicht vollständig verstecken.

Sein schwarzer Blick fegte über sie. „Von außerhalb würde ich vermuten."

Echt jetzt? Sie warf einen Blick auf die Tür und sagte höflich: „Ja, wir sind von draußen gekommen."

Der Gesichtsausdruck des Chiefs war unlesbar. „Er meint, dass Sie von den *Unteren 48* kommen."

Oh. Sie zögerte. Natürlich ging sie nicht als Langzeitalaskaner durch. „Richtig. Ja."

„Dachte ich mir." Bull sah zu Chief MacNair und runzelte die Stirn. „Bring ihr bei, hier zu überleben, damit ich sie nicht gleich in der ersten Woche an einen Elch verliere."

Großartig. Ihr potenzieller Chef lachte bereits über sie. „So naiv bin ich nun auch nicht. Sogar ich weiß, dass Elche keine Fleischfresser sind."

Chief MacNair lächelte schon wieder. Fast. „Nein, sie sind jedoch extrem reizbar."

Oje.

Bull zeigte auf die Bar im hinteren Bereich. „Ich habe endlich die Wasserhähne und Limonadenspender angeschlossen. Willst du etwas trinken, während wir reden?"

„Ein Root Beer wäre gut", sagte sie.

Als Bull zur Bar schlenderte, deutete Gabe auf einen Tisch und zog einen Stuhl für sie heraus. Er hatte wirklich gute Manieren.

Er war trotzdem noch beängstigend.

Anstatt sich ihr am Tisch anzuschließen, stellte er seinen Fuß auf einen Stuhl und stützte sich mit den Unterarmen auf seinem Oberschenkel ab, von wo er auf sie hinunterblickte. „Kommen Sie mit Bull allein klar?"

Sie starrte ihn an. Er war ... nett zu ihr. Das kam so unerwartet. „Ja, ich komme klar. Danke, dass Sie mir diese Gelegenheit verschafft haben."

Seine Augen verengten sich wie bei Bull, und sie fragte sich, was sie diesmal gesagt hatte. „Gibt es ein Problem?"

„Manchmal klingen Sie, als sollten Sie sich lieber für eine Professorenstelle an einem College bewerben."

Oh, verdammt. Sie wollte nicht wie ein Nerd klingen. Sie zog ihre Schultern zurück und hob das Kinn. „Ich versuche lediglich, meinen zukünftigen Arbeitgeber zu beeindrucken."

„Mhmhmm", stimmte er höflich zu, und sein rechter Mundwinkel zuckte. Dann zogen sich seine dunklen Augenbrauen zusammen. „Eine Warnung: In den Bars Alaskas kann es rau zugehen."

Sie unterdrückte das Gefühl, zusammenzucken zu wollen und warf stattdessen ihre Schultern zurück. *Klinge selbstbewusst, Frau. Du hast ein Rückgrat.* Sie brauchte diesen Job. „Machen Sie sich keine Sorgen um mich. Ich schaffe das schon."

Mit der Sorgenfalte zwischen seinen Augenbrauen omnipräsent sah er zu Bull, der sich mit zwei Drinks näherte. „Du wirst auf sie achtgeben?"

„Darauf kannst du dich verlassen."

Gabe nickte ihr zu. „Viel Glück, Cheechako."

Was zum Teufel war ein *Cheechako*? Ihre Finger zuckten in Richtung ihres Handys, nur dass es kein Smartphone war, sondern lediglich ein billiges Prepaid-Handy. Google stand ihr also nicht zur Verfügung.

Als der Chief sie ihrem Schicksal überließ, setzte sich Bull ihr gegenüber hin. „Was hast du für Erfahrungen? Hast du schon mal in einer Bar oder einem Restaurant gearbeitet?"

„Ähm, nein." Sie schaffte ein Lächeln und bereitete sich darauf vor, ihr Bestes zu geben. „Aber ich lerne schnell." Noch besser wäre es gewesen, wenn sie vor diesem Vorstellungsgespräch das Internet hätte befragen können.

„Keine Erfahrung, hmm? Du bist über einundzwanzig, ja?"

Als sie nickte, musterte er sie. „Ich habe ein paar, die jünger sind. Sie dürfen keinen Alkohol servieren, aber sie können im Restaurant arbeiten. Was ich jetzt brauche, ist Barpersonal."

Sie verschränkte die Finger unter dem Tisch. „Ich würde es gerne versuchen."

Er rieb sich den Mund und seufzte dann. „Also gut. Gabe irrt sich selten in Bezug auf Menschen. Mal sehen, wie du dich machst." Er streckte seine Hand aus. „Willkommen im Team, Juliette."

Anstatt aufzustehen und einen Siegestanz zu vollführen –

etwas, das sie nie in der Öffentlichkeit tun würde –, lächelte sie und schüttelte ihm die Hand.

———

Audrey verließ die Kneipe, ihre Füße berührten kaum den Kiesparkplatz. Sie hatte das Gefühl, zu schweben!

Wow, was für ein kurzes Vorstellungsgespräch. Um ihre Position als Auskunftsbibliothekarin zu erhalten, musste sie ihren Lebenslauf einreichen, einen vorläufigen Dialog per Telefon führen und dann einen ganzen Tag lang an der Universität durch einen Prozess gehen, der zudem eine Präsentation beinhaltet hatte.

Dieses Vorstellungsgespräch ... Sie hatte nicht einmal Zeit gehabt, ihr Root Beer zu beenden.

Trotz des abgekürzten Charakters des Gesprächs hatte sie sich einen Job ergattert. Das Beste von allem war, dass Bull zugestimmt hatte, sie während der Probezeit in bar zu bezahlen, was bedeutete, dass ihr gefälschter Ausweis nicht überprüft wurde.

Einmal auf dem Bürgersteig zögerte sie. Sie könnte umdrehen und in die Innenstadt zurückkehren. Von hier aus konnte sie den See hinter *Bull's Moose Roadhouse* sehen. Ihre Hütte lag am See. Wenn sie dem Seeweg durch den winzigen, ungepflegten Stadtpark folgte, sollte sie nachhause kommen.

Es war ein schöner sonniger Tag und ein kleiner Spaziergang klang nett. Vorausgesetzt, sie begegnete keinem leicht reizbaren Elch. Hatte Chief MacNair darüber Witze gemacht? Sie hatte den Eindruck gewonnen, dass er es ernst meinte, während er es gleichzeitig genossen hatte, sich über sie lustig zu machen.

Vielleicht würde Dante ihr die Wahrheit sagen. Oder sie könnte im Café potentiell gefährliche Tiere in Alaska in die Suchmaschine eingeben.

Als sie den Kiesweg hinunterschlenderte, lächelte sie beim Anblick eines Wasserflugzeugs, das vom See abhob. Es stieg mühelos in den Himmel. So cool. Dante meinte, wenn sie früher nach Rescue gekommen wäre, wären die Flugzeuge eher mit Skiern als mit Schwimmern auf dem See gelandet. Alaska war einfach anders.

Und der See war viel größer, als sie vermutet hatte.

Erschöpft und mit schweren Beinen kam sie bei ihrer Hütte an. Es war peinlich, aber sie musste zugeben, dass sie vollkommen außer Form war. Wenn sie ehrlich war, dann hatte sie in Chicago nicht mal daran gedacht, spazieren oder gar wandern zu gehen. Für Wege von A nach B hatte Gott schließlich das Taxi geschaffen.

Sie bog vom Seeufer auf den schmalen Feldweg ab, der zu den vier Miethütten führte. Dante war extrem großzügig zu ihr gewesen. Er hatte mal zu ihr gemeint, er habe die Hütten vor Jahren gebaut, als die Stadt größer war, und dass heutzutage nur alle Hütten besetzt waren, wenn Fangsaison war.

Ihre Hütte ähnelte einer möblierten Ein-Raum-Wohnung – einem großen Zimmer mit einem Wohnbereich in der vorderen Hälfte, eine Küche und ein Esstisch befanden sich links und ein Schlafzimmer hinter einem Vorhang in der rechten Ecke. Das winzige Badezimmer hatte eine ebenso winzige Dusche.

Nichts Außergewöhnliches. Aber die Hütte hielt einen Holzofen zum Heizen, einen Tisch und zwei Stühle, eine Couch und einen Sessel sowie ein Bett und eine Kommode bereit. Die Küche beherbergte einen kleinen Kühlschrank, einen Herd, Töpfe, Besteck und Geschirr. Alles Notwendige, um zu überleben ... auch, wenn ihre Wäsche in den Waschsalon in der Innenstadt gebracht werden musste.

Und sie sammelte immer noch neue Fähigkeiten.

Am ersten Tag hatte Dante ihr gezeigt, wie man ein Feuer im Holzofen machte. Seither hatte sie alle weiteren Feuer allein gestartet. Es war peinlich, wie stolz sie diese Leistung machte.

Lächelnd ging sie durch die Hütte, durch die Hintertür und kletterte auf den Picknicktisch. Sie hatte sich immer als praktische Person betrachtet. Das Leben in einer rustikalen Hütte ohne Internet, ohne Wasch- oder Spülmaschine oder gar Klimaanlage war ... *hmm*, ein Abenteuer?

Und wenn sie hier draußen saß und auf den sonnenbeschienenen See und die herrliche Bergkette dahinter blickte, trat das Bedürfnis nach modernen Annehmlichkeiten in den Hintergrund.

Hier wollte sie sein.

Obwohl ... Ein Schauer der Sorge durchlief sie. Wie wurde man zu einer Kellnerin?

Wenn sie in Restaurants bedient worden war, hatte der Job nicht allzu kompliziert ausgesehen.

Gleich morgen früh würde es für sie in das Café gehen. Dort würde sie ihren Laptop herausziehen und nachschauen, ob es Tricks gab, die sie an ihrem ersten Tag als Kellnerin anwenden konnte.

KAPITEL SECHS

A m nächsten Abend bog Gabe mit seinem Jeep mit steigender Vorfreude auf den Parkplatz des *Bull's Moose Roadhouse* ein.

Bull hatte die Neue angeheuert. Das war gut.

Nichtsdestotrotz war Gabe ein bisschen besorgt, denn (a) hatte er sie instinktiv empfohlen und nicht, weil er sich ihres Charakters sicher war, und (b) war sie vielleicht nicht auf eine Bar wie diese vorbereitet.

Zumindest hatte es sein Bruder geschafft, einen weiteren Kellner zu finden – einen Jungen, der gerade einundzwanzig geworden war. Der junge Mann hoffte auf einen Job in *McNally's* Resort, also war es gut möglich, dass er nicht lange bleiben würde. Aber für den Moment müsste sich Ms. Wilson nicht allein um die Gäste kümmern.

Und Gabe würde heute Abend vor Ort sein, um sicherzustellen, dass er seinen Bruder nicht in die falsche Richtung geführt hatte.

Nachdem Gabe den Jeep mit einem befriedigenden Piepen abgeschlossen hatte, ging er zur Bar. Ein Grand Opening-Banner hing zwischen zwei Bäumen, um die Welt darüber zu informieren, dass *Bull's* jetzt im Geschäft war. Zumindest der Teil mit der Bar.

Im Inneren, an einem Tisch in der Nähe der Tür, beobachteten zwei Männer in ihren Sechzigern das Treiben der Menschen. Gabe musste zweimal hinsehen, bevor … „Ich kenne dich. Tucker?"

„Ja?" Tucker beäugte Gabe. Sein Lächeln ging in seinem buschigen grauen Bart regelrecht unter. „Oh, du bist Makos Junge."

Junge? Nach zwei Jahrzehnten auf den verschiedensten Schlachtfeldern fühlte er sich alt. „Schön, dich zu sehen."

Als Selbstversorger lebte Tucker in einer abgelegenen Hütte im Wald. Vor ein paar Jahren hatte er sich dann das Bein gebrochen und Sarge hatte Gabe den Auftrag gegeben, ihn regelmäßig mit Essen und Wasser zu versorgen. Das hatte für einen interessanten Urlaub gesorgt.

Tucker wedelte mit der Hand zwischen Gabe und dem anderen Mann hin und her. „MacNair. Guzman. Guzman gehört das Land neben meinem."

Anhand von Guzmans verblichener Kleidung und seinem verwitterten Aussehen würde Gabe vermuten, dass auch er zu den Selbstversorgern gehörte. Er nickte höflich und fragte dann Tucker: „Wie geht es dem Bein?"

„Ist gut geheilt. Zum Großteil. Allerdings muss ich dir sagen, dass ich jetzt immer weiß, wann sich das Wetter ändern wird." Das Lächeln des Mannes verblasste. „Schade, dass es mich nicht davor gewarnt hat, dass sich die Stadt in eine Touristenfalle verwandeln wird."

Ja, nun, Gabe wusste, wie sich der alte Mann fühlte, besonders in Bezug auf den Zustrom von Menschen. „Vielleicht bringt die Veränderung etwas Gutes mit sich. Wusstest du, dass Dante geplant hatte, das Lebensmittelgeschäft zu schließen, weil die Bevölkerung immer weiter abgenommen hat?"

Guzmans Kiefer klappte auf, sodass seine Silberfüllungen

aufblitzten. „Dann müssten wir nach Soldotna fahren, um Lebensmittel einzukaufen?"

„So ist es." Gabe erinnerte sich an Tuckers alten Pick-up und bezweifelte, dass das Fahrgestell jünger geworden war.

„Zur Hölle nochmal, ich werde mich mit den verdammten Touristen abfinden, wenn es das ist, was nötig ist, um das Lebensmittelgeschäft offen zu halten." Tucker zuckte mit den Achseln. „Schließlich werden wohl nicht plötzlich Touristen vor meiner Tür stehen."

Gabe hätte am liebsten gegrinst. Tuckers Hütte lag gut versteckt und auf einem fast unpassierbaren Feldweg. „Nein, ich bezweifle, dass du Touristen sehen wirst, solange du nicht in die Stadt kommst. Wenn du das tust, kannst du es genießen, wieder eine Bar zu haben."

Beide Männer lächelten bei dieser Erkenntnis. Selbst Menschen, die sich für den Lebensstil eines Selbstversorgers entschieden hatten, mussten die Gegenstände kaufen, die man nicht von Hand herstellen konnte. Und die Alaskaner mochten ihren Alkohol. Ein bisschen zu viel würde jeder Strafverfolgungsbeamte sagen.

Gabe runzelte die Stirn. „Die Herausforderung wird sein, unsere Lebensweise beizubehalten und trotzdem von den Vorteilen zu profitieren."

Diesen Drahtseilakt zu gehen, wäre sicher nicht einfach. Die Leute, die abseits lebten, wollten die Stadt nicht florieren sehen. Andere Bewohner sahen das Geld, das der Tourismus hervorbringen konnte. Rescue musste einen Mittelweg finden.

Nachdem er sich verabschiedet hatte, suchte sich Gabe einen leeren Tisch. Heute Abend musste er nicht arbeiten und freute sich auf ein kaltes Bier. Der andere Officer hatte Dienst.

Nach dem gestrigen Treffen mit Baumer hatte Gabe den erstellten Schichtplan an die Abfertigungsstelle weitergegeben und veranlasst, dass die Trooper die restlichen Stunden abdeckten. Eines Tages, wenn die Kassen der Stadt gefüllt wären, würde er für die Touristenmonate saisonale Streifenpolizisten einstellen.

Nachdem er seine Jacke ausgezogen hatte, machte er es sich bequem und sah Bull bei der Arbeit zu.

Sein Bruder lachte und scherzte mit der Menge. Natürlich waren viele Frauen da, die alle versuchten, seine Aufmerksamkeit zu erregen. Der Sarge pflegte zu sagen, dass Bull Frauen anlockte, wie eine rollige Katze willige Kater anzog.

Bull servierte einer älteren Dame ein schaumiges Getränk und brachte mit einem einschüchternden Blick einen anstößigen, alteingesessenen Bewohner Alaskas zum Schweigen, der Besucher aus den Unteren 48 verunglimpfte. Ja, Bull war in seinem Element, wenn er von Menschen umgeben war.

Gabe schüttelte den Kopf. Anscheinend war er selbst im Laufe der Jahre verbittert geworden. Zu viele Menschen waren grausam ... oder einfach nur Idioten. Leider durfte er als Strafverfolgungsbeamter Dummheit nicht mit der Faust bestrafen.

Klang jedoch verlockend. *„Entschuldigen Sie, Sir, Sie sind zu schnell gefahren. Steigen Sie bitte aus dem Auto."* Eine gebrochene Nase später ...

Wie viel Papierkram er auf diese Weise vermeiden könnte.

Gabe lehnte sich in seinem Stuhl zurück und ließ den Blick durch den Raum schweifen. Eine gute Mischung. Es gab Einheimische in alten Carhartt-Jeans, Xtratuf-Stiefeln und Flanellhemden über T-Shirts. Diejenigen, die Designer-Jeans und ausgefallene Tops trugen, waren wahrscheinlich Touristen. Der Sommertourismus hatte begonnen.

Die meisten Tische waren besetzt. Sehr nett.

„Kann ich Ihnen etwas zu trinken bringen, Chief?"

Die süße, klare Sopranstimme war so völlig weiblich, dass sein Schwanz zuckte. Mit einem kläglichen Grunzen wechselte er in eine bequemere Position und lächelte Bulls neue Bardame an. Nein, nicht politisch korrekt. Die neue Kellnerin.

Ihr glänzendes goldenes Haar hatte sie zu einem niedrigen

Pferdeschwanz zurückgebunden. Sie trug Jeans, Turnschuhe und ein grünes T-Shirt mit dem Schriftzug: *Es gibt zwei Arten von Menschen: 1) Diejenigen, die aus unvollständigen Daten extrapolieren können.*

Es dauerte eine Sekunde, aber es entkam ihm ein Lachen.

Als sie sah, wohin er schaute, grinste sie und freute sich sichtlich, dass er den Witz verstanden hatte.

„Guten Abend, Ms. Wilson."

„Sich in dieser Gegend zu siezen, ist wahrscheinlich lächerlich. Julie reicht." Ihr warmes Lächeln könnte Eiswürfel schmelzen.

„Also gut. Wie läuft es, Julie? Du siehst ein bisschen müde aus."

Da ihre Hände ein Tablett voller Leergut hielten, blies sie sich eine eigensinnige Haarsträhne aus ihren Augen. „Es ist irre voll heute, oder? Gott sei Dank hat Bull einen weiteren Kellner gefunden. Wo kommen all diese Leute her?"

„Meine Vermutung ist, dass einige davon Angler aus den Angelcamps und Lodges sind. Dann gibt es die Touristengruppe aus dem Resort. Der Rest sind Einheimische, sowohl von hier als auch von außerhalb."

„Von außerhalb der Stadt?" Sie runzelte die Stirn. „Dante meinte, es gäbe nur in der Stadt und entlang des Highways Strom. Als ich aber die Straße hinunterfuhr, sah ich nicht sehr viele Häuser – nicht genug, um die Bar zu füllen."

„Du kannst die Hütten, die abseits des Highways liegen, von hier nicht sehen. Und wir reden hier von Hütten ohne Strom, ohne Wasser oder Sanitärinstallationen – und Variationen davon."

„Keine Leitungen oder Rohre?" Sie rümpfte die Nase. „Sie müssen Außenanlagen wie ein Klohäuschen benutzen?"

Verdammt, sie war süß.

„Ich fürchte ja." Er unterdrückte ein Lächeln. Den ganzen letzten Winter hatte er seinen Hintern einem Häuschen wie diesem entblößt. Die baumelnden Hoden eines Mannes bei minus zwanzig Grad gaben der Redewendung *Die Eier abfrieren* eine neue

Bedeutung. „Klohäuschen sind eine Notwendigkeit, wenn man die Zivilisation nicht mag."

„Menschen sind faszinierend, oder?" Sie schüttelte den Kopf. „Kann ich dir irgendetwas bringen?"

„Ich nehme ein Schwarzbier – *Off-the-Road*."

Sie strahlte ihn an. „Du musstest nicht mal fragen, was wir haben. Ich bin gleich zurück."

Und das war sie tatsächlich. Nachdem sie ihm sein Bier gebracht und sein Geld eingesteckt hatte, ging sie zum nächsten Tisch, bevor sie sich wieder zur Bar aufmachte. Warum brachte sie immer nur die Getränke für einen Tisch?

Gabe musterte sie aufmerksam.

Sie bewachte ihren Oberkörper, indem sie ihre Ellbogen nach unten nahm, sobald die Gefahr bestand, dass jemand in sie stoßen könnte. Er hatte sich ein paar Mal die Rippen gebrochen, Konsequenzen für eine schlechte Landung nach einem freien Fall und später bei einem hässlichen Kampf im Irak-Sandkasten. Er hatte seine Rippen nach jeder Verletzung einen guten Monat lang davor bewahrt, mehr einstecken zu müssen.

Als sie sich all die Blutergüsse zugezogen hatte, mussten auch ihre Rippen gelitten haben. Kein Wunder also, dass sie leichte Lasten auf ihrem Tablett bevorzugte.

Wer hatte ihr das angetan? War der Bastard in Rescue?

Als er die Hälfte seines Bieres in einem Zug trank, brodelte die Wut in ihm. Schließlich stellte er das Glas ab und schob es in die Mitte des Tisches.

Er sollte über Julies Verletzungen keine voreiligen Schlüsse ziehen. Vielleicht hatte sie einen Autounfall gehabt.

Aber ... sie fürchtete das Gesetz. Diese Tatsache war bedenklich. Verdächtig sogar. Ist sie vor einem Mann geflohen? Oder, weil sie befürchtete, verhaftet zu werden?

Er fuhr mit dem Finger durch eine nasse Stelle auf dem Tisch und beobachtete, wie sich Audrey um ihren Bereich kümmerte und sich von Minute zu Minute wohler fühlte.

Ihr Lächeln kam leichter. Sie unterhielt sich sogar mit den raueren Kunden, ohne besorgt auszusehen – auch wenn sie jedes Mal zusammenzuckte, sobald jemand brüllte. Er nickte aus Respekt vor ihrem Mut und ihrer Entschlossenheit. Obwohl sie schüchtern und ein bisschen überwältigt war, machte sie einen verdammt guten Job.

Audreys schmerzende Füße fühlten sich an wie Pancakes, und jedes Mal, wenn sie ein schweres Tablett hob, hatte sie das Gefühl, dass sich ein Messer in ihre Rippen bohrte. Nichtsdestotrotz war sie noch nie so guter Stimmung gewesen. Sie rockte diesen Job!

Hatte sie sich Sorgen gemacht? Ja. Zumal die Tipps auf den verschiedenen Websites stets betont hatten, dass sie sich gesellig zeigen sollte. Die Grundlagen jedoch waren machbar: *Lächeln. Bleib interessiert und optimistisch. Ignoriere unhöfliche Kommentare. Halte die Tische sauber.*

Sich an Getränke und Menschen zu erinnern, war nicht schwer.

Die Anweisung Augenkontakt herzustellen? Das war eine größere Herausforderung, aber auch in dem Punkt machte sie Fortschritte. Und die Leute schienen sie zu mögen.

Sie hätte nie gedacht, dass sie eine gute Kellnerin abgeben würde.

Lächelnd trat sie an einen Tisch mit vier Männern, die recht mittig saßen. „Guten Abend. Mit was kann ich euch heute glücklich machen?"

„Da fallen mir ein paar Dinge ein." Der Mann griff um sie herum und packte ihren Arsch. Hart.

Sie schnappte schockiert nach Luft und schaffte es gerade so, ihm das Tablett nicht über den Kopf zu schlagen. Stattdessen trat sie außer Reichweite. „Berührt wird nicht."

Im Laufe des Abends hatte sie ein paar Klapse auf den

Hintern bekommen – was nervig war –, aber dieser Typ hatte sie tatsächlich begrabscht.

„Was ist das Problem, Mädchen? Nicht an die Hände eines Mannes gewöhnt?" Der schwarzbärtige Mann, der an eine Vogelscheuche erinnerte, war in seinen Vierzigern, und er war nicht derjenige, der sie gepackt hatte.

„Bitte nicht anfassen." Ihr gelang es, einen gelassenen und dennoch festen Ton aufzusetzen. „Was kann ich euch zu trinken bringen?"

Der Vogelscheuchenmann lehnte sich zurück und ließ den Blick über sie schweifen, als wäre sie eine Ware, die er gedachte, zu erwerben. Tatsächlich trugen alle vier Männer den gleichen entsetzlichen Ausdruck.

Sie trat einen weiteren Schritt zurück und hob ihre Stimme: „Wollt ihr nun bestellen oder nicht?"

Der Vogelscheuchenmann betrachtete sie erneut von Kopf bis Fuß und hinterließ bei ihr das Gefühl, sich gründlich waschen zu wollen. „Vier mal Bier – das billigste vom Fass."

Als sie davonlief, war es das unwohle Gefühl in ihrer Magengegend, das ihr den Spaß an dem Abend nahm. Wie konnten sich Leute so verhalten? Und was sollte sie tun?

Bis zu diesem Vorfall hatte sie sich gut geschlagen, obwohl sie sich um einiges langsamer bewegte als der andere Kellner. Irgendwie gelang es Felix, gleichzeitig mit süßen Kerlen zu flirten und ein volles Tablett zu verteilen, ohne auch nur einen Tropfen zu verschütten. Es war beeindruckend.

Natürlich hatte er keine angeknacksten Rippen.

Sie gab ihre Bestellungen an Bull weiter.

„Danke, Julie." Er grinste sie an, bevor er sein Gespräch mit drei Gästen fortsetzte. Zumindest schien es ihn nicht zu stören, dass sie langsam war.

Um genau zu sein, waren alle sehr freundlich. Okay, ein paar Jungs waren übermäßig freundlich gewesen – warum waren einige

Männer so widerlich? –, aber insgesamt war die Nacht gut verlaufen. Bis jetzt.

Sie betete, dass Vogelscheuchenmann und seine Freunde bald gehen würden.

Nachdem Bull die vier Gläser Bier auf ihr Tablett gestellt hatte, schlängelte sie sich durch den überfüllten Raum. An einem Tisch saßen Sarah aus dem Café und Dante, die sie beide freudig begrüßten. Am nächsten Tisch hob der grauhaarige, bärtige Hippie, dem die Tankstelle gehörte, in einem Gruß seine Flasche. Sein Batikhemd war ein Kunstwerk. Als sie an ihm vorbeikam, nahm sie einen Hauch von Marihuana wahr.

Die Bar war ein berauschendes Potpourri an Düften. Die Fischer trugen eine beißende Kombination aus Schweiß und Fisch herum. Ein paar Ureinwohner Alaskas und mehrere nach Hinterwäldlern aussehende Männer rochen nach Holzrauch, während Touristen regelmäßig Eau de Cologne und Parfüm in lähmenden Mengen auftrugen.

An Vogelscheuchenmanns Tisch wählte Audrey die gegenüberliegende Seite und trat zwischen die beiden kräftig gebauten, blonden Männer.

Als sie die Gläser absetzte, schob der bärtige Blonde zu ihrer Linken seine Hand zwischen ihre Beine und grub die Finger in ihre Haut.

Sie quietschte, wich zurück ... und so landete das letzte Glas auf ihrem Tablett in seinem Schoß.

„Scheiße!" Er sprang auf die Füße. Seine Jeans war durchnässt. „Du dumme Schlampe!"

„Das tut mir so lei –"

Lautstark traf Fleisch auf Fleisch. Oh, mein Gott, er hatte sie geschlagen.

Als der Schmerz auf ihrer Wange aufflammte, schwankte sie von der Wucht zur Seite. Da sie sich nicht abfangen konnte, fiel sie gegen die Tischkante, die sich direkt in ihre angeknackste Rippe bohrte. *Oh Gott!* Ein abgehackter Schrei entkam. Ihre

Beine knickten ein. Ihre Knie schlugen auf den Boden, und sie beugte sich vor, als sie versuchte, durch das quälende Gefühl zu atmen.

Wütende Schreie und dumpfe Stiefel waren über ihrem schluchzenden Keuchen zu hören.

Als der Schmerz nachließ, hörte sie eine Frau fragen: „Wirst du dir diesen Kerl schnappen?"

„Ich werde ihn später finden, wenn Officer Baumer ihn nicht zuerst festnagelt." Das war die tiefe, männliche Stimme des Chiefs. Langsam und gleichmäßig und ruhig. „Julie, wo bist du verletzt?"

Julie. Das war jetzt ihr Name. Er sprach mit ihr.

Bevor sie antworten konnte, legten sich warme Finger unter ihr Kinn und hoben ihren Kopf an. „Sieh mich an, Goldlöckchen."

Der Befehl konnte nicht ignoriert werden. Ihre Augen waren so voller Tränen, dass sie ihn nur verschwommen sah.

Er hockte vor ihr. Seine dunklen Augenbrauen hatten sich zusammengezogen, sein harter Kiefer war angespannt.

Ein ungewohntes Gefühl sickerte in sie ein. *Sicher*. Sie war in Sicherheit.

Sie versuchte es mit einem Lächeln. „Es geht mir gut."

„Schwachsinn. Ich habe Fäuste ins Gesicht bekommen. Nichts daran hat sich *gut* angefühlt."

„Kannst du sie nachhause bringen, Gabe?" Bull trat hinter den Chief.

„Nein!" Sie hielt immer noch ihre Rippen und schüttelte verzweifelt den Kopf, sodass der Schmerz in ihrer Wange erneut aufblühte. Sie brauchte diesen Job. „Ich habe Gäste, um die ich mich –"

„Wenn es jemand wagen sollte, sich über den Mangel an Service zu beschweren, werde ich dieser Person deutlich zu verstehen geben, wie Frauen behandelt werden sollten." Bulls Stimme brachte die Bar zum Schweigen.

„Bin ich gefeuert?", flüsterte sie.

„Ganz sicher nicht." Bull lehnte sich vor und tätschelte ihre Schulter mit einer riesigen Pranke. „Es tut mir verdammt leid, dass das passiert ist. Ich werde versuchen, sicherzustellen, dass es nie wieder vorkommt, aber eine Garantie dafür gibt es nicht. Ich kann es nachvollziehen, wenn du kündigen willst."

Sie entließ einen erleichterten Seufzer. Die Arbeit war nicht so schlimm; sie musste nur lernen, den wandernden Händen besser auszuweichen. „Ich komme morgen Abend wieder."

„Du solltest dich mit deinem Mut und deiner Entschlossenheit etwas zurücknehmen." Gabe hob sie in seine Arme und an seine steinharte Brust.

Wie hatte er es geschafft, mit ihr in seinen Armen aufzustehen?

„Bull, kannst du Baumer über die Situation in Kenntnis setzen? Er hat heute Abend Dienst."

„Mach ich."

„Hier, MacNair. Ich habe deine Sachen geholt." Jemand legte seine und ihre Jacke über sie.

„Danke, Tucker." Mit ihr noch immer in seinen Armen schlenderte Gabe aus der Bar.

Es war nach neun Uhr. Sie erwartete vollkommene Dunkelheit und blinzelte, als sie stattdessen in eine besänftigende Abenddämmerung traten.

Der Parkplatz war voll. Auf der angrenzenden Straße fuhr ein Auto in Richtung des Resorts. Gabe blieb neben einem Jeep stehen. Wollte er sie nachhause fahren?

„Es geht mir gut. Du musst mich nicht fahren."

„Ich muss sehen, wie viel Schaden du einstecken musstest." Er stellte sie auf die Füße und schmunzelte. „Es sei denn, du willst, dass ich dich in der Bar untersuche?"

„Nein." Ihre Antwort kam, bevor sie darüber nachdenken konnte.

„Dann bringe ich dich jetzt nachhause", wiederholte er.

Selbst, als sie ihn mit gerunzelter Stirn ansah, fegte die Erleichterung über sie hinweg. Sie wäre nicht allein. Noch nicht. „Jawohl, Sir."

Bei ihrer Antwort zuckte sein rechter Mundwinkel.

Nachdem er sie auf den Beifahrersitz gesetzt und sie angeschnallt hatte, fuhr er über die Sweetgale Street und bog links auf die Schotterstraße ab, die zum See führte.

Bei jedem winzigen Ruckeln über die unebene Straße zuckte sie zusammen und legte den Arm fester um ihre Rippen.

Er nahm weiter Tempo heraus. „In welcher von Dantes Hütten wohnst du?"

„In der Drei."

Als das Fahrzeug schließlich anhielt, fummelte sie am Sicherheitsgurt herum.

Bis sie sich befreit hatte, stand Gabe bereits in der offenen Beifahrertür. Er griff nach ihr, als würde er sie wieder tragen wollen.

Sie schob seine Hände weg. „Ich bin vollkommen in der Lage, allein zu gehen."

„Du fühlst dich also besser, ja?" Er nahm sich ihre Jacke und packte dann ihren Arm, als sie auf dem schlammigen Pfad ausrutschte. „Ich habe einen Bären gesehen, der sich dem See nähert. Lass uns reingehen."

„Ein Bär? Hier?" Nein, das konnte nicht sein. Wilde Tiere kamen nicht in die Nähe von Häusern ... oder?

Er deutete auf die letzte Hütte in der Reihe. Und da war er. Ein *Bär*. Groß und schwarz und viel zu nah. „Oh Gott!"

Dem großen Tier folgten zwei kleine Flauschkugeln. Bärenjungen.

Sogar ein Stadtmädchen wusste, dass Mamabären gefährlich waren. Die Information hatte sie aus Filmen, aber trotzdem ...

Als sie zurücktrat, ohne den Bären aus den Augen zu verlieren, krachte sie in Gabe. „Sorry."

Er nahm wieder ihren Arm und führte sie zu ihrer Hütte. An der Tür fummelte sie nach ihrem Schlüssel und ... ließ ihn fallen.

Gabe fing den Schlüssel mitten in der Luft ab – und ja, sie fühlte sich wie ein ungeschickter Idiot.

Ohne etwas zu sagen, öffnete er die Tür und hing ihre Jacke an den Haken. Als er den Schalter neben der Tür betätigte, leuchtete die Lampe auf dem Beistelltisch auf und tauchte den Raum in ein goldenes Licht. Nachdem er seine Stiefel ausgezogen hatte, ging er auf ein Knie und entledigte sie ihrer schlammbedeckten Schuhe.

„Ähm, danke."

Als sie sich auf die Couch zu bewegte, stoppte er sie. „Ich möchte mir dein Gesicht in anständigem Licht ansehen. Sei ein braves Mädchen und geh ins Badezimmer."

„Aber ..." Ihr Protest starb beim Blick auf seinen angespannten Kiefer. Vielleicht war das eine Sache, die typisch für Polizisten war. Vielleicht musste ein Polizist das Ausmaß der Verletzungen ermitteln, um zu wissen, wie die korrekten Anklagepunkte lauteten.

Nachdem sie das Licht über dem Waschbecken eingeschaltet hatte, senkte sie sich vorsichtig auf den geschlossenen Toilettensitz. Warum schmerzten ihre Rippen, wenn sie sich setzte? Das schien anatomisch unmöglich.

Zumindest waren die stechenden Schmerzen verschwunden.

Aus der Küche traten Geräusche an ihre Ohren. Der Chief erschien mit einem Geschirrtuch, das um einen Beutel mit zerbrochenem Eis gewickelt war.

Nachdem er ihr den improvisierten Eisbeutel gegeben hatte, legte er seine Hand unter ihr Kinn und neigte ihren Kopf, damit er ihr ins Gesicht sehen konnte. Mit sanften, gnadenlosen Fingern drückte er auf ihre schmerzende Wange. Ihre Augen brannten.

„Er hat dich gut erwischt, aber ich spüre keine losen Knochenfragmente." Er hob ihre Hand, sodass sie den Eisbeutel an ihr Gesicht drücken konnte. „Festhalten."

„Ähm. Danke."

„Und jetzt schau ich mir deine Rippen an."

Ihre Augen weiteten sich. „Ich –"

„Hast du sie danach röntgen lassen?"

Von seinem dunkelblauen Blick festgenagelt, konnte sie nicht lügen. „Nein."

„Ich werde es mir ansehen. Wenn du ein paar Wochen nach deiner Verletzung immer noch so wund bist, dann –"

„Woher wusstest du, wie lange es her ist?"

„Blutergüsse ändern ihre Farbe, wenn sie heilen. Es ist nicht schwer, zu beurteilen, wie lange es her ist, dass du verletzt wurdest." Mit einem unerschütterlichen Ausdruck hockte er sich vor ihr hin. „Heb dein T-Shirt für mich hoch, Julie."

Mit einem Seufzer fügte sie sich.

„Atme tief ein."

Als sie der Anweisung folgte, flackerte sein Blick von ihren Rippen zu ihrem Gesicht. „Schmerzen?"

„Nein."

„Probleme beim Atmen? Bleibt dir manchmal die Luft weg?"

Sie schüttelte den Kopf. „Es tut weh, wenn ich huste, aber meine Atmung ist in Ordnung."

Seine Hände waren warm und wussten, was sie taten, als er den blauen Fleck auf ihrer linken Seite berührte. „Sag mir, ob das weh tut." Er drückte auf ihren Brustkorb, direkt über der Prellung, dann etwas seitlicher, und beobachtete dabei ihr Gesicht.

Das tiefe Pochen nahm nicht zu. Oder vielleicht war sie einfach zu abgelenkt davon, wie nah er ihr war. Sie schluckte schwer. „Es fühlt sich wund an, aber sonst ist es zu ertragen."

„Hat sich der Schmerz in den letzten Tagen verringert – oder verschlimmert?"

„Verringert." Bis sie in den Tisch gekracht war.

„Okay. Es gibt kein Röntgengerät in der Klinik, aber Soldotna hat eines."

„Nein."

Er schnaubte. „Wieso konnte ich mir schon denken, dass du das sagen würdest? Ich nehme an, dass du ein oder zwei angeknackste Rippen hast. Solange der Schmerz aber abnimmt, wird es wohl gehen – wenn du das Risiko eingehen willst."

„Will ich." Eine Klinik würde eine Kopie ihres Ausweises machen.

„Also gut. Eis wird deinen Rippen auch helfen. Benutze es."

„Woher weißt du so viel über gebrochene Rippen? Von deiner Zeit als Polizist?"

„Eigentlich habe ich als Kind schon die Erste-Hilfe-Grundlagen beigebracht bekommen und mein Wissen beim Militär erweitert." Für eine Sekunde wirkten seine Augen regelrecht glasig und abwesend. Dann schüttelte er den Kopf und schenkte ihr ein schwaches Lächeln. „Mach dich etwas frisch. Ich warte in deinem" – seine Augenbrauen zogen sich nach oben – „Wohnzimmer."

Ihrem einzigen Zimmer.

Sie wollte sich unbedingt ihrer in Bier getränkten Klamotten entledigen. „Okay."

Sie zog sich aus, wischte den Alkohol von ihrer Haut und warf dann einen Blick auf die Tür. *Also wirklich, du Dummkopf, du hättest dir zuerst Klamotten aus deiner Kommode holen sollen.* Auf keinen Fall würde sie sich wieder in die schmutzigen Kleidungsstücke werfen.

Ihr Schlafanzug – bestehend aus einem weiten T-Shirt und einer Jogginghose – hing an einem Haken neben der Dusche. Nachdem sie im Bett angegriffen und von Spyros berührt worden war, konnte sie es nicht ertragen, nachts etwas anzuhaben, das als sexy angesehen werden könnte. Das T-Shirt und die Jogginghose waren weitaus … sicherer.

Zudem war das Ensemble wohl passender für ein Gespräch mit dem Polizeichef.

Sie zog sich die Jogginghose an und runzelte die Stirn. Auch ihr BH war mit Bier getränkt. *Was soll's.* Der große Polizeichef war nicht auf diese Weise an ihr interessiert. Und das T-Shirt saß locker. Er würde wahrscheinlich nicht mal bemerken, dass sie keine Unterwäsche trug. Sie nickte und verließ das Badezimmer.

Im Wohnbereich lehnte er geduldig an einer Wand.

Sie ließ sich auf der langen Couch nieder. „Was nun?"

Er nahm auf dem Sessel neben ihr Platz. „Erzähl mir, was heute Abend mit diesen Männern passiert ist."

Oh nein! Steckte sie in Schwierigkeiten? „Ich wollte keinen Streit anzetteln."

„Julie." Sein Gesicht verlor etwas Härte. „Du hast nichts falsch gemacht. Ich habe nicht gesehen, was passiert ist, aber ich schätze, man hat dich an einem privaten Ort berührt, und das gilt als sexueller Übergriff. Alles, was du getan hast, war, versehentlich einen Drink auf ihn zu verschütten. Leider."

„Leider?"

„Als Polizist missbillige ich Vergeltungsmaßnahmen." Sein Mundwinkel zuckte. „Es ist jedoch nicht ungewöhnlich, dass eine Kellnerin einen anstößigen Gast von seinem hohen Ross holt."

„Oh. Wow." Sie hätte wirklich mehr ausgehen sollen.

„Wenn du das nächste Mal denkst, dass es ein Problem geben wird, wende dich an Bull. Er genießt es, Arschlöcher rauszuwerfen. Hat er einen guten Tag, dann öffnet er sogar zuerst die Tür."

Guter. Gott. Es war entsetzlich, dass ihr der Gedanke gefiel, dass jemand den blonden Idioten im hohen Bogen aus der Bar warf. „Also gerate ich gerade nicht mit dem Gesetz in Konflikt? Und Bull wird mich nicht feuern?"

„Dich feuern?"

Warum musste er so gut aussehen, wenn er lächelte?

„Hast du seine Ankündigung nicht gehört, als wir gingen?"

„Ähm, nein?"

„Er verkündete, dass jeder Bastard, der seine Mitarbeiter anfasst, rausgeworfen wird und Hausverbot bekommt."

Ein wohlig warmes Gefühl regte sich in ihr. Jemand hatte sich für sie eingesetzt. Zwei jemande sogar. „Ich hoffe, sein Erlass wird sich nicht auf sein Geschäft auswirken. Obwohl die Leute glücklich schienen, endlich wieder eine Bar in der Stadt zu haben."

„Nach heute Abend sollte es ruhiger werden. Alaskaner mögen Eröffnungsnächte – in jeder Hinsicht. Hier passiert nicht viel Spannendes."

„Ah ja. Nur Bären und Kneipenschlägereien, was?"

Als er grinste und so ... so männlich, kompetent und belustigt aussah, vollführte ihr Herz einen Salto in ihrer Brust. Er hatte sie gerettet, hatte die Idioten in die Flucht geschlagen, sie nachhause gebracht und sichergestellt, dass bei ihr alles in Ordnung war.

Wie sollte ein Mädchen auf so viel Fürsorge reagieren?

Höflich. *Versuch es mit höflich, Audrey.* „Danke, Chief. Vielen Dank. Für die Hilfe. Und dass du mich nachhause gefahren hast. Und das Eis. Und ... äh, dass du mich behandelt hast, als wärst du Rhe –" *Dass du mich behandelst hast, als wärst du Rhett und ich Scarlett?* Gott, hatte sie das wirklich fast gesagt? Sie spürte, wie sich ihre Wangen vor Scham erhitzten.

Er gluckste, tief und sexy. Zu lachen, stand ihm, auch wenn es auf Kosten von ihr war.

Sie sank gegen die Sofakissen. „Deshalb ziehe ich es vor, ein Einzelgänger zu sein. Ich bin mit Menschen nicht gerade geübt."

„Einzelgänger, hmm?"

„Ja." Allerdings wollte sie jetzt nicht alleine sein. Nicht, wenn sich die Panik einfach nicht verflüchtigen wollte. Wieder verletzt zu werden ... „Normalerweise."

Sie fuhr mit einer zittrigen Hand durch ihr Haar, und sein Blick folgte der Bewegung. „Äh ... möchtest du einen Drink?"

Auf diese Weise, die so typisch für ihn war, musterte er sie. Sein konzentrierter Ausdruck erinnerte sie an sich selbst, wenn sie Daten auswertete, um Anomalien aufzudecken.

„Bären und Kneipenschlägereien", sagte er leise. „Das ist eine Menge für eine kleine Cheechako. Du bist noch etwas aufgewühlt, oder?"

Ohne auf ihre Antwort zu warten, schlenderte er in den

Küchenbereich. Er fand die *Willkommen in Rescue*-Weinflasche, die Dante ihr beim Einzug geschenkt hatte, und holte Gläser aus dem Schrank.

Nachdem er ihnen jeweils ein Glas eingegossen hatte, stellte er die Flasche auf den Beistelltisch und setzte sich auf die Couch.

Sie blinzelte, denn sie hatte nicht erwartet, dass er sich neben sie setzen würde. Andererseits würde kein halbwegs intelligenter Mensch den klumpigen Sessel bevorzugen, bei dem eine Feder bereits versuchte, durch das Sitzkissen zu entfliehen.

Nun war ihr der Polizeichef allerdings nah genug, sodass er mit seinem Körper ihre Seite wärmte.

Sie nahm ihr Glas und gönnte sich einen herzhaften Schluck. „Was bedeutet das Wort, das du immer wieder benutzt − Cheecha-ko?"

Mit dem Glas in der Hand lehnte er sich zurück und streckte seine Beine aus. Sogar in seinen Socken waren seine Füße männlich und stark. Und sexy. Das war einfach falsch. *Mein Gott*, was stimmte nicht mit ihr? „Als Cheechako bezeichnen wir einen Neuankömmling in Alaska."

„Oh." Das war nicht so schlimm, wie gedacht. Zumindest bedeutete es nicht *ungeschickte Blondine* oder *chronischer Lügner*.

„Ist das ein New Yorker Akzent, den du hast?"

„Nein, Chic −" Sie brach den Satz ab, biss sich auf die Zunge und seufzte. Sehr clever von ihm, auf diese Weise hinter ihre Heimatstadt zu kommen. „Chicago."

„Ein wahres Stadtmädchen." Er schob eine Haarsträhne hinter ihr Ohr. „Alaska muss für dich wahrlich furchterregend sein."

Kann man so sagen, ja. „Ich komme schon klar." Sie starrte ihn an. Er wusste, dass es ihr immer noch ein bisschen mulmig zu Mute war. Deshalb war er geblieben, und jetzt ... unterhielt er sich mit ihr. Der Polizeichef hatte eine beschützende Natur, oder?

„Gut zu wissen. Sei dir darüber bewusst, dass der See eine Menge Wildtiere anzieht."

„Wie Bären?" Ihre Stimme kam einem Quietschen nahe.

„Ja. Der Winterschlaf ist vorbei, also sind sie hungrig und launisch. Bleib wachsam und gib ihnen Raum."

„Ich beabsichtige, ihnen sehr viel Raum zu geben." Bären. Neben ihrer Hütte. Bei dem Unbehagen, das sie bei dem Gedanken verspürte, rutschte sie näher zu ihm. „Du kannst dir gar nicht vorstellen, wie fremd mir dieser Ort ist."

„Das kann ich sehr wohl." Als sie zitterte, legte er seinen Arm um ihre Schultern.

Sie erstarrte. Ihre ganze Seite presste sich gegen seinen sehr harten, sehr großen Körper. Oh Gott, er hatte überall Muskeln! Sie schluckte und gab ihr Bestes, sich zu entspannen. „Wie kannst du das wissen? Dante meinte, dein Vater habe sich vor über dreißig Jahren hier niedergelassen. Mako … war das sein Name?"

„Mein Vater, hmm?" Sein Arm war schwer und seine Finger zeichneten Kreise auf ihrem Oberarm.

Obwohl die Kohlen im Holzofen kaum leuchteten, wirkte der Raum plötzlich übermäßig warm.

„Ich denke, es gibt keinen Grund mehr, ihn vor dem Gesetz zu schützen." Seine Augen füllten sich mit Trauer, und die Linien neben seinem Mund vertieften sich.

Dante hatte erwähnt, dass Mako im letzten Herbst gestorben war. „Es tut mir leid, Gabe."

„Ja, mir auch." Er schüttelte den Kopf, als wollte er die Trauer auf diese Weise abwerfen. „Mako hat mich und drei andere Jungen vor einer Pflegefamilie in Los Angeles gerettet und uns hierher gebracht. Im Grunde hat er uns gestohlen. Ich war zehn."

Gestohlen? *Wow.* Sie starrte ihn an. „Warte, du kommst aus L.A. und bist dann nach Rescue gekommen? Das muss ein Kulturschock gewesen sein."

Er lachte. „Rescue wäre einfach gewesen. Damals lebte Mako weit außerhalb von Seward in einer abgelegenen Hütte ohne Annehmlichkeiten."

„Ohne Annehmlichkeiten. Keine Sanitär- oder Stromleitungen. Mit Kindern? War der Mann wahnsinnig?"

KAPITEL SIEBEN

G abe senkte den Blick und sah, wie ihre Augen vor Empörung aufblitzten. Sie hatte ein weiches Herz, oder?

Zu bleiben, bis sie sich beruhigt hatte, war nicht die schlimmste Aufgabe. Julie war recht intelligent und dazu noch ein Schatz. Es wäre ihm eine Freude, Zeit mit ihr zu verbringen.

„War Mako wahnsinnig? *Oh ja.* Er war ein paranoider Survivalist und ging stets davon aus, dass das Ende der Welt oder ein Krieg unmittelbar bevorsteht."

„Oh, mein Gott." Sie drehte sich zu ihm um, legte eine Hand auf seine Schulter und war ihm so nah genug, dass sich eine volle Brust an seine Seite presste. Ihre rosa Lippen waren leicht geöffnet ... und sie sahen samtweich und einladend aus. „War mit euch Jungs alles okay? Hat er euch weh getan?"

Wie lange war es her, seit er eine Frau genossen hatte – ganz zu schweigen von einer, die sich um ihn sorgte? Die Kombination aus süß und sexy war unwiderstehlich.

Bevor er zu viel über die Folgen nachdenken konnte, stellte Gabe sein Glas ab, packte sie an den Hüften und hob sie auf seinen Schoß.

Oh, verdammt, das war ein Fehler. Ihr hauchdünnes T-Shirt

und ihre Jogginghose ließen ihn jeden Zentimeter ihrer üppigen Kurven spüren.

Die Position brachte ihren Kopf etwas höher als seinen. Ihre Augen waren weit und verwirrt, als sie auf ihn herunterblickte. Sie war vielleicht keine Jungfrau, aber er bezweifelte, dass sie sehr erfahren mit Männern war.

„Was machst d –" Sie wies auf ihre derzeitige Position. „Warum hast du das gemacht?"

Fuck, er mochte ehrliche Frauen. Und ehrliche Fragen.

„Das ist bequemer, als auf dich runterzuschauen. Jetzt kannst du zu mir hochgucken." Aber sein idiotisches Testosteron machte ihn dumm. Schließlich war sie misshandelt und verletzt worden. „Ich mag es, dich auf meinem Schoß zu haben, aber ich werde ... nichts versuchen, Julie."

Weiter würde er nicht gehen – weder jetzt und wahrscheinlich auch nicht in der Zukunft. Obwohl sie verdammt anziehend war. Solch eine helle, helle Haut und ihre großen Augen hatten die Farbe des Morgennebels.

Und sie hatte ihn mit Besorgnis in der Stimme gefragt, was vor zwei Jahrzehnten mit kleinen Jungs passiert war.

„Okay ..." Ihre Stimme klang unsicher, aber sie bewegte sich nicht. „Hat Mako ... War er gut zu euch?"

„Das war er." Soweit ihm das möglich war. Im Nachhinein erkannte Gabe, wie ratlos der Sergeant gewesen war. „Der Sarge war Berufssoldat gewesen und hat stets Hunderte von neuen Rekruten gemanagt. Aber ich denke, es mit vier Jungen zu tun zu haben, war beängstigender für ihn als jede Schlacht."

Die Sorge in Juliettes Gesicht ließ nach.

Gabe beobachtete die roten Kohlen im Holzofen. „Er hatte keine Erfahrung damit, Vater – oder sanftmütig – zu sein, aber er war fair. Ehrlich. Vorsichtig. Er hat uns alles beigebracht, was er wusste, und uns dazu erzogen, auf eigenen Beinen zu stehen. Ich verdanke ihm alles."

Als er aufblickte, waren Julies Augen nass. Tränen für Mako, die Gabe nicht hatte vergießen können.

Ihre Lippen zitterten leicht, als sie lächelte. „Dann bin ich froh, dass du ihn hattest."

„Das bin ich auch." Er griff nach oben, legte seine Hand an ihren Hinterkopf und zog sie zu sich herunter – und ertappte sich rechtzeitig. *Nein, Dummkopf, kein Sex. Das steht nicht auf dem Programm.*

Sie biss sich auf die Lippe und ihre Finger legten sich um seine Schulter. Hitze stieg über ihren Hals in ihre Wangen.

Sein Schwanz wurde hart.

Ah, zum Teufel. Es gab nur so viel Versuchung, die ein Mann ertragen konnte, und nachgeben wäre nicht richtig.

„Ich sollte jetzt besser gehen." Er packte ihre Hüften und plante, sie wieder auf die Couch zu setzen.

„Nein, geh nicht." Audrey blinzelte und konnte einfach nicht fassen, dass sie protestiert hatte, aber … ja, das hatte sie. Und sie meinte es auch so. Er wollte gehen – und sie wollte nicht, dass er ging.

Natürlich war Sex nicht besonders verlockend, da sie mit einem Mann nicht kommen konnte, ohne danach selbst Hand anzulegen. Und normalerweise war es ihr zu unangenehm, dies zu tun.

Aber Gabes Anwesenheit gab ihr ein unglaublich sicheres Gefühl. Sie wollte nicht allein sein. Nicht heute Nacht. Aus den schattigen Ecken zeigten Albträume bereits ihre hässlichen Fratzen. Sie konnte die ungewohnten Geräusche vor der Hütte hören, die sie immer wieder zur Tür und zu den Fenstern lockten, um sicherzustellen, dass sie nichts zu befürchten hatte.

Wenn sie Liebe mit Gabe – *okay, Mädchen, benutze die direktere Terminologie.* Wenn sie und Gabe *fickten*, vielleicht würde er die Nacht bei ihr bleiben und sie danach in den Armen halten.

War Sex mit jemandem im Austausch für Zuneigung eine Variation der Prostitution?

Mit der Handfläche streichelte sie über seine Brust und war über das Gefühl seiner Muskeln leicht beunruhigt. „Warum ... bleibst du nicht?"

Als er den Kopf schüttelte, traf sie die Demütigung wie ein Schlag. Er wollte sie nicht. Sie hatte sein Interesse völlig falsch verstanden – eine weitere Bestätigung dessen, was Craig über ihre soziale Inkompetenz gesagt hatte.

Und doch lauerte Hitze in Gabes Augen, und sein sonnengebräuntes Gesicht hatte an Farbe gewonnen. Unter ihrem Hintern spürte sie seine dicke Erektion. Das war doch Interesse, oder?

„Ich glaube nicht, dass das klug wäre, Julie."

Bei dem rauen, verlockenden Ton seiner nachklingenden Stimme fegte die Erregung über sie hinweg und ließ ihre Haut überempfindlich zurück. Sogar das Gefühl ihrer eigenen Haare, die über ihre Wange streichelten, erregte sie.

Sie umfasste seine Handgelenke, um ihn davon abzuhalten, sie von seinem Schoß zu heben. Nicht, dass sie ihn aufhalten könnte. Er war zu stark; mit Leichtigkeit könnte er sie von sich herunterheben. Wenn er das wollte.

Ihre verschleierte Einladung zum Sex hatte nicht funktioniert. Was taten Frauen, wenn sie einen Mann locken wollten?

In Filmen machten Frauen oft den ersten Schritt. Nur wie? Oh! Sie packte den Saum ihres T-Shirts und zog es sich über ihren Kopf, sodass sie von der Taille aufwärts vollkommen nackt war.

Für eine Sekunde fühlte sie sich unglaublich sexy.

Der Moment starb einen schnellen Tod.

Sie war nicht sexy; sie war dämlich. Oh Gott, gleich würde er sie auslachen und ...

„Verdammt, Frau." Sein Kiefer spannte sich an und seine Hände packten ihre Taille fester – und nicht, um sie zu bewegen. Stattdessen wanderten seine warmen, schwieligen Handflächen über ihre frisch entblößte Haut.

Ein bewusstseinserweiternder Rausch erhitzte ihr Blut. Was hatte sie entfesselt?

Er legte eine Hand auf ihren Hinterkopf und zog sie zu sich. Seine Lippen waren unnachgiebig, als er an ihrem Mund knabberte.

Sie war zu schockiert, um zu reagieren.

Mit einem leisen Knurren biss er in ihre Unterlippe, und als sie nach Luft schnappte, nahm er sie in Besitz. Seine Technik hielt nichts Sanftes bereit. Sein Kuss war so direkt und fordernd wie der Mann selbst – und das war es, was sie schließlich reagieren ließ.

Als er sie küsste, umfasste er eine Brust. Sie erschrak, schnappte bei dem Gefühl nach Luft, und er vertiefte den Kuss, seine Zunge drang verführerisch und unnachgiebig zwischen ihre Lippen.

Als die Hitze über ihre Haut fegte, drehte sich alles. Tief im Inneren schmolz sie für diesen Mann dahin.

Seine Handfläche an ihrer Brust war hart, rau und die Schwielen, die über ihre zarte Haut glitten, führten zu einem Lustschauer.

Sie stöhnte, sodass er innehielt, ihre Schultern packte und sie so etwas nach hinten lehnte.

Bei seinem Stirnrunzeln konnte sie nicht widerstehen, mit einem Finger über seine dunklen Augenbrauen zu fahren. Sie waren so gerade, formten nur eine kleine Kurve, als ob sie sagen wollten: keine Vorspiegelung falscher Tatsachen, keine Spielchen. Die Linie zwischen ihnen vertiefte sich, und dann zog er an ihren Haaren, sodass sie verwirrt blinzelte. „Hast du gehört, was ich gerade gesagt habe?"

Hatte er gesprochen? „Ähm. Nein."

„Fuck", murmelte er, bevor er ihr Gesicht sanft zwischen seine großen Pranken nahm. Seine Augen erschienen in der Dämmerung so blau wie der See. „Julie, obwohl ich mich gerne tief in dir verlieren würde, muss ich erwähnen, dass ich nicht mehr will."

„Ich ... verstehe nicht."

„Beziehungen sind nichts für mich." Kein Anzeichen eines Lächelns zeigte sich in seinen Augen. „Ich will nicht, dass dies über eine Nacht hinausgeht. Alles zwischen uns wird rein körperlich sein."

„Oh, ich verstehe." Ihre Erleichterung bei seinen Grenzen wurde von unlogischer Enttäuschung geprägt. „Das ist in Ordnung, wirklich. Ich will dich nicht."

Sein fragender Blick brachte sie zum Kichern. „Natürlich will ich dich – hier und jetzt –, aber ich will sicher keine Beziehung oder Bindungen oder so."

Der faszinierende Fächer aus Linien neben seinen Augen erschien erneut. „Okay, dann sind wir uns also ... einig."

„Nur dieses eine Mal. Okay?"

„Okay." Er legte einen Arm um ihren Rücken, einen unter ihre Knie und erhob sich mit ihr in seinen Armen.

„Warte –"

„Goldlöckchen, ich werde dich nicht auf dieser furchtbaren Couch ficken." Er durchquerte den Raum, trat um den Vorhang herum in die Schlafzimmernische, legte sie auf das Bett und folgte ihr nach unten. Seine Finger fanden ihre Haare, als er erneut ihren Mund für sich beanspruchte und ihr mit seinem Kuss den Verstand raubte.

Nach einer Weile legte er sich neben sie. Als sie einen Protestlaut entließ, fuhr er mit einem Finger über ihre Lippen. „Deine Rippen. Ich bin zu schwer für dich." Er beugte sich über sie und wieder küsste er sie.

Ihr Herz setzte einen warnenden Schlag aus ... denn trotz seiner direkten Ansprache und seines ominösen Ausdrucks verfügte er über eine fürsorgliche Natur, die sie bisher noch bei keinem Mann erlebt hatte. Durch den Vorhang warf die Lampe im Wohnzimmer ein schwaches Licht, das die Rauheit seines Gesichts betonte und den Bartschatten entlang seines Kiefers dunkler erscheinen ließ. Sie glitt mit der Handfläche über seine Wange und spürte die Stoppeln über ihre Haut kratzen.

Er lächelte bedauernd. „Wird dich das stören?"

Ganz im Gegenteil, da sie sich bereits fragte, wie sich diese Stoppeln weiter ... unten anfühlen würden. Zwischen ihren Schenkeln. Nicht, dass er das tun würde, aber ... Ihr Gesicht erhitzte sich, als sie merkte, dass er sie beobachtete. „Ähm. Nein?"

Seine Augen leuchteten vor Belustigung. „Lass uns das testen. Mal sehen, ob es ein Problem ist." Er senkte den Kopf und küsste sich über die Kurve von ihrem Hals zu ihrer Schulter. Seine samtweichen Lippen standen im starken Kontrast zu den rauen Stoppeln an seinem Kinn, mit denen er sie voller Absicht neckte.

Oh, mein Gott. Ein beunruhigendes Vergnügen schickte Gänsehaut über ihre Haut.

Ohne innezuhalten, bewegte er sich nach unten. Seine Hand schloss sich um eine Brust und knetete sie, während sein Daumen ihren Nippel umkreiste. „So ein hübsches Rosa. Wie bei einer Rose."

Er leckte um eine Brustwarze herum, dann um die andere, wechselte hin und her, bevor sich seine Finger jeweils zu einer hervorstehenden Knospe bewegten.

Der Hunger pulsierte in ihrem Blutkreislauf. Ihre Brüste schwollen an und ihre Pussy sehnte sich nach der gleichen Berührung. Niemand hatte zuvor einfach ... mit ihr gespielt, aber er sah aus, als würde er die Erkundungstour genießen. Ihr Protest starb auf ihren Lippen.

Er rieb seine Wange leicht über eine empfindliche Brustwarze. Sie schnappte nach Luft bei dem Gefühl seiner Stoppeln, das sich so sehr von seiner samtweichen Zunge unterschied. Seine Lippen schlossen sich über der Knospe, sein Mund fühlte sich heiß und nass an. Besänftigend – und doch auch nicht. Als er saugte, wölbte sie bei dem Ansturm exquisiter Lust den Rücken und so drückte sie ihre Brüste nach oben, um in den Genuss von mehr zu kommen.

Sein Lachen kam als rumpelnde Vibration bei ihr an. „Du scheinst nichts gegen Bartstoppeln zu haben." Er wechselte zwischen ihren Brüsten hin und her, bis sie geschwollen waren und akut empfindlich auf die leichteste Berührung reagierten.

„Du machst mir Spaß, Goldlöckchen", murmelte er.

Verdammt, sie war wunderschön. Etwas unsicher, aber herrlich ehrlich. Und so empfänglich, dass es einem Traum ähnelte.

Er setzte sich neben sie, zog sich sein T-Shirt aus und packte dann den Bund ihrer Jogginghose, um sie ihr auszuziehen.

Ein tiefes Geräusch brach aus ihr heraus, Bestürzung zeigte sich auf ihrem Ausdruck.

Oje. „Ganz ruhig, Julie." Er ließ seine Hand fallen, legte sich neben sie und stützte sich auf einen Ellbogen. Die freie Hand platzierte er auf ihrer Wange, seinen Daumen unter ihr Kinn, sodass er sie sanft dazu bringen konnte, ihn anzusehen. Und das tat sie, aus Augen, in denen Tränen schwammen. „Was ist los, Süße? Sollen wir aufhören?"

„Was ist mit dir passiert?" Ihre Stimme bebte.

„Mit mir?" Er runzelte verwirrt die Stirn. „Was meinst du damit?"

Mit einem zitternden Finger zeichnete sie die Schusswunden vom letzten Jahr auf seiner Schulter nach, dann die älteren auf seinen Armen und seinem Oberkörper. Narben von Schrapnell, Messern, Hundebissen, Kugeln, Stacheldraht. Sie fand die hässliche Narbe von einem gezackten Erlenstumpf auf seinen Rippen, auf dem er während einer Schlägerei mit Bull gelandet war.

„Das sind ... Schau dir das alles an! Was ist mit dir passiert?" Der entsetzte Ton in ihrer Stimme war seltsam herzerwärmend.

Und verdammt, er liebte ihre Geradlinigkeit – viel besser als die Frauen, die vorgaben, die Narben nicht zu bemerken. „Einige stammen aus den Schlachten beim Militär. Ich sammelte noch ein paar mehr bei der Polizei" – er lächelte sie verbittert an – „was eine andere Art von Krieg darstellt."

„Oh, Gabe." Sie schüttelte den Kopf, ihre Augen waren feucht. „Ich hätte nach meiner ersten Verletzung gekündigt."

Irgendwie bezweifelte er das. Schließlich plante sie, morgen ins Roadhouse zurückzukehren. Die Frau hatte Mumm.

Und ihr Mitgefühl beunruhigte ihn. Weil es ihm gefiel.

Er sollte verschwinden.

Trotzdem widersetzte er sich nicht, als sie ihn zu sich zog und ihn küsste. Zur Hölle, er ließ sie machen – und riss dann wieder die Kontrolle an sich und genoss die Art und Weise, wie ihr Atem sich beschleunigte, als er ihre Brüste streichelte. Perfekte, pralle Brüste.

„Gabe." Sie stoppte ihn, damit sie flüstern konnte: „Ich ... äh ... habe das schon lange nicht mehr gemacht."

„Bei mir ist es auch eine Weile her." Lange bevor er angeschossen wurde. Mit dem Finger umkreiste er einen rosafarbenen Nippel. „Mal sehen, ob ich mich daran erinnern kann, was der nächste Schritt ist."

Ihr süßes Lachen brachte ihn zum Grinsen.

Sein schmerzhaft harter Schwanz wusste, was er als nächstes wollte. Aber kein Mann mit einem funktionierenden Gehirn würde jemals den Rat seines Schwanzes befolgen.

Gabe bewegte sich langsam, um ihre Rippen nicht in Aufregung zu versetzen, schob seine Finger unter ihren Bund und zog ihr die Jogginghose aus.

Oh ja. Ihre blasse Haut leuchtete im schwachen Licht, und er konnte das goldene Haar sehen, das ihre Pussy bedeckte. Er führte ihr linkes wohlgeformtes Bein nach außen, ließ sich zwischen ihren Schenkeln nieder und lehnte sich vor.

Plötzlich musste er mit ansehen, wie sie die Hände auf sein anvisiertes Ziel legte.

Echt jetzt? Er hob den Blick zu ihr und zog die rechte Augenbraue hoch.

„I-Ich rasiere mich nicht. Männer mögen das nicht."

Fuck, sie war wirklich süß. „Manche tun das, andere nicht." Er versuchte, nicht zu lachen, entfernte die Straßensperren in der Form ihrer Hände, legte ihre Arme an ihre Seiten und warf ihr den einschüchternden Blick eines Polizisten zu, der sie gekonnt zum Schweigen brachte. „Lass die Hände dort, sonst gehe ich meine Handschellen holen."

Ihre Kinnlade klappte herunter, aber ihre Arme blieben an den Seiten ... und ihre Wangen konnten nicht roter sein.

Der Gedanke an sie in seinen Handschellen war verdammt verlockend. Er drückte anerkennend ihre Handgelenke. „Sehr gut."

Mit den Hindernissen aus dem Weg geräumt fand er sich zwischen ihren Schenkeln ein, wo er mit den Fingern ihre Schamlippen teilte. Um was sich eine Frau doch alles sorgen konnte. Als ob ein Mann nicht in der Lage wäre, Barrieren zu überwinden – seien es Kriminelle oder feminine Hände ... oder Schamlippen.

Am oberen Ende ihrer Pussy zeigte sich ihre Klitoris als glänzende, nasse, rosa Perle, die bereits geschwollen war und ihn darum anbettelte, von ihm in den Mund genommen zu werden.

Perfekt. „Das wird hart und schnell werden, kleine Cheechako, da es für uns beide eine Weile her ist. Später werden wir es langsam angehen."

Als er über ihre Pussy leckte, hätte der Ausbruch dieser herrlichen Empfindung Audrey fast vom Bett geschleudert. „Oh Gott!"

Sein unerwartetes maskulines Lachen ließ jeden Knochen in ihrem Körper dahinschmelzen – selbst, als sich bei seinen neckenden Zungenschlägen ihre Muskeln anspannten. Seine Zunge begann einen intimen Tanz mit ihrer Klitoris und sie schnappte nach Luft. Dann rieb er mit seiner Wange über ihre

Schenkelinnenseite und betörte mit seinen Stoppeln ihre zarte Haut.

Ihr Bein zuckte, und er lehnte sein Gewicht dagegen und zog sein Kinn langsam über ihren Oberschenkel in Richtung ihrer Pussy. Als er oben ankam, leckte er über ihre Klitoris und saugte die empfindliche Perle wieder in seinen Mund.

Das laute Stöhnen, das sie als Reaktion von sich gab, erschreckte sie.

Als er das Muster auf der anderen Seite wiederholte, pochte ihre Klitoris vor Verlangen auf mehr.

Er hob seinen Kopf und sie konnte ihren Protestlaut nicht zurückhalten. *Nicht aufhören! Mehr!*

Nachdem er sie lange gemustert hatte, lächelte er. Während sie weiterhin im Auge behielt, drückte er langsam einen Finger in sie.

Ihre Pussy pulsierte bereits, und die gnadenlose Penetration wirkte sich wie ein Kurzschluss auf ihre Sinne aus. Sie konnte nicht denken, sich nicht bewegen. Jede Zelle in ihrem Körper konzentrierte sich auf das Gefühl seines Fingers, als er sich zurückzog und wieder in sie glitt.

„Du bist eng, aber du kannst mich aufnehmen." Er fügte einen zweiten Finger hinzu.

Als er die beiden Finger in sie schob, spürte sie, wie sich ihr Körper leicht dehnte und sie von einem Lustschauer durchgeschüttelt wurde.

Er senkte den Kopf wieder auf sie und nahm ihre Klitoris zwischen seine Lippen. Als seine Zunge über das Nervenbündel schnellte und er leicht saugte, erhöhten seine Finger die Geschwindigkeit in ihr.

Normalerweise kam sie nicht, wenn sie nicht selbst Hand anlegte, aber dieses Mal ...

Die Wände ihrer Pussy zogen sich um den Eindringling zusammen, ihre Hüfte neigte sich, und der Druck in ihrem Inneren wuchs mit jeder Berührung, jedem Stoß, jedem Zungenschlag. Er würde sie zu einem Orgasmus führen. Wollte sie das? „Ich ...“

Er hielt nicht inne, verlangsamte seine Bemühungen nicht.

Empfindungen stapelten sich unaufhaltsam, höher und immer höher.

Und alles in ihr brach aus wie ein Vulkan.

„Oh!“ Die unwiderstehliche Ekstase brannte in einem überwältigenden Lavastrom durch ihre Adern.

Als sie versuchte, Luft in ihre Lungen zu bekommen, fixierte er ihr Becken auf der Matratze, leckte erneut durch ihre Spalte und über ihre Klitoris, sodass neue Empfindungen durch ihr Nervensystem rauschten.

Langsam ließ das Pulsieren in ihrem Inneren nach; das Rauschen in ihren Ohren nahm ab.

„Das war verdammt hinreißend.“ Er erhob sich und presste einen harten Kuss auf ihren Mund.

Und ... sie konnte ihren Nektar auf seinen Lippen schmecken.

„Ich ...“ Was könnte sie sagen? War ein *Dankeschön* angemessen?

Er setzte sich zurück, nahm ein Kondom aus seiner Brieftasche, öffnete seine Jeans und rollte sich das Gummi über.

Sie hatte einen Moment Zeit nachzudenken, und ... *er ist furchtbar groß*. Eine Sekunde später presste er seine Eichel an ihren Eingang.

Nach und nach arbeitete er sich in sie. Er war groß genug, dass es brannte, als sie sich um seine harte Länge dehnte.

Ihre Pussy zog sich immer wieder in erregenden Lustschüben um ihn herum zusammen.

Vorsichtig senkte er sich auf sie und legte eine Hand neben ihre Schulter, um den größten Teil seines Gewichts von ihren schmerzenden Rippen fernzuhalten.

Er pausierte und bewertete dabei ihren Gesichtsausdruck. Sein Lächeln blitzte auf und er rieb seine Wange über ihre. „Mach dich bereit, Goldie.“

Noch während er sprach, presste er sich tiefer in sie, ein unerbittlicher Vormarsch, der sie bis an ihre Grenzen ausfüllte. Das Gefühl, auf diese Weise ... genommen zu werden, erschütterte sie bis ins Mark. Besitzergreifend. Keine Sorgen, keine Entscheidungen.

Und dann war er in ihr. So heiß und dick.

„Oh Gott!" Sie keuchte, als neue Lustwellen durch sie schossen.

„Du fühlst dich wundervoll an." Qualvoll langsam zog er sich zurück und drang wieder in sie. „Lege deine Arme um meinen Hals, Julie."

Sie gehorchte und fuhr mit den Handflächen über seinen Rücken. Die Haut über seinen Schultern war aus Satin, der über steinharte Muskeln gespannt war. Eine Stelle aus unebenem, vernarbtem Gewebe war ein greifbarer Beweis für seine Arbeit als Soldat.

Er zog sich zurück und stieß in sie hinein. Jede Invasion seines Schaftes wärmte ihre Sinne.

Seine Augenlider waren auf halbmast, sein Blick blieb auf ihr Gesicht gerichtet.

Mit jedem kontrollierten Stoß rieb sein Schambein über ihre empfindliche Klitoris und sorgte für eine pulsierende Kadenz in ihrer Mitte. Hilflos zog sie sich um ihn zusammen.

„Genau so", murmelte er ... und erhöhte das Tempo.

Ihr Körper spannte sich an, der Druck baute sich auf. *Oh, oh, oh!* Die Welle ihres bevorstehenden Höhepunkts war so stark, so furchterregend, dass sie wimmerte.

Sie hörte ihn flüstern: „Halt dich an mir fest, Süße." Und als sie seine breiten Schultern packte, krachte der Höhepunkt in sie.

Sie kam, kam so hart, dass sich jede einzelne Zelle in ihrem Körper in ein Feuerwerk des Vergnügens einfügte.

Als sich ihre Hüfte hob, rieb er sein Schambein gekonnt über ihre Klitoris, was ein brutales Vergnügen nach sich zog und ihr einen lauten Schrei entlockte.

Dann, mit einem tiefen Knurren, verlor er sich erneut in ihr, so riesig, so tief, und sie konnte das Pulsieren seines Schafts spüren, als er sich in ihr ergoss.

Seine Muskeln verwandelten sich zu Wackelpudding und doch schaffte es Gabe, sich neben Julie zu legen. Die süße Erlösung drang durch seinen Körper. Ja, er hatte zu lange auf dieses Gefühl verzichtet.

Er stützte seinen Kopf auf seine Hand und lächelte, als er die Rötung ihrer Haut sah, die sich von ihren Brüsten bis in ihre Wangen ausbreitete.

Ihre Augen waren geschlossen und ihr Atem ging immer noch schnell, ihre Lippen von seinen Küssen geschwollen. Verdammt, er bekam nicht genug von ihr. Er konnte nicht widerstehen und streckte die Hand nach ihrer seidenweichen Haut aus. Unter seiner Handfläche fühlten sich ihre Brüste immer noch geschwollen an, obwohl ihre Nippel nicht länger hart waren.

So wie auch sein Schwanz. Mit einem unausgesprochenen Fluch stieg er aus dem Bett.

Nachdem er ihr Badezimmer benutzt hatte, um sich frisch zu machen, betrachtete er sich im Spiegel und runzelte die Stirn. Sollte er jetzt gehen?

Er nickte. Sollte er. Es führte weit weniger zu Missverständnissen, wenn ein Mann nach dem Sex die Fliege machte.

Aber ... nein. Der Abend war aufwühlend gewesen. Beziehungsphobie oder nicht ... er würde nicht dafür sorgen, dass sie sich schlechter fühlte, indem er sie erst fickte und dann sofort das Weite suchte. Sein Entschluss stand fest, also zog er sich komplett aus.

Als er aus dem Badezimmer kam, war sie bereits unter die Decke gekrochen. Sie fand seinen Blick, lächelte zögerlich und hob das Laken. Ja, sie war wirklich eine Süße.

Er warf seine Jeans über das Fußende des Bettes und schloss

sich ihr an, wobei er es sich nicht nehmen ließ, sie vorsichtig an seine Seite zu ziehen, bis ihr Kopf auf seiner Schulter zur Ruhe kam. Bei der Art und Weise, in der sie sich an ihn kuschelte und zufrieden seufzte, entkam ihm ein Lächeln.

Stunden später erkannte er, dass er eingeschlafen sein musste.

Und dass seine Hand auf ihrer hübschen Brust gelandet war. Nicht die schlimmste Art aufzuwachen.

Nun, er hatte gesagt, dass sie es später … langsamer angehen würden. Das war eindeutig ein Versprechen, was er gedachte, einzulösen.

Und er hatte noch zwei weitere Kondome in seiner Brieftasche.

Er glitt mit der Hand von ihrer Brust zu ihrer Hüfte und schob einen Finger in ihre Nässe und über ihre Klitoris. Zuerst nur eine sanfte Berührung. Allmählich weckte er sie damit auf, erhöhte den Druck, und da sie so empfänglich auf ihn reagierte, kam sie für ihn, noch bevor sie die Traumwelt vollständig verlassen hatte.

„G-Gabe?" Ihr Rücken wölbte sich und ihre Hüfte zuckte.

„Mmm, das war nett." Er rieb seine Wange an ihrem Haar und atmete den leicht zitronigen Duft ihres Shampoos ein … und die Essenz ihrer Weiblichkeit und ihrer Erlösung. Als er seine Hand nach oben bewegte und ihre Brust wieder umfasste, spürte er, wie ihr Herz nach ihrem Orgasmus gegen ihren Brustkorb hämmerte.

Da ihn das Spielen mit ihr steinhart gemacht hatte, rollte er sie auf den Bauch, positionierte sie auf ihren Ellbogen und Knien, streifte sich ein Kondom über seine Länge und drang von hinten in sie hinein.

Fuck. Ihre feuchte Pussy umfing ihn wie eine heiße Faust und sein Griff an ihren Hüften festigte sich. Er hielt inne, um die Kontrolle wiederzuerlangen, legte einen Arm um sie und fand mit dem Zeigefinger ihre Klitoris.

Als er damit begann, über ihr Nervenbündel zu reiben,

stöhnte sie. Ihre Hüfte rotierte und er musste sich grinsend eingestehen, dass seine Kontrolle den Bach runterging.

Langsamer Sex? Von wegen.

Er hob ihre Hüfte für eine bessere Penetration und nahm sie mit gnadenlos treibenden Stößen. Eine Sekunde, bevor er kam, verringerte er das Tempo und wandte sich erneut ihrem Nervenbündel zu, um ihr den nächsten Orgasmus zu bescheren.

Und als ihre Pussy seinen Schwanz in rhythmischen Impulsen massierte, ergoss er sich in ihr.

Das Gefühl ihrer pulsierenden Hitze war auch nach seiner Erlösung für sich genommen unglaublich befriedigend. Verdammt, sie machte ihm wirklich Spaß.

Als er diesmal nach der Entsorgung des Kondoms aus dem Badezimmer zurückkam, gluckste er. Nun versteckte sie sich nicht unter der Decke. Nein, sie lag schlaff, gesättigt und ausgebreitet wie ein Seestern auf dem Bett.

Einfach wunderschön.

Auf dem Weg zum Bett runzelte er die Stirn. Beim Sex letzte Nacht hatte er sich auf ihre Kurven, ihre Brüste und ihre Pussy konzentriert.

Jetzt war sein Verstand klar genug, sodass er den … ganzen Schaden sehen konnte.

Ein schwacher Bluterguss zeigte sich an ihrem Oberschenkel – der Umriss stammte eindeutig von einem Stiefel. Jemand hatte auf ihr Bein getreten.

Ihr rechter Arm, der über ihre Brust drapiert war, wies winzige gelbe Punkte auf – die Überreste eines festen Griffs.

Darüber befand sich eine dünne rosa Narbe. Er wusste zu gut, wie eine Messerwunde aussah.

Kinky Sex?

Fraglich, obwohl er das Gefühl hatte, dass sie sich gerne einem Liebhaber unterwarf. Aber sie hatte ihm anvertraut, dass es länger bei ihr her war. Eine Unwahrheit? Schließlich logen die Menschen ständig – Zynismus war ein Nebeneffekt einer Strafverfolgungskarriere –, jedoch bezweifelte er, dass sie diesbezüglich gelogen hatte. Wenn ihr letzter Liebhaber nicht bleistiftgroß gewesen war, so war sie schon eine ganze Weile nicht mehr genommen worden.

Jemand hatte sie zusammengeschlagen. Sein Kiefer spannte sich so hart an, dass es an Schmerz grenzte. Eine Frau zu schlagen, war verachtenswert, aber jemanden zu verletzen, der so süß war ...

Ihm fehlten die Worte.

Er setzte sich auf die Bettkante, zeichnete die Markierung an ihrem Oberschenkel nach und ließ den Blick über ihren Oberkörper schweifen. Auf ihren Rippen durchzog die rote Linie, die die Tischkante gestern Abend hinterlassen hatte, mehrere ältere gelbbraune Blutergüsse. Ein weiterer Schatten auf ihrem rundlichen Bauch könnte von einem Schlag oder Tritt in ihre Körpermitte stammen. „Mein Gott, der Bastard hat sich wirklich an dir ausgelassen."

Als er aufblickte, war ihr Blick auf ihn gerichtet, und er konnte die Sorge in ihren Augen sehen, ihre Muskeln nun angespannt.

„Sag mir, dass das Arschloch verhaftet wurde."

„I-Ich will nicht darüber sprechen." Sie schaute weg.

Gabe starrte wütend auf eine weitere Stelle an ihrer Hüfte und entschied, ihr Kinn einzufangen, sodass sie gezwungen war, ihn anzusehen. „Sag mir, dass er hinter Gittern sitzt, Julie."

„Er sitzt hinter Gittern." Ihre Stimme kam mit einem gewissen Biss heraus. Ihre Augen konnten die Lüge jedoch nicht verbergen.

Gabe atmete durch seine Nase ein und ließ sie los. Wut konkurrierte in ihm mit Enttäuschung. Er war ein Idiot. Sie hatten gerade Sex gehabt, sicher. Und sie hatte ihn in ihrem Körper willkommen geheißen. Das bedeutete aber noch lange nicht, dass sie ihm vertraute.

Zum Teufel, er vertraute ihr auch nicht.

Aber ... er hasste Lügner. Seine Schulter schmerzte, als wollte sie ihn daran erinnern, was mit leichtgläubigen Idioten passierte.

Er versuchte, gegen das ungerechtfertigte Gefühl des Verrats anzukämpfen, gab jedoch schnell auf. Es war nicht nötig, weiterhin den Idioten zu geben.

Er erhob sich. „Ich sollte jetzt sowieso gehen."

„Oh. Richtig. Natürlich."

Nachdem er sich angezogen hatte, drehte er sich zu ihr.

Sie saß auf dem Bett und starrte in die schwarze Nacht hinaus. Die Decke war auf eine Weise um sie gewickelt, die ihren Versuch klarmachte, von ihm Abstand zu gewinnen.

Die sichtbare Barriere löste einen Schmerz tief in seiner Brust aus. Was zum Teufel war mit seiner antrainierten Verteidigungsmauer passiert?

Er näherte sich ihr. Vielleicht könnten sie reden, sich durch diesen Moment arbeiten. „Julie."

Sie reagierte nicht.

Er erhob seine Stimme: „Juliette."

Sie zuckte zusammen und drehte sich zu ihm.

Ihm ging ein Licht auf. „Das ist nicht dein Name, oder?"

Ihr Gesicht sagte alles.

Ja, okay, er war hier fertig. „Einen schönen Tag noch ... wie auch immer du heißt."

KAPITEL ACHT

Als sein Wecker losging, brachte Gabe das verdammte Ding mit einem Fluch zum Schweigen und blinzelte bei dem hellen Morgenlicht. Sein Schlafzimmer im zweiten Stock überblickte das Wohnzimmer – und er hatte die Holzschiebetüren, die dem Loft etwas Privatsphäre gaben, nicht geschlossen. Sonnenlicht strömte also durch die riesigen Fenster im Erdgeschoss direkt in sein Zimmer.

Zur Hölle nochmal. Nachdem er sich gestreckt hatte, stand er auf und verließ das Schlafzimmer. Nackt, schließlich konnte ihn eh niemand sehen. Mako hatte darauf bestanden, genug Hektar zu kaufen, um die Eremitage so isoliert wie möglich zu machen, während sie immer noch in Reichweite der Stadt waren. Es hatte eine Stange Geld gekostet, Strom auf diese Seite des Sees zu bringen, aber selbst der Sarge hatte zugegeben, dass er die Bequemlichkeit genoss.

Gabe stützte sich auf das Geländer und schaute nach unten und dann nach draußen.

Der See war unter einem dunkelgrauen Nebel begraben ... die Farbe von Julies Augen.

Sein Mund verzog sich. *Willkommen zu einem beschissenen neuen*

Morgen. Obwohl sich seine Schulter besser anfühlte, meldete sich heute dafür sein schlechtes Gewissen, dem mit einer Massage keine Abhilfe zu schaffen wäre.

Sicher, Miss Juliette Wilson hatte bei ihrem Namen und wahrscheinlich auch bei anderen Dingen gelogen. Lügner ärgerten ihn bis ins Unermessliche, besonders wenn es um das weibliche Geschlecht ging. Dafür konnte er seiner Ex-Frau danken.

Trotz allem hätte er die Situation gestern besser handhaben können.

Bei dem Drang, sich in die Wildnis zurückzuziehen, blickte er finster drein. Weg von Menschen, die taten, worauf sie Lust hatten, ohne sich darum zu kümmern, wen sie dabei verletzten.

Und jetzt hatte *er* jemanden verletzt – er hatte ihr Gesicht gesehen, als er abgedampft war –, und selbst wenn sie eine Lügnerin war, fühlte er sich immer noch scheiße. Nach allem, was er wusste, hatte das Stadtmädchen einen verdammt guten Grund, in Alaska zu sein und wie gedruckt zu lügen.

Zum Teufel, ständig zogen Menschen nach Alaska und änderten ihre Namen, hielten ihre Vergangenheit geheim. Auf der Suche nach einem neuen Leben. Er, Bull, Caz und Hawk hatten genau dasselbe getan.

Ja, er hatte überreagiert.

Mit einem Seufzer betrat er die große gefliste Dusche des Hauptbades, die er mit seinem ersten Söldnergehalt installiert hatte.

Als das kochende Wasser gegen seinen Rücken prasselte, begannen sich die verknoteten Muskeln zu lösen. Die Zivilisation hatte auch einige Vorteile. Und, ja, verdammt, er hatte im letzten Winter die Sanitär- und Warmwasserinstallation vermisst.

Er schrubbte seine Haut und fing dabei schwache Aromen eines leicht würzigen Duftes ein. Julie – oder wie auch immer sie hieß.

Verdammt!

Nach einer Rasur und sauberer Kleidung ging er die Treppe

hinunter in die Küche und braute sich starken schwarzen Kaffee. Mit einem Becher in der Hand lief er auf das Deck zum See hinaus und lehnte sich an das Geländer.

Die Temperatur lag ein paar Grad über dem Gefrierpunkt – recht angenehm. Es war fast sieben Uhr morgens, wenige Stunden nach Sonnenaufgang. Am See mampfte ein Elch an Grünzeug. Mit langsamer Anmut flogen zwei Trompetenschwäne am Dock vorbei und versetzten den Nebel in Aufruhr, bevor sie auf dem Wasser landeten. Sie hatten wahrscheinlich ein Nest in der Nähe.

Immerhin war es Frühling.

Er schnaufte mürrisch. *Bah, Humbug!*

Und doch ...

Er hatte in der Wüste gegen Aufständische gekämpft, das Drecksloch namens Los Angeles bewacht und die letzten Jahre in den dampfenden Dschungeln Südamerikas verbracht.

Nichts auf diesem Planeten übertraf einen Frühling in Alaska.

Mit einem Kaffee in der Hand beobachtete er, wie sich der Nebel auflöste und die Welt um ihn herum zum Leben erwachte.

Zu seiner Rechten konnte er die anderen Hütten im Halbkreis sehen, die alle in einem ähnlichen Design daherkamen. Seine Hütte stand links außen, dann kamen die drei seiner Brüder und schließlich Makos leere am anderen Ende des Us. Die zwei Hektar Land enthielten einen Hühnerhof, einen Garten mit Beeten, eine Terrasse und einen Pavillon.

Neulich Abend, als er, Bull und Caz draußen gegrillt hatten, hatte er immer mit Makos schroffen Kommentaren gerechnet. Sein Tod hatte ein großes Loch hinterlassen.

„Verdammt", sagte Gabe atemlos. „Ich vermisse dich, Sarge."

Gabe wurde im Hühnerhof von dem Hahn entdeckt, der sogleich herausfordernd krähte. Caz hatte die Schar einem Prepper abgekauft, der nach Missouri zurück wollte. Alaskawinter waren nichts für schwache Nerven.

In den letzten Tagen hatte Gabe daran gearbeitet, den Stall zu reparieren, um Wiesel fernzuhalten. An diesem Nachmittag, seinem freien Tag, würde er sich um den Garten kümmern. Er musste zugeben, dass Gartenarbeit etwas Besänftigendes an sich hatte. Baumer hatte sich für die Spätschichten von Freitag bis Sonntag freiwillig gemeldet, also übernahm Gabe die Wochentage, und die Trooper deckten den Rest ab.

Bis die Dinge unter Kontrolle waren, würde Gabe viel mehr als Vollzeit investieren.

Ein paar Minuten später fuhr Gabe mit seinem Jeep rückwärts aus der Garage und tippte auf die Fernbedienung, um das Garagentor zu schließen. Er grinste. Makos Idee von Hightech war eine Kaffeemaschine gewesen, und der paranoide alte Survivalist hätte die Hütten mit winzigen, Scharfschützen gerechten Fenstern bevorzugt. Das Thema wäre hier fast zu einem Krieg ausgeufert. Auf keinen Fall hatte Gabe diesen herrlichen Blick auf den See und die Berge aufgeben wollen. Um den Frieden zu bewahren, fügten sie schließbare Fensterläden hinzu, elektrische Zäune zwischen den Hütten, um das Gelände vor Bären und Elchen zu sichern, und verwendeten eine solar- und batteriebetriebene Pumpe am Brunnen.

Als der Strom vor ein paar Jahren ausfiel, waren sie nichtsdestotrotz warm, trocken und satt geblieben ... dank Makos Voraussicht.

Gabe grinste. Zu der Zeit hatten sie entdeckt, dass Mako unter allen Hütten einen Erdkeller ausgegraben und einen langen Tunnel geschaffen hatte, der jedes Haus miteinander verband. *Für den Kriegsfall.* Als Gabe die winzige Schotterstraße hinunterfuhr, schüttelte er bei der willkommenen Erinnerung den Kopf. Der Sarge war ein paranoider Bastard gewesen.

An der Kreuzung von Lake Road und Swan Avenue wurde er langsamer, als er an Dantes Miethütten vorbeikam.

In Julies Hütte brannte Licht.

Verdammt! Als er Julie letzte Nacht nach Hause gefahren hatte, war es sein Gedanke gewesen, ihren Schlüssel entgegenzunehmen und so ihr Auto von der Bar zu ihr zu bringen. So viel zu seinen guten Absichten.

Nachdem er die Polizeistation aufgeschlossen und Kaffee gemacht hatte, überprüfte er die Berichte. Officer Baumer hatte Zeugenaussagen von den Leuten in der Bar genommen, aber das Arschloch, das Julie geschlagen hatte, war nicht auffindbar. Es schien, als hätte der Mann die Stadt verlassen.

Gabe knurrte.

Nichts Besonderes in den Berichten: Ein Elch von einem Jeep getötet. Daraufhin hatte Baumer die Alaska Moose Federation angerufen, um das Tier an den nächsten Namen auf der Liste auszuliefern. Jemand würde dieses Jahr viel Fleisch haben.

Ein Betrunkener hatte sich einem Haufen Katern angeschlossen, die einer rolligen Katze ein Ständchen gaben. Offenbar hatte die Musik den nächsten Nachbar unbeeindruckt gelassen.

Baumer hatte geschrieben, dass ein paar unzufriedene Gäste für Aufruhr sorgten, als Bull die Bar um zwei Uhr morgens schloss. Nach alaskischem Recht könnte er bis fünf Uhr morgens seine Bar offenlassen. *Nicht in einer Million Jahren.* Gabe grinste. Sein Bruder schlief zu gerne, um bis in die Morgenstunden wach zu bleiben.

Laute Geräusche brachten Gabe mit wild klopfendem Herzen auf die Füße. Er griff nach seiner Pistole und scannte den Raum. Moment, nein, das war kein Gewehrfeuer.

Jemand klopfte an die Hintertür. „Gabe, bist du da drin?"

Gefechtsbereitschaft aufgeben. Gabe atmete langsam aus und ging zur Tür, um sie zu öffnen.

„Hey, Junge." Dante schlenderte herein, gefolgt von zwei Teenagern, die eine lange Kiste trugen. Der Mann zeigte auf die Mitte des Großraumbüros. „Stellt sie dort ab und holt den Rest."

Nachdem die Kinder weitere Kisten reingebracht hatten, gab Dante ihnen etwas Geld und jagte sie raus. Zu Gabe sagte er: „Ich war hier, als die Station geschlossen wurde und habe das Inventar an mich genommen. Ich dachte mir, dass du die vielleicht zurück-haben willst."

Gabe lehnte sich an einen Schreibtisch und betrachtete die Kisten. Sie hatten die richtige Größe für ... „Der Waffenbestand?"

„So ist es."

Als sie die Deckel abnahmen, wurde eine Vielzahl von Waffen und Munition enthüllt. Handfeuerwaffen, Gewehre, Schrotflinten.

Dante zeigte auf zwei 12-Kaliber-Schrotflinten und zwei AR-15-Gewehre. „Die wurden vom Department bereitgestellt. Die Beamten benutzten ihre eigenen persönlichen Handfeuerwaffen – sie werden also nicht hier sein. Der ganze Rest ist der Scheiß, den die Wache im Laufe der Jahre beschlagnahmt hat."

„Das ist ein Anfang. Das wird meinem Budget helfen." Die Munition wäre etwa ein Jahrzehnt alt. Sie könnte in Ordnung sein, je nachdem, wo sie gelagert wurde, aber er würde neue bestellen und die alten erst testen. Die Bean-Bag-Munition für die Schrotflinten würde sich für die Tierwelt als nützlich erweisen. „Danke, Dante. Hast du noch ein Ass im Ärmel?"

„Ein großes, ja." Dante setzte sich neben der Kaffeekanne auf einen Stuhl. „Etwas, das Sarah und ich arrangiert haben. Der Stadtrat hat uns beauftragt, die Polizei aufzubauen und zu beaufsichtigen." Der Alte grinste. „Sei dankbar; es hätte nicht viel gefehlt und Parrish hätte dir den ganzen Tag über die Schulter geschaut. Aber da er gegen die Wiedereröffnung der Wache gestimmt hat, wurde er nicht dazu beauftragt."

„Parrish ... Reverend Parrish?"

Dante goss sich eine Tasse Kaffee ein. „Jep."

„Ich habe ihn neulich im Café gesehen. Es ist interessant, einen bewaffneten Geistlichen zu sehen."

Dante hatte ein unverwechselbares kratziges Lachen. „Dieser *Geistliche* ist der Gründer der Patriotischen Zeloten."

Was zum ...? „Im Sinne von David Koresh? Religiöse regierungsfeindliche Paramilitärs?"

„Jep."

„Einfach toll." Er rieb sich den Nacken.

„Jetzt bist du wirklich froh, dass Parrish nicht für die Station verantwortlich ist, oder?"

„Ich werde dir für immer dankbar sein." Fanatiker. Rescue hatte bewaffnete Fanatiker, darunter einen im Stadtrat. Gabe schüttelte den Kopf. „Was ist also diese große Überraschung, die du und Sarah arrangiert habt?"

„Sollte heute ankommen. Sarah hat Freunde im Anchorage PD – und sie haben uns geholfen, ein Polizeifahrzeug zu leasen. SUV. Allradantrieb, damit du auf unseren beschissenen Straßen klarkommst. Nichts Besonderes, Standardausrüstung, mit ein paar Dingen, die Sarahs Cop-Freunde empfehlen."

Gabe zeigte ein Lächeln. Langsam ging es bergauf. „Zivilfahrzeug oder –"

„Nein. Schwarz und Weiß. Lichter und Sirenen, Käfig hinten." Dante grinste.

„Verdammt. Das sind verdammt gute Nachrichten. Danke." Er und Baumers Schichten überschnitten sich nur freitags, sodass ein Auto ausreichend war. „Wir brauchten wirklich ein offizielles Fahrzeug."

„Ein Mann braucht die nötigen Werkzeuge, um seine Arbeit zu erledigen. Lass uns deine Waffen wegsperren." Dante stieß sich mit einem Stöhnen auf die Füße. „Übrigens ist mir zu Ohren gekommen, dass der neue Kunsthandwerksladen mit Spraydosen verunstaltet wurde."

„Zur Hölle nochmal." Nachdem er und Dante die Waffen in die Kammer geschlossen hatten, eskortierte er den Okie – ein Einwohner Oklahomas, wenn auch ehemaliger – nach draußen.

Keine fünfzehn Minuten später wurde der neue Streifenwagen geliefert.

Und verdammt, der Ford Police Interceptor war gut bestückt.

Er musste grinsen, weil es sich anfühlte wie ... wie an den

Tagen, als Mako sie alle in die Stadt brachte, um Vorräte zu holen. Aufregend.

Zusätzlich zu der normalen Fahrzeugausstattung verfügte die Ladefläche über Polizeiequipment wie Körperpanzerung, Beweismittelkits und -taschen, eine gelbe Abdeckplane und Absperrband. Es gab keinen Krankenwagen in der Stadt, daher war er nicht überrascht, Ersthelferzubehör wie einen Satz zum Öffnen von Autotüren, einen Feuerlöscher, einen Erste-Hilfe-Kasten, Rettungsdecken, Latexhandschuhe und einen tragbaren Defibrillator zu sehen. Da dies Alaska war, brauchte man auch Schlechtwetterausrüstung, und das Auto war mit chemischen Handwärmern, einer schweren Taschenlampe, Notfallnahrung und Wasser ausgestattet. Es gab außerdem Vorräte für Straßenunfälle – Maßband, Schutzanzüge, Bolzenschneider, Verkehrskegel, Leuchtsignale und Sicherheitswesten, Atemschutzgeräte und eine Schaufel.

Gut gemacht, Dante und Sarah.

Gabe fügte zusätzliche Munition und eine Box für Papierkram hinzu, verstaute das AR-15 und die Schrotflinte im Innengestell und kletterte hinein.

Gott, es hatte sogar den Geruch eines neuen Autos – zusammen mit dem darunter liegenden Geruch von Waffenöl. Auf dem Weg aus der Stadt dauerte es eine Sekunde, bis er sich das breite Grinsen vom Gesicht wischen konnte und einen angemessenen ernsten Ausdruck würdig eines Polizeichefs hinbekam.

Er fuhr eine Weile auf den Nebenstraßen, bevor er auf die Hauptstraße zurückkehrte.

Und da war das Graffiti.

Der knallrote Schriftzug VERSCHWINDE wurde auf eine blassgelbe Wand gesprüht.

Wut kochte in ihm hoch.

Mako hatte dieses Gebäude letztes Jahr gekauft, und Bull hatte es gerade an ein Schwesternpaar aus Juneau vermietet. Sie planten die Eröffnung einer Kunstgalerie und eines Kunsthandwerkgeschäfts, das sich auf in Alaska hergestellte Waren spezialisierte.

Sie hatten diese Scheiße sicher nicht verdient.

Gabe bog den SUV in einen diagonalen Parkplatz und ging zum Laden.

Offensichtlich sahen sie ihn kommen, denn sofort kam eine korpulente, braunhaarige Frau aus dem Geschäft gestürmt. Eine Steppdecke mit Bären, Elchen und Weißkopfseeadlern lag in ihren Armen. Sie musterte für einen Moment sein Uniformhemd. „Oh, wunderbar. Du musst der neue Polizeichef sein."

Er streckte seine Hand aus. „Ich bin Gabe MacNair. Mrs. Johannsen, richtig?"

„Miss. Oder noch besser: Glenda." Sie deutete auf die Sachbeschädigung. „Siehst du das?"

„Ja, ich sehe es." Sein Kiefer spannte sich an. So viel zu der Hoffnung, dass eine lokale Polizeipräsenz Vandalismus verhinderte.

Ganz im Gegenteil. Es fühlte sich an, als würde das Arschloch den Bullen den Mittelfinger zeigen.

Und dem Laden.

Die neuen Besitzer waren in den Fünfzigern, beide geschieden, sowohl hart arbeitende Geschäftsfrauen als auch Künstlerinnen. In Juneau hatte eine von ihnen eine Kunstgalerie, die andere einen Kunsthandwerksladen besessen. Was für ein Arschloch suchte sich ausgerechnet diese Frauen aus, um sie ein bisschen zu ärgern?

Die rote Farbe war grell, die Absicht klar. „Jemand ist entweder nicht glücklich über den zunehmenden Touristenstrom oder hasst es, die Veränderung der Stadt überhaupt zu sehen."

Sie entließ ein genervtes Schnauben. „Jetzt ist es zu spät. Er hätte die Eröffnung des Skigebiets verhindern sollen, wenn ihm das so wichtig ist."

„Zu spät, um den Korken wieder in die Flasche zu stecken. Ich werde Bull fragen, ob er einen seiner Bauarbeiter entbehren kann, sodass er euren Laden streichen kann."

„Das wäre wundervoll."

Und er würde vorschlagen, Makos Geld zu benutzen, um für die Kosten aufzukommen. Nicht, dass er das gegenüber Glenda erwähnen würde. Er und Caz wollten, dass Bull der Strohmann für das Treuhandvermögen blieb. Es half, dass nur sehr wenige Menschen Mako jemals getroffen oder von seinen Kindern gewusst hatten.

Obwohl Glendas finsterer Blick verschwunden war, erschien eine Falte zwischen ihren Augenbrauen. „Glaubst du, der Vandalismus wird weitergehen?"

Der Optimismus verflüchtigte sich leicht, wenn man das Graffiti betrachtete. „Leider macht es den Anschein. Ich plane jedoch, einige Überwachungskameras zu installieren." Gabe deutete auf die Straßenbeleuchtung vor Dantes Laden. „Wir decken viel befahrene Bereiche ab, einschließlich eures Ladens. Niemand wird in Echtzeit überwachen, aber wir sollten in der Lage sein, den Schuldigen zu identifizieren."

„Das ist sehr beruhigend. Danke dir, Gabe."

Nach einem befremdlichen Moment ging er zurück zum Streifenwagen. In einer Großstadt würde es kein Zivilist wagen, ihn bei seinem Vornamen anzusprechen. Aber er bevorzugte Glendas Ungezwungenheit.

Eine Schande, dass er mit Kleinstädten so wenig vertraut war. Als Kinder hatten sie am Stadtleben nicht teilgenommen. Mako war nur ein paar Mal im Jahr mit ihnen nach Seward gefahren, um Lebensmittel einzukaufen, zur Post zu gehen oder regelmäßige Check-ups für den Heimunterricht über sich ergehen zu lassen.

Als er den Streifenwagen entsperrte, erregte ein Schrei seine Aufmerksamkeit.

Er drehte sich um und lachte.

Ein Elch schlenderte die Grebe Avenue entlang. Nachdem das

Tier die Hauptstraße überquert hatte, blieb es stehen, um an einem jungen, mit Knospen übersäten Baum zu knabbern.

Nur in Alaska ...

Vor dem Café hüpften drei Touristen vor Aufregung auf und ab. „Ein Elch! Mitten in der Stadt!"

Ein paar ältere Alaskaner auf dem Weg ins Lebensmittelgeschäft hielten inne, wahrscheinlich in der Hoffnung auf einen blutigen Kampf zwischen Mensch und Elch.

Angezogen von der Aufregung verließen mehr Menschen das Café – gefolgt von Baumer.

Der Officer bemerkte Gabe und lief über die Straße, wobei er einen weiten Bogen um den Elch machte. Abrupt hielt er inne und starrte auf den Streifenwagen. „Sieh mal einer an. Gehört der uns?"

„Tut er. Wer im Dienst ist, bekommt das Fahrzeug, sonst steht es auf dem Parkplatz, falls einer von uns gerufen wird. Schlüssel findest du auf deinem Schreibtisch."

Nachdem Gabe die Hecktür geöffnet hatte, schnappte er sich die Schrotflinte und belud sie mit Bean-Bag-Munition.

Baumers Augen verengten sich. „Du siehst aus, als wüsstest du, was du tust."

Gott, der Officer tat so, als hätte Gabe noch nie einen Elch gesehen, geschweige denn mit einem zu tun gehabt. Möglich, dass Baumer nur die Information hatte, dass Gabe beim LAPD gearbeitet hatte.

„Oje", murmelte Baumer.

Gabe drehte sich um und sah, wie zwei junge Männer und eine Frau direkt auf den Elch zusteuerten. „Oh, zur Hölle nochmal."

„Touristen." Baumer schnaubte. „Dümmer als Steine."

„Sie sind von außerhalb. Denken wahrscheinlich, dass Elche so scheu sind wie Rehe." Gabe hob die Stimme: „Ihr drei! Geht zurück auf den Bürgersteig, oder ich verhafte euch für verkehrswidriges Überqueren einer Fahrbahn."

„Soll das eine Drohung sein?", fragte Baumer ungläubig.

„In der Stadt ist es das."

„Du musst es ja wissen." Ein Kommentar, der nicht weit von einer Beleidigung entfernt war.

Die drei Touristen trabten pflichtbewusst auf den Bürgersteig zurück. Dort wirbelten sie herum, zogen ihre Handys raus und starteten eine Aufnahme. Die weit aufgerissenen Augen und die erstaunten Gesichter erinnerten ihn an seine erste Elchsichtung.

Vor zwanzig Jahren vor Makos alter Hütte.

Er und Hawk waren direkt auf das Tier zugerannt, bevor sie erkannten, wie groß das verdammte Viech war. Und dass es Menschen kein bisschen mochte. Die beiden waren noch schneller in die andere Richtung gerannt. Gott sei Dank hatte der Elch sie nur kurz gejagt.

Indessen hatte sich der Sarge vor Lachen nicht mehr eingekriegt.

Auch jetzt würde er wahrscheinlich lachen.

Gabe schob die Trauer beiseite und konzentrierte sich wieder auf seinen Job.

Wenn sich der Elch weiter auf der Grebe Avenue vorwagte, würde er den See erreichen. Das wäre eine gute Sache. Käme er in der Stadt zum Stehen, dann war das Chaos vorprogrammiert.

„Wirst du ihn erschießen, Officer?", brüllte eine Person.

Mit den Augen auf dem Großmaul blieb das Tier in der Mitte der Straße stehen. Seine Ohren legten sich an seinen Kopf. Das Haar an seiner Wirbelsäule stellte sich auf. Elche waren in Bezug auf ihren persönlichen Bereich überaus territorial.

Gabe zeigte auf die Zuschauer und rief: „Alle weg von hier. Mindestens einen Block. Und zwar sofort!"

„Gute Idee." Baumer drehte sich zu den beiden Beobachtern auf der linken Straßenseite und wiederholte seine Anweisungen.

Als sich die Leute zurückzogen, hoben sich wieder die Ohren des Elches.

Besser.

Baumer deutete auf die Schrotflinte. „Du lässt mich das besser erledigen."

Gabe machte sich nicht die Mühe, ihm zu antworten und schlenderte stattdessen auf die Straße, bis er hinter der Bestie stand. „Verschwinde, du Idiot", murmelte er zu dem Elch. „Besuche den See."

Anstatt zu hören, lief das verdammte Viech direkt auf die lauten Touristen zu.

Scheiße! Bevor es ihnen zu nahe kam, feuerte Gabe mit der Schrotflinte. Die Bean-Bag-Munition traf den Elch direkt am Hintern. Er schoss erneut. Ein weiterer Treffer.

Erschrocken zuckte der Elch nach vorne und drehte sich nach links, um den ... fiesen Insekten zu entkommen. Und dann setzte er seinen Weg entlang der Grebe Avenue fort.

„Ich wünsche dir einen schönen Tag am See, Bullwinkle." Glucksend kehrte Gabe zum SUV zurück. Nur merkwürdig, dass die Zuschauer jubelten, als hätte er einen Touchdown gemacht.

Noch immer neben dem Auto stehend musterte Baumer ihn. „Gute Arbeit, Chief."

„Dieses Mal." Gabe verstaute die Schrotflinte. „Hoffen wir, dass dies keine normale Route für ihn ist."

„Ist möglich. Ich habe ihn hier schon einmal gesehen." Baumer drehte sich um und sah die Straße hinunter. „Idioten. Du hättest dem Elch erlauben sollen, ein paar Tritte zu landen."

Gabe warf ihm einen unbeeindruckten Blick zu. „Das ist nicht der Job."

„Nein, ich schätze nicht." Das Grinsen des Officers tauchte wieder auf. „Wenn ich ehrlich bin, hatte ich es auf den Job als Polizeichef abgezielt, aber nicht, wenn es damit einhergeht, Außenseitern in den Arsch kriechen zu müssen."

„Leider bedeutet es, allen in den Arsch kriechen zu müssen."

Baumer lachte. „So habe ich es nie gesehen, aber ich schätze, du hast Recht."

Vielleicht erklärte die Einstellung des Officers, warum er in der Vergangenheit oft bei Beförderungen übersehen wurde. Beim Schließen der Ladetür zeigte Gabe auf das Graffiti, das den Kunsthandwerksladen verunstaltete. „Hast du gestern Abend jemanden in der Innenstadt bemerkt?"

„Nein. Das muss passiert sein, nachdem ich mit meiner Schicht fertig war."

„Wahrscheinlich sogar." Eine Schande, dass Gabe nicht genug Personal hatte, um rund um die Uhr über die Stadt zu wachen. Die Kameras würden helfen. „Übrigens habe ich vor –"

Baumer unterbrach ihn: „Warum bist du eigentlich hier? Ich dachte, Samstag wäre dein freier Tag."

„Ich mache Überstunden, bis sich alles ein bisschen ausbalanciert hat."

„Das muss schwer sein für deine Frau und deine Kinder."

„Geschieden, keine Kinder." Drei Brüder. Kein Vater. Die Trauer lag immer noch wie ein hohler Schmerz um sein Herz. „Und du?"

„Ich habe eine Frau und zwei Jungs. Immer noch in Windeln." Als sich Baumer an den SUV lehnte und sich wie ein echter Südstaatler für eine Runde Klatsch und Tratsch niederließ, fühlte sich Gabe ... bedrängt. Schluss damit. Er warf einen Blick auf seine Armbanduhr. Zwei Uhr nachmittags. „Dein Dienst beginnt in einer Stunde. Nimm dir am Anfang die Zeit, um dich mit dem SUV vertraut zu machen und behalte dann die Touristen im Auge."

Baumer blinzelte und drückte die Schultern durch. „Mach ich."

Nachdem sie sich verabschiedet hatten, ging Gabe zum Café. Er brauchte verdammt nochmal Koffein.

Im Inneren waren ein paar Einheimische an der Theke und holten sich nach der Vorstellung draußen eine zweite Runde. Der Hippie-Tankstellenbesitzer schaute auf, als er ein Gebäck auswählte, und nickte Gabe zu.

Und da war Julie. Ihr goldenes Haar erhellte die schwach

beleuchtete hintere Ecke, in der sie saß. Ihr Laptop stand auf dem Tisch, und nach einem flüchtigen Blick zu ihm konzentrierte sie sich wieder auf ihre Arbeit. Die Anspannung in ihren Schultern sagte, dass sie kein Interesse daran hatte, sich mit ihm zu unterhalten.

Also gut. Dies war ohnehin nicht der richtige Ort, um sich zu entschuldigen. Zudem war er sich nicht sicher, wie er die Entschuldigung formulieren sollte. *Tut mir leid, dass mich deine Lügen sauer gemacht haben?*

Mit einem verärgerten Grunzen ging er zum Tresen.

„Guten Tag, Chief." Hinter der riesigen Kaffeemaschine hielt Sarah eine Tasse zum Mitnehmen hoch. „Wieder die Sorte *Drip?*"

„Danke, ja. Meine letzte Tasse hatte ich gefühlt vor einer halben Ewigkeit."

„Manche Tage sind einfach so." Nachdem sie ihm seinen Kaffee gereicht hatte, legte sie ihre Hände auf die Theke und drückte die Schultern durch – als würde sie sich mental und körperlich wappnen müssen, um dem Sergeant Bericht zu erstatten.

„Ja?" Ohne den Blick von ihr abzuwenden, nahm er einen Schluck.

„Der Mann, der Julie gestern Abend geschlagen hat ... Sein Name ist Keaton. Er ist ein Mitglied dieser Sekte."

„Bitte was?"

„Sie nennen sich Patriotische Zeloten." Ihr Mund verzog sich angewidert. „Captain Nabera, Parrishs Stellvertreter, war auch am Tisch. Der ältere Mann mit den schwarzen Haaren. Ich habe die anderen beiden nicht erkannt, aber auf dem PZ-Gelände geht es ohnehin wie auf einem Bahnhof zu."

„Keaton. Verstanden, danke."

Als sie sich an einen neuen Kunden wandte, schnappte sich Gabe ein Gebäck und hinterließ genug Geld, um die Rechnung zu begleichen. Er stellte seinen Kaffee auf einen Tisch, lehnte sich mit dem Rücken an die Wand und aß, während er zusah, wie die Leute kamen und gingen.

Beim Blick auf seine Polizeimarke lächelten die meisten und nickten. Zwei der Frauen sagten: „Willkommen in Rescue." Ein Mann in den Dreißigern machte sich nicht die Mühe, seinen wütenden Ausdruck zu verbergen. Ein weiterer zog die Augenbrauen zusammen.

Einige waren also für eine Polizeipräsenz, andere nicht.

Julie hob nicht einmal den Kopf.

Verdammt!

Gabe hatte gerade seinen Kaffee ausgetrunken und das Gebäck verspeist, als der gute Reverend Parrish hereinkam. Genau das brauchte er jetzt.

Diesmal gab Gabe ihm eine genauere Musterung. Mitte vierzig. Etwa einen Meter neunzig groß, neunzig Kilo und in guter Form. Kurze braune Haare, blaue Augen. Und er trug auch dieses Mal eine Pistole.

Ein junger Mann und zwei Frauen folgten ihm wie Küken einer Henne.

Als er Gabe sah, wies der Reverend seine drei Begleiter an, schon vorzugehen, bevor er sich auf den Weg zu Gabe machte. „*Chief* MacNair. Ich bin Reverend Parrish."

Gabe nahm die angebotene Hand. „Freut mich. Ich wollte sowieso mit Ihnen sprechen."

„Über Keaton. Ich habe von dem unglücklichen Vorfall gestern Abend gehört." Ein amüsiertes Glitzern in den Augen wurde schnell unterdrückt.

„Der *Vorfall* gilt als Körperverletzung." Gabe hielt seine Stimme gelassen.

„Natürlich, und ich war entsetzt. Wir dulden keine Gewalt. Deswegen wurde Mr. Keatons Mitgliedschaft widerrufen, und er musste die Gemeinschaft verlassen. Das habe ich Officer Baumer bereits gestern mitgeteilt."

Hurensohn. Obwohl das Verbrechen als geringfügiges Vergehen angesehen wurde, blieb es weiterhin ein tätlicher Angriff. „Wo ist er?"

„Aus Angst, verhaftet zu werden, ist er, so glaube ich, in die Unteren 48 zurückgekehrt. Ursprünglich kommt er aus Kentucky." Trotz des dämlichen Schmunzelns schien Parrish die Wahrheit zu sagen.

Mit Sicherheit sogar. Zweifellos hatte er Keaton rausgeworfen, um Gabe davon abzuhalten, auf das Gelände der Miliz zu gelangen. Es war wahrscheinlich sinnlos, zu diesem Zeitpunkt zu einem Richter zu gehen, um sich einen Haftbefehl für Keaton ausstellen zu lassen.

Deshalb stand in Baumers Bericht, dass der Mann die Stadt verlassen hatte.

„Ich schätze die Informationen." Gabe gab weiterhin sein Bestes, seine Frustration nicht herauszulassen. „Bitte lassen Sie Ihre ... Mitglieder wissen, dass gewalttätiges Verhalten hier nicht akzeptiert wird."

„Das werde ich." Der Reverend neigte den Kopf. Bei dem Blick, den er auf Gabe richtete, fehlte nicht viel und er würde als Herausforderung durchgehen. Nach einem langen Moment drehte er sich um und schloss sich den anderen an.

Er beobachtete, wie der Mann bei seinen Gefolgsleuten den Charme anstellte – ganz, als würde jemand eine Lampe einschalten.

Seine ... Leute hingen an jedem Wort, das er äußerte.

Gabe rieb sich über den Nacken und behielt die Gruppe mit einem unguten Gefühl im Auge. Der gute Reverend war ein charismatischer Fanatiker mit Schusswaffen.

Großartig. Einfach großartig.

KAPITEL NEUN

Audrey seufzte erleichtert, als Gabe schließlich das Café verließ.

Als die Kunden vorhin den Laden verlassen hatten, um sich den Elch anzusehen, war sie zur Tür gegangen und hatte beobachten können, wie Gabe das Kommando übernahm und die Leute mit seiner militärischen Befehlsstimme herumkommandierte. Dann hatte er die Straße betreten, genau wie in diesen alten Cowboy-Filmen, in denen sich der Sheriff einem Revolverhelden stellte.

Sie grinste. Er hatte sich einem Elch gestellt.

Natürlich war es nicht wirklich lustig gewesen. Diese Tiere waren riesig. So groß wie Gabe. Mit Geweih. Das war kein Bambi.

Und Gabe hatte den Anschein gemacht, als würde er spazieren gehen.

Einfach ... wow.

Anschließend hatte der Chief das Café betreten, und sie hatte gespürt, wie sie rot anlief.

Anstatt zu arbeiten, hatte sie immer wieder einen Blick auf ihn erhascht, während die Erinnerung an letzte Nacht erneut aufgelebt war: Die Art und Weise, wie er sie fixiert hatte. Der tiefe Klang seiner Stimme, wenn er sie Goldlöckchen nannte. Wie hart sie gekommen war.

Er war verständnisvoll und geduldig – und beharrlich darauf bedacht gewesen, dass auch sie ihren Spaß hatte. Gott, sie konnte nicht einmal vorgeben, dass er die Situation ausgenutzt hatte; schließlich war der Sex ihre Idee gewesen.

Es war wundervoll gewesen. Berauschend.

Und ein totales Desaster.

Warum musste der Mann so scharfsinnig sein? Nach dem Sex wäre jeder andere Mann bereits am wegdösen gewesen, und es wäre ihm nicht sofort aufgefallen, dass sie nicht auf ihren falschen Namen geantwortet hatte.

Warum war er so unbeugsam? Es war nicht so, als hätte sie jemanden getötet; sie benutzte nur einen Namen, der nicht ihr eigener war.

Ja, okay, sie wurde in Tauschhandel und Bargeld bezahlt, also entkam sie den Steuern. Aber mal ehrlich, das Finanzamt hätte kein Problem damit, sie zu finden, würden sie das wirklich wollen. Sie seufzte. Und Bull hatte zu ihr gemeint, dass er sie nicht lange in bar bezahlen würde.

Sie brauchte nicht aufzuschauen, um zu wissen, dass der Chief gegangen war. Der Mann strahlte eine Energie aus, die man überall im Raum spüren konnte. Die Marke verschaffte ihm einen gesetzlichen Status, sicher, aber die einschüchternde Autorität? Oh, dafür war keine Polizeimarke notwendig.

Warum fand sie das so sexy?

Sie schloss die Augen. *Mädchen, wer bist du und was hast du mit der streberhaften Audrey gemacht?*

Leider war sie nun mal ein riesiger Bücherwurm – *introvertiert bis zum geht nicht mehr* –, der keinerlei Talent besaß, wenn es um Beziehungen ging. Dabei spielte es auch keine Rolle, ob es sich um einen Partner, Freunde oder Familie handelte. Nicht mal von ihrer Mutter war sie geliebt worden. Wie hätte sie es also lernen sollen?

Oh, ehrlich, sie jammerte wie ein Baby. *Hör einfach auf. Jetzt sofort.*

Es war gut, dass Gabe gegangen war, bevor es ernst werden konnte. Wäre das nämlich passiert – und Gott, es wäre leicht, sich in einen Mann wie ihn zu verlieben –, dann wusste sie nicht, ob sie es überstehen würde, wenn er ihrer Nerdigkeit überdrüssig wurde und sich von ihr abkapselte.

Sie verzog das Gesicht. Schon jetzt tat es weh.

Da sie sich nicht konzentrieren konnte, sah sie in ihr E-Mail-Postfach und zuckte innerlich zusammen.

Special Agent Dennison hatte geschrieben.

Ihre Finger hätten sich fast verheddert, so schnell öffnete sie die E-Mail.

—

Audrey,

die Ermittlung im Fall des Pharmaunternehmens und seines geschaffenen Virus läuft gut. Ich glaube, dass alle Beteiligten mittellos und hinter Gittern enden werden.

Spyros konnte bisher nicht gefasst werden. Es gibt Gerüchte, dass eines seiner Opfer ihn schwer verletzt hat – und vor ihm geflohen ist. Er wird auf Rache aus sein und seinen Ruf wiederherstellen wollen. Wie du befürchtet hast, bist du immer noch in Gefahr.

—

Audreys Magen drehte sich. Sie hatte erfahren, dass Spyros seit weit über einem Jahrzehnt den Strafverfolgungsbehörden, einschließlich Interpol, bekannt war und ihnen immer wieder entkam. Was also, wenn sie ihn nie erwischten?

Ihre Finger zitterten, als sie nach unten scrollte.

—

Ich verstehe dein Zögern, deinen Verbleib zu verraten. Wenn du deine Meinung änderst, werde ich mein Bestes tun, damit du in Sicherheit bleibst.

—

Sicherheit. Das war ein Gefühl, das sie seit ihrer Flucht aus Chicago nicht mehr gespürt hatte. Erst gestern Abend, als sie in Gabes Armen gelegen hatte. Sie schüttelte den Kopf. *Lass die Gedanken nicht in diese Richtung gehen.*

Wie es aussah, würde sie also erstmal nirgendwohin gehen. Bis Spyros erwischt wurde, musste sie bleiben und sich unauffällig verhalten. Hier in Alaska.

Vielleicht für eine lange Zeit.

Als sie gegen Tränen ankämpfte, schaltete sich der Bildschirm-schoner des Laptops ein. Fraktale Muster erschienen, wuchsen und lösten sich auf. Chaos in Aktion. Die beste Beschreibung für ihr Leben.

Verdammt nochmal.

Zittrig atmete sie ein. Also gut. Es war Zeit, den Inhalt ihrer Chicagoer Wohnung zu verpacken und irgendwo einzulagern. Vielleicht könnte Dennison damit helfen.

Und dann?

Sie konnte Dantes Wohltätigkeit nicht viel länger akzeptieren, musste sich jedoch eingestehen, dass sie im Moment darauf ange-wiesen war. Der Kellnerjob brachte Bargeld ein, aber wie würde das nach der Tourismussaison aussehen?

Der freiberufliche Recherchejob, den sie online hatte machen können, könnte genug zum Überleben einbringen. Dafür müsste sie jedoch jeden Tag stundenlang das Internet durchforsten. Sie konnte es auf keinen Fall rechtfertigen, so lange im Café einen Platz zu besetzen.

Nachdem sie ihren Laptop und ihre Papiere weggepackt hatte, zog sie sich ihre Jeansjacke an und wartete auf eine Ebbe an der Theke.

„Sarah?"

Die Frau wandte sich vom Nachfüllen der Vitrinen ab. „Mehr Kaffee?"

„Äh, nein, mehr Koffein brauche ich nicht – genau deshalb wollte ich mit dir reden." Verdammt, warum war es so einfach, Forschungsfragen zu beantworten und so schwierig, mit Menschen zu sprechen? „Ich weiß, dass du für deine Kunden kostenloses Internet anbietest, und ich brauche das Internet. Nur ich kann nicht den ganzen Tag Kaffee trinken. Gibt es eine Möglichkeit, wie ich auf andere Weise für die Nutzung aufkommen kann?"

Sarah stieß ein anerkennendes Lachen aus. „Und Gabe meinte erst noch zu mir, dass in Alaska ehrliche Leute seltener vorkommen als Klapperschlangen."

Audrey erstarrte. Sie gehörte zu diesen Menschen, die ihn angelogen hatten. „Ähm ..."

„Gerne kümmere ich mich darum, eine Lösung für uns zu finden, anstatt dich dabei zu beobachten, wie du guten Kaffee verschwendest."

Anscheinend hatte Sarah bemerkt, wie oft Audrey halbvolle Tassen zurückließ.

Audrey verzog das Gesicht zu einer Grimasse. „Du machst wundervollen Kaffee. Ich kann einfach nicht mehr als ein paar Tassen am Tag trinken."

„Lass mich mit Uriah sprechen und dann reden wir nochmal, ja?"

„Perfekt. Danke."

„Gehe ich richtig in der Annahme, dass du für eine Weile in

Rescue bleiben wirst?" Sarah lehnte sich mit den Ellbogen auf die Theke und bereitete sich auf ein Plauderstündchen vor.

„Ich ... Ja. Rescue ist ein recht attraktiver Ort. Für mich. Die Bevölkerung ist angenehm. Einnehmend sogar." Und sie klang wie eine Idiotin – eine belesene Idiotin, aber eine Idiotin. Audrey trat einen unbehaglichen Schritt zurück. Smalltalk befand sich weit außerhalb ihrer Komfortzone. „Ich sollte gehen" – *und meinen Kopf gegen eine Wand hauen* – „und mein Auto abholen. Lass mich wissen, was ihr bezüglich des Internets entscheidet."

„Natürlich." Sarahs Grübchen zeigten sich, aber ihre Stimme blieb gleichmäßig.

Audrey floh.

Draußen schlug ihr der beißende Wind ins Gesicht. Heranna-hende graue Wolken im Westen bestätigten die heutige Regen-prognose für später an diesem Tag. Aus ihrer Jackentasche zog sie sich ihre grüne Beanie und setzte sie sich auf, als sie auf *Bull's Moose* zuging.

Für das Internet zu bezahlen, wäre ein Rückschlag für ihre Finanzen, aber für einen Monat sollte es gehen. Danach hätte sie hoffentlich genug Kunden in der Tasche, um ihre Recher-chetätigkeit auch hier zu machen. Da sie mit einem falschen Namen neu anfangen musste, würde es Zeit brauchen, um wieder einen guten Ruf aufzubauen. Wenn Spyros jedoch Leute im FBI hatte, konnte sie nicht riskieren, dass ihr richtiger Name über PayPal, Kreditkarte oder Bankkonto zurückverfolgt wurde.

Dieses Untertauche war nicht einfach.

Noch kniffliger war der Versuch, Kontakte zu knüpfen.

Als Sarah vom Geschäftlichen zum Plauderton überging, war Audrey wie ein ... Feigling geflüchtet. *Das kann ich nicht mehr tun.* Anders als in Chicago standen die Rescue-Bewohner gerne herum und unterhielten sich.

Sie konnte es sich nicht leisten, als Neuankömmling herauszu-stechen. Irgendwie musste sie lernen, sich in der Gegenwart von

Menschen wohlzufühlen. Das würde sie schon irgendwie hinbekommen. Würde sie ... hoffentlich.

Also lächelte sie kurzerhand die nächsten zwei Menschen an, die sie sah, verließ dann die Hauptstraße und schlenderte die Schotterstraße namens Sweetgale hinunter. Zu ihrer Linken befand sich ein älteres Haus und zwei neuere im Ranch-Stil.

Im Vorgarten stand einer dieser alten roten Wagen, den sie als Kind von ihren Großeltern geschenkt bekommen hatte. Sie hatte ihre Puppe häufig in diesem Gefährt herumgefahren ... bis ihre Mutter ihre Spielzeit zugunsten von Hausaufgaben gekürzt hatte.

Audrey schüttelte den Kopf. Kinder sollten nicht dazu gezwungen werden, intellektuelle Genies zu werden. Im College hatte sie erkannt, wie ungeeignet sie für das Leben in der realen Welt war und wie grau ihre Kindheit gewesen war. Die Mütter anderer Kinder hatten mit ihnen gespielt, Zeit mit ihnen verbracht. Sie hatten keine zusätzlichen Hausaufgaben von ihrer Mutter bekommen – zusätzlich zu dem, was die Privatschule sowieso schon verlangte. Sie hatten keine Kindermädchen gehabt, die ihr anstelle von Gutenachtgeschichten wissenschaftliche Texte vorgelesen hatten.

Sie schüttelte den Kopf und schlang die Arme um sich. Manchmal hatte sie sich einfach nur eine Umarmung gewünscht.

Als sie sich bei ihrem Hauptfach für Biologie und nicht für Physik entschieden hatte, war es zu einer Auseinandersetzung gekommen.

Ihre Mutter war wütend gewesen. Audrey sollte ihre Errungenschaft sein, ein leuchtendes Beispiel für überlegene Genetik und Ausbildung. *„Du scheinst nach deinem Samenspender zu kommen. Schwach, emotional, dumm. Es reicht mir, Audrey. Verschwinde, ich will dich nie wieder sehen!"*

Audrey entließ ein Schnauben. Warum schmerzten diese Worte auch heute noch? Warum hatte sie wie der letzte Idiot vor ihr gestanden? Warum hatte sie ihre Mutter anflehen wollen, sie zu lieben?

Sie schüttelte den Kopf und erinnerte sich an die Nachbarn, die hinter dem Rücken ihrer Mutter gelästert hatten: *„Diese Frau trägt keine Liebe in ihrer Seele."* Vielleicht war es nicht Audrey, der es an etwas fehlte.

An den meisten Tagen glaubte sie das sogar. *Ich werde keine emotionslose Maschine sein. Das werde ich nicht zulassen.*

Sie biss sich auf die Unterlippe und runzelte die Stirn. Denn wenn sie ehrlich mit sich selbst war, hatte sie diesen Pfad bereits betreten.

Nun, sie könnte sich ändern. Sie zog ihre Schultern zurück, hob ihr Kinn und lächelte entschlossen die Welt um sie herum an. Zuckerbestäubte Gipfel, dunkelgrüne Wälder. Das Glitzern des atemberaubenden türkisfarbenen Sees. Kein Gemälde oder Foto in einem Museum, sondern real und unmittelbar.

Sie konnte die Feuchtgebiete um den See riechen und das dumpfe Geräusch von jemandem hören, der Brennholz hackte.

Und aus einem Hinterhof kam eine Frauenstimme mit englischem Akzent: „Du bist eine wahre Plage, du Knie einer satanischen Bestie. Du ..."

Audrey hatte seit ihrem letzten Shakespeare-Stück kein solches Fluchen mehr gehört, und sie blieb in erstaunter Bewunderung stehen.

„Stütze mich, du scheußliche Fehlbildung der Natur!" Das elisabethanische Fluchen endete mit einem Stöhnen.

Das klang nicht gut. Audrey eilte um die Seite des Hauses.

In einem umzäunten Garten fand sie eine ältere Frau mit kinnlangen weißen Haaren auf ihren Händen und Knien vor, die alles gab, um wieder hochzukommen.

„Warten Sie, lassen Sie mich Ihnen helfen." Audrey eilte durch das Tor. „Sind Sie verletzt?"

Blaugraue Augen funkelten verärgert. „Werde niemals alt, Kind. Es ist ein Albtraum."

Audrey unterdrückte ein Lachen.

„Und ja, ich könnte Hilfe beim Aufstehen gebrauchen." Die schlanke Frau lächelte.

„Okay." Audrey legte einen Arm um ihre angeschlagenen Rippen und beugte sich vor, um der Dame ihre Hand zu reichen.

„Ganz sicher nicht, Goldlöckchen." Ein fester Griff schloss sich um ihre Schulter.

Audrey ließ die Dame los und drehte sich um. Ihre Augen weiteten sich. „Du."

„Ich fürchte ja." Gabes rechter Mundwinkel zuckte. Er legte einen Arm um ihre Taille und schob sie zur Seite, bevor er sich an die ältere Frau wandte. „Ms. Wilson hat angeknackste Rippen und sollte nichts heben. Lassen Sie mich helfen."

Audrey wollte Einwände erheben, aber ihre Stimme funktionierte nicht; zum Schweigen gebracht durch seine Berührung, durch seinen befehlenden Bariton, sogar durch seinen Geruch. Die Tatsache, dass er Recht hatte, machte es noch schlimmer.

„Chief MacNair, richtig?" Die Dame lächelte, so selbstbeherrscht und würdevoll, als befände sie sich auf einer Teeparty. „Ich würde mich über deine Hilfe freuen. Ich bin Lillian Gainsborough. Aber ihr könnt Lillian sagen."

„Freut mich, Ma'am." Gabe beugte sich vor und hob die Frau sanft in seine Arme. „Wie schwer sind Sie ... äh, du verletzt?"

Er verließ den Garten, betrat die Veranda, und Audrey folgte ihm.

„Ich bin nicht gestürzt und ich bin nicht verletzt", sagte Lillian. „Ich habe mich hingekniet, weil ich testen wollte, ob der Boden warm genug ist, um mit dem Pflanzen zu beginnen, aber mein Knie weigerte sich zu kooperieren, als ich versuchte, wieder aufzustehen."

„Ah." Gabe stieg die zwei Stufen der Veranda hinauf und setzte Lillian auf einen Stuhl. „In Anbetracht der Entfernung zwischen den Häusern hier solltest du ein medizinisches Warnsystem in Betracht ziehen. Im Haus oder im Garten gibt es dann einen Knopf, den du drücken und somit Hilfe anfordern kannst."

„Und was kommt als nächstes – eine Gehhilfe?", murmelte Lillian vor sich hin. „Natürlich hast du Recht, Chief. Ich schaffe mir so ein Warnsystem an."

Sie lehnte sich vor und massierte ihr rechtes Bein. „Eigentlich hatte ich den Termin für diese Zeit gesetzt, um nach dem Eisbruch ... den Sommer genießen zu können. Ich war aufgeregt, zu sehen, dass der Boden bereit zum Bepflanzen ist." Sie schenkte ihnen ein bedauernswertes Lächeln.

„Wir haben mit der Bepflanzung immer bis zum Memorial Day gewartet." Gabe lehnte sich an das Verandageländer. „Aber du hast Recht, es war ein warmer Frühling."

Audrey schüttelte den Kopf. Gab es etwas, das der Mann nicht wusste?

Bei ihrer Geste landeten Lillians Augen auf ihr. „Dieser Stuhl ist leer, Liebes. Bitte setz dich."

Nachdem Audrey sich auf den angrenzenden Stuhl gesetzt hatte, bemerkte sie, dass auf den meisten schmiedeeisernen Tischen und Stühlen Schalen mit Setzlingen standen.

Obwohl Lillians Rücken kerzengerade und ihre Stimme eben war, zeigte sich Traurigkeit in ihren Augen, als sie die winzigen Pflanzen ansah. „Es scheint, dass ich dieses Jahr keinen Garten anlegen werde."

Audrey konnte es nicht länger ertragen. „Ähm, also, ich habe in dem Bereich keine große Erfahrung, aber wenn du mich anweisen willst, könnte ich dir helfen."

Gabe lächelte sie an und verschränkte dann seine Arme über seiner breiten Brust. „Bepflanzung geht in Ordnung, Goldie, aber kein Graben. Nicht mit diesen Rippen."

Sie öffnete den Mund, um Widerworte zu geben, fing jedoch seinen unnachgiebigen Gesichtsausdruck ein. Ihre nächsten Worte richtete sie an Lillian: „Ich würde dir gerne beim Pflanzen helfen."

Die blauen Augen der Frau leuchteten. „Akzeptiert. Ich werde jemand anderen finden, der die Arbeit mit der Schaufel übernehmen kann."

„Ich habe jetzt ein paar Minuten. Genug Zeit, um die Erde zu lockern, sodass du die ersten Setzlinge pflanzen kannst", sagte Gabe.

„Das wäre wunderbar, Chief." Lillian lächelte. „Zwei Einheimische – Knox und Chevy – kümmern sich oft um derartige Gelegenheitsjobs. Sicherlich können sie den Rest erledigen."

Gabe zeigte auf den kleinen Schuppen im Hinterhof. „Werkzeugschuppen?"

„Richtig geraten."

Als Gabe zum Schuppen ging, konnte sich Audrey ohne seine überwältigende Präsenz endlich ein bisschen entspannen. Ohne dass jede seiner Bewegungen sie daran erinnerte, was sie letzte Nacht miteinander geteilt hatten.

„Du hast keine Erfahrung im Gartenbau?", fragte Lillian.

„Als ich noch jünger war, wollte ich einen Garten, aber wir lebten in einer Wohnung." Sie runzelte die Stirn. „Eigentlich habe ich immer in Wohnungen gelebt. Jetzt darf ich endlich im Dreck spielen. Ich freue mich, dass du mich helfen lässt."

„Wir werden beide unseren Spaß haben." Lillian zog eine gepflegte Augenbraue hoch. „Ich mache dir ein Angebot. Als mein Mann noch lebte, hatten wir den ganzen Garten in Benutzung. Jetzt, ohne ihn, brauche ich nur noch die Hälfte. Wenn du das Pflanzen, Jäten und Ernten für den gesamten Garten übernimmst, kannst du im Austausch die linke Hälfte gerne für eigene Zwecke verwenden. Ich werde Samen und Pflanzen, Werkzeuge und Anweisungen zur Verfügung stellen."

Wirklich? Freude tanzte durch Audreys Blutkreislauf. Ihr eigener Garten zusammen mit einer erfahrenen Lehrerin, die ihr mit Rat und Tat zur Seite stand? Ihre Finger zuckten mit dem Bedürfnis, sofort loszulegen. Sie sollte zu dem Thema ein paar Bücher lesen und sehen, was –

„Ich war anmaßend", sagte Lillian. „Ich habe nicht gefragt, ob du lange genug hier sein wirst, um die Ernte zu genießen."

Die Worte waren wie eine Welle kalten Wassers.

„Ich werde auf jeden Fall bis zur Ernte hier sein. Wahrscheinlich für eine lange Zeit danach. Ich werde dich nicht im Stich lassen", sagte Audrey gedehnt. Der Gedanke brachte sie etwas aus dem Gleichgewicht. Sie erkannte das hohle Gefühl in ihrem Bauch als Heimweh. Aber es gab auch ein Flattern der Vorfreude.

Sie wollte diese Erfahrung, obwohl der Gedanke, jeden Tag jemanden zu besuchen, ein bisschen entmutigend war.

Andererseits war dies der perfekte Weg, um ihr Ziel zu erreichen, Kontakte zu knüpfen. „Ich würde gerne Arbeit gegen Lektionen eintauschen."

„Ausgezeichnet." Lillian nickte zustimmend. „Ich glaube, wir werden gut miteinander auskommen."

Im Garten deutete Gabe mit der Mistgabel. „Wollt ihr zuerst in dieser Reihe pflanzen?"

„Das ist der Plan", rief Lillian. Sie lächelte Audrey an. „Dorthin kommen die Salatköpfe."

Audrey betrachtete Gabe und fragte sich, woher er wusste, welche Reihe zuerst bepflanzt werden würde. Und dann schaffte sie es nicht, den Blick abzuwenden, als er die Ärmel hochkrempelte und anfing, den Boden zu lockern. Die Art und Weise, wie seine stählernen Muskeln unter dem Uniformhemd tanzten, führte dazu, dass ihr das Wasser im Mund zusammenlief.

„Er hat das schon ein oder zwei Mal gemacht, oder?", bemerkte Lillian. „Mako war ein ausgezeichneter Lehrer."

Audrey fing die Traurigkeit in Lillians Ton ein. „Du kanntest seinen Vater?"

Lillian lächelte. „Er und mein Mann waren Freunde, und nachdem mein Mann gestorben war, kamen der Sergeant und ich uns näher."

Audrey sah das Schmunzeln und verstand genau, was sie mit *näherkommen* meinte. „Aber du hast Gabe noch nie getroffen?"

„Nein. Als seine Jungs zu Besuch waren, blieben sie bei Mako im Haus. Und Mako, nun, er zog es vor, sich nur gelegentlich mit Menschen zu umgeben." Traurigkeit erfüllte das Gesicht der Frau. „Ich bin sicher, das war der Grund, warum er sich entschied, die Welt so zu verlassen, wie er es getan hat. In einem Krankenhaus zu sein, hätte ... Das hätte ihm nicht gut getan."

Die Welt verlassen? Wollte sie damit sagen, dass der Mann sich umgebracht hatte? Der Gedanke fühlte sich wie ein Schlag in die Magengegend an. „Aber Mako hatte Gabe ... und seine anderen Söhne."

„Und er liebte sie sehr. Er wusste, dass sie kommen würden, um zu helfen, aber Mako war kein Mann, der Schwäche in sich tolerierte." Lillian schüttelte den Kopf. „Diese Art des Denkens führt leider oft zu einem frühen Ende."

„Seine armen Söhne."

„Ja." Lillian runzelte die Stirn. „Ich muss aber sagen, dass Mako mich hat glauben lassen, dass Gabriel zu einer freundlicheren Sorte gehört. Dieser Chief jedoch wirkt sehr reserviert. Ich frage mich, wie schwierig Makos Tod für ihn war."

„Ich denke ... sehr schwierig." Audrey hatte die Trauer in seiner Stimme gehört, als er über Mako gesprochen hatte. Auf Gabes Körper fanden sich so viele schreckliche Narben. Würde der Selbstmord seines Vaterersatzes auch Narben auf seiner Seele hinterlassen? Kein Wunder, dass sein Gesicht mit harten Linien durchzogen war.

Audrey sah zu, wie Gabe das Ende der Reihe erreichte.

Nachdem er die Mistgabel verstaut hatte, kehrte er zurück, und sie bemerkte ein leichtes Hinken in seinem Gang. „Bereit zum Bepflanzen, meine Damen."

„Danke, Gabriel."

Er lächelte Lillian an und bedeckte seine sehnigen Arme wieder mit dem Hemd.

Letzte Nacht, als sie sich über seinen Körper geküsst hatte, waren ihre Lippen über diese kraftvollen Muskeln gewandert.

Jetzt bei Tageslicht wurde ihr bei dem Anblick ganz heiß. Die Luft schien sich zu verdichten; es wurde schwül.

Als sich ihr Blick hob, musste sie erkennen, dass er sie beobachtete, und sein Gesichtsausdruck war unlesbar.

Sie wollte, dass er sie wieder in den Armen hielt. Und ... sie wollte weglaufen.

Audrey wandte ihren Blick ab. Da sie eine kluge Frau war, wählte sie Option B.

Bleib auf Abstand.

KAPITEL ZEHN

Ein paar Tage später fühlte sich der Streifenwagen schon fast wie ein zweites Zuhause an, dachte Gabe, als er die Sweetgale Street hinunterfuhr. Er ging vom Gas.

Mit Julie neben ihr stand Lillian auf ihrer Veranda und winkte ihn mit einem wütenden Ausdruck auf dem Gesicht zu sich.

Nun, das sah nach Ärger aus. Gabe parkte das Auto und sprang heraus. „Gibt es ein Problem?"

Lillian sah ihn nicht einmal an. „Du abscheulicher, mit Abschaum gefüllter Misthaufen aus Metall."

Gabe blinzelte. Was auch immer sie gerade gesagt hatte, es war eine Beleidigung gewesen; jedoch schien sie sich damit an die Tür gewendet zu haben. Er warf Julie einen verwirrten Blick zu.

Julies Hände bedeckten ihren Mund und die Lachfalten neben ihren Augen vertieften sich.

Er musste sagen, dass ein Lachen verdammt gut an ihr aussah. „Was geht hier vor sich?"

„Sie hat sich ausgesperrt."

„Du bist für jeden Ort außer der Hölle ungeeignet." Lillian trat gegen die Tür und drehte sich um. „Oh, Chief MacNair. Hallöchen. Wie geht es dir heute?"

Hier stand eine Schauspielerin vor ihm, die zu viel Zeit damit verbracht hatte, in elisabethanischen Theaterstücken mitzuwirken. „Gut. Mir geht's gut. Du hast dich ausgesperrt, wie ich höre?"

Der Blick, den sie auf ihre Tür richtete, war vernichtend. „Abscheuliche, tückische Schöpfung. Wenn ich eine Axt hätte ..." Lillian wandte sich an Gabe. „Kannst du bitte ein Fenster für mich einschlagen, Chief?"

Das schien ein bisschen extrem zu sein. Aber, Augenblick ... Die Stadt hatte keinen Schlosser. „Keine Notwendigkeit für Gewalt. Wie wäre es, wenn ich stattdessen die Tür für dich öffne?"

Lillian neigte würdevoll den Kopf. „Das wäre natürlich nett. Allerdings muss ich mich fragen: warum hast du einen Schlüssel zu meiner Tür?"

„Kein Schlüssel, Ma'am. Einen Moment." Gabe versuchte, nicht zu lachen, und kehrte zum Streifenwagen zurück. Als er die Tür zur Ladefläche öffnete, bemerkte er, dass sich Dreck am Fahrzeug festsetzte. Die meisten Straßen in Alaska waren Schotter – oder Dreck – und er war über jede Straße gefahren, um ein Gefühl für die Stadt zu bekommen.

Für *seine* Stadt. Für jemanden, der nur gekommen war, um den Ort für seine Brüder sicherer zu machen, war das Gefühl des Besitzanspruches verdammt beunruhigend, aber sehr real. Wäre er ein Hund, hätte er sein Bein gehoben und sein Territorium markiert.

Er stöberte durch seinen persönlichen Rucksack und zog seine alten Schlosserwerkzeuge heraus.

Als er vor der Tür kniete und das Kit öffnete, wanderten Lillians Augenbrauen bis unter ihre Haarlinie. „Hast du als Kind eine Faszination für den Beruf als Einbrecher entwickelt?"

Nachdem sein Gramps gestorben war, hatte er das, ja. „In dem Punkt verweigere ich die Aussage, vielen Dank auch."

Als Julie ein Lachen unterdrückte, grinste Gabe und machte sich an die Arbeit.

Ein paar Minuten später blickte er bei dem Rumpeln eines schlechten Schalldämpfers über seine Schulter. Ein ramponierter roter Pick-up parkte am Bordstein, und zwei Männer in ihren späten Zwanzigern stiegen aus dem Fahrzeug.

Mit buschigen roten Haaren und einem hängenden Schnurrbart starrte der schlaksige Fahrer Gabes schwarz-weißen Wagen an. „Chevy, das ist kein Fahrzeug der State Trooper."

„Da steht Polizei. Seit wann haben wir Polizeiautos in der Stadt?" Chevy blickte finster drein. Der kleine Mann war so sperrig mit Muskeln, dass sein Nacken fast in seinen Schultern verschwand.

„Gabriel, das sind Knox und Chevy. Sie erledigen die Gartenarbeit, die Julie und ich nicht bewältigen können. Männer, das ist unser neuer Polizeichef, Chief MacNair." Lillian deutete auf Gabe.

Gabe drehte sich weit genug um, um den beiden zuzunicken. „Freut mich."

Keine Antwort. Nur verwirrte Blicke. Genervte Blicke.

Dann eben nicht. Als sich das Schloss löste, drückte Gabe die Tür auf und erhob sich.

Julie lächelte. „Wo hast du gelernt, Schlösser zu knacken? Ich hätte nicht gedacht, dass sie das an einer Polizeiakademie unterrichten würden."

Je nach Spezialität taten sie das. Er hatte jedoch bereits gewusst, wie man Schlösser knackte. „Mein Großvater war Schlosser in L.A. Als Kind bin ich bei Anrufen immer mitgegangen."

„Stadtjunge, geboren und aufgewachsen", sagte Chevy zu Knox. Er hatte die Worte geflüstert, nur nicht leise genug. „Was zum Teufel macht ein Polizist aus L.A. hier?"

Gabe blinzelte und hätte fast gelacht. Anscheinend hatte Chevy gehört, dass Gabe als Polizist in Los Angeles gearbeitet hatte. Damit hatte der Mann die Bestätigung, dass Gabe ein Stadtmensch war. Eins und eins summierten sich zu einer falschen Schlussfolgerung, da Gabe all die Jahre zwischen damals und heute in Alaska verbracht hatte. Derselbe Fehler, den auch Baumer gemacht hatte. Er überlegte, ihnen die Wahrheit zu sagen.

Aber ... nein.

„Wir brauchen kein Stadtschwein, das uns hier nervt." Chevys aggressive Haltung ließ Gabe an die Maxime des Sarge denken: *Ein kleiner Mann war so gutmütig wie ein Elch im Trott.*

Wahrscheinlich keine Redewendung, die er jetzt teilen sollte. Und Chevy eine Lektion in Manieren zu erteilen ... Nun, Mako hatte Gewalt vor Frauen nicht gutgeheißen. Obwohl Lillian mit Sicherheit kein Problem damit hätte, hatte Gabe das Gefühl, dass Julie in ihrem Leben schon zu viel Gewalt gesehen hatte.

Gabe ignorierte die beiden Männer und verstaute sein Set.

„Chief, weißt du, wann die Klinik eröffnet wird?", fragte Lillian.

Knox zog Gartengeräte aus dem Pick-up und drehte den Kopf, um Gabes Antwort mitzubekommen.

„In ein paar Wochen. Wir brauchen für das Gebäude eine Rezeptionistin. Ohne will er die Klinik nicht öffnen."

„So viele Veränderungen, hmm", unterbrach Knox.

„Eigentlich", hielt Gabe seine Stimme höflich, „ist eine gemeinsame Empfangsdame keine Veränderung. So war es bereits vor der Schließung dieser Dienste. Vor deiner Zeit." Als das Gesicht des Rothaarigen dunkelrot anlief, wusste Gabe, dass der letzte Satz nicht der diplomatischste gewesen war.

Gott, manchmal vermisste er es, ein Söldner zu sein, wo er zuerst schießen und später reden konnte.

„Er hat Recht, Knox", sagte Lillian. „Und ich persönlich werde es genießen, eine medizinische Einrichtung in der Nähe zu haben und nicht jedes Mal nach Soldotna fahren zu müssen."

„Ja, nun, wir brauchen nicht diese ganzen beschissenen Außenseiter, die hier alles durcheinanderbringen", zischte Knox.

Gabe zuckte mit den Schultern. „Nicht jeder in der Stadt ist ein Selbstversorger. Einige von ihnen wollen eine gute Schule für ihre Kinder und –" Er stoppte sich. Warum Zeit mit Idioten verschwenden, die eh nicht zuhörten?

„Woran sollen wir zuerst arbeiten, Ma'am?", fragte Chevy und schulterte eine Hacke.

„Komm mit mir, und ich zeige es dir." Lillian deutete zum Seitentor und hielt inne, um zu sagen: „Vielen Dank, dass du die Tür für mich geöffnet hast, Gabriel."

„Gern geschehen, Ma'am." Er hatte die Herausforderung, Schlösser zu öffnen, immer genossen.

Nachdem Chevy und Knox ihm schmutzige Blicke zugeworfen hatten, folgten sie Lillian in den Garten hinter dem Haus.

„Sie waren schrecklich mürrisch", sagte Julie mit einem Stirnrunzeln. „Und das völlig grundlos."

Gabe zuckte mit den Schultern. „Einige Leute sehen die Polizeiuniform und sonst nichts." Er hatte sich in Los Angeles mit dem gleichen Problem rumschlagen müssen ... und gehofft, dass eine kleine Stadt anders sein würde. *Anscheinend nicht.*

Er drehte sich um und versuchte, die düsteren Gedanken abzuschütteln. Er würde wahrscheinlich nicht lange genug bleiben, um die Meinungen aller zu ändern. „So ist es eben."

„Sollte es nicht." Sie betrachtete ihn, wühlte dann in ihrer Handtasche und kam zu ihm.

„Hier, Chief." Als sie etwas in seine Hemdtasche steckte, war sie nah genug, dass er ihren würzigen Zitronen- und Orangenduft riechen konnte.

„Ist das eine Bestechung, Goldlöckchen?"

„Nein." Sie entließ das süßeste Schnauben. „Natürlich nicht."

„Also gut." Er konnte nicht widerstehen und fuhr mit den Händen über ihre Arme.

Ihre Augen weiteten sich bei dem Kontakt und schon trat sie einen Schritt zurück. „Ähm, also, okay. Lass es dir schmecken."

Er ließ sie gehen und beobachtete, wie sie flüchtete – oh ja, definitiv eine Flucht. *Böser Chief – hätte sie nicht berühren sollen.* Aber, *mein Gott*, wie sehr er sich danach sehnte, sie zu berühren.

Er begnügte sich damit, seine Hemdtasche zu überprüfen. Verdammt, hatte sie ihm doch tatsächlich einen übergroßen Snickers-Riegel zugeschoben. Sein Favorit.

Seine Stimmung hob sich und er grinste.

KAPITEL ELF

G roßstädte waren verdammt nervig. Vor allem, wenn man
stundenlang in einer sein musste.

Am Dienstag, wieder in der Polizeiwache, nahm Gabe an
seinem Schreibtisch Platz und stieß einen langen Seufzer aus.
Wie bei einem Kurzschluss zündeten seine Nerven immer noch
fehl. Von seiner Zeit in Anchorage. Von der Fahrt hin und
zurück.

Touristen hatten den Seward Highway verstopft und ihn in
einen Stoßstangenverkehr verwandelt. Er hatte bei vierzig Kilometer pro Stunde festgehangen, weil ein Wohnmobilfahrer sich
geweigert hatte, zur Seite zu fahren und den schnelleren Verkehr
vorbeizulassen. Trotz der Regelung, die besagte, dass er es musste.
Arschloch.

Die genervte Stimme eines Mannes kam aus dem Großraumbüro. „Ist jemand hier? Besetzt niemand diese verdammte Station
mit Personal?"

Ja, er und Caz brauchten diese Empfangsdame dringend. Gabe
erhob sich und holte Luft, um seine zerknitterten Nerven zu glät-
ten. *Nicht die unglücklichen Bürger in Fetzen reißen, MacNair.*

Er ging aus seinem Büro in den Hauptraum und fand dort

einen Mann mittleren Alters in einem Golfhemd und Dockers vor. „Ich bin Chief MacNair. Wie kann ich helfen?"

Der Mann winkte mit einem Strafzettel durch die Luft, bevor er ihn Gabe reichte. „Du kannst dich *darum* kümmern." *Wieder einmal vergessen wir jegliche Formalität.*

Gabe sah sich den Mann genauer an. „Ein State Trooper hat dir einen Strafzettel für überhöhte Geschwindigkeit geschrieben."

„Und ich bin nicht zu schnell gefahren." Der Mann verschränkte die Arme vor der Brust. „Ihr Idioten habt einen defekten Blitzer. Um Himmels willen, er hätte einfach die Augen aufmachen können und hätte so gleich gesehen, dass ich –"

Gabe bemerkte den Ort auf dem Strafzettel. Dreißig Kilometer entfernt. „Es tut mir leid, Sir, aber die Polizei von Rescue verliert an der Stadtgrenze ihre Autoritä –"

„Es ist mir egal, welche Autorität du hast; es ist mir nur wichtig, dass dieser Strafzettel verschwindet. Ist dir klar, was das mit meiner Versicherung machen wird?"

Geduld, MacNair. Teil der Polizeiarbeit war die Öffentlichkeitsarbeit. „Das Problem musst du mit den State Troopern besprechen. Ich kann nicht mit einem Strafzettel helfen, der von einem Trooper ausgestellt wurde."

„Mein Gott, was soll der Scheiß?" Die Brust des Mannes blähte sich auf. „Ich zahle Steuern, und das bedeutet, dass du für mich arbeitest."

Ah ja. Gabe gab sein Bestes; das tat er wirklich. Er machte die passenden Geräusche, versuchte, dem guten Bürger zu sagen, was er tun sollte und dass er für eine Beschwerde am falschen Ort war. Er hatte nicht einmal gefragt, ob diese so genannten bezahlten Steuern nach Alaska flossen.

Die Tirade ging weiter und eskalierte zu Drohungen gegen den Trooper, der den Strafzettel geschrieben hatte. Nach fünfzehn Minuten hatte Gabe die Schnauze voll.

„Sir, der Trooper hat sich einfach an das Gesetz gehalten. Wenn dir das Gesetz nicht gefällt, dann ändere es an den Wahlurnen." Gabe erkannte, dass seine Stimme nun einem Knurren ähnelte. „Sobald das Gesetz sagt, dass Arschlöcher, die die Öffentlichkeit gefährden, keinen Strafzettel bekommen sollen, werden sich die örtlichen Strafverfolgungsbehörden gerne daran halten."

Gabe marschierte um ihn herum und blieb neben der Tür nach draußen stehen. „Bis dahin habe ich leider Arbeit zu erledigen. Einen schönen Tag noch."

Als sich das Gesicht des Mannes verdunkelte, öffnete Gabe die Tür.

Der gute Bürger marschierte an Gabe vorbei und verließ die Station.

Gabe schüttelte den Kopf und schloss die Tür.

Was für ein Arschloch!

Nein, so sollte er nicht denken, auch wenn es der passende Ausdruck war.

Gabe machte für heute die Tür zu und fuhr nachhause.

In seiner Hütte nahm er draußen Laute wahr und betrat die Terrasse. Bull arbeitete im Garten und summte vor sich hin. Caz stand am Grill.

Gabes Brüder waren zuhause. Als die Eintracht bei ihm einkehrte und sich seine Muskeln nacheinander lösten, lehnte er sich an das Terrassengeländer.

Caz hatte im Terrassengrill ein Feuer gemacht. Sie hatten alle an der Gestaltung des großen Terrassenbereichs mitgewirkt, der im Halbkreis ihrer Häuser lag. Hawk hatte das Mauerwerk entworfen und in die Wirklichkeit umgesetzt. Gabe hatte den soliden Tisch, die Bänke und die Stühle gebaut. Caz und Bull hatten den Steingrill und die Feuerstelle konstruiert.

Caz trat vom lodernden Feuer zurück und bemerkte Gabe. „Sobald das Feuer abgeklungen ist, mache ich Bacon-Elch-Burger. Bist du dabei?"

Gabe zögerte. „Ah ..." Er würde es hassen, seinen Brüdern die Laune zu verderben.

Caz ging zurück zu seinem Haus und rief über seine Schulter: „Zwei Burger sind auf dem Weg."

Schmunzelnd schüttelte Gabe den Kopf.

Ja, er hätte drinnen bleiben können. Aber nein, er war direkt hierher gekommen, wo sie stets zusammenkamen.

Weil er ... bei seinen Brüdern sein wollte.

Langsam holte er Luft. Diese war so reich mit dem Duft des Sees, dem Geruch des Frühlings und gelockerter Erde.

Im Laufe der Jahre war Makos alte Hütte zu einem sicheren Ort geworden, den die Welt nicht berühren konnte. Die Oase, in der er eine neue Familie und ein Zuhause in der Natur gefunden hatte.

Nachdem der Sarge jedoch in diese Stadt gezogen war und sie ihre Hütten gebaut hatten, war auch die Eremitage zu etwas Besonderem herangewachsen. Wie Brieftauben waren sie immer wieder zu Besuch gekommen, um bei Mako zu sein und ihre Bruderschaftsbande zu erneuern.

Das hatte er heute gebraucht. Seine Brüder. Und den Frieden, den sein Zuhause mit sich brachte.

Im Halbkreis der Hütten gackerten die Hühner zufrieden in ihrem Hof. Das Seewasser plätscherte leise ans Ufer und gegen das Holzdock. Leise summend arbeitete sich Bull die Gartenreihen entlang.

Lächelnd warf Gabe die Ärgernisse des Tages ab und machte sich daran, seine Kisten vom Jeep auf das Terrassendeck zu tragen.

Bis er die erste Kamera zusammengebaut hatte, war Bull im Garten fertig und er kam mit Caz die Stufen hinauf.

„Sieht nach einem Haufen Technik aus." Bull setzte sich am Tisch auf einen Stuhl.

„Sicherheitskameras." Gabe lächelte. „Wir werden sie in der Stadt installieren, auch bei deiner Bar. Heute Abend nach Sonnenuntergang."

„Ach, tatsächlich?" Bull nahm eine in die Hand und nickte. „Guter Plan."

„Jemand wird sein blaues Wunder erleben." Caz grinste. „Gefällt mir."

„Du bist so hinterhältig wie Hawk", sagte Bull.

Gabe gluckste. Bull und das Wort *hinterhältig* gehörten nicht in denselben Satz.

Nachdem die Kameras zusammengebaut und mit Gabes Handy und Computer verbunden worden waren, aßen sie Burger, Chips und Bulls gebackene Bohnen. Gabe steuerte Oreos und Eiscreme bei, die er in Anchorage gekauft hatte.

Die Sonne ging in diesen Tagen spät unter, gegen elf Uhr abends. Um die Zeit bis zum Einbruch der Dunkelheit totzuschlagen, holte Bull ein paar Flaschen Bier – aus seiner eigenen Brauerei.

Zwei Flaschen später verschwand Caz in seiner Hütte und kehrte mit einer Handtrommel und einer Mundharmonika zurück.

„Oh ja. Lass mich meine Gitarre holen." Als Bull seine Akustikgitarre holen ging, warf Caz einen erwartungsvollen Blick auf Gabe.

Bruderzwang war Gruppenzwang auf Steroiden. Gabe grinste. Ja, er hatte die beiden vermisst.

Den ganzen letzten Winter über hatte seine Gitarre ... einsam geklungen – ohne die vertraute Begleitung der Männer, die immer für ihn da gewesen waren.

Mit einem symbolischen Grunzen ging er seine Gitarre holen.

Gabe kehrte zurück, setzte sich auf seinen Stuhl und stimmte sein Instrument. „Es ist lange her, dass wir zusammen gespielt haben."

Ohne Strom in Makos alter Hütte waren die Unterhaltungsmöglichkeiten ihrer Kindheit darauf beschränkt gewesen, wie kreativ sie waren. Der Sergeant hatte den Jungen am Anfang Bootcamp-Rhythmen nähergebracht. Da Mako jedoch ein

Geschichtsfan war, kannte er nicht nur Lieder, die von den frühesten britischen Seeleuten geträllert wurden, sondern auch welche, die bei Soldaten im Zweiten Weltkrieg Anklang gefunden hatten.

Hawk, der den Wilden Westen liebte, hatte Country-Western-Musik gefordert. Gabe mochte Folkrock. Caz hatte generell eine Vorliebe für Harmonik, und Bull mochte alles, einschließlich Jazz.

Musik konnte die längste, dunkelste Nacht erhellen.

Makos Entscheidung, den Jungs das Singen beizubringen, hatte vollkommen auf Selbstschutz basiert. Mit vier Kindern in einer kleinen Hütte war die Wahrscheinlichkeit hoch, dass, wenn sie nicht sangen, gekämpft und gestritten wurde. Manchmal schafften sie beides gleichzeitig – als sie Queens *We Will Rock You* gesungen hatten, war eine blutige Schlägerei ausgebrochen. Mako hatte so laut gelacht, dass sie viel länger als normal hatten kämpfen dürfen. Bis Gabe mit einem Roundhouse-Kick Bull erwischte und ihn in den Fluss stieß.

Gabe lächelte. Gute, alte Zeit.

Nachdem er ein kurzes Intro-Riff auf der Mundharmonika gespielt hatte, sang Caz die erste Strophe eines von Makos Favoriten: *Battle Hymn of the Republic*. Bull kam mit dazu. Gabe klimperte und hatte Schwierigkeiten, den Kloß in seinem Hals herunterzuschlucken. Schließlich schloss er sich an und ergänzte mit seinem Bariton die Lücke zwischen Caz' Tenor und Bulls Bass.

Hawk hasste den Klang seiner eigenen kratzigen Stimme und stimmte so nie in den Gesang ein. Mako hatte immer angenommen, dass seine Stimmbänder vom Schreien beschädigt wurden, und hatte ihn daher nicht gedrängt. Auch jetzt hatte Hawk noch Albträume – von einer Zeit, bevor er schließlich in Pflegefamilien gelandet war. Er hatte die Geige gelernt, und wenn Hawk nicht schlafen konnte, wehte seine Musik wie ein trauriger Nebel über den See.

Nach ein paar Liedern stellte Caz an Bull die Frage: „Hast du weitere Angestellte gefunden?"

„Ja, ich kann wie geplant dieses Wochenende den Restaurantbereich eröffnen. Ich habe einen weiteren Barkeeper eingestellt. Julie und Felix kümmern sich um die Bestellungen. Für das Restaurant habe ich ein paar Studenten angeheuert. Zwei Köche aus meinem Restaurant in Anchorage wollen hier arbeiten, um zu sehen, ob sie das Leben in der Kleinstadt bevorzugen."

„Das sind nicht genug Leute, um das Roadhouse zu besetzen", bemerkte Gabe.

„Ich weiß. Für den Augenblick werde ich nur von Mittwoch bis Samstag öffnen. Das gibt mir mit meinem Personal eine gewisse Flexibilität, bis ich mehr Leute finde."

„Was wirst du anbieten?", fragte Gabe. Am Sonntag hatten sie das Restaurant des Resorts besucht, um sich die Konkurrenz von Bull anzusehen. Das Essen war dort verdammt gut.

„Ich überlasse die ausgefallenen, von einem Meister in der Küche kreierten Mahlzeiten *McNally's* und biete hier die gleiche Speisekarte wie in meinen anderen Restaurants an – Essen, das gut zu Bier passt. Herzhafte Burger, Steaks und Komfortessen im mittleren Preissegment. Ein Ort, an dem man eine gemütliche Mahlzeit mit Blick auf den See genießen kann. Ich habe es auf Einheimische abgesehen, die einfach mal einen Tag nicht kochen wollen, und auf Touristen, die sich nicht für ein Fünf-Sterne-Restaurant begeistern können."

„Gut", sagte Gabe. „So mag ich es."

Caz nickte zustimmend. „Du wirst Gäste aus dem Resort anziehen – und wahrscheinlich auch ihre Mitarbeiter."

„Darauf hoffe ich."

„Nun, die Klinik sollte bald bereit sein, obwohl ich – wie du – mehr Hilfe brauche." Caz sah zu Gabe. „Eine Rezeptionistin zum Beispiel? Wie sieht es in dem Punkt aus?"

„Eingestellt." Gabe lächelte. „Als ich anhielt, um Lillian zu besuchen, schickte sie mich zu Regina Schroeder. Mitte vierzig.

Ihr Ehemann ist häufig auf Montage, also ist er alle zwei Wochen weg.“

„Wahrscheinlich fühlt sie sich in der Zeit einsam und gelangweilt.“ Caz nickte. „Irgendwelche Erfahrungen?“

„Vor Jahren war sie Rezeptionistin in einer Zahnarztpraxis in Nebraska. Sie hat hier ein paar Kinder großgezogen. Kinder, die jetzt in den Unteren 48 wohnen und arbeiten.“ Gabe hielt inne. „Sie ist ehrlich, direkter als es taktvoll erscheint, pragmatisch. Sie scheint unerschütterlich zu sein.“

„Keine schlechte Mischung. Ich bevorzuge eine gelassene Person zu einer taktvollen.“ Caz neigte den Kopf. „Sie wird von Montag bis Freitag von neun bis fünf Uhr arbeiten?“

„Wird sie. Die Polizei wird erst um elf öffnen – wenn ich reinkomme.“

Fragend zog Bull die Augenbrauen hoch.

„Ich ziele auf die Stunden der Touristen – und die stehen nicht früh auf. Werktags arbeite ich von elf bis acht. Baumer übernimmt freitags und samstags die Schicht von drei bis drei, sonntags von elf bis acht.“ Gabe zuckte mit den Schultern. „Wir werden uns nach Bedarf anpassen. Wenn wir zu viel zu tun haben, werde ich mir überlegen, saisonale Hilfe einzustellen.“

Caz reichte die Tüte Chips weiter. „Welche Art von Anrufen geht bei dir ein?“

„Ladendiebstahl im Lebensmittelgeschäft, Betrunkene auf der Straße, Schlägereien auf Privatgelände, häusliche Gewalt“ – und verdammt, er hasste Fälle häuslicher Gewalt – „ein Braunbär in der Nähe der Grundschule. Dann hat jemand versucht, einen Briefkasten aufzubrechen, zwei Einbrüche. Ziemlich ruhig.“

„Scheiße verdammt ...“ Bull starrte ihn an. „Das nennst du ruhig?“

„Ja.“ Rückblickend hatte er einige der Notrufe genossen. Er mochte einen gelegentlichen Adrenalinschub. Er mochte es, zu helfen, mochte es, Menschen zu beschützen.

Verdammt, er fühlte sich der Stadt immer mehr zugeneigt.

Er trank etwas von seinem Bier. „Hat jemand von Hawk gehört?"

Seine beiden Brüder schüttelten den Kopf. Caz fügte hinzu: „Ich habe angerufen. Sie geben keine Informationen heraus. Sie nehmen nicht einmal eine Nachricht entgegen, um die Sicherheit der Agenten nicht zu gefährden."

„Ja. Sie übertreiben es." Zuvor hatte der Rezeptionist Nachrichten weitergeleitet und eine Familie wurde über den Tod eines Agenten informiert. Mit dem Eigentümerwechsel kam es zu einer erhöhten Sicherheit bis hin zu einem totalen Informationsausfall.

„Würde jemand dort wissen, ob es ihm gut geht?", fragte Caz.

„Ich kenne die Leute dort nicht mehr." Gabe schüttelte den Kopf. „Nur ich und ein anderes Mitglied meines Trupps haben überlebt – und er hat zur gleichen Zeit wie ich gekündigt. Der Rezeptionist wird sicher nicht mit mir sprechen – nicht nach dem, was ich zu ihm gesagt habe."

„Hawk hat zu Weihnachten getextet", sagte Caz. „Nur, dass es ihm gut geht und er sich für eine Weile nicht melden kann."

„Er hat nicht geantwortet, als wir ihm zurückgeschrieben haben", fügte Bull hinzu.

„Wahrscheinlich ein Wegwerf-Handy." Hawk hatte das Handy anschließend bestimmt zerstört. „Gib ihm etwas Zeit."

Gabe klimperte mit seiner Gitarre das Intro zu einem spanischen Lied, das Caz ihnen bei seinem letzten Besuch beigebracht hatte. *Despacito*.

Als Caz den Lead-Gesang übernahm und den Beat mit seiner Trommel vorgab, ließ sich Gabe auf den begleitenden Hintergrund zurückfallen, während sich Bull mit dem Refrain und dem ausgefallenen Gitarrenspiel anschloss.

Als das Lied zu einem Ende kam, begann Caz zu lachen.

„Was ist?", fragte Bull.

„Ah, ich habe das Lied einer Frau in Kolumbien vorgesungen. Sie ... ah, ihr missfiel so einiges an dem Text." Caz grinste.

Auch Gabe sprach Spanisch und er wusste, wie explizit der Text war.

Bull lachte. „Da ich dich kenne, bin ich mir sicher, dass sie dir vergeben hat."

Caz lächelte nur und sagte nichts weiter.

Der Sarge war nie zum Offizier geworden – er hatte für seinen Lebensunterhalt gearbeitet –, aber er war bis ins Mark ein Gentleman gewesen. Ein Mann beschützte Frauen, was auch bedeutete, dass mit anderen nicht über intime Details gesprochen wurde. Mako hatte ihnen seine Moralvorstellungen vorgelebt ... und ihnen den Arsch versohlt, wenn sie sich diese nicht schnell genug eingehämmert hatten.

Caz genoss Frauen – viele Frauen –, aber jede Frau wurde mit Respekt behandelt. Er war ehrlich zu ihnen. Und auf keinen Fall wurden intime Details mit jemandem besprochen, der bei dem Akt nicht dabei war.

Caz stellte seine Trommel zur Seite und fragte: „Also, *Viejo*, wie macht sich dein Streifenpolizist? Baumer, richtig?"

„Earl Baumer. Er hat Erfahrung. Höflich genug. Ich möchte wirklich sehen, wie er sich macht, wenn er nicht weiß, dass ich in der Nähe bin." Gabe schmeckte die anhaltende Verbitterung, die von seiner Zeit in LA kam, wo er hatte beobachten müssen, wie ein Officer Bestechungsgelder entgegengenommen hatte.

Im Moment stand Baumer an erster Stelle, wenn es um die Position des Polizeichefs ging, falls Gabe entscheiden sollte, wieder in die Wildnis zurückzukehren.

Mit verengten Augen starrte Gabe auf die Berge. Baumer sah auf dem Papier gut aus. Er hatte Erfahrung, hatte eine Einstellung, die gut zu den Alaskanern passte. Warum hatte Gabe also ein ungutes Gefühl bei ihm?

Leise klimpernd bemerkte er das große rechteckige Licht auf der anderen Seite des Sees. Dantes Hütten standen dort drüben. Um genau zu sein, gehörte das Licht zu Julies Hütte. Er konnte ihre Silhouette in der Tür erkennen, als sie nach draußen kam, und verdammt, sein Körper spannte sich bei der Erinnerung an die gemeinsame Nacht mit ihr an. Vor Begierde.

Als sich die Tür schloss und ihre Form in der Dämmerung verschwand, verpasste er einen Akkord. Tatsächlich konnte er sich nicht einmal daran erinnern, welches Lied sie gespielt hatten.

In der Dämmerung blitzte Bulls Grinsen weiß auf. „Ich schätze, die unanständigen Texte haben sie herausgelockt, hmm?"

Caz schnaubte. „Die andere Seite des Sees ist zu weit weg, um mehr zu hören als schwache Klänge."

Gut, dachte Gabe, wenn man bedachte, wie unschuldig sie war. Obwohl sie sich in seinen Armen hingegeben hatte wie noch keine andere zuvor in seinem Leben. Großzügig. Nachgiebig.

Er wollte ihre Stimme wieder hören. Ihr Lachen. Ihren Mund für sich beanspruchen, sie an sich ziehen und ...

Als er den Blick von ihrer Hütte nahm, erkannte er, dass seine Brüder ihn beobachteten.

„Hübsche Kleine, oder?", sagte Bull. „Ich mag sie."

Gabe warf ihm einen Blick zu, der bei seinem Bruder zu einem lauten, unkontrollierten Lachen führte.

„Verstanden." Bull hob seine Arme mit den Handflächen nach vorne, in einer Geste, die deutlich machte, dass er sie nicht anfassen würde.

Grinsend imitierte Caz die Bewegung, obwohl Gabe nichts gesagt hatte.

Verdammt. Aus jahrelanger Erfahrung wusste er, wie er das Thema wechseln konnte, und so begann Gabe, ein Lied zu singen, dem sie nicht widerstehen konnten. *O, America!*

Und ... er musste sagen, dass es schön war, zuhause zu sein.

Auf der anderen Seite des Sees saß Audrey auf ihrem Picknicktisch. In der Hütte hatte es sich angefühlt, als würden die Wände immer näher kommen. Also war sie nach draußen gegangen, um den ruhigen Abend zu genießen.

Alles war hier anders. In Chicago summte die Stadt die ganze Nacht mit Lärm.

In Alaska kam der Sonnenuntergang so spät, dass der Himmel nie wirklich dunkel wurde. Trotzdem waren die Sterne immer noch riesig und brillant und so nah, dass es sich anfühlte, als könnte sie nach oben greifen und sie berühren.

Hier gab es keinen summenden Verkehr, keine Menschenmassen, kein lautes Hupen oder ohrenbetäubende Sirenen. Die Stille wickelte sich um sie, bis sie jede sanfte Welle des Seewassers hören konnte, die ans Ufer glitt. Im Strandhafer sangen die Insekten und weit entfernt ertönte der Ruf einer Eule.

Sie blinzelte, als ein anderes Geräusch über den See flüsterte.

Musik? Das war Musik. Beinahe zu leise, um die Melodien zu hören, und doch wunderschön. Männerstimmen in Harmonie. Jemand hatte einen guten Radiosender gefunden.

Dann hörte die Musik auf, und Bulls lautes Lachen erschallte.

Moment mal ... Die Musik fing wieder an, spielte einige wenige Sekunden und brach ab. Das war kein Radiosender, sondern echte Menschen. Ihr Boss und ein paar Freunde. Sie sangen miteinander, spielten echte Instrumente. Gitarren und eine Trommel.

Wow. Die einzigen Leute, die sie jemals hatte Musik kreieren hören, waren Leute in der Kirche oder Teenager in einer Band.

Diese Männer hatten einfach ... Spaß.

Ein tiefes Lachen ließ ihre Nervenenden aufhorchen. Das war Gabe.

Er war auch da drüben. Gelegentlich sang er mit den anderen beiden und genoss seine Zeit mit ihnen.

Bei der quälenden Einsamkeit in ihrem Herzen biss sie sich auf die Unterlippe. Sie sehnte sich danach, sich ihnen anzuschließen.

Nein, sie wollte mehr als das. Sie wollte mit Gabe zusammen

sein, wollte diejenige sein, die ihn zum Lachen brachte. Sie wollte ihn lächeln sehen, sehnte sich danach, den Klang seiner tiefen Stimme über ihre Sinne wehen zu fühlen. Sie wollte seine Hand nehmen und ...

Sie rollte mit den Augen.

Du bist eine Närrin, Audrey.

KAPITEL ZWÖLF

E ine weitere Verbindung zu Chicago war gerissen. Die
Umzugshelfer hatten Audreys Wohnung geleert.

Nachdem sie Dennisons E-Mail gelesen hatte, war sie in die
Hütte zurückgekehrt und hatte sich einfach an den Tisch gesetzt.
Ein Sumpf gefüllt mit depressiven Gedanken zog ihre Stimmung
nach unten, und sie versuchte ihr Bestes, sich aus dem Morast zu
befreien.

Es war nur eine Wohnung.

Es war meine Wohnung.

So dekoriert, wie sie es wollte.

Nein, so darfst du nicht denken.

Sie hatte sowieso geplant, eines Tages umzuziehen.

Irgendwann.

Sie entließ den Atem lautstark. Es fühlte sich an, als würde sie
schweren Schrittes über Dünen laufen. Kein Zuhause.

Denn obwohl sie hier in einer Hütte lebte, war es nicht ihre.
Ihr derzeitiges Zuhause war mit Wohlfahrt zu vergleichen.
Irgendwie musste sie genug verdienen, um Dante Miete zu
bezahlen.

Apropos, Geldverdienen, sie musste sich bewegen. Ihre

Schicht im Roadhouse begann in wenigen Minuten. An einem Donnerstagabend sollte einiges los sein, was nur eins bedeutete: Trinkgeld.

Als sie ihre Schlüssel und ihre Jacke zusammensuchte, sprach sie ihre Affirmation für den heutigen Abend vor sich hin: „Sei kontaktfreudig, kontaktfreudig, kontaktfreudig." Ja, das würde sie schaffen.

Bei der Arbeit in Lillians Garten heute Morgen hatte sie von ihr Ratschläge bekommen, um sich in einer Kleinstadt einzufinden: *Versuche nicht, gesprächig zu sein – als würde das jemals passieren –, sondern nehme einfach an Gesprächen teil. Bekunde Interesse. Stelle Fragen. Beteilige dich an Gruppenaktivitäten und den Veranstaltungen in der Stadt.*

Audrey seufzte. Lillian bestand darauf, dass der Umgang mit Menschen genauso eine Fähigkeit sei wie Klavierspielen oder die Handhabung eines Baseballschlägers. Wenn etwas nicht natürlich kam, half es nur, zu üben, üben, üben. Kontaktfreudig zu sein, konnte sich so unangenehm anfühlen, wie eine neue Sportart zu erlernen.

So wahr. *Üben, üben, üben.* Sie schnappte sich ihren Schlüssel. *Und versuche, nicht zu spät zur Arbeit zu kommen.*

Hastig verließ Audrey die Hütte, schloss die Tür ab und –

„Oh, Scheiße."

Eine zottelige Monstrosität stand neben ihrem Auto. Und mampfte an einem Busch.

Wow, das war ein Elch.

Ein riesiger Elch. *Riesig* war eine Untertreibung. Sein Hintern und seine Schultern ragten über ihr Autodach hinweg.

Und das Tier hatte ein Geweih. Ein großes. Mit flauschigem Samt bezogen. Und erschreckend tödlich aussehend.

Sie trat zurück, stieß dabei gegen ihre Tür und ... quietschte. Als das Tier den Kopf in ihre Richtung drehte, schloss sie schnell die Hütte auf und sprang hinein.

Sie wagte einen Blick und das Biest hatte sich keinen Zentimeter bewegt. Es fraß einfach weiter.

Und es fraß weiter und weiter.

„Nein, nein, nein. Ist dir denn nicht klar, dass ich zur Arbeit muss?" Sie steckte den Kopf aus der Tür. „Geh weg."

Keine Reaktion.

Sie hob die Stimme: „Geh weg!"

Ohren zuckten. Das Tier hob den Kopf, sodass ihr sein Kehlsack zuwinkte.

Immer noch am Mampfen.

Es erinnerte sie an die ständig hungrigen Universitätsstudenten. Tief durchatmend trat sie auf die Veranda und schrie den Elch an: „Geh weg, du dummes Ding! Verschwinde!"

Die Ohren legten sich an seinen Kopf.

Oh, gut, sie kamen voran. Der Elch hatte sie gehört. Jetzt würde er sich bewegen.

Mit dem Blick weiterhin auf sie gerichtet, senkte das Tier den Kopf und leckte sich über die Lippen.

Verdammt nochmal, das war lächerlich. Ein Elch war auch nur ein großes Reh, oder? Sie trat auf die erste Stufe nach unten, sprang auf und ab, winkte wie eine Blöde mit den Armen und schrie: „Verschwinde von hier!"

Das Haar auf seinem Rücken stellte sich auf und dann rannte das Tier los. Direkt auf sie zu!

Sie reagierte schnell, sprang in die Hütte, stolperte und landete auf ihrem Hintern. Hektisch trat sie die Tür zu. „Oh Gott, oh Gott, oh Gott!"

Der Elch krachte so hart gegen die Tür, dass die gesamte Hütte bebte und sie ein Knacken hörte.

Sie schrie und klatschte dann die Hände auf ihren Mund. *Mach ihn nicht noch wütender!* Ihr Herz klopfte wie verrückt. Was, wenn er die Tür eintrat?

Geh weg von der Tür! Sie kam auf die Füße und ging in die

Mitte des Raumes, tanzte nervös auf ihren Zehenspitzen, um im Notfall losrennen zu können.

Nur wohin?

Es blieb ruhig. Nichts schlug gegen die Tür. War der Elche noch da? War er weg?

Sie eilte zu dem kleinen Fenster, das der Straße zugewandt war.

Sie packte die Fensterbank und starrte ins Freie. Ihre Hände zitterten, als sie beobachtete, wie sich der Elch von ihrer Hütte entfernte.

Ihre Knie knickten ein und sie landete auf dem Boden. Kalter Schweiß sammelte sich unter ihren Achseln und sie keuchte wie ein Blasebalg.

Oh Gott, das war schrecklich.

Verspätet erinnerte sie sich, dass Gabe etwas von *extrem reizbar* gesagt hatte. *Das konnte er aber laut sagen.*

Und die Leute kamen hierher, um die Tierwelt zu genießen?

Die waren doch alle wahnsinnig!

Sie beobachtete, wie das Tier die nächste Hütte erreichte. *Geh weiter, bitte ...*

Sie war sich der Uhrzeit extrem bewusst, wartete jedoch ... und wartete. Dann trat sie aus der Haustür, langsam und mit Bedacht, und sah sich um. Der Elch stand in der Nähe der letzten Hütte in der Reihe.

Schnell rannte sie zu ihrem Auto und sprang hinein.

Als sie den Schlüssel drehte, schwang der Elch seinen großen Kopf zu ihr herum, und machte dann einen Schritt auf sie zu.

Oh Gott, das Tier würde eine Begegnung mit ihrem winzigen Auto sicher nicht verlieren. Sie stampfte auf das Gas. Als die Reifen ihres Autos Kies aufwühlten, warf sie einen Blick in den Rückspiegel.

Der Elch lehnte die Herausforderung jedoch ab und spazierte weiter am See entlang.

Ihre Finger zitterten immer noch. Sie holte tief Luft und

blickte wieder und wieder in den Rückspiegel. „Du großer Bastard." Ihre Stimme kam heiser heraus.

Mit ein paar Minuten Verspätung betrat sie *Bull's*, sah, wie voll es war, und hätte vor Erleichterung am liebsten geweint. Heute erkannte sie zum ersten Mal, wie wunderbar eine Menschenmenge sein konnte.

Sowohl Bull als auch der neue Barkeeper standen hinter der Bar. Ein altes Lied von Gordon Lightfoot war zu hören. Die langsame Ballade beruhigte ihre Nerven und sie zog ihre Schultern zurück. Okay, sie würde das hinbekommen.

Nachdem sie ihre Handtasche in den Spind geschlossen und sich eine Schürze umgebunden hatte, ging sie zur Bar, um ihren Boss wissen zu lassen, dass sie hier war.

Bull mischte Getränke und scherzte dabei mit einem halben Dutzend Menschen. Sie wollte ihn nicht unterbrechen, wartete also und lehnte sich etwas vor, um von ihm gesehen zu werden.

Nach einem Blick auf die Uhr hinter ihm zog er die Augenbrauen zusammen, und in dem Moment sah er alles andere als unbekümmert aus.

Ihre Stimme kam höher heraus als normal: „Es tut mir leid, dass ich zu spät bin. Ich ... Da war ein Elch."

Ein großer Mann, der an der Bar saß, drehte sich ihr zu. *Gabe.* Als sie seinem durchdringenden Blick begegnete, setzte ihr Herz mehrere Schläge aus.

„Geht es dir gut, Julie?", fragte er mit seiner rauchigen Stimme.

„Natürlich geht es ihr gut." Die Brünette neben ihm tätschelte seine Hand. „Außenstehende sind immer so schreckhaft. Der Elch war wahrscheinlich eine Meile entfernt."

Audrey erstarrte. „Er stand direkt neben meinem Auto und bewegte sich nicht. Als ich schrie und mit den Armen wedelte, ist er auf mich zugerannt."

Jetzt starrten sie alle an.

„Verdammt, Julie." Bull drehte sich zu ihr.

„Du hast einen Elch gereizt?" Die Frau war atemberaubend, mit ihren großen Rehaugen, den welligen braunen Haaren, vollen Lippen und einer makellosen Bräune. Die enge Jeans und ein königsblaues Oberteil zeigten ihre schlanke Figur.

Als sie sich an Gabe schmiegte, wollte Audrey ihr eine reinhauen.

Gabes Blick schweifte über Audrey. „Geht es dir gut, Goldlöckchen?"

Ich hätte sterben können. Ihr Herz raste immer noch. „Sicher. Alles gut."

„Ich bin überrascht, dass der Elch dich nicht niedergetrampelt hat." Die Frau klang, als bedauerte sie dies. „Wenn man bedenkt, wie gefährlich unsere Tierwelt ist, sollten Außenstehende auf gesunden Menschenverstand geprüft werden, bevor sie nach Alaska einreisen dürfen. Natürlich würden wir auf diese Weise neunzig Prozent des Tourismus verlieren."

Alle um die Bar herum lachten.

Audrey wandte sich ab. Die Frau hatte damit angedeutet, dass Audrey ein ignoranter Idiot war.

Im Moment fühlte sich Audrey auch wie eine Idiotin – sowie ungeschickt und hässlich.

„Oje. Du wirst ja ganz rot." Die Frau schenkte Audrey ein zuckersüßes Lächeln. „Sei nicht so. Das war doch witzig gemeint."

„Brooke." Gabe knurrte in offensichtlicher Missbilligung.

Brooke warf ihr langes Haar in einer koketten, femininen Bewegung zurück. „Mach dir keine Sorgen, *Julie.* Der Elch ist zweifellos jetzt weg."

Und darauf gab es keine gute Antwort – keine, die nicht schrecklich unhöflich wäre. Kellnerinnen sollten nicht unhöflich sein. Also orientierte sie sich an Lillians Manieren der englischen Oberschicht.

„Vielen Dank für deine Besorgnis, Brooke. So herzerwärmend." Das Lächeln, das Audrey anbot, war ebenso zuckersüß.

Brookes Blinzeln war befriedigend, aber die Frau klammerte sich noch immer an Gabes Arm.

Sie hörte Bull etwas sagen, hörte Gabe ihren Namen sagen, aber sie nahm ihr Tablett und wandte sich ab.

Sollte Gabe doch mit dieser Frau glücklich werden.

Nicht mein Problem, nicht meine Sorge. Audrey versuchte mit aller Macht, sich davon zu überzeugen, dass es ihr nichts ausmachte, und konzentrierte sich auf ihre Arbeit, Bestellungen entgegenzunehmen.

Zumindest hatte die Wut das zitternde Gefühl in der Magengrube ausgelöscht.

Eine Stunde später spürte sie, wie müde ihre Beine waren, als sie darauf wartete, dass Bull ihre Bestellungen zubereitete. Zwar war sie noch immer außer Form, aber sie war mittlerweile fitter als in ihren ersten Nächten. Dass sie stets zum Lebensmittelgeschäft und zum Café lief, machte den Unterschied.

Ihre Lippen verzogen sich bei dem Gedanken zu einem Lächeln. Der Umzug nach Alaska hatte generell dazu geführt, dass sie nun gezwungen war, sich mehr zu bewegen. Ein Fitnessstudio in Chicago hätte es wohl auch getan – wenn man mal ignorierte, dass ein Auftragskiller hinter ihr her war.

„Alles in Ordnung bei dir, Champ?", fragte Bull und musterte sie aufmerksam.

„Es geht mir gut, danke." Sie lächelte ihn an. „Ich werde keine großen Tiere mehr anschreien, vertrau mir."

„Freut mich, das zu hören."

Das Tablett mit Getränken ging an einen Tisch mit drei Frauen – Massagetherapeuten –, die im *McNally's* Resort arbeiteten. Audrey hielt das erste Glas hoch. „Long Island Ice Tea."

„Meiner", sagte die robuste Rothaarige. Ihr Blick ging an Audrey vorbei und sie stieß die Blondine zu ihrer Linken an. „Ist das nicht Brooke am Tisch bei der Tür?"

Die Blondine drehte sich um und nickte. „Ja, das ist sie. Wie ich sehe, hat sie bereits einen heißen Typen für sich gefunden."

Die Rothaarige schnaubte. „Natürlich hat sie das."

Die dritte Frau nahm den letzten Drink. „Ich denke, sie sagt mir was. Wer ist sie?"

„Sie ist für die Öffentlichkeitsarbeit im Resort verantwortlich." Die erste Frau schüttelte den Kopf. „Sie ignoriert uns eigentlich immer. Für sie dreht sich alles um die Männer."

Audrey nahm die leeren Gläser an sich, wischte über einen feuchten Bereich und machte sich auf den Weg zum nächsten Tisch. Ihre Stimmung drückte sich, als sie erkannte, dass der *heiße Typ* neben Brooke Gabe war.

Schlimmer noch: Sie saßen in ihrem Bereich.

Nachdem sie sich um zwei andere Tische gekümmert hatte, gingen ihr die Gründe aus, sich *Brooke* und Gabe zu nähern.

Bei ihnen saß ein dunkelhaariger, hispanisch aussehender Mann. Er lächelte Audrey an, als sie auftauchte.

„Seid ihr bereit für eine weitere Runde?", fragte Audrey.

Brooke lächelte sie unterkühlt an. „Reizend, endlich eine Kellnerin. Ich hätte gerne einen Mojito."

„Okay." Audrey nickte dem hispanischen Mann zu. „Und Sie, Sir?"

„Nenn mich Caz und du bist Julie, wie ich höre." Die sanfte Stimme mit dem spanischen Akzent fühlte sich wie warmer Samt an. „Ich habe bereits so viel von dir gehört. Freut mich, dich endlich kennenzulernen."

Sie erstarrte und spürte, wie ihr Herz in ihrer Brust stotterte. Die Leute redeten über sie? Würde das Aufmerksamkeit erregen? Würde Spyros sie so finden?

Als sich Gabes Augen spekulativ verengten, zwang sie sich, langsam einzuatmen. *Keine Panik.* Sie neigte ihren Kopf und sagte zu Caz: „Mich freut es auch. Was kann ich dir zu trinken bringen?"

„Ich denke, *Bull's Moose Brauerei* hat ein saisonales Frühlingsbier. Das nehme ich, bitte." Er grinste Gabe an. „Und bring Bulls Off-the-Road-Stout für den *Viejo* hier."

Viejo bedeutete *alter Mann* auf Spanisch. „Er ist nicht alt."

Gabes tiefes Glucksen sandte erregende Funken über ihren Rücken. Oh, er sollte wirklich mehr lachen.

Brooke lehnte sich gegen Gabe und ihr anzügliches Flüstern war mehr als hörbar: „Du bist überhaupt nicht alt ... und das kannst du mir später beweisen."

Audrey kehrte schnell zur Bar zurück, denn sie wollte nicht sehen, wie Gabe diese unausstehliche Frau küsste.

Auch hatte sie kein Interesse an diesem unschönen Gefühl in ihrem Herzen. Ein Gefühl, das immer mehr an Eifersucht erinnerte, umso öfter sie mit ansehen musste, wie Brooke ihn berührte.

Gabe überlegte, Brooke an ihren Stuhl zu fesseln. Nicht zum Vergnügen, sondern um sie verdammt nochmal auf Abstand zu halten.

Als er ins Roadhouse gekommen war, hatte es ihn überrascht, sie zu sehen. Es war Jahre her, seit er sie in Anchorage gedatet hatte, und er hatte nicht gewusst, dass sie nun im Resort arbeitete.

Sie hatte sich nicht verändert. Sie flirtete immer noch mit jedem verfügbaren Schwanz.

Er hatte früh in der Beziehung entdeckt, dass sie so treu war wie eine rollige Katze und hatte geplant, mit ihr Schluss zu machen, noch bevor sie sich plötzlich an Bull gehängt hatte. Dann, immer noch mit Bull zusammen, hatte sie es bei Caz versucht.

Nur gut, dass Mako ein Gespräch mit ihnen geführt hatte, als sie zum ersten Mal Interesse an Frauen gezeigt hatten. Der Sarge hatte erklärt, wie schnell es zu Problemen kommen konnte, wenn sie erlaubten, dass sich eine Frau zwischen sie drängte. Als Teenager hatten sie sich ihr eigenes Regelbuch ausgedacht.

Ohne ihren Bro-Code hätte Brooke ernsthafte Probleme

verursachen können. Sie war die Art von Person, die dafür lebte, Chaos hervorzubringen. Und sie hatte Spaß daran, andere Frauen niederzudrücken.

Nun bereute er es, heute Abend freundlich zu ihr gewesen zu sein. Sie war eine schöne Frau, aber Gabe hatte an ihren Spielchen kein Interesse. Hatte er noch nie. Weder damals und schon gar nicht heute.

Sie ließ ihre Wimpern klimpern und presste sich an ihn.

„Brooke", warnte er.

Sie kam immer näher und drückte ihre Brust gegen seinen Arm.

„Wenn du dich nochmal an mir reibst, muss ich davon ausgehen, dass es dich juckt. Bull hat wahrscheinlich Flohspray im Büro."

Sie zuckte zurück. Ihr Gesicht lief feuerrot an, kühlte aber schnell ab. „Das war unhöflich."

„Die Titten an jemandem zu reiben, ist das auch." Er hob eine Hand zu Caz – der arme Bastard konnte mit den Folgen umgehen –, und dann machte sich Gabe vom Acker.

Von der Mitte des Raumes sah er, wie Julie ihre Getränke von der Bar abholte.

Sie war verdammt aufgewühlt gewesen, als sie heute Abend hereinkam. Verängstigt. Und er fragte sich, was ihr sonst noch Angst bereitete. Sie log über ihren Namen, ihre Vergangenheit, wahrscheinlich über alles. Hatte er sie für ihre Lügen zu hart verurteilt?

Er machte sich auf den Weg zu ihr und nahm sein Bier von ihrem Tablett. „Danke."

„Oh, sicher." Sie sah zu dem Tisch, an dem er gesessen hatte und blinzelte.

Gabe folgte ihrem Blick und sah, dass Brooke jetzt mit Caz flirtete. Perfekt. Caz war sehr wohl in der Lage, sich aus der Situation zu entfernen und würde es zweifellos mit Charme tun.

Gabe wandte sich wieder Julie zu. „Brooke hatte Recht."

Julie spannte sich an ... und Gabe erinnerte sich an die ganzen Beleidigungen, die Brooke nicht hatte zurückhalten können. Zum Teufel, wenn er so weitermachte, dauerte es nicht lange, bis jede Frau im Roadhouse seine Eier an einen Bären verfüttern wollte. „Wenn es um die Tierwelt geht, meine ich. Du brauchst Unterricht."

„Ich werde mir Lektüre dazu besorg –"

„Ich arbeite morgen, du arbeitest am Samstag. Lass es uns Sonntagmorgen tun. Ich hole dich um neun Uhr morgens ab. Trage Schuhe, in denen du gut laufen kannst." Er schob eine entflohene Haarsträhne hinter ihr Ohr und genoss die weiche Haut unter seinen Fingerspitzen. „In der Zwischenzeit parke näher an deiner Tür und meide diesen Elch. Ruf die Station an, wenn du Hilfe brauchst."

Er ging, bevor sie argumentieren konnte ... und da sie so verdammt klug war, hätte sie dieses Argument zweifellos gewonnen.

KAPITEL DREIZEHN

Gott, gewähre mir die Gelassenheit, Dinge zu akzeptieren, die ich nicht abschießen kann, den Mut, die Dinge abzuschießen, wenn es mir möglich ist, und die Weisheit, ihre Körper zu verstecken.

~ Unbekannt

Nun, das ging schnell. Am nächsten Nachmittag in der Polizeiwache lehnte sich Gabe zurück und sah sich auf seinem Computer ein Video an. Worte erschienen auf einem Gebäude.

VERSCHWINDET

Er, Bull und Caz hatten eine der Überwachungskameras vor einem alten viktorianischen Haus positioniert, das ein Ehepaar für ein B&B gekauft hatte. Das Haus war in den 70er Jahren von einem Millionär erbaut worden und zeigte sich heute als heruntergekommene Schönheit mit kunstvollen Zierleisten, Türmen, einer umlaufenden Veranda und einem Erkerfenster.

Auf der Kamera schwang ein kleiner Mann ohne Hals eine Spraydose. Er beendete den Schriftzug VERSCHWINDET und tauschte dann ein High-Five mit seinem Komplizen – einem großen Mann mit einem unverwechselbaren hängenden Schnurrbart.

Knox und Chevy, die Männer, die sich um viele der kleinen Jobs hier kümmerten und denen er bereits bei Lillian begegnet war.

Gabe fuhr sich mit den Händen übers Gesicht. Einfach würde das nicht werden.

Aus der Lobby kam Reginas Stimme durch die offene Stationstür. „Earl, du kommst gerade rechtzeitig."

„Hey, Regina. Ich habe gehört, dass du unsere neue Rezeptionistin bist. Das ist großartig, wenn du bereit bist, dich zu langweilen. Die Polizeistation bekommt nicht viel Action."

Sie lachte. „Ich werde genug zu tun haben, da ich auch für die städtischen Ämter und die Klinik zuständig bin."

„Wow." Nach einer Sekunde fügte Baumer hinzu: „Das ist ziemlich schlau."

„Finde ich auch. Bevor du fragst, der Chief ist in seinem Büro."

„Danke."

Eine Sekunde später schlenderte Baumer durch die offene Bürotür. Gabe warf ihm einen umfassenden Blick zu. Sauberes Uniformhemd, Jeans und Stiefel. Dienstgurt. Gut.

„Guten Tag, Boss. Wie lief die Woche?"

„Nicht allzu gut, aber sie verspricht, besser zu werden." Gabe drehte den Monitor, damit der Officer ihn sehen konnte.

„Was zum Teufel? Hey, das ist ein Kamera-Feed. Hat sie jemand gefilmt?"

„Ja, ich. Ich habe Überwachungskameras aufgestellt."

„Ach?" Baumers Ausdruck trübte sich. „Wann wolltest du mir sagen, dass wir Kameras haben, *Boss*?"

Die Wut schien übertrieben, wenn man bedachte, dass Baumer die ganze Woche nicht im Dienst gewesen war. Wäre es jedoch andersrum, hätte Gabe es ihm vielleicht übelgenommen, nicht eingeweiht worden zu sein. „Ich hatte vor, es dir bei unserem ersten Meeting am Freitag zu sagen ... das vor einer Minute begonnen hat."

Baumer schwieg einen Moment, schließlich seufzte er. „Okay, sorry. Ich stehe nicht auf Überraschungen."

„Dann hast du vielleicht die falsche Karriere für dich gewählt." Gabe ging zum nächsten Punkt über. „Was weißt du über die beiden Männer?" In Anbetracht der Größe der Stadt würde Baumer die meisten Einwohner kennen, nachdem er ein Jahr hier gelebt hatte.

„Chevy und Knox? Sie teilen sich einige Hektar außerhalb der Stadt. Jeder hat eine Hütte. Im Winter arbeiten die Jungs in Prudhoe Bay, um an etwas Bargeld zu kommen. Chevy hat eine Frau und zwei Kinder. Knox wurde vor ein paar Monaten von seiner Frau verlassen."

„Irgendeine Ahnung, wo wir sie heute finden können?"

Baumer blickte aus dem Fenster, das die Hauptstraße zeigte. „Ich sah sie vor ein paar Minuten bei Dante."

„Sie wollten wahrscheinlich die Reaktion auf ihren Vandalismus in Augenschein nehmen."

Baumer zuckte mit den Schultern. „Alles, was sie sehen werden, ist ein verärgerter Besitzer. Niemand sonst kümmert sich darum. Selbst ein Richter würde ihnen nur einen Klaps auf die Hände geben."

„Für die Farbe, ja. Allerdings haben sie auch die Fenster zerbrochen." Und das viktorianische Haus hatte viele Fenster. „Ich schätze, dass sich der Schaden auf über fünfhundert Dollar beruft, und somit reden wir von Sachbeschädigung."

„Das ist ... das ist eine Straftat."

„Jep." Gabe deutete auf den Bildschirm. „Beachte, dass sie keine Handschuhe tragen."

„Scheiße." Baumer runzelte die Stirn. „Du hast sie schon auf Band. Du brauchst ihre Fingerabdrücke nicht."

„Nicht für dieses Verbrechen, nein. Unsere Täter räumen jedoch nie hinter sich auf, also habe ich die Sprayfarbe an anderen verwüsteten Orten sichergestellt. Und die Axt, mit der die Baumaterialien in Bulls Bar zerstört wurden. Alles wurde auf Fingerabdrücke geprüft und als Beweismittel katalogisiert."

Gabe konnte sich eines kleinen Grinsens nicht verwehren. Es war eine Weile her, seit er einen Tatort untersucht hatte. Das LAPD war so groß, dass die Fingerabdrücke normalerweise von einem Experten genommen wurden. Hier in Rescue würden er und Baumer diese Aufgabe selbst übernehmen. Die Idee gefiel ihm.

„Ich fürchte, diese beiden werden eine Welt voller Schmerz erleben. Bull ist über die Schäden sehr wütend."

„Keine Handschuhe. Die Idioten", murmelte Baumer.

„Jep. Dann mal los. Holen wir sie uns."

Draußen ging Gabe mit seinem Officer zum Supermarkt.

Die beiden Vandalen traten aus Dantes Laden und trugen jeweils eine Einkaufstüte. Hinter ihnen folgten Julie und Bull, die sich nett miteinander unterhielten.

„Chevy gehört dir", sagte Gabe zu Baumer, bevor er seine Stimme erhob, „Knox, ich möchte bitte mit dir sprechen."

Beide Männer erstarrten. Als Baumer seine Handschellen herauszog, griffen diese Idioten doch wirklich an.

Gabe blockierte einen Schlag von Chevy und schubste ihn zu Baumer. Der Officer reagierte langsam.

„Verdammter Bulle." Knox warf seine Lebensmittel nach Gabe.

Gabe wich dem Dosenhagel aus und hob den Arm in Erwartung eines weiteren Schlags.

Nichts.

Stattdessen sah er, wie Knox seitwärts taumelte. Der Mann erholte sich schnell und griff an.

Nachdem er Knox' Faust blockiert hatte, landete Gabe einen Treffer in seinen Magen, sodass er sich vor Schmerzen krümmte.

Verdammt, das fühlte sich gut an.

Als sich Knox wieder aufrichtete, lieferte Gabe einen beeindruckenden Kinnhaken.

Knox taumelte zurück.

Vorrückend trat Gabe dem Idioten den Boden unter den Füßen weg, folgte ihm nach unten und legte ihm kurzerhand Handschellen an.

Baumer hatte seine Probleme mit Chevy, also kam ihm Gabe zu Hilfe und trat dem Vandalen von hinten ins Knie. Der Mann ging zu Boden.

Baumer zog seine Handschellen heraus.

„Du wirst langsam, *Viejo*." Von der Klinik aus überquerte Caz die Straße. „Nach der Vorstellung würde dich der Sarge den ganzen Tag Drills machen lassen, um deine Schnelligkeit zu verbessern."

Gabe grinste ihn an. „Ja, ich war langsam. Du hast Recht."

„Das war langsam?", sagte jemand mit heiserer Stimme.

Gabe drehte sich um und sah, dass Baumer und die beiden Vandalen ihn mit offenen Mündern anstarrten.

Gabe runzelte die Stirn. Im Irak, nachdem er einen messerschwingenden Aufständischen getötet hatte, hatten seine Kameraden ähnliche Mienen gezeigt. Weil er eine Bauchwunde davongetragen hatte, ohne es zu bemerken.

Er sah an sich herab. Kein Blut. Keine Messer. „Was sollen diese Blicke?"

Caz lachte. „Die beiden haben dich einen Weichei-Cop von außerhalb genannt."

„Nun, das ist einfach unhöflich." Gabe riss Knox auf die Füße. „Es ist wahr, dass ich in der Großstadt als Polizist gearbeitet habe."

Der Rest? Nicht wirklich. Aber er sprach selten über seine Vergangenheit. Aus Angst, wieder in Pflegefamilien zu landen, lernten Makos Jungs schnell, lieber nicht zu viel zu sagen. Etwas, das sich tief in ihnen verwurzelt hatte. Dann als SEAL hatte er auch nie über sich gesprochen. Und er wollte sicher nicht über seine Arbeit als Söldner reden.

„Hey, Chief." An der Wand des Lebensmittelgeschäfts lehnte Bull und seine Finger hatten sich um Julies Oberarm gewickelt.

Beim Anblick ihrer großen Augen überkamen Gabe plötzlich Schuldgefühle. Während er seinen Spaß gehabt hatte, wäre sie bei der vielen Gewalt wahrscheinlich am liebsten im nächsten Loch verschwunden. In Anbetracht ihrer jüngsten Vergangenheit nicht verwunderlich.

Er hätte sich mehr bemühen sollen, einen Kampf zu vermeiden.

Dann blinzelte er. Verdammt, umklammerte sie den Hals einer Flasche Cider? Wie eine Waffe. Und Bulls Griff um sie deutete darauf hin, dass er sie zurückhalten und nicht stützen musste. Bei der Erkenntnis, dass sie ihm helfen wollte, wurde ihm warm ums Herz. „Du wolltest Knox für mich mit der Flasche über den Schädel hauen?"

Bull schnaubte. „Sie *hat* Knox für dich mit der Flasche über den Schädel gehauen. Ich bin überrascht, dass nichts zerbrochen ist."

Ah, deshalb hatte Knox geschwankt.

„Er … er hätte dich töten können. Bist du wahnsinnig?" Sie stotterte eine Sekunde lang. „Du hast gelächelt. Als du ihn geschlagen hast, sah ich ein Lächeln auf deinen Lippen!"

„Ja, nun, es gibt kein Gesetz, das besagt, dass Strafverfolgungsbeamte aus einer kleinen Schlägerei nicht ein bisschen Vergnügen ziehen können."

Wie ein Fisch an Land öffneten und schlossen sich ihre Lippen. Fuck, sie war wirklich süß. „Danke dir, Goldlöckchen. Ich schätze die Hilfe."

Mit den Augen auf Gabe trug Knox einen verblüfften Ausdruck.

Gabe konnte nicht anders, als zu lachen. „Was ist? Weicheibullen aus der Stadt können keinen Spaß haben?"

„Benimmt sich nicht wie ein Stadtjunge", murmelte Chevy.

Gabe warf einen Blick auf Bull. „Da du eh hier bist ... Hast du die Gesamtsumme der Schäden im Kopf?"

„Sicher." Bull zog einen Zettel aus seiner Tasche und übergab ihn an Gabe. „Alles aufgeschlüsselt und zusammengerechnet."

„Danke." Gabe drehte das Papier um, damit Chevy und Knox die Summe sehen konnten. „Dies ist der Dollarbetrag des Schadens, mit dem es das Roadhouse zu tun hat."

Obwohl Knox nur mit den Schultern zuckte, wich Chevy jegliche Farbe aus dem Gesicht und war nun weißer als der Schnee auf den Chugach Mountains.

„Die anderen Geschäfte graben auch die Zahlen für mich aus", sagte Gabe.

„Hey, Chief, übernimmst du den Transport, damit die Alaska State Trooper sich ihnen annehmen können?" Baumer hielt Chevy am Arm.

„Zuerst nehmen wir unsere Gäste für ein Gespräch mit auf die Wache."

Audrey starrte Gabe und dem anderen Polizisten hinterher, als sie die beiden mit Handschellen gefesselten Männer über die Straße zur Polizeistation führten. Der Chief hinkte leicht.

Vor dem Gebäude verschränkte die neue Rezeptionistin die Arme vor der Brust. Ihre Stimme wehte klar und deutlich zu ihr rüber: „Als Mutter kann ich nur sagen, dass eure Mamas sehr enttäuscht von euch wären."

Die beiden Männer zuckten sichtlich zusammen.

Auf der Türschwelle zum Café prustete Sarah ein Lachen heraus. „Und ich dachte, es wären die Touristen, die heute für die Unterhaltung sorgen würden."

Als Sarah zu ihrem Tresen zurückkehrte, schüttelte Audrey den Kopf. „Ich bin mir nicht sicher, ob ich das als Unterhaltung bezeichnen würde." Egal, was der große Polizeichef auch dachte.

„Oh, auf jeden Fall." Bull gluckste.

Mit gerunzelter Stirn starrte sie auf seine Hand an ihrem Arm. „Du kannst mich jetzt loslassen."

„Tut mir leid, Champ. Ich konnte dich nicht in diesen Kampf stürmen lassen; du hättest verletzt werden können", murmelte er.

Wut brodelte in ihr nach oben, als sie den riesigen Mann neben sich betrachtete. *„Gabe* hätte verletzt werden können. Du hast nicht einmal geholfen."

„Wenn er gegen ein halbes Dutzend angetreten wäre, hätte ich das. Aber die beiden Hinterwäldler gegen den alten Mann? Keine Chance."

„Alter Mann. Warum nennst du ihn so?" Caz nannte ihn *Viejo.* Alter Mann. „Er ist nicht alt."

„Er ist älter als ich. Und das ist alles, was zählt." Bulls Grinsen blitzte in seinem hellbraunen Gesicht mit dem dunklen Spitzbart weiß auf. „Es ist auch ein Spitzname für einen kommandierenden Officer. Als er sich weigerte, einen Rufnamen zu wählen, mussten wir ihm einen geben."

„Weil er euch herumkommandiert?" Mehr als einmal hatte sie das mitbekommen. Wo auch immer sich der Chief aufhielt, er war die befehlshabende Person.

„Weil ihm die Leute folgen, wenn er führt." Bulls Blick richtete sich auf das städtische Gebäude, und sein Mund zierte ein zufriedenes Lächeln. „Selbst, wenn er das nicht will."

Oh.

Bull senkte den Blick auf die Flasche in Audreys Hand. „Behalte sie. Ich werde Dante sagen, dass er den Cider auf meine Rechnung setzen soll."

„Aber –"

„Behalte sie als Andenken an den Tag, an dem du deinen Kampfeswillen wiedergefunden hast."

Als er wieder in Dantes Laden verschwand, schaute sie auf die Flasche und wog ihr Gewicht in ihrer Hand. Trotz Spyros und ihrer Angst hatte sie gehandelt.

Um Gabe zu retten.

In diesem Moment fühlte sie sich unbesiegbar und steckte die Flasche unter ihren Arm. Heute Abend würde sie sich ein Glas Cider einschenken. Das hatte sie sich verdient.

Zwei gebändigte Vandalen saßen nebeneinander im Hauptraum der Station. Nachdem sie die Kameraaufzeichnungen gesehen und ihnen Fingerabdrücke abgenommen worden waren, hatten Knox und Chevy nicht mehr viel zu sagen gehabt.

Als würde er sich distanzieren wollen, saß Baumer auf der anderen Seite des Raumes an seinem Schreibtisch.

Gabe lehnte sich mit der Hüfte gegen den Tisch und verschränkte die Arme vor der Brust. „Mit den Beweisen, die wir haben, würde ein Staatsanwalt eine Anklage wegen Sachbeschädigung erheben. Das ist eine Straftat."

Seine Worte fielen in den stillen Raum, und als die beiden zusammenschrumpften, hielt Gabe inne.

Er war verdammt sauer auf diese absichtliche Zerstörung. Barbaren gegen Zivilisation.

Nur ... diese beiden hatten sich eine sterbende Stadt ausgesucht, wollten hier leben, offensichtlich, um der Zivilisation zu entkommen. Der Zustrom von Menschen ruinierte ihren primitiven Zufluchtsort. Sie wollten, dass ihre Welt gleichblieb. Die Männer waren verängstigt, hatten sich in die Enge getrieben gefühlt, und genau wie Tiere hatten sie ihre Krallen gezeigt.

Leider konnte niemand die Veränderung verhindern, egal wie oft man die Spraydose zum Einsatz brachte und anderer Eigentum zerstörte.

„In Ordnung, euch bleiben zwei Optionen: Ich kann euch übergeben, sodass ihr strafrechtlich verfolgt werdet. Ihr würdet wahrscheinlich im Gefängnis landen und für unsere gesetzestreue Bevölkerung zu einer Steuerbelastung werden. Oder ihr könnt zu jedem einzelnen Geschäft gehen, wo ihr Schaden angerichtet habt, vor den Eigentümern ein Geständnis ablegen und die Schäden abarbeiten ... innerhalb eines Monats. Zudem möchte ich euer Wort, dass ihr mit diesem Scheiß aufhört."

Als Baumer etwas sagen wollte, warf Gabe ihm einen warnenden Blick zu. Der Officer lehnte sich in seinem Stuhl zurück.

Knox starrte Gabe an. „Du würdest uns gehen lassen? Nachdem wir dich angegriffen haben?"

„Dieser kleine Kampf waren die besten fünf Minuten, seit ich diesen Job begonnen habe. Und ja, ich gehe hier ein Risiko ein, aber keiner von euch würde im Gefängnis gut abschneiden." Es würde sich zu sehr anfühlen, als würde er den Sarge einsperren. Makos PTBS wäre in einem Gefängnis durch die Decke gegangen.

Unter Knox' langem Schnurrbart zuckte ein Muskel.

Chevy öffnete und schloss wiederholt die Hände. Er hatte Kinder. Eine Ehefrau.

Unabhängig von deren Hass auf Gabe, auf die neuen Geschäfte und die Touristen wollte keiner der beiden ins Gefängnis.

„Ich meine es jedoch, wenn ich sage, dass ihr für den Schaden aufkommen müsst." Gabe schüttelte den Kopf. „Mein Eid gilt den Bürgern hier – sie zu beschützen, ist mein Job. Insofern sie das Gefühl haben, nicht entschädigt worden zu sein, haben wir ein Problem."

Knox begegnete seinem Blick. Dass er gefasst wurde, machte ihn offensichtlich wütend. Er war wütend, weil er Gabe nun etwas schuldete, ganz zu schweigen von den Geschäften, die in seine sichere Welt einfielen. „Ich werde meinen Teil dazu beitragen."

Chevy sah aus wie ein Dachs, dessen Pfote in eine Falle geraten war. „Ich auch."

Ihre Stimmen, ihre Körpersprache, ihre Augen hielten keine Lügen bereit. Das genügte ihm.

„Ich nehme euch beim Wort." Gabe zog die Schlüssel für die

Handschellen heraus. „Lasst mich die abnehmen, damit ihr loslegen könnt."

KAPITEL VIERZEHN

Am Sonntagmorgen blickte Audrey finster drein, als sie das laute Klopfen an ihrer Tür hörte. Gabe hatte neun Uhr gesagt, und er war nervig pünktlich.

Und wenn sie sich beschwerte, würde er ihr wahrscheinlich sagen, dass die Sonne vor Stunden aufgegangen war. Was stimmte. *Dieser verrückte Bundesstaat.* Gestern Abend hatte die Sonne um elf Uhr immer noch vom Himmel gelächelt, und wer konnte schon vor Sonnenuntergang ins Bett gehen?

Aber müde oder nicht, sie hatte heute Morgen nicht lange schlafen können. Einfach nicht möglich. Weil Gabe wunderschön und erschreckend war. Und allein der Gedanke, dass er gerade auf der anderen Seite der Tür wartete, verwandelte ihre Knie in Wackelpudding.

Und weil sie mit ihm ins Bett gesprungen war. Das sah ihr so gar nicht ähnlich. Sie war keine Frau, die One-Night-Stands mit Polizeichefs hatte. Brooke schien eher der Typ dafür zu sein. Und das war okay.

Audrey war eben ein Nerd – ein brillanter, sicher, aber ein Nerd. Ungesellig und etwas ungeschickt. Gott im Himmel, ihre Begegnung mit dem Elch sagte alles. Das war so typisch für sie.

Den heutigen Tag mit Gabe zu verbringen, würde wahrscheinlich damit enden, dass sie sich auf eine Weise zertrampelt anfühlen würde, als hätte sie versucht, den Elch zu streicheln.

Wenn er ihr jedoch etwas über Alaska beibringen wollte, sollte sie das ausnutzen.

Sie zog ihre Schultern zurück und öffnete die Tür. Helles Morgenlicht strömte in die Hütte und blendete sie. Dann blockierte etwas das Licht – ein Körper. Noch immer halb blind versuchte sie, Gabe auszumachen.

Sein verblasstes rotes Flanellhemd stand ein paar Knöpfe offen, sodass sie sein Schlüsselbein über seinen Brustmuskeln sah, bevor sie zu seinem sehnigen Hals gelangte.

Oh, wow. Sie schluckte schwer, trat zurück, hob den Kopf und blickte in sein Gesicht.

Nun, hmm. Diese Sache war seine Idee gewesen, aber er schien vor Begeisterung nicht gerade zu platzen. Sein gemeißeltes Gesicht kam völlig ausdruckslos daher, die dunkelblauen Augen unlesbar.

Sie blickte an ihm vorbei. Kein Elch. War ja klar.

Als er bemerkte, dass sie zu den Autos starrte, schüttelte er den Kopf. „Ich habe nachgesehen. Für den Moment sind wir elchfrei."

„Okay."

Sein Blick wanderte über sie. Er nickte anerkennend, als er ihre leichten Stiefel sah, eines der ersten Dinge, die sie sich in Alaska gekauft hatte.

Ihre Jeans bekam ein Stirnrunzeln.

„Was ist mit meiner Jeans?"

„Du hast Gewicht verloren. Mehr Gewicht."

Männer. Ein Mädchen konnte einfach nicht gewinnen. Sie fand eigentlich, dass ihre Hüften jetzt besser aussahen. „Ich bin nicht krank – ich bin nur nicht an einen so aktiven Job gewöhnt."

„Ah." Sein scharfsinniger Blick hob sich zu ihren Augen. „Was hast du denn vorher gemacht?"

„Viel gesessen." Sie lächelte. Er wusste bereits, dass sie über ihren Namen gelogen hatte. Warum sollte sie ihm also mehr Munition geben?

Eine Falte erschien in seiner Wange. „Du, Frau, bist wirklich frustrierend." Er nahm wieder seine Musterung auf. „Das Hemd und der Kapuzenpullover gehen okay. Hast du eine wasserdichte Jacke?"

„Wasserdicht?" Verwirrt hob sie den Blick zu einem blauen Himmel.

„Das Wetter auf der Halbinsel ändert sich schnell. Pack eine Jacke in deinen Rucksack."

„Meinen ... was?"

Er schob sie ins Haus. „Ich habe dich mit einem Tagesrucksack gesehen. Hol ihn."

Aber sie hatte ihre Geldbörse und ihren Schlüssel in ihre Jeans gesteckt, damit sie nichts tragen musste. Leider konnte sie ihm ansehen, dass nichts, was sie sagen würde, etwas an seinem Vorhaben ändern würde. „Richtig, okay."

Sie hatte den kleinen Rucksack für ihren Laptop gekauft, um damit in die Stadt laufen zu können. Nachdem sie ihn geleert hatte, stopfte sie ihre wasserdichte Jacke hinein.

Gabe ging zu seinem Jeep und als er zurückkehrte, gab er ihr eine Plastiktüte, in der mehrere Dinge zu finden waren. „Pack das auch ein. Von nun an nimmst du deinen Tagesrucksack immer mit, wenn du wandern gehst."

Sie fügte die Plastiktüte dem Rucksack hinzu. „Was ist da alles drin?"

„Viel. Insektenschutzmittel. Eine Flasche Wasser und ein Filter. Ein paar Müsliriegel, Sonnencreme, Streichhölzer und Wattebällchen. Ein Multifunktionstaschenmesser." Er überlegte eine Sekunde. „Erste-Hilfe-Set. Rettungsdecke, Handwärmer, Socken. Kompass, Taschenlampe und eine Pfeife."

Sie starrte ihn an. „Und all dieses Zeug hast du einfach rumliegen?"

„Ich habe Extras herumliegen. Ich dachte, dass du vielleicht nicht viel hast, und du brauchst diese Sachen für deine Sicherheit."

Deine Sicherheit. Sie senkte den Blick und merkte, wie sich ihre Augen mit Tränen füllten. Er war so ein Beschützer.

„Na komm, Goldlöckchen. Lass uns aufbrechen." Er nahm ihre Hand. Als er auf sie hinunterblickte, wurde sein Ausdruck für eine Sekunde sanfter.

Und sie schmolz innerlich dahin.

Später an diesem Tag lag Audrey an einem Flussufer neben Gabe. Während die Sonne ihre Schultern wärmte, schmerzten und brannten ihre Waden. Wandern war so ganz anders als das Herumgerenne in einer Bar.

Aber Gabe war die ganze Zeit bei ihr gewesen. Und hatte mit ihr geredet.

Ihr Gehirn stand kurz davor, zu platzen, und dann wären die ganzen Informationen von ihm wieder weg: Vorsichtsmaßnahmen bei Elchen. Schwarzbären abschrecken, während man bei Braunbären das Gegenteil tat und sich flach auf den Boden legen sollte, da sie nicht so leicht zu verscheuchen waren. Und sie hätte einen Braunbären zu Gesicht bekommen, einen Grizzly, wenn er sich gerade im Landesinneren rumtreiben würde. Wirklich gruselig.

Er zeigte auf den scheußlichen Riesen-Bärenklau, der bei Kontakt zu Verbrennungen, Quaddeln und Ähnlichem führen konnte. Ausgleichend dazu wies er auf die atemberaubende Aussicht hin, welche die Kenai Mountains bereithielt. Der Fluss war auch schön – eine türkise Farbe, die nicht von dieser Welt zu sein schien.

Sie konnte jetzt Erlen identifizieren. *„Gut, um Lachs zu räuchern."* Und Fichten – und das Tannenhuhn. Ein Alpenschneehuhn war plötzlich aus den Büschen gehuscht, direkt vor ihren Füßen, und sie wäre beinahe auf ihrem Arsch gelandet.

Dann hatte ein Specht, der über ihr lautstark einen Baum mit dem Schnabel bearbeitet hatte, sie so sehr erschreckt, dass ihr ein Quietschen entrungen war – was Gabe zum Lachen gebracht hatte.

Sie hatte nicht gewusst, wie groß Spechte waren.

Apropos, groß ... Der Specht war nichts im Vergleich zu der Größe des Weißkopfseeadlers, der am Flussufer gelandet war, um sich den gerade gefangenen Fisch schmecken zu lassen. Sein Kopf wäre auf gleicher Höhe mit ihrer Taille.

Neben ihr saß Gabe mit dem Rücken gegen einen Baum und spielte mit einer ihrer Haarsträhnen. Warum gefiel ihr das so sehr?

„Da du jetzt eine Weile hier gelebt hast ... genießt du Alaska?", fragte er.

Wie um alles in der Welt sollte sie das beantworten? „Es ist nicht so, wie ich es erwartet habe", sagte sie schließlich. „Es ist –"

Ein Rascheln hinter ihnen ließ sie erstarren. „Bär." Sie packte Gabes Hand und machte sich bereit, zu rennen.

„Kein Bär, ein Bulle", sagte er. „Hör genau hin. Die Laute deuten auf ein zweibeiniges Tier hin. Einen Menschen."

Echt jetzt? Ihr Gehör funktionierte ganz anders. „Also ist es –"

„Es ist Bull", sagte er. „Nicht viele Menschen sind so schwer, und er hat einen leichten Ruck in seinem Schritt."

Sie starrte ihn an. Sie konnte die Schritte kaum hören, während er genau sagen konnte, um wen es sich handelte?

Bull trat von dem dichten Wald auf den Pfad, der zur Straße führte. Trotz der Kälte trug er nur ein T-Shirt und ein Flanellhemd. Wie Gabe hatte er einen Rucksack dabei. „Hey, ihr zwei."

Mit einem erleichterten Seufzer legte sich Audrey wieder auf die Decke und kreuzte die Knöchel. „Woher wusstest du, dass wir hier sind?"

„Gabe ließ mich wissen, wohin er dich bringen würde, und ich sah den Jeep an der Straßenseite."

„Oh."

„Lass immer jemanden wissen, wo du wandern wirst." Gabes Lächeln wackelte. „Damit dich jemand retten ... oder die Leiche bergen kann."

Diese Männer hatten einen so verzerrten Sinn für Humor. „Das ist nicht lustig."

„Nur die Wahrheit." Bull lächelte sie an. „Aber abgesehen von Rettungen bekommt man manchmal gute Sachen, wenn die Leute wissen, wo man ist. Wie Bestechungen."

„Ach ja?" Gabe zog eine Augenbraue hoch.

„Ja." Ihr Boss stellte seinen Rucksack ab, zog eine Flasche Bier heraus und reichte sie Gabe, bevor er Audrey zuzwinkerte. „Willst du auch eins?"

Wie konnte sie da widerstehen? „Ein Bier klingt nett, danke."

Er übergab eine Flasche, nahm eine für sich und lehnte sich an einen Baum. „Übrigens, Chief, deine beiden Graffiti-Künstler sind im Roadhouse aufgetaucht und arbeiten sich den Arsch ab. Du bist im Moment nicht deren Lieblingsperson – ich auch nicht –, aber sie geben sich Mühe. Erinnert mich an die Zeit, als Mako uns den Fleischvorrat aufstocken ließ, nachdem wir das Fällen dieses Baumes falsch eingeschätzt hatten."

Mit einem Lächeln zu Audrey fügte er hinzu: „Als wir eine tote Fichte fällten, blieb der Stamm an einem anderen Baum hängen – etwas, das wir hätten voraussehen müssen. So krachte die Fichte auf die Plattform, auf der wir im Winter Fleisch gelagert hatten."

„Die guten alten Zeiten." Gabe gluckste.

Moment mal. Audrey warf Bull, dann Gabe einen langen Blick zu. „Du meintest doch: Mako hat *uns* aufstocken lassen. Heißt das, dass ihr beide zusammen aufgewachsen seid?"

„Ich schätze, ich habe es dir noch nicht gesagt, oder?" Gabe tätschelte ihr Knie. „Ja, Bull ist mein Bruder. Caz auch. Der dürre Hispano, den du neulich Abend im Roadhouse getroffen hast."

Er meinte den verheerend hinreißenden, schlanken und doch muskulösen Hispano? Andererseits bezeichneten Caz und Bull Gabe als alten Mann. Brüder waren seltsam. „Wissen die Leute in der Stadt, dass ihr Brüder seid?"

„Nur ein paar wenige." Bull ließ sein charakteristisches Grinsen aufblitzen. „Der Sarge hatte nur wenige Freunde in Rescue – und bei unseren Besuchen haben wir uns nicht gerade gesellig gezeigt. Ich baute ein Geschäft in Anchorage auf, und Caz war in sein Studium vertieft. Gabe war in LA, dann in Südamerika. Und Hawk – zur Hölle, wie immer war er damit beschäftigt, beschossen zu werden."

„Ah, okay." Sie nahm einen langen Schluck ihres Biers. Dante und Lillian wussten, dass die Jungs Brüder waren, und vielleicht auch Sarah, da die Cafébesitzerin alles über jeden zu wissen schien.

Aber verdammt, diese Jungs hatten Privatsphäre auf ein ganz neues Niveau gehoben.

Gabe trank einen Schluck von seinem Bier und wackelte dann mit der Flasche. „Warum sagst du mir nicht, warum du mich bestechen willst?"

„Ich soll dich an die Stadtversammlung heute Abend erinnern. Als Polizeichef wird von dir erwartet, dass du auftauchst."

„Es ist gut, Erwartungen zu haben", entgegnete Gabe trocken.

„Hör zu, alter Mann ..."

Warum klang Bull so besorgt? „Er wird da sein", sagte Audrey zu Bull.

Gabe zog eine Augenbraue hoch. „Werde ich?"

„Natürlich. Das ist dein Job, deine Pflicht, und ich weiß, dass du das ernst nimmst, auch wenn es dich etwas nervt."

Bulls Grinsen war breit. „Das war eine gute Einschätzung von ihm, Julie. Dann werde ich euch beide wohl heute Abend sehen."

„Beide?" Ihre Kinnlade klappte herunter. „Ich muss nicht –"

„Wenn ich gehen muss, dann du auch." Gabe warf ihr einen wirklich fiesen Blick zu.

Na super. „Oh wow, es wird langsam echt spät, und ich sollte mich noch frischmachen. Wenn du jetzt gehst, Bull, könntest du mich mitnehmen?"

Als sie versuchte, sich zu erheben, packte Gabe ihre Hand und zog sie zurück auf die Decke. „Ich glaube nicht, dass wir hier schon fertig sind, Goldlöckchen."

„Aber ..."

Gabe winkte seinem Bruder zum Abschied zu. „Bis später, Bull."

Bulls dröhnendes Lachen ertönte, bevor er im Wald verschwand.

Audrey funkelte Gabe genervt an. „Meintest du nicht, wir wären mit dem Wandern fertig?"

„Sind wir. Möglicherweise gibt es noch ein paar andere Dinge, die wir hier draußen erledigen sollten." Er fuhr mit dem Daumen über ihre Unterlippe.

Von seiner sanften Berührung breitete sich ein Kribbeln aus.

„Andere Dinge." Ihre Stimme kam heißer heraus.

„Ich könnte mich irren." Er lehnte sich vor und sein Mund strich über ihren. Neckend. Verlockend.

Oh, wie er sie küsste ... Sie brauchte mehr und so lehnte auch sie sich vor. Sie packte ihn am T-Shirt und versuchte, ihn davon abzuhalten, als er den Kuss beenden und sich zurücklehnen wollte.

Er lachte. „Vielleicht auch nicht."

Sie öffnete die Lippen, um zu antworten, doch sein fordernder Mund landete bereits auf ihrem.

Ihre Lippen öffneten sich unter seinen. Und als alles in ihr dahinschmolz, drückte er sie wieder auf die Decke. Mit einer Hand an ihrem Hinterkopf senkte er sein Gewicht auf sie.

Sie konnte nicht anders und schlang ihre Arme um seine Schultern, und sie spürte, wie er an ihrem Mund lächelte.

„Du hast das geplant, oder?", flüsterte sie.

„Das hier, nein. Ich wollte eigentlich mit dir reden." Mit den Fingern in ihren Haaren zog er ihren Kopf zur Seite und knabberte an einer Stelle unter ihrem Ohr. „Aber das ist auch gut."

Sie erschauerte.

„Ich sollte dich wirklich etwas foltern", murmelte er. „Dafür, dass du mich in diese verdammte Stadtversammlung zwingst."

„Aber du bist gut mit Menschen. Zumindest machen sie dir keine Angst."

Er hob den Kopf, seine Augen das Blau des dämmrigen Himmels. „Menschen machen dir Angst?"

„Ein bisschen." Sie biss sich auf die Unterlippe. „Ein bisschen viel. Ich ziehe es vor, meine Freunde in Büchern zu finden. Die Protagonisten in meinen Büchern erwarten nicht, dass ich etwas sage."

„Also sind es nicht wirklich Menschen, sondern Gespräche, die dir Angst machen?"

Sie nickte. „Ich bin keine ... gesellige Person."

Seine Zähne bissen in ihre Schulter und hinterließen einen berauschenden Schmerz. Ihre Brüste fühlten sich voller und fester an.

„Meiner Meinung nach machst du dich recht gut." Er knabberte an ihrem Kiefer. „Zur Hölle, du arbeitest in einer Bar."

„Das ist etwas anderes. Wenn ich arbeite, weiß ich, was ich sagen muss. Für alberne Plaudereien bleibt keine Zeit."

Sein Kopf hob sich, als er über ihre Worte nachdachte. „Das ergibt durchaus Sinn."

Sie seufzte. „Ich habe mir vorgenommen, mich mehr ... einzubringen. Lillian sagt, Übung macht den Meister."

Gabe stützte sich auf seinen Ellbogen ab und spielte mit einer Haarsträhne. „Üben hilft. Nach jedem Winter in einer abgelegenen Hütte war es schwierig, in die Stadt zu kommen. Zu viele Menschen." Sein rechter Mundwinkel zuckte. „Mit jedem Tag wurde es einfacher. Ich knurre jetzt weniger."

Sie lachte, denn auch sie hatte ihn ein oder zwei Mal knurren gehört. „Ich wusste, dass du eine Weile außerhalb der Stadt verbracht hast. Aber ... völlig allein?" Sowohl Bull als auch Dante hatten so getan, als wären sie sich nicht ganz sicher gewesen, ob Gabe nach Rescue kommen würde. „Warum eine abgelegene Hütte?"

Die Falten neben seinen Augen vertieften sich mit seinem Lächeln. „Ist dir klar, dass du überhaupt nicht schüchtern bist, wenn deine Neugier geweckt wird?"

„Äh, vielleicht." Nein, eigentlich hatte sie keine Ahnung gehabt, dass das der Fall war. „Mir eine Frage zu stellen, bedeutet nicht, dass du auf meine nicht antworten musst."

„Stur sind wir also auch, ja?", murmelte er. Die Belustigung in seinen Augen verschwand und wurde durch ... Trauer ersetzt. „Es ist eine hässliche Geschichte, Goldlöckchen."

Seine Hand packte ein Bündel ihrer Haare. Sie legte ihre Hand auf seine und wartete.

Sein Blick hob sich und konzentrierte sich auf den Fluss. „Ich leitete ein Sicherheitsteam für ein privates Militärunternehmen. Als Hawk und ich uns dem Team anschlossen, war das Arbeitsklima akzeptabel, aber der Eigentümer wechselte und die Missionen änderten sich. Bei meinem letzten Job haben wir einem CEO Sicherheit geboten, der seinen Fabriken in einem Dritte-Welt-Land einen Besuch abstatten wollte."

Audrey runzelte die Stirn. Fabriken in Ländern der Dritten Welt waren nicht immer gute Orte.

„In der vierten Fabrik wurden wir überfallen. Von den Fabrikarbeitern und den Dorfbewohnern." Sein Mund spannte sich an. „Ich habe in den ersten Sekunden drei Männer verloren. Die letzten beiden von uns wurden beschossen, aber wir haben den CEO lebend rausgeholt – zusammen mit einem Dorfbewohner. Ich musste wissen, wer den Anschlag angeordnet hatte."

„Hatte der CEO einen Rivalen oder so?"

„Nein." Sein Griff festigte sich in ihren Haaren. „Als wir wegfuhren, fragte ich den Dorfbewohner, warum sie uns angegriffen hatten. Es stellte sich heraus, dass der CEO dachte, er hätte ein Recht auf die weiblichen Fabrikarbeiter. Je jünger, desto besser. Einen Monat zuvor hatte er die Zwillingstöchter des Vorarbeiters vergewaltigt."

Oh Gott! Gabe war ein Beschützer, wie er im Buche stand. „Was hast du dann gemacht?"

„Der CEO hatte aus Angst vor sich hingeplappert und die Anschuldigung damit bestätigt." Gabes Augen hielten eine Dunkelheit bereit, die sie so noch nie zuvor gesehen hatte. „Wir sind umgedreht, warfen ihn und den Dorfbewohner vor die Fabrik und fuhren weg."

Nach einer Pause sagte er leise: „Die Fabrik brannte noch in dieser Nacht nieder; seine Leiche wurde darin gefunden."

Ihre Haut fühlte sich kühl an. Schweißbedeckt. Die Welt schien nun ein hässlicherer Ort zu sein. Und sie wusste, wie grausam das Leben sein konnte. Sie musste sich nur ihre eigene Vergangenheit anschauen. „Hat das Unternehmen, das dich zu der Zeit beschäftigt hat, etwas gesagt?"

„Ich habe gekündigt. Sie hatten mich nicht darüber informiert, dass der CEO weit mehr als Standardschutz benötigen könnte, denn sonst hätte ich nach dem Grund gefragt. Sie wussten von seiner ... Vorliebe und es war ihnen klar, dass keiner von uns den Job angenommen hätte – nicht einmal der schlimmste meiner Männer."

Das Unternehmen hatte ihn verraten. „Der Hinterhalt. Von dem Tag kommen einige deiner Narben?"

„Hüfte und Schulter, ja."

Deshalb humpelte er manchmal, wenn er müde und erschöpft war. „Füge Makos Tod hinzu und du brauchtest erstmal eine Pause von Menschen." Sie schloss die Augen, das kranke Gefühl in ihrem Inneren regelrecht greifbar. „Ich mache dir keine Vorwürfe."

Er war still, sein Blick weiterhin auf das Wasser gerichtet. Schließlich begann er wieder mit ihren Haaren zu spielen.

Als sie ihre Augen öffnete, sah sie, wie sich die Schatten von seinem Gesicht gehoben hatten.

„Ich fühle mich wie ein Weichei", sagte sie. „Ich war immer nervös in der Nähe von Menschen, aber nicht aus einem bestimmten Grund. Nicht wie bei dir."

„Du gibst jedoch dein Bestes, Goldlöckchen. Nur das zählt." Er zog leicht an ihren Haaren.

„Ich traue mich aus der Höhle, sicher, aber es dauert meist nicht lange, bis ich zurück in meine Hütte will und von allen weglaufen möchte."

„Ja, das Gefühl kenne ich." Er schüttelte den Kopf. „Aber du hast Recht – die Leute machen mir keine Angst, und ich komme mit ihnen aus, wenn ich mich dazu entscheide."

Sie seufzte. „Ich wünschte, bei mir wäre es auch so."

Er runzelte die Stirn. „Ich hatte Männer wie dich unter meinem Kommando. Einige Leute – wie Bull zum Beispiel – gedeihen in Gesellschaft. Andere wiederum brauchen ihre Zeit für sich allein, da sie sonst dem Wahnsinn verfallen."

Zeit für sich allein. Genau das war es. „Ich denke, das bedeutet, dass ich nicht versuchen sollte, mich in die Gesellschaft von Menschen zu zwingen."

„Nicht ganz." Er rieb seine Nase über ihre Wange. „Ein Einsiedlerleben ist nicht gesund für Herdentiere. In deinem Fall jedoch ... Du solltest deine Zeit für dich allein genießen, da es sonst zu viel werden kann."

Was er sagte, ergab Sinn.

Er senkte den Kopf, küsste ihren Kiefer, bevor er ihren Mund in einem langsamen, sanften Kuss für sich beanspruchte. Als er an ihrer Unterlippe knabberte, erhitzte sich ihr Blut. Sie erkannte, dass er ihre Haare losgelassen hatte und nun mit den Knöpfen an ihrem Hemd spielte.

Sie packte sein Handgelenk.

Er musterte sie, sein Blick wachsam und kontrolliert. „Wir können an dieser Stelle aufhören, wenn du willst."

Sie wollte nicht aufhören – und das wusste er. Ihr ganzer Körper summte vor Erregung. Dennoch ließ sie von seinem Handgelenk nicht ab. Sie waren draußen! Im Freien, um Himmels willen! „Was genau dachtest du dir dabei?"

Er befreite sich aus ihrem Griff, um ihr Kinn zu umfassen, und zwang sie so, seinem Blick zu begegnen. „Ich *dachte*, ich würde dich gerne nackt ausziehen – genau hier –, sodass ich dich hart und sehr, sehr gründlich nehmen kann."

Oh, der Gedanke, dass er sie berührte und sich erneut in ihr verlor, führte dazu, dass ihr Herz schneller schlug und es blaue Flecken auf der Innenseite ihres Brustkorbs hinterließ. „A-Aber ... hier? Jetzt?"

„Ah, Sex ist also in Ordnung, es jedoch unter freiem Himmel zu tun, da ziehst du die Grenze?"

Sie nickte.

Er öffnete einen Knopf. Noch einen.

„Niemand kann uns sehen, Süße." Er schob seine Hand in den aufgeknöpften Bereich und fuhr mit den Fingerknöcheln über ihre Brüste. „Das ist eine Ja- oder Nein-Frage. Ja, um fortzufahren oder nein, um aufzuhören?"

Die Antwort rutschte ihr heraus: „Ja."

Sie wurde mit einem verheerenden Kuss belohnt. Langsam und sinnlich, Zunge und Lippen, knabbern und saugen. Dann küsste er sich über ihre Kehle nach unten und zwischen ihre Brüste. Ohne zu zögern, löste er den Verschluss an der Vorderseite ihres BHs, um ihre Brüste freizulegen.

Oh, das Gefühl seiner schwieligen Hand auf ihrer Brust war erstaunlich. Lust bündelte sich tief in ihrer Mitte.

Langsam, mit seinem Blick auf ihr Gesicht gerichtet, rollte er ihre Brustwarzen zwischen seinen Fingern und zwickte hinein, bis diese Empfindung alles war, was sie fühlte. Es war dieser fleischliche Schmerz, der sie in ungeahnte Höhen schickte.

Seine Lippen streiften über ihren Bauch, dann öffnete er ihre Jeans und zog alles bis zu ihren Waden herunter.

Für eine volle Sekunde kam die Sorge zurück. „Was ist, wenn etwas kommt – ein Bär oder ...“

„Das hören wir. Und ich werde deine Hose nicht ganz ausziehen, Julie. Ich will nur, dass sie aus dem Weg ist.“

„Ist das möglich?“

„Oh ja.“ Er hielt ihren Blick mit seinem gefangen, als er seinen Gürtel und seinen Reißverschluss öffnete. Sein Schwanz war hart und an der Eichel zeigte sich ein Lusttropfen. Er zog ein Kondom aus seiner Brieftasche und rollte es sich über.

„Dann dreh dich mal um.“ Er half ihr und positionierte sie auf ihren Händen und Knien.

Lustschauer jagten durch sie, als ihr Hemd und ihr BH auffielen und ihre Brüste über dem Boden baumelten. Indessen sanken ihre Knie auf der Decke in den weichen Boden darunter.

Und er war hinter ihr, seine Knie spreizten ihre Waden, seine Erektion drückte sich gegen ihre Pussy.

„Schon so feucht und bereit für mich.“ Befriedigung war in seinem männlichen Knurren zu hören. Seine Finger erkundeten sie, verteilten den Beweis ihrer Erregung und neckten ihre Klitoris. Er stieß langsam in sie, langsam, aber mit Nachdruck, und er stoppte erst, als er tief in ihr vergraben war.

Ihr Puls geriet vollkommen außer Kontrolle und ihre Nippel zogen sich zu schmerzenden Knospen zusammen.

„Verdammt, du fühlst dich so gut an.“ Aber er bewegte sich nicht.

Warum bewegte er sich nicht? Na gut, dann würde sie sich eben bewegen. Sie wackelte leicht, schließlich schaukelte sie vorwärts, sodass er langsam aus ihr herausglitt. Als Reaktion gluckste er und packte ihre Hüften. „Halt still, Goldie.“

„Aber ...“

Er drang wieder in sie, eine Hand legte sich um ihre Brust, die andere bewegte sich zwischen ihre Schenkel und fand ihr Nervenbündel.

„Oh!"

Sein Lachen war ein leises Rumpeln an ihrem Ohr. „Zuerst kümmern wir uns um dich, Süße."

Langsam bewegte er seinen Finger – feucht von ihrem Nektar – auf einer Seite nach oben und auf der anderen nach unten, rieb und neckte, nie zu lange an einer Stelle.

Sein Schaft fühlte sich groß und dick in ihr an, und immer noch unbeweglich, als er mit ihr spielte und sie betörte. Sanft zwickte er in eine Brustwarze – und tat dasselbe mit ihrer Klitoris, bis zwischen den erogenen Zonen Funken sprühten.

Unwillkürlich wackelte sie mit ihren Hüften und versuchte, ihn dazu zu bringen, in sie zu stoßen, aber sein Schwanz blieb weiterhin unbeweglich, selbst als sie um ihn herum pulsierte.

Sein Finger hörte nie auf zu kreisen, zu reiben, zu necken. Er führte sie damit direkt an die Klippe eines Höhepunkts. Der Druck im Inneren wuchs, das Verlangen pulsierte hartnäckig zwischen ihren Schenkeln und ihre Hände ballten sich auf der Decke.

„Gabe!"

Er knetete ihre Brust. Sie schnappte nach Luft und die Wände ihres Geschlechts zogen sich um seine Länge zusammen.

Schließlich bewegte er sich. Er glitt heraus, drang einmal behutsam in sie. Dann startete er einen treibenden Rhythmus, der sie durchschüttelte. Mit jeder Invasion stieß er gegen die Finger, die sich noch immer an ihrer Klitoris zu schaffen machten, und bei jedem Rückzug aus ihrer Hitze umkreiste er ihr Nervenbündel.

Das Bedürfnis nach Erlösung packte sie mit anspruchsvollen Klauen. Ihre Muskeln spannten sich an, und jeder rücksichtslose Stoß fühlte sich unerträglicher und ... wundervoller an. Jede leichte Berührung, jedes tiefe Eindringen verstärkte die Dringlichkeit, bis sie bebte und ihr Orgasmus kurz bevorstand.

Sanft lachend zog er das Tempo an, härter und schneller, seine Finger an ihrer Klitoris gnadenloser.

Ekstase überflutete ihre Sinne, Welle nach schwindelerregender Welle, die durch ihren Körper strömte, angeheizt durch seinen unerbittlichen Schaft.

Seine Hände schlossen sich um ihre Hüften und er riss sie bei jedem Stoß auf seine Länge. Und als er kam, wehte sein leises Stöhnen über ihre Sinne.

Ihre Atmung war immer noch schnell, ihr Herz klopfte wie wild, als sie versuchte, sich von dem intensiven Orgasmus zu erholen.

Seine muskulöse Brust lag warm an ihrem Rücken, und sie konnte den Schlag seines Herzens spüren. Er rieb seine Wange an ihrem Haar und hauchte: „Siehst du, keine Bären. Sie haben wahrscheinlich deine Schreie gehört und sind weggerannt."

Sie erstarrte. „Ich habe ... geschrien?" Das hatte sie nicht. Das hätte sie doch ... „Du willst mich nur ärgern."

Sein maskulines Glucksen schickte eine Lustwelle über ihre Haut. „Mmmhmm. Ich werde daran arbeiten, dich zum Schreien zu bringen."

Daran arbeiten? Mehr, als er das schon tat? Bei dem Gedanken zog sich ihre Pussy um ihn zusammen, was ihn zum Lachen brachte. Im gleichen Atemzug glitt er langsam aus ihr heraus.

Während sie sich erschöpft auf ihre Seite rollte, entsorgte er das Kondom und knöpfte seine Jeans zu.

Und zu ihrer Freude legte er sich anschließend neben sie und zog sie auf sich. Ihre Jeans bündelte sich immer noch um ihre Knie, aber irgendwie war ihr das egal. Schließlich hatte er seine Arme um sie gewickelt. Sie rieb ihre Wange an seinem Hemd und platzierte ihren Kopf auf seiner Schulter.

„Mhm." Er streichelte über ihre Haare. „Ich hatte nicht geplant, dass unsere Wanderung auf diese Weise endet, aber ich kann nicht gerade sagen, dass mich der Ausgang unglücklich macht."

Ja, mit Unglück hatte das nun wirklich nichts zu tun.

Sie erinnerte sich jedoch, dass sie sich darüber einig gewesen waren, nur einmal Sex zu haben. Diese eine Nacht und nicht mehr.

Und doch war es ihr egal. Es fühlte sich einfach zu gut an, in den Armen gehalten zu werden, den besänftigenden Schlag seines Herzens unter ihrer Wange zu hören, seinen sauberen Duft einzuatmen. All das schaffte es, dass sie das Denken für den Moment mal sein lassen konnte.

Seine Hand hörte auf, sich zu bewegen, und sie spürte, wie sein Kopf sich neigte.

„Die Zeit ist abgelaufen, schätze ich." Sanft rollte er sie von sich runter, stand auf und zog sie auf ihre Füße. „Zieh dich besser an, Süße. Jemand ist auf dem Pfad."

„Was?" Verdammt nochmal.

Lachend fiel Gabe auf ein Knie, damit er ihr mit der Jeans helfen konnte.

Eilig zog sie sich ihren BH an und knöpfte ihr Hemd zu. Auch sie konnte jetzt die Menschen auf dem Pfad hören.

Als die beiden Männer aus dem Wald traten, war sie anständig gekleidet. Und sie war sich sicher, dass ihr gerötetes Gesicht schrie: „*Wir hatten gerade Sex!*"

„Hey." Der erste Mann war der Hippie, dem die Tankstelle gehörte. Er hatte langes Haar, einen ungleichmäßigen, kurzen Bart, trug ein Batik-T-Shirt und ein Peace-Symbol an einer Halskette.

„Ich nehme an, du hast den Mini-Mart geschlossen, um angeln zu gehen?", fragte Gabe.

„Verflucht, ja! Es gibt nichts Besseres, als an einem sonnigen Tag die Leine auszuwerfen."

Der andere Mann war ungefähr im gleichen Alter, sah aber ... rauer aus. Definitiv kein Hippie-Typ.

„Julie, ich weiß nicht, ob du diese beiden offiziell kennengelernt hast, obwohl du ihnen wahrscheinlich Bier serviert hast. Das ist Tucker." Er deutete auf den rau wirkenden Mann.

Dann zeigte er auf den Hippie. „Und Zappa."

Nur ein Vorname. War das ein alaskischer Brauch oder etwas, das typisch Gabe war?

„Freut mich, euch kennenzulernen." Julie verstummte und trat sich im Geiste in den Hintern. *Füge dem Gespräch etwas hinzu, Mädchen.* „Werdet ihr Lachs angeln?"

„Nein, Miss", sagte Tucker. „Mit den Lachsläufen geht es erst in einem Monat los. Dies ist nur ein einfacher Tag für Forelle."

Forelle? Sie mochte Forelle. Sie beobachtete, wie Zappa anfing, seine Ausrüstung vorzubereiten. Das sah ... kompliziert aus. Wie könnte sie es angehen, das Angeln zu lernen?

Als sie aufblickte, erkannte sie, dass die Männer kein Wort sagten – und Gabe und Tucker sie beobachteten.

„Hast du Interesse am Angeln, Miss?", fragte Tucker.

„Ich ... Ja?" Sie schob ihr Haar zurück und fühlte die Zweige und das Gras in ihren Strähnen. „Dante meinte, er würde mir die Grundlagen beibringen, nachdem ich mir eine Lizenz zugelegt habe. Aber er war in letzter Zeit zu beschäftigt."

Gabes Augenbrauen hoben sich. „Hast du bereits eine Lizenz?"

„In meiner Brieftasche."

Zappa blickte mit einem Grinsen auf, bei dem die Lücke zwischen den Schneidezähnen offenbart wurde. „Nichts macht mehr Spaß, als jemand Neuem das Angeln beizubringen. Hast du deine Ausrüstung dabei, Chief?"

Gabe wusste auch, wie man angelte? „Jede Fähigkeit auf der Welt beherrschst du, oder?" Verspätet erkannte sie, dass ihr Ton leicht genervt klang.

Aber er lachte und legte einen Arm um sie. „Wenn die Antwort *Ja* ist, wirst du mich dann schlagen?"

„Bei meinem Glück würdest du mich wahrscheinlich verhaften", murmelte sie, und die beiden Fischer lachten.

„Verdammt richtig." Gabe fuhr mit den Fingern durch ihr Haar und pflückte ein paar Zweige heraus. „Aber ich habe meine Angelausrüstung dabei, und ich kann dir hier und jetzt deine erste Lektion geben, wenn du möchtest."

„Wirklich?" Die Freude stieg wie Schaum auf den Wellen in ihr auf. „Du würdest mir wirklich angeln beibringen?"

Gabes durchdringende blaue Augen wurden sanfter. „Klar doch."

„Learning-by-Doing", sagte Zappa. „Das ist der beste Weg. Hol deinen Kram, Chief."

Eine Stunde später fing Audrey ihren ersten Fisch.

Auf dem Weg zurück zu Julies Haus konnte Gabe nicht aufhören, die kleine Cheechako zu beobachten. Ja, sie war ein bisschen unsicher, ging es um neue Leute. Er sah, wenn sie das Bedürfnis verspürt hatte, die Flucht zu ergreifen, bevor sie die Schultern durchgedrückt und sich wieder ins Gespräch eingebracht hatte. Sie war mutig.

Und sie hatte alles, was sie ihr beigebracht hatten, mit erschreckender Geschwindigkeit absorbiert und musste nie zweimal etwas gezeigt bekommen. Scheiße, sie war schlau. Ihre körperlichen Fähigkeiten entsprachen jedoch nicht ihren geistigen. Es würde eine Weile dauern, bis sie gut im Auswerfen wurde.

Das hatte ihre Begeisterung allerdings nicht dämpfen können.

Sie war keine Person, die auf- und absprang, wenn sie aufgeregt war. Nein, sie war ruhiger, reservierter, aber ihre Augen würden leuchten, ihre Wangen würden sich rot färben und sie würde ihren ganzen Fokus auf diese Sache richten. Er hatte SEALs wie sie unter seinem Kommando gehabt. Klug, mutig, entschlossen.

Ja, er mochte sie, und das für mehr als ihren kurvigen Körper und ihre süßen Lippen und ihre großzügigen Reaktionen. Für mehr als nur ihre süßen Laute, wenn sie kam.

Er konnte immer noch nicht glauben, dass er ihr von dem Hinterhalt erzählt hatte.

Sie hatte zugehört. Er hatte erwartet, dass sie über das, was er getan hatte, entsetzt sein würde, aber sie war nicht weggelaufen. Sie hatte einfach genickt und ihr Gesichtsausdruck hatte die gleiche Unzufriedenheit gezeigt, die er empfunden hatte.

Sie war in dem Moment ... eine Freundin gewesen.

Und wie es schien, konnte auch sie einen Freund gebrauchen.

Aus dem Augenwinkel sah er zu ihr und schaffte es nicht, die Frage zurückzuhalten: „Wirst du mir jemals sagen, was dich in diese Stadt geführt hat? Wirst du mir irgendwann erlauben, dir zu helfen?"

Bei der Art und Weise, wie sie bei seiner Frage erstarrte, hatte er seine Antwort, noch bevor sie ihren Mund öffnete.

„Es tut mir leid, aber das geht dich nichts an."

Er hielt mit dem Jeep vor ihrer Hütte an und drehte sich zu ihr. „Ich war in dir, Goldlöckchen. Näher können wir uns kaum kommen."

Sie errötete, zuerst vor Verlegenheit, doch dann sah er, wie ihre Augen vor Wut Funken sprühten. „Ich dachte, du wärst ein Typ, der nicht zu mehr als einer Nacht fähig ist. Keine Beziehungen oder Bindungen, erinnerst du dich?"

Seine Frustration starb, als ihr Zorn aufflammte. Sie sprang aus dem Jeep und er musste einfach grinsen. „Wenn ich mich richtig erinnere, hast du genau dasselbe gesagt. Nur einmal, oder irre ich mich? Bedeutet zweimal, dass wir jetzt in einer Beziehung sind?"

„Nein!" Sie schlug die Jeep-Tür so hart zu, dass das Fahrzeug schaukelte.

KAPITEL FÜNFZEHN

D*er Menge zu folgen, ist eine gute Strategie, wenn du ein Schaf bist. Bist du ein Schaf, Junge?* - First Sergeant Michael „Mako" Tyne

Ein Anruf wegen einer Katze auf einem Baum sorgte dafür, dass er zu spät zur Stadtversammlung kam. Im Gemeindehaus ging Gabe an der Rezeption vorbei, betrat den großen Saal und blieb abrupt stehen.

Der Raum war bis unters Dach mit Menschen gefüllt. Die Anzahl der Fahrzeuge auf der Straße hätte sein erstes Indiz sein sollen, aber wer hatte jemals davon gehört, dass Bürger tatsächlich an einer Stadtversammlung teilnahmen?

Vorne saßen die sechs Ratsmitglieder und der Bürgermeister hinter einem langen Tisch. Vor jedem stand ein Namensschild, um sie auszuweisen. Gabe beäugte die Namen und Titel.

Dante, Sarah und ihr Ehemann Uriah waren Mitglieder des Stadtrats. Genau wie auch Reverend Parrish, der Anführer der Patriotischen Zeloten. Zwei am Tisch waren ihm nicht vertraut. Joe Kolbeck war ein stämmiger Mann mit Bart, der aussah, als würde er zu den Selbstversorgern gehören. Der andere, Eugene Jones, war ein großer, schlanker Mann in seinen Fünfzigern, der in lässiger Businesskleidung gekommen war.

Julies neue Freundin Lillian war Bürgermeisterin. *Interessant.*

Als Gabe eintrat, sprach Sarah über die Ziele des Rates in ein Mikro. Dass sie die ländliche Lebensqualität nicht ruinieren, den natürlichen Lebensraum schützen und die regionale Wirtschaft unterstützen wollten. Mit der Eröffnung des Resorts musste sich die Stadt auf die steigende Zahl von Touristen vorbereiten und entscheiden, wie das Wachstum gesteuert werden sollte.

Optimistisch die Frau, nicht wahr? Zynisch musterte Gabe das Publikum.

Die linke hintere Ecke war mit Männern gefüllt, einige kaum in ihren Zwanzigern, während andere in ihren Sechzigern waren. Typische Kleidung für das Leben auf dem Land dominierte – Hemden, Jeans und Arbeitsstiefel.

Wo waren ihre Frauen?

Die meisten Prepper und Selbstversorger waren auf der linken Seite verstreut. Die rechte Hälfte des Raumes beherbergte das Geschäfts- und Stadtvolk und viele Familien.

Als sich Gabe zur rechten Wand bewegte, entdeckte er Julie in der hinteren Reihe neben Regina.

Wenn er sich entscheiden müsste, ob er sie oder den Sprecher sehen wollte, war die Entscheidung klar. Also stoppte er an einer Stelle, wo er ihr Profil betrachten konnte. So etwas Schönes hatte er schon lange nicht mehr gesehen.

Ihr Haar war von einer Dusche noch feucht und bildete beim Trocknen an der Luft kleine Kringel um ihr Gesicht. Sommersprossen zeigten sich auf ihrer Nase und den von der Sonne verbrannten Wangen.

Er bemerkte auch, dass sie jedes Mal, wenn jemand die Stimme erhob, zusammenzuckte.

Verdammt, er wollte helfen. Wann würde sie das erkennen?

Guzman saß mit Tucker auf der geschäftsfeindlichen Seite. In der nächsten Sekunde stand er auf und zeigte mit dem Finger auf den Ratstisch. „Habt ihr die ganzen neuen Läden gesehen? Ihr verwandelt diesen Ort in eine verdammte Touristenfalle."

„Guzman", sagte Uriah, stoppte sich aber, als ob er sich nicht sicher wäre, was er sagen sollte.

Recht weit vorne erhob sich Bull und wandte sich dem Selbstversorger zu. „Welche Läden machen diesen Ort bitte zu einer Touristenfalle? Ist meine Bar das Problem? Mir ist aufgefallen, dass du das Bier überaus genießt."

Die Menge lachte – und Guzmans Lippen zierte ein kleinlautes Grinsen.

Bull fuhr fort: „Ist dir aufgefallen, dass die neue Kunstgalerie auch einen Bastelbereich für Leute hat, die gerne Dinge herstellen? Ich weiß nicht, wie es dir geht, aber im Winter wird mir langweilig. Man kann sich einen Stickrahmen und ein passendes Muster dazu holen, um zu verhindern, dass deine Frau dich vor der Wintersonnenwende ermordet."

Die Leute tauschten Blicke aus. Alles, um die langen, dunklen Winter aufregender zu machen, wurde als willkommen angesehen.

„Wenn du mit den Händen talentiert bist, findet sich sogar eine Möglichkeit, ein paar zusätzliche Dollar damit zu verdienen. Der Laden verkauft nur Kunsthandwerke, die in Alaska hergestellt wurden."

Ein interessiertes Summen raunte durch den Raum.

Bull verschränkte die Arme vor der Brust. „Das Hotel im *McNally's* Resort ist teuer und nicht jeder Skifahrer kann es sich leisten, dort zu übernachten. Wir werden Bed & Breakfast-Plätze haben. Ein Establishment dieser Art wird in zwei Wochen am Stadtrand öffnen. Mehr Menschen in der Stadt bedeuten, dass es genug Kunden geben wird, um eine Pizzeria zu unterstützen. Zufälligerweise liebe ich Pizza, also bin ich froh, dass jemand dieses Geschäft starten möchte."

Interessierte Kommentare waren zu hören. Bull war nicht die einzige Person, die Pizza mochte.

Bull lächelte. „Eine Frau möchte einen Videoverleih neben Dantes Lebensmittelladen eröffnen, und damit bin ich einverstanden, weil ich diese leeren Gebäude nicht mag. Sie sind gruselig."

Bevor Bull weitermachen konnte, unterbrach ihn die lauter werdende Menge mit ihren Gesprächen.

Die Bewohner Alaskas hatten kein Problem damit, ihre Meinung lautstark zum Ausdruck zu bringen.

Das Stadtratsmitglied in Businesskleidung versuchte, über der raunenden Menge Gehör zu finden: „Wir planen keine drastischen Veränderungen, und wir wollen eine Kleinstadtatmosphäre bewahren. Keine Kaufhäuser oder Franchise-Unternehmen erhalten eine Lizenz."

Das wurde von beiden Seiten mit Jubel beantwortet und Gabe hätte fast gegrinst. Die Bewohner Rescues konnten wirklich anstrengend sein, aber zumindest zeigten sie Interesse. Das war beeindruckend.

„Ja, erhöhter Tourismus bedeutet, dass wir eine Polizeipräsenz brauchen", sagte Uriah, „aber er zieht auch Geld für unsere Grundschule nach sich. Leute, hier geht es um unsere Kinder, und sogar Homeschooling kostet Geld."

Gabe erinnerte sich an die Tests und Materialien der Korrespondenzschule. Er bezweifelte, dass der Prozess für die Stadt und den Stadtbezirk billiger geworden war.

Ein paar Reihen hinter Bull erhob sich Caz. „Der prognostizierte Bevölkerungszuwachs bedeutet, dass die Klinik genügend Zuschüsse erhalten wird, um wieder zu eröffnen."

Das brachte ihm ein paar Jubelrufe ein.

Am Ratstisch runzelte Reverend Parrish die Stirn. Sein Blick verlagerte sich von Caz auf die Ansammlung von Männern hinten links.

Gabe folgte seinem Blick und erkannte einige der Männer in dieser Ecke: Der Mann, der Parrish ins Café gefolgt war. Ein älterer Herr, der mit dem Arschloch, das Julie geschlagen hatte, am Tisch gesessen hatte.

Die Männer der Patriotischen Zeloten waren in Überzahl aufgeschlagen.

Als Parrish kaum merklich nickte, erhob sich einer der PZ-Mitglieder mit einem finsteren Blick auf dem Gesicht. „Was soll das mit den Polizisten? Wir haben hier keine Verbrechen."

Sarahs Reaktion war nicht ganz ein Lachen.

Jeden Morgen trank Gabe bei ihr Kaffee und verschaffte sich so einen Überblick über den lokalen Klatsch. Im Gegenzug gab er ihr einen mündlichen Polizeibericht.

Sarah wusste genau, was die Strafverfolgung in dieser Stadt vollbrachte. „Chief MacNair, würdest du uns eine Zusammenfassung deiner ersten Woche geben?"

Der Sarge hatte seinen Jungs beigebracht, sich auf einen Kampf oder einen Marsch vorzubereiten ... oder auf die Möglichkeit, unangenehme Fragen beantworten zu müssen.

Lässig zog Gabe die Liste heraus, die er angefertigt hatte, und begann, vorzulesen. Zuerst die Dienstzeiten der Station. Die Anzahl und Art der Anrufe, die er und Baumer bearbeitet hatten, welche häusliche Gewalt, Schlägereien und einen versuchten sexuellen Übergriff auf eine Minderjährige einbezogen, der ihn verdammt sauer gemacht hatte. Sie kümmerten sich um Probleme mit Wildtieren, wenn die Trooper nicht rechtzeitig reagieren konnten – von Bären und Elchen über ein Rudel Schlittenhunde, das sich gelöst hatte, war alles dabei.

Er erläuterte die verschiedenen Einbrüche. Die Erwähnung von Vandalismus, auch ohne ihre Namen zu verwenden, führte zu genervten Blicken von Knox und Chevy. Er fuhr mit Verkehrsverstößen, Autounfällen und medizinischen Notfällen fort, bei dem sogar die Anforderung eines Rettungshubschraubers nötig gewesen war.

„Mehrere betrunkene Bewohner wurden nach einem Besuch in der Bar nachhause eskortiert." Gabe runzelte die Stirn und sah dabei zu Bull, woraufhin viele lachten.

„Wir sind hier, um zu helfen, Leute. Auch wenn wir dadurch

zu spät zu einer Stadtversammlung kommen." Er präsentierte die langen Kratzer auf dem Handrücken und sagte mit trockener Stimme: „Auch wenn der Job darin besteht, ein Kätzchen von einem Baum zu retten."

Zusammen mit dem Lachen kam eine Welle des Applauses.

In Wahrheit hatte die Rückgabe des Kätzchens an das kleine Mädchen einen sehr angenehmen Tag gekrönt.

Diese Geselligkeit war gar nicht so schlecht, dachte Audrey. Und in der hinteren Reihe zu sitzen, bedeutete, dass niemand sie anstarrte.

Es hatte sie überrascht, als ihr bewusst wurde, dass sich Gabe nicht weit von ihr an die Wand gelehnt hatte.

Und sie musste zugeben, dass diese Tatsache einen erregenden Funken in ihr zündete.

Nein, lass das. Sie konnte es sich nicht leisten, sich auf ihn einzulassen – ob er nun versuchte, ihr alles über Alaska beizubringen oder nicht. Wirklich nett von ihm. Obwohl das Wort *nett* nicht unbedingt beschrieb, wie sie sich gefühlt hatte, als er ihr Hemd aufgeknöpft hatte.

Wie hatte er sie dazu gebracht, sich schön und sexy zu fühlen? Regelrecht dahingeschmolzen war sie. Als ob sie keine Willenskraft hätte. Und doch hatte sie gewusst, dass er ihre Sorgen ehren würde. Auch wäre er in der Lage, zu erkennen, ob sie ehrlich zu ihm – und zu sich selbst – war, wenn es darum ging, was sie wollte.

Es war sowohl beängstigend als auch berauschend, mit jemandem zusammen zu sein, der sie so leicht deuten konnte.

Was zudem bedeutete, dass eine Person mit einem gefälschten Ausweis wahrscheinlich auf Abstand bleiben sollte. Zu einem Polizisten. Sie sollte nicht versuchen, eine Beziehung zu haben, nicht einmal eine Freundschaft.

Aber, oh, ihre Zeit mit ihm hatte ihr gutgetan. Zudem hatte

sie mehr über Alaska erfahren. Und ihn einfach zu beobachten, war generell schon ein Geschenk.

Er war erstaunlich im Wald. Wenn er auf dem Pfad vorgegangen war und hinter Büschen verschwand, hatte sie keinen Laut von ihm wahrgenommen. Indessen klang sie wie ein schnaufender Büffel.

Er bemerkte und identifizierte die kleinsten Spuren. Sie rümpfte die Nase. Er wusste sogar, von welchem Tier die Ausscheidungen stammten. Bärenkacke war verdammt riesig.

Nachdem sie ... es getan hatten und dann Tucker und Zappa aufgetaucht waren, hatte sie sich eingestanden, dass Gabe nie einer dieser Typen sein würde, die bei Footballspielen schrien oder sich betranken und dämliches Zeug erzählten. Selbst entspannt und mit anderen Männern angelnd, hatte er tödlich ausgesehen. Diese dunkle und gefährliche Intensität nahm nie ab.

Sie runzelte die Stirn. War es nicht seltsam, dass sie nach Spyros eine gewisse Erleichterung darin fand, wie tödlich Gabe war?

Weil er eine Frau beschützen würde. Sie lächelte. Und Kätzchen.

Sie hörte zu, als zwei Einwohner neue Straßenlaternen, Reparaturen am Bürgersteig und die Verschönerung der Innenstadt forderten. Ihre Bitten klangen vernünftig. Die Füllung der Schlaglöcher würde auch sie unterstützen.

Sie hatte bemerkt, dass die meisten Kleinstädte in Alaska überhaupt keine gepflasterten Straßen hatten. Abseits der Hauptverkehrsstraßen wie Seward und Sterling waren geschotterte Pisten die Norm. Rescue sollte stolz darauf sein, wie weit sie bereits gekommen waren.

Die meisten Ratsmitglieder schienen offen für die Vorschläge zu sein, aber zwei waren vehement dagegen, Geld auszugeben. Sie musterte die Namensschilder. Reverend Parrish und Joe Kolbeck.

Während die Diskussion anhielt, füllten sich Sarahs Wangen stetig mit mehr Farbe.

Dante legte seine Hand auf ihren Arm und sagte sanft: „Ich denke, wir Geschäftsinhaber können zusammen daran arbeiten, die Stadt hübscher zu machen. Nichtsdestotrotz" – sein Kinn hob sich – „könnten uns unsichere Straßen, Bürgersteige und Beleuchtungen eine Klage einhandeln, besonders von klagefreudigen Außenseitern."

Darauf folgte von der Menge ein unglückliches Raunen.

„Außenstehende sind nicht die einzigen Unglücklichen", sagte eine ältere Frau. „Ich hätte mir fast das Genick gebrochen, als ich vor der Post über den Riss gestolpert bin."

„Ja, der ist mit der Schlimmste", meldete sich eine andere Person.

„Das klingt nach einem guten Kompromiss. Wir reparieren die Straßen und die Gehwege. Wir können sogar das Geld für die Reparatur der Straßenlaternen springen lassen." Uriah grinste. „Es gibt insgesamt nur acht. Vorerst werden die Eigentümer der Läden ihre Räumlichkeiten auf eigene Faust verschönern."

Damit waren alle einverstanden.

Andere Themen wurden angesprochen, belanglosere, und doch wurde das Klima im Raum zorniger. Als sich die Stimmen erhoben, schrumpfte Audrey in ihrem Stuhl zusammen und sie wünschte, sie wäre bereits zuhause. Die Leute würden es allerdings bemerken, wenn sie aufstand und ging.

Jemand berührte ihren Arm und sie zuckte zusammen.

Gabe hockte neben ihr. „Du siehst aus, als müsstest du hier dringend raus", murmelte er.

„Aber –" Sie errötete und warf einen Blick auf all die Leute im Raum.

„Sie sind damit beschäftigt, sich zu streiten. Komm schon." Er erhob sich, zog sie auf die Füße und führte sie mit einem festen Griff um ihren Arm aus dem Raum.

Zu ihrer Überraschung ließ er sie auch nicht los, als sie das Gebäude verließen.

„Danke, aber zu meinem Auto schaffe ich es auch allein. Es ist immer noch hell draußen." Ein Blick in sein ernstes Gesicht sagte ihr, dass es keinen Sinn ergab, zu protestieren.

Ein Schmerz wuchs in ihr heran. Sie vermisste die einfache Kameradschaft vom Vormittag – bevor er sie nach ihrer Vergangenheit gefragt hatte. *Verdammt nochmal, warum hat er weiter nach Informationen gegraben?*

Bestimmt, weil er durch und durch ein Strafverfolgungsbeamter war. Einen Polizisten ärgerte es wahrscheinlich, wenn jemand ein Geheimnis hatte, so wie sie sich über eine Suchanfrage ärgerte, die falsche Antworten lieferte. Mit einem stillen Seufzer ging sie einfach neben ihm zu ihrem Auto.

Er ließ ihren Arm los und öffnete die Autotür. „Fahr vorsichtig."

„Das werde ich." Sie sah ihn an. „Gehst du wieder rein?"

„Ja. Erst heute wurde mir gesagt, dass die Anwesenheit zum Job gehört."

„Stimmt." Sie lächelte. „Zumindest ist die Frage der Polizeifinanzierung erledigt. Du hast deinen Job gut gemacht."

Die Linien in seinem Gesicht glätteten sich. „Gut zu wissen."

„Danke, dass du mich rausgeholt hast."

„Julie." Er stand nahe genug, sodass sie die Hitze seines Körpers spüren konnte. Noch einen Zentimeter näher, und ihre Brüste würden in Kontakt mit seinem Oberkörper kommen. Ihre Haut fühlte sich gespannt an – als wäre sie in Kleidung geraten, die zu klein war.

Alles in ihr wollte diese Arme um sich haben.

Er jedoch wollte mehr über ihre Vergangenheit wissen und sie konnte es ihm nicht erzählen. „Nein. Lass es einfach."

Als sie zurücktrat, musterte er sie für eine Sekunde und nickte. „Also gut." Auch er trat einen Schritt zurück.

Verdammt nochmal. Sie stieg ins Auto ... und er machte die Tür zu.

Sie stieß einen bedauernswerten Seufzer aus und warf einen

Blick in den Rückspiegel. Mit seiner Pflicht erfüllt, lief er zurück ins Gemeindehaus.

Jede Frau wusste, dass Schokoladeneis sie mit Endorphinen füllen und die Welt besser machen würde. Gabe war weitaus besser als Schokoladeneis.

Leider war es ihr nicht erlaubt, zu sündigen.

Und von dem Ausdruck auf seinem Gesicht würde er nicht versuchen, sie weiter zu verlocken. Das Wissen führte zu einem Kloß in ihrem Hals und Tränen in ihren Augen.

KAPITEL SECHZEHN

A m Dienstagnachmittag um fünf Uhr überquerte Gabe die Straße in Richtung Dantes Geschäft. Er brauchte Milch und Käse. Es wäre nett, eine Milchkuh oder eine Ziege zu haben, aber ... nein. Mako hatte in der Vergangenheit Viehzucht ausprobiert, aber es war verdammt schwierig, eine Weide gegen Pumas zu sichern.

Beim Betreten des Ladens entdeckte er Dante am Ende eines Ganges. Da das Lebensmittelgeschäft in den nächsten Minuten schließen würde, war Julie bereits gegangen.

Gabe hatte in den letzten zwei Tagen die Bar, das Lebensmittelgeschäft und das Café gemieden. Julie mochte ihn. Sie wollte ihn. Sie hatte sich nur zurückgezogen, weil er zu neugierig war.

Er gluckste. Wenn man bedachte, wie neugierig *sie* war, sollte sie ihn eigentlich verstehen. Er nahm einen Block Cheddar und einen Liter Milch. Er würde ihr noch einen Tag Zeit geben, um runterzukommen, bevor er sich ihr wieder näherte.

Frustrierende Frau. Wenn sie sich nur dazu bringen könnte, ihm zu vertrauen, könnte er ihr bei allem helfen, was ihr Angst machte.

Entpuppte sie sich natürlich als Serienmörderin, die vor dem

Gesetz flieht, könnte das zu einem Problem für sie werden. Aber – er lächelte – er kannte sie jetzt. Julie mochte Recht und Ordnung zu sehr, um in diese Kategorie zu passen. Und sie war viel zu weichherzig. Niemals wäre sie in der Lage, einen Menschen zu verletzen … oder gar zu töten.

Es war seltsam, jemanden zu vermissen, den er noch nicht lange kannte – aber genau das tat er. Verdammt, nur ein Blick auf sie würde dazu führen, dass er mitten auf der Straße abrupt inne-hielt. Vielleicht, weil er sich nur allzu gut daran erinnerte, wie sich ihr kurviger Körper unter seinem anfühlte, wie weich ihre Lippen waren, an ihre erregenden Nippel unter seiner Zunge, ihre enge Pussy um seinen Schwanz.

Nicht zu vergessen die süßen Laute, die sie von sich gab, wenn sie kam.

Gabe grunzte verzweifelt, denn jetzt hatte er zu allem Über-fluss auch noch einen Ständer. *Idiot.*

Niemals hatte er erwartet, dass er in Rescue etwas mit einer Frau anfangen würde. Nach seiner Scheidung während seiner Zeit bei den SEALs hatte er ein paar längere Beziehungen gehabt. Eine davon hatte ihn am Ende nach Los Angeles geführt. Aber keine Frau hatte sein Gleichgewicht wirklich so gestört.

Und jetzt … wieso schaffte er es nicht, Julie aus dem Kopf zu bekommen?

An der Kasse wartete er darauf, dass Dante zu ihm kam.

„Wie läuft's, Chief?" Dante trat an die Kasse und scannte die Einkäufe.

Gabe reichte ihm das Geld. „Ganz gut. Es war heute recht ruhig. Und bei dir?"

„Gut, gut. Vielleicht kann ich deinen Alltag beleben." Dante grinste. „Lillian möchte, dass du und Caz heute Abend zum Abendessen kommt."

Eine Mahlzeit, die er nicht kochen musste? „Gern. Wann?"

„Jetzt, Junge. Jetzt." Dante wies Gabe an, den Laden zu verlassen, machte das Licht aus und drehte das Schild auf GESCHLOSSEN.

Gabe grinste, als er in seinen Jeep stieg. Kleinstadtleben. Jeder wusste, dass er sonst nichts geplant hatte.

Er warf einen Blick auf seine Einkaufstüte. Gut, dass es heute, Ende Mai, recht kalt war; die Nahrungsmittel würden für ein paar Stunden halten. Wenige Minuten später parkte er hinter Dantes Auto. Caz' SUV hielt hinter ihm.

„Wie ich sehe, hat dich Dante gefunden, *Viejo*." Caz schlug Gabe auf die Schulter und folgte Dante zu Lillians Haus.

Ungezwungen öffnete Dante die Haustür, brüllte: „Wir sind hier, Frau!", und trat ein.

Der Supermarktbesitzer und die Engländerin?

Gabe tauschte einen Blick mit Caz.

Caz' Augen leuchteten auf ... natürlich. Trotz der Art und Weise, wie Caz von einer Frau zur nächsten sprang, war er ein Romantiker – zumindest wenn es um andere ging.

Und hey, er wünschte Dante das Beste. Er gehörte zu Makos Generation, war jedoch weitaus geselliger, als der Sarge das gewesen war. Gabe rieb die Hand über den Kiefer. Ein Mann wie dieser brauchte Freunde. Eine Partnerin.

Gabe war nicht so reserviert wie Mako. Er schätzte Freundschaften, mochte es, seine Brüder in der Nähe zu haben. Und hin und wieder auch Frauen.

Es hatte eine Zeit gegeben, in der er von einer Frau nicht mehr gewollt hätte, aber jetzt kannte er Julie.

Lillians Zuhause passte gut zu der Britin. Ihr Wohnzimmer mit der hohen Decke war mit Antiquitäten, orientalischen Teppichen, Pflanzen und Buntglasfenstern gefüllt.

Dante marschierte durch den Raum, durch einen Essbereich und in eine helle Küche.

Rechts schob Lillian ein Blech mit Biscuits in den Ofen.

Biscuits. Gabe lief das Wasser im Mund zusammen.

Lillian drehte sich um und lächelte herzlich. „Dante, mein

Lieber." Ein kleiner Schmatzer bestätigte Gabes Vermutungen über deren Beziehung. Sie trat an Dante vorbei und nahm seine und Caz' Hand in ihre. „Willkommen, ihr zwei."

„Danke für die Einladung", sagte Caz geschmeidig. „Was auch immer du kochst, es riecht wunderbar."

„Julie hatte eine erfolgreiche Zeit beim Angeln, also vergleichen wir unsere Lieblingsrezepte für Forelle." Während Lillian noch sprach, kam Julie mit einer Platte gegrillter Forellen durch die Hintertür.

Anscheinend hatte seine Strategie, sie zu meiden, ein neues Ablaufdatum. Gabe konnte sein Lächeln nicht verbergen. „Julie." *Oder wie auch immer du heißt.*

Überraschtes Entzücken blitzte in ihren Augen auf, bevor sie durch Vorsicht ausgewechselt wurde. „Gabe."

Als sie Dante und Caz begrüßte, musterte er sie. Die blauen Flecken waren endlich verschwunden. Sie bewegte sich flüssiger. Ihre seidige Haut hatte eine leichte Bräune, und ihre Wangen hatten sich so weit ausgefüllt, dass sie nicht mehr aussah, als gehöre sie in einen Roman von Dickens.

Jedes Mal, wenn er sie sah, war sie sexyer. Verdammt! Er suchte nach den Manieren, die er von Gramps − nicht von Mako − erworben hatte. „Wie ich sehe, bist du zu einer guten Anglerin geworden."

Ihr Gesichtsausdruck hellte sich auf. „Ich werde besser. Lillian gab mir ihre alte Ausrüstung. Tucker und Zappa haben mich gestern für weitere Lektionen eingeladen."

Es war ziemlich erbärmlich, neidisch auf diese gemeinsame Zeit zu sein.

„Welchen Köder hast du benutzt?", fragte Caz.

Da sie sich an ihn wandte, fragte Gabe Lillian: „Wie können wir helfen?"

„Mit dem Kochen?" Sie legte die Forelle auf eine weiße Porzellanplatte.

„Ja. Ich bin in einem Regime aufgewachsen, bei dem es ohne Arbeit kein Essen gab."

Lillian lachte. „Ja, das klingt nach dem Sarge."

„Du kanntest Mako?"

„Im Laufe der Jahre sind wir zu guten Freunden geworden." Sie lächelte. „Die Winter hier sind lang und kalt. Es ist angenehm, eine Möglichkeit zu haben, sich warm zu halten."

„Okay." Gabe hatte angenommen, dass Mako trotz des Umzugs nach Rescue ein Einsiedler geblieben war. Es schien, als hätte der Sarge Freunde gehabt ... und auch Freunde mit gewissen Vorzügen.

Gabe runzelte die Stirn. Er hatte Julie gesagt, dass die Leute nicht in Einsamkeit leben sollten. Warum hatte er angenommen, Mako sei eine Ausnahme gewesen?

Ja, er hatte sich geirrt. Mako hatte sich selbst zu einem Teil dieser Stadt gemacht – nicht so sichtbar wie Dante –, aber angesichts der erworbenen Immobilien hatte er verdammt viel über diesen Ort gewusst. Und hatte eine Liebe für die Stadt entwickelt.

Als Caz ging, um nach dem Fisch zu sehen, der noch auf dem Grill lag, und die beiden Frauen Essen auftischten, trat Gabe näher an Dante heran. „Mako hat mit dir und Lillian über Rescue gesprochen, oder? Wie man eine Stadt wieder aufblühen lässt?"

„Ja, wir drei mit Uriah und Sarah besprachen regelmäßig, was wir für die Stadt tun können."

„Und die Geschäfte, die Mako gekauft hat?"

Dante zuckte mit den Schultern. „Äh, das war sein Ding. Er kaufte das alte Hotel nur, um dem Besitzer zu helfen, der für eine spezielle Krebsbehandlung diese Gegend verlassen musste. Danach ist die Sache mit seiner Kaufkraft irgendwie aus dem Ruder gelaufen."

Ja, so kannte er Mako. Alles oder nichts. Und doch ... „Er hat viele Geschäfte gekauft."

„Er lebte all die Jahre in dieser alten Hütte und hat Geld angehäuft – und meinte irgendwann, dass sein Vermögen langsam Staub ansammelte. Er wollte euch Jungs mehr als nur einen Haufen grünes Papier hinterlassen." Dante schaute für einen Moment weg. „Er wollte, dass sich jemand Vertrauensvolles um die Zukunft der Stadt kümmerte."

„Und er wollte sehen, wie seine Jungs etwas erschaffen." Lillians Augen waren sanft. „Er machte sich Sorgen, dass ihr zu viel Tod gesehen habt. Vor allem du, Gabe. Und Hawk."

Als die Trauer ihn erschütterte, musste Gabe den Blick abwenden. *Verdammt, Sarge.* „Wir sollten den Tisch decken. Wo sind die Teller?"

Lillian zeigte auf einen hohen Schrank, und er sah, wie ihre Augen vor unvergossenen Tränen schimmernden.

Auch Julie wandte sich ab, um sich die Augen zu trocknen. Weichherziger Schatz.

Die Stimmung hellte sich auf, als alle daran arbeiteten, den Tisch zu decken, und es dauerte nicht lange, bis Caz mit dem letzten gegrillten Fisch hereinkam.

Es war ein feines Essen.

Und der Fisch war verdammt gut. Gabe grinste über die Argumente, die beweisen sollten, welches Rezept am besten sei. Seiner Meinung nach waren beide Versionen ausgezeichnet. Er notierte die Rezepte für seinen Bruder. Bull schätzte und sammelte neue Ideen.

„Hast du mehr Forellen gefangen als Tucker?", stellte Dante die Frage an Julie.

Sie lachte. „Wohl kaum. Aber ich hatte so viel Spaß, dass es mir egal war, wer mehr gefangen hat. Mir ist nicht bewusst gewesen, wie befriedigend es sein kann, sich selbst und andere mit Essen zu versorgen."

Gabe musste sie einfach anlächeln. „Es ist ein gutes Gefühl."

„Normalerweise." Caz warf ihm einen ironischen Blick zu. „Bis auf die Zeiten, in denen du keinen Erfolg hast."

Gabe lachte. „Einige von uns waren in diesem Jahr weniger effektiv als andere."

„In welchem Jahr?", fragte Julie.

„Damals, als der Sarge entschied, dass wir die Jagd und das Angeln nicht ernst genug nehmen."

Dante lehnte sich in seinem Stuhl zurück. „Da frage ich mich natürlich, was der alte Drill Sergeant getan hat, als seine Jungs seinem Jagdunterricht nicht die volle Aufmerksamkeit geschenkt haben."

Gabe warf einen Blick auf seinen Bruder. „Wie oft sind wir ohne Abendessen ins Bett gegangen?"

„Zu oft", sagte Caz traurig.

Julies Wangen nahmen ein empörtes Rot an. „Er hat euch kein Essen gegeben, wenn ihr nichts gefangen habt?"

„Wir bekamen stets Frühstück und Mittagessen. Abendessen jedoch ... Nun, Hunger kann sehr motivierend sein." Gabe zuckte mit den Schultern. „Die meiste Zeit haben wir uns gut gemacht."

„Das Jahr darauf war schlimmer. Da hat er uns nur jeweils Patronen oder zwei Pfeile gegeben. Und er ließ nicht zu, dass wir unsere Beute teilen." Caz sah Gabe finster an. „Du und Hawk habt gut gegessen. Ich und Bull nicht wirklich. Jedenfalls nicht, bis wir die Erlaubnis hatten, Fallen und Schlingen aufzustellen."

„Sie haben euch das Essen weggenommen?" Der entsetzte Ausdruck auf Julies Gesicht war wirklich süß. Ein weiches Herz und vollkommen gegen Ungerechtigkeit.

Oh ja, er wollte diese Frau.

„Nein, nein." Caz' Lippen krümmten sich. „Alles basierte auf Talent. Gabe kann alles treffen, worauf er zielt, unabhängig von der Waffe. Mit einem Gewehr ist Hawk noch besser."

„Oh", sagte Julie. „Natürlich."

Gabe schüttelte den Kopf. „Ich kann nicht glauben, dass du mich beschuldigt hast, das Essen meines kleinen Bruders gestohlen zu haben. Ich dachte, du magst mich. Ich dachte, wir wären Freunde."

„Ich ... es tut mir leid." Farbe stieg in ihre Wangen, und ihr Ausdruck füllte sich mit Reue. „Ich meinte nicht ... Natürlich sind wir Freunde."

Caz' Lachen fiel in ihre Entschuldigung ein und sie drehte sich zu ihm.

Das verräterische Arschloch zeigte auf Gabe. „Sei gewarnt, *Chica*. Der Kerl kann eine Person mit einem vollkommen ausdruckslosen Gesicht reinlegen."

Ihre grauen Augen verengten sich, bevor sie ihn mit einem mörderischen Blick festnagelte. „Du ... bist ein böser Mensch. Ich habe mich so schlecht gefühlt, weil ich an dir gezweifelt habe."

„Das solltest du auch." Er legte seinen Arm um ihre Schultern, lehnte sich zu ihr und flüsterte ihr ins Ohr: „Eines Tages werde ich mir dein Vertrauen verdienen, Goldlöckchen."

Ihr unglücklicher Seufzer hob und senkte ihre Schultern.

Eines Tages war anscheinend nicht heute. Nichtsdestotrotz ließ Gabe seinen Arm dort, wo er war, und genoss den Kontakt.

Amüsiert sah Caz ihn mit hochgezogener Augenbraue an, bevor er sich Dante zuwandte. „Ich habe heute das erste Obergeschoss des Gemeindehauses erkundet. Die offiziellen Büros der Stadt befinden sich über der Polizeistation, aber die Räume auf der anderen Seite sind verschlossen. Dazu gehören auch die Zimmer, die über meiner Klinik liegen."

„Ah, die. Der Raum mit der blauen Tür ist der kleine Konferenzraum. Wenn du ihn für Mitarbeiterversammlungen verwenden möchtest, reserviere ihn dir, indem du deinen Namen und die Uhrzeit in den Kalender schreibst. Regina hat den Schlüssel." Dante lehnte sich in seinem Stuhl zurück. „Unsere Bibliothek befindet sich hinter der grünen Tür. Die Bibliothek, die Polizeistation und die Klinik wurden alle zur gleichen Zeit geschlossen."

Julie sah ... entsetzt aus. „Ihr hattet eine Bibliothek und habt zugelassen, dass sie schließen muss?"

Gabe gluckste. Sie war wirklich ein Nerd.

„Ich fürchte ja", sagte Dante.

Lillian lächelte Julie an. „Ich hatte die Bibliothek vollkommen vergessen, obwohl sie zu meinen Lieblingsorten gehörte. Früher habe ich dort den Kleinkindern immer vorgelesen."

„Ich habe die Bibliothek auch vergessen." Dante kratzte sich über sein bärtiges Kinn. „Wenn die Polizei und die Klinik wieder offen sind, haben wir im gesamten Gebäude Strom und Internet. Es gibt also keinen Grund, die Bibliothek nicht zu öffnen."

„Ja, das könnten wir." Lillian erhob sich und fing an, Teller einzusammeln. „Wenn wir Personal finden."

Während Gabe, Caz und Julie das Abräumen des Tischs übernahmen, füllte Dante den Geschirrspüler und Lillian packte die Reste weg.

Julie räusperte sich. „Ich denke, ich könnte ein paar Stunden investieren und in der Bibliothek arbeiten."

„Weißt du denn etwas über Bibliotheken, Fräulein?", fragte Dante.

Sie richtete sich stolz auf. „Natürlich. Schließlich habe ich einen Master in –" Schnell klappte sie den Mund zu. Als ihre Augen auf seine trafen, sackten ihre Schultern nach unten.

Dante brach in Lachen aus. „Zu spät, Julie. Du hast einen Master in ..."

„Wahrscheinlich Bibliothekswissenschaften", riet Caz hilfsbereit und fing einen finsteren Blick aus grauen Augen auf, der ihn zum Grinsen brachte.

„Julie." Gabe nahm ihre Hand. „Wir alle wissen, dass du vor etwas davonläufst. Wir werden deine Informationen außerhalb dieses Raumes nicht weitergeben."

Lillian, Dante und Caz nickten zustimmend.

Als die Farbe in Julies Gesicht zurückkehrte, wollte Gabe sie in seine Arme ziehen.

„Danke", flüsterte sie.

„Du möchtest dich also um die Bibliothek kümmern?", fragte Dante. „Es wäre ein weiterer Teilzeitjob für dich. Wir können über ein Budget sprechen, um die Computer auf den neuesten Stand zu bringen."

Die Freude, die über ihr Gesicht fegte, war ... atemberaubend.

Und herzzerreißend.

Aus welchem Grund auch immer hatte sie alles zurückgelassen – einschließlich einer Karriere, die sie liebte.

Nun, wenn sie nicht über das sprechen konnte, was sie an diesen Ort geführt hatte, dann würde er einfach sein Bestes tun, um ihr zu helfen, hier ein neues Leben aufzubauen.

KAPITEL SIEBZEHN

M it einem Kaffee in der Hand ging Gabe durch die offene Tür der Bibliothek und suchte nach Julie.

Sie war nicht in Sicht, obwohl der riesige Raum mit Aktivität summte. Tucker und Guzman malerten die Wände in Graublau. Uriah aus dem Café schloss die drei Computer an.

Zwei Frauen saugten den stahlblauen Teppich. Auf einer hohen Leiter ersetzte ein Mann die Leuchtstoffröhren. Frauen wischten Staub und entfernten die alten Spinnweben in den schwer zu erreichenden Ecken.

„Willkommen in der Bibliothek, Gabriel." Auf der rechten Seite in der Kinderecke verschönerte Lillian die Fensterbänke in Cremeweiß.

„Gut sieht es hier aus." Nachdem Dante und Lillian vor einer Woche Julie überredet hatten, die Bibliothek zu übernehmen, hatten sie nicht lange gezögert und sich das Okay der anderen Ratsmitglieder eingeholt. Zuerst hatte Gabe bei der Einrichtung geholfen, aber das Wetter war wärmer geworden, und er war mit dem zunehmenden Touristenstrom und der ansteigenden Kriminalität beschäftigt gewesen.

„Das Zimmer sieht wirklich nett aus, oder? Wir haben überraschend viel Hilfe erhalten." Die silberhaarige, schlanke Britin deutete mit ihrem Pinsel auf die Menschen in dem großen Raum. „Ich denke, wir werden bis zur Eröffnung am Freitag fertig sein."

„Gut zu wissen. Ist Julie hier?"

„Natürlich." Lillian lächelte. „Ich bin sehr beeindruckt von ihr. Sie hat ihre Gartenstunden mit mir, arbeitet in Dantes Lebensmittelgeschäft oder im Roadhouse. Jeden freien Moment verbringt sie hier."

„Harte Arbeiterin." Gabe war nicht überrascht.

„Das ist sie. Und ehrlich."

Bei Gabes fragendem Blick schüttelte Lillian den Kopf. „Als der Rat versuchte, die Bibliotheksgelder an sie zu übergeben, lehnte sie ab. Sie meinte, da wir ihre Referenzen nicht überprüfen können, wäre es am besten, wenn sie die Bestellungen für das, was sie braucht, anfertigt und dann die Bestellungen von anderen ausführen lässt."

Gabe blinzelte. Er hatte nicht daran gedacht, dass bei dieser Verantwortung auch große Geldbeträge eine Rolle spielten.

Natürlich würde die Bibliothek ein Budget bekommen. Und Julie hatte niemandem von ihrer Vergangenheit erzählt. Offenbar war Gabe nicht der Einzige, der ihr trotz ihrer Abneigung gegen das Teilen instinktiv vertraute.

Lillian senkte ihre Stimme. „Ich weiß nicht, was mit ihr passiert ist. Ich hoffe jedoch, dass sie uns eines Tages helfen lässt."

„Das wird sie." Sie würde Hilfe bekommen, ob sie ihre Geschichte mit ihnen teilte oder nicht. „Wo ist sie?"

„Irgendwo hinten zwischen den Regalen. Sie macht eine Liste, um das Inventar zu aktualisieren."

Gabe wusste es besser, als mit Getränken durch Bücherregale zu schlendern, stellte also ihren Kaffee auf die vordere Theke und begab sich auf die Suche nach ihr.

. . .

Audrey runzelte die Stirn und strich einen weiteren Punkt durch. Bis sie wusste, was die Bewohner gerne lasen, musste sie ihre Büchereinkäufe auf ein Minimum beschränken. Das Fernleihprogramm würde helfen.

Sie beobachtete den Elektriker, der noch mehr Steckdosen einbaute. In der heutigen Welt hatte jeder Geräte, die aufgeladen werden mussten.

Der Mann warf ihr einen interessierten Blick zu.

Mit einem kühlen und doch freundlichen Lächeln passierte sie ihn. Das Letzte, was sie brauchte, war, etwas mit einem Mann zu beginnen.

Na ja, das traf auf die meisten Männer zu. Nicht aber auf den Mann, der einfach nicht aus ihrem Verstand verschwinden wollte und ihre Träume heimsuchte.

Schlimmer noch war, dass Gabe eine Etage unter ihr arbeitete. Jedes Mal, wenn sie in das Gemeindehaus kam, spürte sie, wie ihr Puls durch die Decke ging. Stets lauschte sie nach seiner Stimme.

Er war derjenige gewesen, der einen neuen Drucker für sie gefunden hatte. Und er hatte die kaputten Tische im Studienbereich repariert.

Nun hatte sie ihn aber seit ein paar Tagen nicht mehr gesehen. War es nicht seltsam, wie sehr sie ihn vermisste?

Und wenn man vom Teufel sprach … Da stand er, am Ende einer Reihe. Er entdeckte sie und kam schweigend auf sie zu. Wie ein Raubtier, wenn sie ehrlich war.

Die hohen Bücherregale schnitten einen Teil des Deckenlichts ab, tauchten die Gänge in düsteres Licht und warfen Schatten auf sein strenges Gesicht.

„Da bist du ja." Freude zeigte sich in seinen Augen. „Ich habe Kaffee für dich mitgebracht."

„Wirklich? Das klingt perfekt."

Er bewegte sich nicht, lächelte sie nur an.

Sie sah an sich herunter. Hemd war zugeknöpft, der Reißverschluss ihrer Jeans zu. Nichts Bemerkenswertes. „Was ist?"

„Du siehst ... glücklich aus." Mit einem Finger schob er eine Haarsträhne hinter ihr Ohr und der einfache Kontakt reichte aus, sodass ihr gesamter Körper kribbelte. „Ich glaube nicht, dass ich dich jemals so zufrieden mit der Welt gesehen habe."

„Ich mag Bibliotheken." Sie atmete seinen unverwechselbaren holzigen Duft ein und wollte sich näher lehnen. „Meine Mutter sah Fiktion als frivol, und wenn ich lesen will, sollte ich lieber Lehrbücher und Vorbereitungshandbücher fürs College verinnerlichen."

„Fiktion ist frivol?" Gabe runzelte die Stirn. „Vor der Highschool-Zeit konntest du aber lesen, was du wolltest, oder?"

„Nein. Allerdings sind wir manchmal im Englischunterricht klassische Literatur durchgegangen." Sie seufzte und erinnerte sich daran, wie viel Freude sie mit Dickens und ... noch besser ... den Brontë-Schwestern hatte.

Gabe sah sich in der Bibliothek um. „Ah. Bibliotheken haben Fiktion."

Sie grinste. Er verstand es. „Genau. Für Recherchearbeit bin ich stets in eine Bibliothek gegangen. Dann erledigte ich meine Hausaufgaben schnell genug, sodass ich mich auf einem Sessel einfinden und für den Rest der Zeit fiktive Geschichten lesen konnte."

Es gab so viele Welten, in die man flüchten konnte.

Sie erkannte, dass sie lächelte, als Gabe einen Finger über ihre Lippen zog.

„Eine Bibliothek ist einer dieser Orte, der dich glücklich macht", murmelte er.

„Ja. Schon immer." Und der Grund, warum sie sich für Bibliothekswissenschaften entschieden hatte – damit sie ihre Liebe mit anderen teilen konnte. „Ich nehme an, du hast nicht die gleiche Vorliebe für Buchstapel?"

Sein Lachen erinnerte an ein leises Donnern. „Nein, Goldlöckchen. Ich habe bis zum College keine Bibliothek gesehen."

Sie starrte ihn an. „Aber ... wo hattest du deine Bücher her?"

„Alles kam durch die Post. Natürlich hatte Mako eine Bücherwand in der Hütte. Seine Sammlung für handwerkliche Bücher war riesig, und wir haben früh gelernt, wie man Reparaturen richtig anpackte." Er grinste. „Mako war es egal, ob wir Fiktion lesen, solange die Arbeit des Tages erledigt wurde."

„Es ist merkwürdig, dass dein Sergeant-Vater weniger restriktiv war als meine Mutter."

„In dem Fall muss ich dir zustimmen." Seine Augen veränderten sich, nahmen eine gewisse Härte an. „Sind deine Eltern ... Mmm, wissen sie, wo du bist? Was los ist?"

Er versuchte, sicherzustellen, dass es ihr gut ging, ohne wirklich zu fragen ... Seine Sorge um sie erfüllte sie mit Wärme. „Ich habe nur meine Mutter. Ich wurde künstlich gezeugt." Die Trauer, die sie als Kind empfunden hatte, als sie erkannte, dass sie nie erfahren würde, wer ihr Vater war, hatte sich mit der Zeit verflüchtigt.

Sie lächelte leicht über Gabes schockierten Gesichtsausdruck. „Sie wollte sich nicht mit einem Ehemann auseinandersetzen müssen. Stattdessen wählte sie einfach den klügsten Samenspender im Handbuch. Oder wie auch immer dieser Prozess funktioniert."

„Ich verstehe. Und weiß deine Mutter, wo du bist?"

„Nein. Wir haben seit Jahren nicht mehr gesprochen – seit ich mich geweigert habe, in ihre Fußstapfen zu treten und Physik zu studieren. Gerade ist sie irgendwo in Deutschland, denke ich."

Gabe runzelte die Stirn. „Es tut mir leid, aber sie klingt wie ein Roboter. Die Vorstellung, dass du der Literatur beraubt wirst, etwas, das für Menschen so wichtig ist, stört mich mehr, als ich sagen kann."

„Ich –"

Er platzierte zwei Finger unter ihr Kinn, neigte ihren Kopf nach oben und küsste sie. Der bloße Schock brachte sie zum Schweigen.

Er entließ ein maskulines Geräusch und presste sie gegen das

Regal. Dann legte er seine große Hand auf ihren Hinterkopf, schob seine Finger in ihr Haar und hielt sie für einen langen, verheerenden Kuss an seinen Körper gedrückt.

Jeder Knochen in ihrem Körper verwandelte sich in Gelee. Sein anderer Arm legte sich um ihre Taille, zog sie näher zu sich.

Ihre Arme schlangen sich um seinen Hals, sodass sich ihre Brüste an seinen muskulösen Oberkörper schmiegten. Er wurde hart.

Das Geräusch von Schritten ließ ihn zurücktreten. Der Elektriker kam an ihnen vorbei.

Gabe lächelte sie an, als er mit seinem Daumen über ihre nasse Unterlippe rieb.

„Gabe", hauchte sie. Die Sehnsucht strömte durch sie, der Wunsch, ihm einfach jedes noch so kleine Detail zu erzählen – um alle Barrieren zwischen ihnen einzureißen. „Ich kann nicht." *Kann nicht teilen, kann nicht mit dir zusammen sein.*

„Ist schon gut, Goldlöckchen." Seine mitternachtsblauen Augen vermittelten unendliche Geduld. Er gab ihr noch einen kleinen Kuss. „Vergiss nicht, dass du Kaffee auf der Theke stehen hast."

Während er leise wieder nach vorne ging, lehnte sie sich an die Bücherregale.

Oh Gott, was sollte sie nur tun? Der Mann hatte beschlossen, sich zurückzuziehen und darauf zu warten, dass sie ihm ihr Vertrauen schenkte.

Und, oh, das wollte sie.

KAPITEL ACHTZEHN

Am Freitag, anderthalb Wochen nach Lillians Abendessen, öffnete die Bibliothek ihre Türen. Nun, Tür. Im ersten Obergeschoss des Gemeindehauses.

Audrey kniete neben den Regalen in der Kinderabteilung und seufzte vor Freude. Es spielte keine Rolle, ob die Bibliothek nur aus einem großen Raum mit Bücherstapeln und einem kleinen Büro hinter dem Kassenschalter bestand.

Das Wesentliche war da.

Der Computerbereich – ein Tisch mit drei Computern. Die Studienabteilung – ein paar Tische mit Klappstühlen. Ein Kinderbereich mit winzigen Stühlen und Tischen für Kinder und Stühlen für die Eltern, Sessel in der Nähe der Regale für ruhiges Lesen.

Apropos, sie musste die periodischen Abonnements neu starten.

Ja, die Bibliothek war klein, aber sie gehörte ihr.

Sie war über eine Bibliothek noch nie so glücklich gewesen. Sie fühlte sich regelrecht besitzergreifend, wenn es um diesen Raum ging. Und sie hatte bereits in einigen Bibliotheken gearbeitet.

Die ganze Stadt hatte ihr geholfen, sie zu eröffnen – besonders Gabe.

Sie schüttelte den Kopf. Er trieb sie noch in den Wahnsinn. Wirklich mal.

Er kam regelmäßig mit Kaffee, ihren Lieblingskeksen oder Gebäck nach oben, und blieb, um sich mit ihr zu unterhalten. Als wären sie Freunde. Übers Angeln und Wandern, über seine Polizeiarbeit, die er an diesem Tag geleistet hatte, obwohl er ihr nie Namen oder Einzelheiten nannte. Genauso sprachen sie über die Recherche, die sie für einen Kunden übernahm.

Sie wusste, dass er sie wollte – und war das nicht einfach erstaunlich? –, aber er drückte dieses Verlangen nieder, sodass sie sich nie von ihm belagert fühlte. Er fragte sie nicht nach einem Date oder versuchte, sich ihr irgendwo anders als in der Öffentlichkeit anzunähern.

Der Idiot. Mittlerweile stand sie kurz davor, ihm einen Schlag auf den Hinterkopf zu verpassen und ihm alle Kleider vom Leib zu reißen.

Aber gut. Sie war diejenige, die mehr als einmal *Nein* zu ihm gesagt hatte. Es lag an ihr, dies zu einem *Ja* zu ändern.

Warum musste die Welt so kompliziert sein?

Vorerst sollte sie sich jedoch auf den Eröffnungstag der Bibliothek konzentrieren.

Zwei Personen saßen bereits an den Computern. Drei liefen durch die Regale.

Hinter Audrey in der Kinderabteilung saß Sarah in einem übergroßen Sessel mit ihrer Tochter auf dem Schoß und las ein Buch, das das Mädchen ausgewählt hatte.

Audrey grinste, als sie das Buch fand, nach dem sie gesucht hatte: *Der Kater mit Hut*.

Noch auf den Knien drehte sie sich um und übergab das Buch. „Wie wäre es damit? Es ist perfekt für jemanden, der kurze Worte aussprechen kann."

„Das hatte ich als Kind in meiner Sammlung", sagte Sarah. Ihre Augen füllten sich mit Tränen.

„Sarah?"

„Alles gut." Die Cafébesitzerin wischte sich die Tränen weg. „Sind nur die Hormone. Und ich bin so glücklich. Denn ... Rachel wird in ein paar Monaten kein Einzelkind mehr sein."

Oh! „Herzlichen Glückwunsch! Und herzlichen Glückwunsch auch an dich, Rachel."

Das kleine Mädchen zappelte aufgeregt. „Bald bin ich eine große Schwester. Und wir müssen Namen aussuchen, Jungen- und Mädchennamen, genau die richtigen. Wie heißt du?"

„Audr —" Gott, was machte sie denn? „Äh, Julie. Mein Name ist Julie." Sie wandte sich ab und erhob sich — und erkannte, dass Gabe und der andere Polizist auf der gegenüberliegenden Seite der hüfthohen Bücherregale standen.

Ausgehend von den verengten Augen des Chiefs hatten die beiden Männer ihren Ausrutscher gehört.

Verdammt nochmal.

Ihr Name begann mit *Audr*. Gabe lächelte und genoss den bestürzten Ausdruck auf *Julies* Gesicht. Nett von ihr, ihm einen Hinweis zu geben.

„Guten Tag, meine Herren", begrüßte sie höflich ... und ergriff dann die Flucht.

Armer verlorener Schatz. Wie könnte also der Rest ihres Namens lauten? Er hatte mal ein Mädchen namens Audra gekannt. Audre, vielleicht? Audria, Audris. Nein, wahrscheinlich einfach Audrey. Das passte weit mehr zu ihrer ruhigen Natur als der Name Julie. *Audrey. Ja.*

„Klingt, als würde sie einen falschen Namen verwenden." Baumer sah ihr mit gerunzelter Stirn nach.

„Vielleicht. Sie wäre sicher nicht die erste Person in Alaska, die ihre Vergangenheit hinter sich lassen will. Oder vielleicht ist sie eine Frau, die ab und zu eine Abwechslung braucht. Meine Ex ist durch eine Phase gegangen, in der sie ihren Namen stets auf die unterschiedlichste Weise buchstabiert hat." Gabe schmunzelte. „Ich wusste also nie, welche Schreibweise ich benutzen soll, wenn ich ihr eine Notiz hinterlassen wollte."

Baumer gluckste. „Frauen. Sie können nicht –"

„Was machst du denn da?" Voller Wut hallte Julies Stimme von den Wänden wider. „Hör auf!"

Was zum Teufel? Gabe trat um Baumer herum und ging in den hinteren Bereich der Bibliothek, wo er Knox entdeckte, der sich auf den Ausgang zubewegte. „Stehen bleiben, Knox."

Der Mann erkannte, dass er erwischt wurde und stoppte. Er entdeckte Julie, und seine Schultern sackten zusammen.

„Du!" Ihr gerötetes Gesicht zeigte eine beeindruckende Wut. „Was hast du dir dabei gedacht? Wie konntest du das mit einem Buch machen?" Sie klang wie ein Priester, der jemanden auf den Altar spucken sah.

„Was hat er gemacht?" Gabe stellte sich zwischen Knox und die Tür.

„Er riss Seiten aus Büchern. Ich habe zwei weitere gefunden, die er zerstört hat. Warum nur?" Das letzte Wort kam regelrecht als ein Wimmern heraus.

Knox starrte sie an, als könnte er ihre Wut und Verzweiflung nicht wirklich nachvollziehen. Er verlagerte sein Gewicht, bevor er seine Schultern zurückwarf. „Ich will hier keine Bibliothek. Gibt keinen Bedarf dafür. Es ist eine Verschwendung meiner Steuergelder, wenn damit dumme Geschichten gekauft werden."

„Eine Bibliothek hat mehr als nur Geschichten. Die Bücher helfen dir bei der Entscheidung, wohin es in den Urlaub gehen soll oder wie du ein Unternehmen gründen kannst. Du kannst herkommen, um das Internet zu nutzen, Zeitungen zu lesen und Filme und Hörbücher auszuleihen. Eine Bibliothek dient allen in der Gemeinde." So wie ihre Augen mit Leidenschaft strahlten, wusste Gabe, dass sie ihren Platz gefunden hatte. Ihre Nische.

„Mir dient sie nicht." Knox' Blick fiel auf etwas hinter Gabe und er zuckte zusammen. „Niemand hat mich gefragt, ob ich eine Bibliothek will."

Gabe blickte über seine Schulter. Ein Teenager und ein älterer Mann saßen an den Computern. Baumer stand hinter dem Teenager und schaute auf den Bildschirm.

Gabe brach in Knox' Tirade ein und sagte leise: „Du hast mir dein Wort gegeben."

Die Worte stoppten Knox so abrupt, als hätte Gabe ein Kantholz nach ihm geschwungen. Das Gesicht des Mannes färbte sich rot. „Das habe ich. Ich bin einfach … einfach wütend geworden. Ich zahle gutes Geld für etwas, das ich nicht einmal −"

Der Abbruch des Satzes verwirrte Gabe, aber Julies Gesichtsausdruck füllte sich mit Verständnis, schließlich mit Sympathie. Sie trat näher zu Knox, ihre Stimme sanft: „Du kannst nicht lesen."

„Kann ich sehr wohl." Knox funkelte sie genervt an und dann … sackte er regelrecht in sich zusammen. „Kann ich nicht. Ich kann es nicht einmal mehr vortäuschen, jetzt, da meine Frau weg ist."

Verdammt. Gabe runzelte die Stirn. Den Mann ins Gefängnis zu schicken, würde nichts lösen. Aber Knox hatte sein Wort gebrochen und −

„Ich werde für die Bücher bezahlen, die ich ruiniert habe", sagte Knox.

„Ja, das wirst du", entkam es Julie entschlossen. „Und du triffst dich hier zweimal pro Woche mit mir. Für zwei Stunden."

Knox' Kinnlade klappte herunter. „Für wie lange?"

„Bis du gelernt hast, zu lesen."

Als Hoffnung in Knox' Augen aufleuchtete, wusste Gabe, dass die Bibliothekarin gewonnen hatte.

Ein paar Minuten später ging Gabe die Treppe hinunter zur Polizeistation.

Baumer folgte ihm. „Eine hübsche Frau. Die Bibliothekarin, meine ich."

„Das ist sie." Wunderschön. Genial. Und sie hatte als Kind keine Liebe erfahren. Ihre Mutter hatte sie keine Bücher zum Spaß lesen lassen. Damit hatte er immer noch seine Probleme. Vielleicht, weil Romane unerlässlich waren, um die langen Winter Alaskas in Makos Hütte zu überleben.

Gabe nickte Regina zu, als sie sich ihrem Empfangstresen näherten.

„Ein Anruf, Chief." Die Frau reichte ihm einen Post-it. „Alles ruhig."

„Freut mich. Danke."

Als sie weiter gingen und die Station betraten, beharrte Baumer: „Läuft zwischen dir und der hübschen Bibliothekarin etwas? Ich habe Gerüchte gehört und ..."

Mein Gott, war das der Preis für das Leben in einer Kleinstadt?

Bei Gabes gereiztem Blick hob Baumer die Hände. „Ich frag ja nur. Ich würde deine Freundin nicht verhaften wollen oder so."

„Warum zum Teufel willst du Julie verhaften?"

„Du weißt schon – falscher Name. Niemand weiß, woher sie kommt. Nie spricht sie über ihre Vergangenheit." Baumer zuckte mit den Schultern. „Ich bin eben ein misstrauischer Typ, und du musst zugeben, dass Frauen hinterhältig sind."

„Klingt eher so, als hättest du ein oder zwei schlechte Erfahrungen gemacht."

„Scheiße, meine erste Frau war ein echter Feminazi und hat mich zwei Monate nach unserer Hochzeit bereits betrogen. Das tut weh, okay?"

Kam ihm bekannt vor. Gabe schenkte sich von der Kanne, die er an diesem Morgen zubereitet hatte, eine Tasse Kaffee ein.

Schwarz wie die Sünde, aber besser als nichts. „Ich weiß. Als ich im Auslandseinsatz war, dachte meine Frau, dass unsere Gelübde eine Pause machen." Es hatte wehgetan, dass sie, während er sein Leben für sein Land riskiert hatte – und er trotz vieler Versuchungen treu geblieben war –, jeden Soldaten gevögelt hatte, den sie in der Bar aufgabeln konnte. Es war eine hässliche Scheidung gewesen.

Baumer nickte. „Du verstehst es also."

Nichtsdestotrotz war die Entscheidung, einer Person aufgrund ihres Geschlechts, ihrer Rasse, Religion oder was auch immer nicht zu trauen, einfach nur dämlich. „Julie hat hier nichts Illegales getan und sie kommt aus Chicago. Daran ist nichts verdächtig. Sie ist sicher nicht die erste Person, die nach Alaska geflohen ist, um einen Neuanfang zu wagen und die Vergangenheit hinter sich zu lassen."

„Vielleicht." Baumers Mund verzog sich. „Mit den Problemen, die wir hier haben, sollten wir jedoch vorsichtig sein. Soweit wir wissen, wird sie für etwas gesucht – und schließlich hat sie jetzt Zugang zu diesem Gebäude."

„Nur während der Öffnungszeiten ist das Gebäude geöffnet und wenn Regina hier ist. Unser Budget reicht nicht aus, um allein die Bibliothek zu heizen."

„Oh. Ja ... okay. Ich schätze, das ist was anderes."

„Aber du bist nicht überzeugt."

Baumer fuhr mit den Fingern durch seine Haare. „Meine Instinkte schlagen aus und ich mache mir Sorgen, dass du deine für ein Paar Brüste ausgestellt hast, Boss."

Baumer war Polizist; Polizisten hörten auf ihre Instinkte. Aber Gabe war seit seiner Jugend nicht mehr von seinem Schwanz herumgeführt worden. Zum Teufel, nach ein oder zwei Katastrophen fanden die meisten Jungs heraus, dass das kleine Hirn nicht besonders intelligent war.

Und er war fertig mit diesem Gespräch. „Da deine Schicht begonnen hat, lass uns mit unserer Besprechung anfangen. Ich möchte mit dir über meine Erwartungen an den Streifendienst sprechen." Schließlich war er ja nicht zu Gabe ins Obergeschoss gekommen, um zu schnüffeln. Oder?

Gabe führte den Weg in sein Büro und lenkte das Gesprächsthema auf Probleme in der Stadt und Unterhaltungen, die er über die Polizeipräsenz vernommen hatte.

KAPITEL NEUNZEHN

A m Montag um die Mittagszeit hatte Gabe seinen Papierkram im Büro so ziemlich aufgegeben, um sich mit einer Auseinandersetzung zwischen einem Ureinwohner Alaskas und einem Arschloch über einen Unfall mit Blechschaden zu befassen.

Dann hatte er einen Anruf aus dem Supermarkt bekommen. Zwei Teenager hatten gedacht, Dantes alte Augen würden nicht bemerken, wie einer der Jungen eine gefrorene Pizza in den Rucksack des anderen schob.

Eine ältere Frau rief an, da sie einen Einbrecher auf dem Dachboden vermutete, der sich als Eichhörnchen entpuppt hatte.

Nichts Ernstes, aber ... ja, er hatte die Hände voll.

Zurück in der Stadt ließ er den auf der Straße geparkten Streifenwagen stehen und ging zu Fuß zum Gemeindehaus.

„Chief Mac ... MacNair?" Ein dürrer Junge mit kragenlangem, braunem Haar, in abgetragener Jeans und einem roten T-Shirt verlagerte sein Gewicht immer wieder von einem Fuß auf den anderen. Der Junge konnte nicht älter als zehn Jahre sein.

„Was kann ich für dich tun?" Als Gabe auf das Kind hinunterblickte, kam ihm plötzlich der Gedanke, wie zerbrechlich er und seine Brüder vor Mako ausgesehen haben mussten.

„Ähm, da ist ein Hund. Er ... ich bekomme ihn nicht raus, aber er braucht Hilfe."

Gabe unterdrückte ein Grinsen. *Oh ja*, das Leben eines Kleinstadtpolizisten. „Führe mich zu ihm."

Der Junge schaute über seine Schulter, um sicherzustellen, dass Gabe ihm folgte, und führte ihn in die Gasse hinter Dantes Lebensmittelgeschäft. Er fiel auf die Knie und blickte unter ein geparktes Auto. „Siehst du? Er will nicht rauskommen. Er hat Angst."

Gabe schloss sich ihm an. Ein noch nicht ganz ausgewachsener Welpe. Um die vier Monate alt. Flauschig genug, um teilweise Husky zu sein. Gabe sah seine Rippen. Der Hund war in einem schlechten Zustand. Halb verhungert. Das leise Wimmern und die verängstigte Bewegung seines Schwanzes deuteten darauf hin, dass der Hund nicht wild war.

Mit einer Hand auf der Schulter des Jungen zog Gabe ihn vom Auto weg. „Wie heißt du?"

„Niko."

„Okay, Niko, lauf in den Lebensmittelladen, hol eine Packung Truthahnaufschnitt und sag Dante, er soll es auf die Rechnung des Chiefs setzen. Kannst du das machen?"

„Ja, Sir."

Als das Kind um die Ecke rannte, machte es sich Gabe auf den Knien bequem und begann leise mit dem Tier zu sprechen: „Gut für dich, Welpe, dass der Kies nicht nass oder schlammig ist. Und wie es scheint, hast du dir einen netten Jungen angelacht. Benimm dich und du hast vielleicht eine Chance auf ein neues ..." Der Welpe kam bei Gabes Worten näher.

Bevor Gabe die Gesprächsthemen ausgingen, war Niko zurück. „Was wirst du tun?" Der Junge reichte ihm den Truthahn.

Zeit für eine kleine Lektion. „Sieht der Hund aus, als würde er genug Futter bekommen?"

„Äh. Nein. Er hat viel Fell, aber er sieht dünn aus. Sollte er nicht runder sein?"

„Das sollte er. Niemand hat die Station wegen eines vermissten Hundes angerufen, also würde ich vermuten, dass ihn jemand ausgesetzt hat. Er hatte es nicht leicht in seinem Leben und ist wahrscheinlich hier, um die Mülltonnen zu plündern." Gabe fügte nicht hinzu, dass der Welpe Glück hatte, nicht als Snack für ein Raubtier geendet zu haben.

Niko schaute zu den Mülltonnen und nickte.

„Da wir wissen, dass er hungrig ist, werden wir ihn mit etwas Futter herauslocken." Gabe öffnete die Packung, riss einen Streifen Truthahn ab und warf ihn unter das Auto.

Eine Sekunde später war zu hören, wie der Kleine den Kies aufwühlte. Schmatzgeräusche folgten.

Niko legte sich auf den Bauch, um unter das Auto zu schauen. „Er hat es gefressen!"

„Jetzt arbeiten wir daran, ihn näher zu bringen." Das nächste Stück Fleisch wurde nicht so weit geworfen.

Mit jeder Opfergabe kroch der Welpe näher und schließlich unter dem Auto hervor, um sich das Fleisch neben Gabes Knie zu schnappen.

Gabe packte den kleinen Kerl und unterband einen verzweifelten Fluchtversuch. Als sich der Hund beruhigte, bot Gabe ein weiteres Stück von dem Fleisch an.

Das war alles, was es brauchte.

Gabe gab Niko den Rest des Aufschnitts. „Jetzt du."

Das Grinsen des Kindes hätte nicht breiter ausfallen können.

„Werden dir deine Eltern erlauben, ihn zu behalten?"

Zu Gabes Erleichterung hielt der Junge inne und dachte kurz nach, bevor er seine finale Antwort gab: „Ich denke ja. Wir haben unseren Hund im Winter verloren, weil er wirklich alt war. Und Dad sprach davon, sich einen neuen zu holen."

Gabe musterte den Welpen, der es sich auf Nikos Schoß bequem gemacht hatte ... wo das Essen war. Trotz seines Hungers nahm der Hund die Truthahnstreifen sanft entgegen. Er würde zu einem verdammt guten Hund heranwachsen.

Und Niko zu einem verdammt guten Mann.

„Schaffst du es, den Hund zu eurem Auto zu bringen, oder willst du, dass ich ihn trage?"

„Ähm." Niko biss sich auf die Unterlippe und sah zum ersten Mal unbeholfen aus. „Ich schaffe das."

Gabe betrachtete ihn. Könnte es sein, dass seine Eltern nicht die größten Freunde der Polizei waren? Er zuckte mit den Schultern. Es wäre nicht das erste Mal, dass er es damit zu tun bekäme. „Also gut. Bitte pass gut auf ihn auf, sodass wir ihn nicht noch einmal einfangen müssen."

„Das werde ich. Vielen Dank, Chief!"

Lächelnd verließ Gabe die Gasse, überquerte die Straße und betrat das Gemeindehaus.

„Hey, Chief. Keine Nachrichten, keine Katastrophen", berichtete Regina mit einem Lächeln.

„Sehr gut." Gabe hob eine Hand und schlenderte vorbei und in die Station.

Im Großraumbüro saß Baumer an seinem Schreibtisch.

„Was machst du hier an deinem freien Tag?", fragte Gabe. „Erträgst du es nicht, weg von der Action zu sein?" Ladendiebe, Betrunkene, überfahrene Tiere, Unfälle ...

Baumer grinste. „Das ist nicht der Grund. Ich habe jedoch etwas, das du dir ansehen solltest."

„Ach ja?" Gabe ging zu ihm.

Baumer wies auf den Computer.

Julies Foto füllte die Hälfte des Bildschirms.

Nein, nicht Julie. *Audrey Hamilton. Auskunftsbibliothekarin an der University of Illinois.*

Mit einem Stirnrunzeln überflog Gabe den Bericht: Ein Auftragsmörder namens Spyros, der in den Mord eines Autors verwickelt war, griff eine Frau an, die für den Autor Recherchearbeit betrieben hatte.

Von ihm hatte Julie ihre Prellungen. Eine eisige Kälte breitete sich in seinem Magen aus. Sie konnte sich glücklich schätzen, noch am Leben zu sein. „Wo hast du diese Informationen her?"

„Gestern habe ich eine Anfrage an die Polizei in Chicago geschickt, und gefragt, ob es in dem Monat, bevor sie hier auftauchte, Vorfälle mit einer Audrey gegeben hat."

Wut stieg in ihm hoch. „Hast du auch nur für einen Moment gedacht, dass du das zuerst mit mir besprechen solltest?"

Baumer erstarrte. „Ich wusste nicht, dass ich die Erlaubnis brauche, um ihren Hintergrund zu überprüfen."

„Sie hat nichts getan, um eine Ermittlung zu rechtfertigen."

„Jemand musste mal schauen, was mit ihr nicht stimmt, und du hast es nicht getan."

„Weil ich vermutete, dass sie einen guten Grund hat, Angst zu haben und sich zu verstecken."

Weil er gewollt hatte, dass sie ihm genug vertraute, um sich ihm anzuvertrauen. Gabe scrollte nach unten und fand Spyros' Vorstrafenregister. Professioneller Mörder. „Und wie es aussieht, lag ich richtig."

Baumer errötete.

„Das war nicht in Ordnung, Baumer." Gabe hielt seine Stimme gleichmäßig. „Mir ist klar, dass es eine Weile dauert, die Stationsrichtlinien und die Grenzen des Chiefs zu verinnerlichen." Er ließ die Warnung unausgesprochen: *Tu es nicht noch einmal.*

Die Art und Weise, wie Baumer sich anspannte, zeigte, dass er zwischen den Zeilen lesen konnte.

„Ja, nun, tut mir leid." Baumer schlug mit seinen Fingern auf die Tastatur ein, löschte die Informationen und schob seinen Stuhl zurück. „Dann werde ich mich mal darauf konzentrieren, meine freien Tage zu genießen."

Die Tür fiel hinter dem Officer zu. Nicht wirklich laut, aber ...

Am späten Montagnachmittag saß Audrey an ihrem gewohnten Platz im hinteren Teil des Cafés. Kaffeegeruch vermischte sich mit dem Duft von frisch gebackenem Gebäck. Ihr lief das Wasser im Mund zusammen.

Ihr Frühstück hatte Müsli mit Milch beinhaltet. Zum Mittag hatte es einen Joghurt gegeben.

Uriah hatte Chocolate-Chip-Cookies gebacken. *Verflucht soll er sein.*

Auf keinen Fall, Mädchen. Das Budget erlaubte keine Leckereien ... und ihre Jeans auch nicht. Obwohl sie hier so beschäftigt war, dass das Gewicht, das sie verloren hatte, nicht zurückgekehrt war.

Ein Cookie würde diesen Fortschritt nicht ruinieren.

Sie gab ihre Analyse über das Muster der Fußgänger in New York auf, die sie für einen Kioskinhaber durchführte, und entschied, ihr E-Mail-Postfach zu öffnen. Alles, um sie von buttrigen Cookies mit Schokolade und ...

Oh, schau mal einer an, Dennison hat geschrieben.

In der Hoffnung auf gute Nachrichten öffnete Audrey die E-Mail. Und dann las sie die Nachricht des FBI-Agents.

Und las sie noch einmal.

Gestern hat das AKPD aus Rescue eine Anfrage an die Chicagoer Polizeibehörde geschickt. In der Anfrage ging es um dich.

Sie starrte auf die E-Mail, bis die Buchstaben auf dem Display zu tanzen begannen. Ein Gefühl des Verrats rollte in einer hässlichen, schwarzen Welle durch sie. Sie knallte den Laptop zu und sprang auf die Füße.

Gabe wusste, dass sie vor etwas wegrannte. Er wusste, dass sie Angst hatte. Und es war ihm egal. Er wollte Antworten auf seine Fragen und würde anscheinend alles tun, um diese zu erhalten.

Hatten Spyros' Informanten in der Chicagoer Polizeibehörde ihm von der Anfrage aus Rescue erzählt?

Oh Gott! Wie lange würde es dauern, bis der Auftragskiller hier auftauchte?

Ein hohes Wimmern erfüllte ihren Kopf – eine Panikattacke war im Anmarsch. Sie schob ihren Laptop und ihre Papiere in ihren Rucksack, warf ihn sich über die Schultern und stürmte geradezu aus der Tür.

Hinter der Theke rief Sarah: „Julie?"

Audrey ignorierte sie, drückte die Tür auf und rannte direkt in Bull.

„Yo, Champ." Als sie versuchte, ihn zu umrunden, schloss sich seine massive Hand um ihren Arm. „Was ist los?"

„Was los ist?" Sie entließ ein verbittertes Lachen. „Dein Bruder Gabe ist los. Er ... er ..." Ihr Mund klappte zu und sie drehte sich zur Polizeistation.

Der Streifenwagen war vor der Station geparkt. Er befand sich im Gebäude.

Sie riss sich von Bull los und rannte über die Straße, an Regina an der Rezeption vorbei und in die Wache.

Gabe war in seinem Büro und heftete Dokumente ab. „Julie?"

„Du unerträglicher Bastard!" Sie marschierte zu ihm und wollte ihm genauso wehtun, wie er ihr wehgetan hatte. Denn sie war enttäuscht. Schließlich ... mochte sie ihn. Warum hatte sie ihn gleich nochmal gemocht?

„Was ist passiert?"

„Du hast wahrscheinlich gerade dafür gesorgt, dass ich umgebracht werde, du ... du arrogantes Arschloch. Du wusstest, dass ich mich verstecke. Du wusstest, dass ich verletzt wurde. Trotz allem musstest du dich an die Chicagoer Polizei wenden und dich nach mir erkundigen."

Er schüttelte den Kopf. „Das war ich nicht."

Für wie dumm hielt er sie? „Oh, na aber sicher warst du es. Du hast gehört, wie mir mein Name rausgerutscht ist. Du bist der

Einzige, der weiß, dass ich aus Chicago komme." Ihre Frustration und ihre Wut wurden so überwältigend, dass die Tränen kamen. „Ich h-habe dir v-vertraut."

Nein, nein, sie würde nicht weinen. Nicht vor diesem Bastard. Jedoch löste sich ein Schluchzer, weshalb sie sich kurzerhand entschied, zu fliehen.

Er packte sie am Arm, sein Griff so unnachgiebig wie seine Stimme. „Oh nein. Dieses Mal werden wir uns unterhalten."

„Nein."

Er packte ihre Schultern und drehte sie zu sich um.

„Nein, nein, nein!" Mit einer Hand versuchte sie, ihn von sich zu schieben, während sie mit der anderen auf seine steinharte Brust einschlug. Ziellos, dumm, einfach nur ... um ihn fühlen zu lassen, was sie fühlte.

„Julie, Süße, ich war es nicht. Ich habe Baumer gesagt, dass du aus Chicago kommst – das gebe ich zu. Aber er war es, der die Anfrage – ohne meine Erlaubnis wohlgemerkt – verschickt hat. Ich habe vor einer Stunde herausgefunden, was er getan hat, und wollte später mit dir darüber sprechen." Seine Stimme war ruhig.

Und unbestreitbar ehrlich. Er war nicht derjenige gewesen, der sich bei der Chicagoer Polizei nach ihr erkundigt hatte.

Ihre Muskeln verwandelten sich zu Wasser, ihre Arme sanken. Tränen füllten ihre Augen, als das Gefühl des Verrats nachließ.

„Oh, verdammt, Julie. Es tut mir so leid." Er nahm ihren Rucksack von ihrem Rücken und zog sie in seine Arme.

Sie fing an, zu weinen, und versuchte weiterhin, von ihm wegzukommen.

„Ganz ruhig." Er zog sie noch enger an sich und hielt sie fest, während sie den Tränen freien Lauf ließ. Seine Handfläche bewegte sich in langsamen, beruhigenden Bewegungen über ihren Rücken.

Sie war zu lange verängstigt und allein gewesen. Und jetzt ... jetzt fühlte sie sich sicher.

Beschützt.

Sein Hemd roch nach Waschmittel und Wildnis, und da sie aufgehört hatte, zu weinen, konnte sie nun sein Herz hören, einen langsamen Rhythmus an ihrem Ohr.

Er hielt sie immer noch – wie ein beständiger Felsen in einem Ozean aus Tränen. Obwohl sie ihn gerade erst angebrüllt und geschlagen hatte.

Sie zuckte zusammen. „E-Es tut mir so leid. Ich muss gehen. Lass mich los, Gabe. Ich wollte mich nicht ..." Es gab keine Worte für ihr Verhalten.

„... wie jemand verhalten, der sich betrogen und verraten fühlt?" Sie spürte, wie er seine Wange über ihren Kopf rieb, bevor er ihr gestattete, sich von ihm zu entfernen. Mit einer Hand an ihrem Arm griff er nach ein paar Taschentüchern aus einer Schachtel auf seinem Schreibtisch und hob ihren Rucksack auf. „Na komm, lass uns von hier verschwinden."

Auf dem Weg nach draußen hielt er an der Rezeption inne. „Regina, du kannst mich für Notfälle auf dem Beeper erreichen. Um den Rest kümmere ich mich morgen."

„Geht klar, Sir."

Audrey runzelte die Stirn. Das war nicht richtig. „Du solltest nicht –"

„Goldlöckchen, du wirst dieses Argument nicht gewinnen."

Ah, okay, das war offensichtlich.

Schweigend ließ sie sich von ihm durch die Hintertür zu seinem Jeep führen. *Sein Fahrzeug?* „Ich kann selbst fahren."

„Nein, kannst du nicht." Sein Kiefer spannte sich an.

Als er an der Abzweigung zu ihrer Hütte vorbeifuhr, setzte sie sich kerzengerade hin.

„Gabe, wo fahren wir hin?"

„Zu mir. Wir werden endlich über die Angelegenheit sprechen." Aus dem Augenwinkel sah er zu ihr und sein Mundwinkel zuckte. „Schau nicht so besorgt drein. Ich habe die Schlagstöcke und die Handschellen auf der Station gelassen."

Sie unterdrückte ein hysterisches Lachen.

Langsam bog er auf eine schmale, fast unsichtbare Schotterstraße ab. Ein paar Minuten später öffnete sich der dichte Wald zu einem gerodeten Gebiet. Vier ... nein, fünf zweistöckige Blockhütten standen in einem Halbkreis, wobei die offene Seite dem See zugewandt war. „Ich dachte, Bull lebt hier", sagte sie emotionslos.

„Tut er. Genau wie ich – und Caz." Gabe fuhr in die Garage des Hauses, das ganz links stand.

Nachdem sie ausgestiegen waren, blieb er an der Innentür seines Hauses stehen, zog seine Stiefel aus und wartete, bis sie es ihm gleichgetan hatte. Dann führte er sie drei Stufen hinauf und in einen schmalen Flur zwischen zwei kleinen Schlafzimmern. Unter einer Treppe ging es hindurch und schließlich trat sie in einen riesigen Raum, der sich bis zur gewölbten Decke öffnete. Enorme Fenster boten einen unglaublichen Ausblick auf den See.

„Wunderschön hast du es hier."

„Danke." Geduldig wartete er, als sie sich umsah.

Auch das Haus war wunderschön. Grauweiße Wände bildeten einen Kontrast zu den dunklen Holzbalken, die die Decke ausmachten. Die Fensterbänke waren aus bearbeiteten Baumstämmen.

Auf der linken Seite stand die Sofagarnitur aus schokoladenfarbenem Wildleder gegenüber von einem massiven Steinkamin. Sie stellte sich gemütliche Abende vor einem knisternden Feuer vor.

Ein breiter Flachbildfernseher hing über dem Kaminsims. Robuste, geschnitzte Beistelltische und ein ebenso schwerer Couchtisch deuteten auf das Zuhause eines großen Mannes hin.

Rechts von ihr trennte eine braune Granitinsel die Küche vom Essbereich unter den deckenhohen Fenstern.

„Dein Haus ist himmlisch, Gabe." Wären die schweren braunen Möbel in einem kleineren Raum gewesen, hätte es bedrückend gewirkt. Stattdessen balancierten die Farben die spektakuläre Aussicht auf den See und die Berge aus und gaben ein Gefühl von heimeligem Komfort.

„Ich mag es auch." Gabe setzte sie auf die Couch, holte zwei Limonaden aus der Küche und ließ sich neben ihr nieder.

Direkt neben ihr.

Ein Hitzeschwall begann tief in ihrem Bauch, weil sie sich daran erinnerte, was passiert war, als sie das letzte Mal eine Couch mit diesem Mann geteilt hatte.

Er gluckste und schob seine Finger in ihre Haare. „Zuerst reden wir. Danach sehen wir mal, was noch passiert."

Gott, wie konnte er ihre Gedanken direkt aus ihrem Kopf pflücken? Dennoch konnte sie nicht anders, neigte ihren Kopf und lehnte sich gegen seine warme Handfläche.

„Du konntest mir nichts über deine Vergangenheit erzählen, weil ...", forderte er auf.

„Solltest du den Grund nicht kennen?" Sie legte ihre Finger um seine freie Hand und hielt sie an ihre Brust wie einen Teddybären. Sie brauchte den Kontakt. „Falscher Name, falsche Papiere. Ich dachte, das wäre wahrscheinlich illegal."

„Der Ausweis kam nicht vom Zeugenschutzprogramm?"

„Nein. Ich habe alles selbst gekauft. Niemand weiß – niemand *wusste* –, wo ich mich verstecke."

Seine Augenbrauen zogen sich zusammen. „Nicht einmal das FBI?"

„Spyros hat Informanten sowohl bei der Polizei als auch beim FBI. Ich dachte, mich ihnen anzuvertrauen, würde wohl zu einem schnellen Tod führen. Also bin ich weggerannt." Die Erinnerung an diese Zeit sandte einen Angstschauer durch sie ... denn jetzt musste sie wieder rennen.

„Du bist weggelaufen." Mit verengten Augen schaute er einen Moment lang aus den hohen Fenstern. „Wie hast du erfahren, dass Baumer die Polizei in Chicago kontaktiert hat?"

„Von einem Special Agent beim FBI. Er ist mein einziger Kontakt und hält mich über die Ermittlungen auf dem Laufenden. Er war während der gesamten Zeit einfach wundervoll. Er mochte es nicht, dass ich geflüchtet bin und ich ihm verschwiegen habe, wo ich gelandet bin, aber er verstand, warum ich es getan habe."

„Er *verstand* es? Obwohl du ihm nicht gesagt hast, wo du bist?" Gabes Augenbrauen gingen hoch.

„Ich wollte nicht, dass er in Schwierigkeiten gerät, wenn seine Vorgesetzten fragen, wo ich bin." Sie seufzte. „Aus dem Grund habe ich es auch vor dir verschwiegen."

Mein Gott. Gabe musterte Julie.

Während sie auf ihre verflochtenen Finger starrte, bildeten ihre langen Wimpern einen Schatten auf ihren blassen Wangen.

Ihre Hand bebte in seiner. Sie hatte Angst – und das aus gutem Grund.

In der Zeit seit Baumers Enthüllung und Julies Invasion seines Büros war Gabe aktiv geworden. Er hatte einen alten Freund von den SEALs angerufen, der für Interpol arbeitete. Der Agent sagte, die stille Bibliothekarin habe sich mutig verteidigt und der Kampf um ihr Überleben hatte dem Auftragskiller ein Auge gekostet. Die wenigen Male, die Spyros danach gesichtet worden war, hatte er eine Augenklappe getragen. Interpol war sich sicher, dass der Auftragsmörder auf Rache aus war.

Gabes Kiefer spannte sich an. Sein Kumpel hatte auch gesagt, dass Spyros' Quellen ausgezeichnet seien. Wenn Spyros einen Informanten in der Chicagoer Polizei hatte, könnte der Auftragsmörder Julies Standort bereits kennen.

„Ich habe mit einem Freund bei Interpol gesprochen", sagte Gabe. „Er meinte, sie würden die Grenze von Alaska nach Spyros überwachen, aber er ist schon einmal an ihnen vorbeigekommen."

„Ja, das habe ich auch gehört." Sie hatte ihren Blick immer noch nicht gehoben, also legte er einen Finger unter ihr Kinn. Die

Angst, die er in ihren Augen gesehen hatte, als sie sich das erste Mal im Supermarkt begegnet waren, hatte wieder ihren Auftritt.

Fuck, er wollte diesen Spyros töten.

Und er wollte Julie versichern, dass sie hier in Rescue sicher war. Aber sie war keine Frau, die Lügen schätzte.

Er fuhr mit den Fingerknöcheln über ihre Wange. „Immer, wenn ich einen Filmhelden sehe, der einer Frau verspricht, dass sie bei ihm in Sicherheit ist, ärgert mich das. Niemand, egal wie kompetent, kann Sicherheit garantieren. Aber, Julie, ich werde alles tun, was ich kann, um sicherzustellen, dass du nicht verletzt wirst."

„Kannst du mir stattdessen helfen, von hier zu verschwinden, ohne dass jemand erfährt, wohin ich gegangen bin?"

Das könnte er …

„Bist du sicher, dass du das willst?" Sein Herz schmerzte. Sie hätte nicht gefragt, ohne alle ihre Möglichkeiten abzuwägen. Ja, sie würde gehen, und er konnte ihr nicht sagen, dass das eine schlechte Entscheidung wäre.

Sie nickte.

„Dann werde ich dir helfen, Julie."

Ihre Lippen krümmten sich leicht. „Ich heiße Audrey – wie du sehr wohl weißt. Es würde mir gefallen, wenn du meinen echten Namen benutzt."

„Audrey." Er lehnte sich vor und küsste sie sanft. Der Seufzer, den sie von sich gab, enthielt die gleiche Traurigkeit, die er empfand. Als sich ihre Arme um seinen Hals schlangen, wusste er, dass er nicht der Einzige war, der das Gefühl hatte, als hätte er etwas vermasselt, das großartig hätte werden können.

Nun, ob Frau oder nicht, er würde ihr den traditionellen Abschied eines Kriegers geben.

Dann würde er die Jagdsaison auf den Auftragsmörder eröffnen.

Mit ihr in seinen Armen stand er auf, stieg die Treppe hinauf und legte sie auf sein Bett.

Sie setzte sich auf, um sich umzusehen.

Er folgte ihrem Blick und versuchte, sein Zimmer mit den Augen einer Frau zu sehen. Die Nachttische, das Kopf- und das Fußteil glänzten und bestanden aus grobem Holz. Die freiliegenden Deckenbalken und die Wände aus Holz zeigten sich in einer blassgoldenen Farbe. Weiche, beige Teppiche neben dem Bett begrüßten nackte Füße an kalten Morgen. Die handgefertigte Steppdecke war ein bunter Wirrwarr aus Dunkelrot, Weiß und Creme.

Er hatte die Farben des Raumes absichtlich heller gehalten als unten. In den dunklen Alaskawintern aus dem Bett zu kommen, war schwierig genug; ein höhlenartiger Raum würde es noch schlimmer machen.

Obwohl das Aufwachen neben Audrey den Tag eines jeden Mannes erhellen würde.

Sie sah gut aus. Genau dort. Auf seinem Bett.

„Goldlöckchen, ich würde sagen, du hast ein Bett gefunden, das perfekt zu dir passt."

„Das habe ich." Sie klopfte auf die Decke und sagte mit heiserer Stimme: „Planst du, Abschiedssex mit mir zu haben?"

Ja, sie fühlte, was er fühlte. „Abschiedssex ist es nur, wenn du nicht zurückkommst." Verdammt nochmal, sie sollte besser zurückkommen.

Ihr Lächeln erschien, selbst als Tränen ihre Augen füllten.

Ohne mehr zu sagen, zog er ihr T-Shirt, BH, Socken, Jeans und einen praktischen Slip im Boy-Cut-Stil aus. *Sehr nett.*

Er richtete sich auf. „Du bist dran, mich auszuziehen, Faulpelz."

„Oh. Okay." Als sie vom Bett rutschte und sich kniend daran machte, ihm die Kleidung auszuziehen, schwangen ihre Brüste auf hypnotische Weise.

Während sie sein Hemd auszog, spielte er mit ihren Brüsten, berührte, streichelte und neckte ihre Nippel zu harten Knospen.

Ihre Atmung veränderte sich, vertiefte sich.

Sie drückte ihn einen Schritt zurück und wandte sich dem Jeansknopf zu. Seine Erektion sprang heraus und sie legte ihre Hände um seine Länge.

In Ordnung – das wäre eine gute Ablenkung für sie beide. Also genoss er einfach den Moment und dass sie vor ihm kniete.

Sie war entzückend unbeholfen, und somit war ihm sofort klar, dass sie noch nicht viele Blowjobs gegeben hatte. Aber ihre Zunge war heiß und nass, und sie war vorsichtig mit ihren Zähnen, was ein Mann stets zu schätzen wusste. Als sie ihren Mund um seine Eichel schloss und anfing, mit dem Kopf zu wippen, fegte die Hitze durch ihn, und sein Schwanz schwoll mit dem Drang an, sofort zur Erlösung zu finden.

Ein weiser Mann ließ seinen Schwanz nicht die Kontrolle an sich reißen.

Gabe schob seine Finger in ihre Haare, verlangsamte ihre Bewegungen und stöhnte bei dem Gefühl ihres nassen Mundes, dem Flackern ihrer glatten Zunge, der schieren Hitze. Ja, er liebte es, wie sie stets versuchte, ihm zu gefallen.

Bevor er den Punkt ohne Wiederkehr erreichte, zog er sich sanft zurück, hob sie in seine Arme und legte sie auf sein Bett.

Er hatte die Holzschiebetüren nicht geschlossen, und Licht strömte aus den hohen Fenstern herein. Als er auf sie herabblickte, erröteten ihre Wangen. Instinktiv fing sie an, sich zu bedecken.

„Oh nein, Süße." Er ergriff ihre Hände und legte ihre Finger um das Kopfteil.

Ihre Wangen färbten sich noch dunkler. Fuck, er mochte diese Farbe an ihr. Da er wusste, wie sie reagieren würde, sagte er leise: „Spreize deine Beine für mich."

Ihr Protest starb unter seinem strengen Blick – dem Blick eines Polizisten. In der Akademie hatte niemand je *diese* Verwendungsmöglichkeit vor ihm ausgebreitet.

Er setzte sich neben sie und bedeckte eine hübsche Brust, streichelte sie, während sich ihre Beine langsam teilten. Eine

Schnecke hätte sich schneller bewegt, aber er hatte es nicht eilig.

Unter seiner Berührung richteten sich ihre Nippel auf und er lehnte sich vor, küsste sie, neckte weiterhin ihre Brüste. Dann bewegte er seine Handfläche über ihren Bauch und genoss das Gefühl ihrer seidenweichen Haut. Ein Blick zeigte ihm, dass sie viel zu früh aufgehört hatte, ihre Beine zu öffnen. Also streichelte er über ihren Venushügel, nie tiefer, spürte jedoch die Lustschauer, als ihre Begierde nach ihm wuchs.

„Gabe ..."

Er küsste sie noch immer und sie konnte nicht anders, schlang ihre Arme um seine Schultern.

„Hände zurück, Süße." Er legte ihre Finger wieder um das Kopfteil und versuchte, nicht zu lächeln, als sie wimmerte.

„Du bist ein kontrollierender, herrischer Idio – äh, Mensch", murmelte sie.

„Ja, das bin ich." Und war es nicht schön, dass sie diese Seite an ihm genoss? „Wolltest du das Sagen haben?"

Sie blinzelte ihn verdutzt an. „Äh ... nein."

Das hatte er auch nicht gedacht.

Er tauchte tiefer mit seinen Fingern, fand ihre geschwollene Klitoris. „Wenn du mehr willst, musst du deine Beine weiter spreizen."

Ihr tiefes Wimmern machte ihn steinhart.

Ihre Beine teilten sich.

„Sehr schön." Er erhob sich und zog seine Jeans aus. Aus seiner Nachttischschublade holte er sich ein Minzbonbon und warf es sich in den Mund. Das wird ein Spaß.

Die Steppdecke fühlte sich unter seinen Knien kühl an, als er sich zwischen ihren Schenkeln niederließ und sich einen langen, wertschätzenden Blick auf sie gönnte. „Verdammt, du bist wunderschön."

Die Überraschung, dann die Freude auf ihrem Gesicht, brach

ihm das Herz. Wenn sie nicht aus seinem Leben verschwand, würde er ihr dieses Kompliment so oft wie möglich machen.

Denn alles an ihr war einfach bezaubernd: Winzige Sommersprossen schmückten die Oberseite ihrer Brüste, Schultern und Arme. Ihre Oberarme und Schultern waren von der Arbeit in der Bar muskulöser geworden. Ihre Brüste waren hoch und ihre rosa Nippel zeigten sich aufgerichtet, hart und in einem verlockenden Rosa. Ihre Taille verlief zu üppigen Hüften. Und verdammt, er mochte ihren süßen, rundlichen Bauch.

Die goldenen Löckchen um ihre Pussy waren feucht von ihrer Erregung – und ja, er wollte sie kosten, bevor sie zum Ficken übergingen.

Sie bewegte eine Hand vom Kopfteil. „Ich möchte dich auch berühren." In ihren grauen Augen erhob sich bei der Anfrage ein Sturm.

Vielleicht fühlte sie sich nicht wohl damit, nur zu empfangen und nicht zu geben? Ja, das sähe ihr ähnlich. „Also gut. Aber nur Hände und Zunge. Kein Mund."

Denn er wollte, dass dieser Moment ewig andauerte. Und wenn sie ihren süßen Mund in die Nähe seines Schwanzes brachte, wäre er verloren.

„Ähm ... verstanden."

„Dreh dich auf deine Seite."

Nachdem sie sich auf ihrer rechten Seite eingefunden hatte, legte er sich in einer 69er-Stellung hin, bis er ihre Pussy direkt vor seinem Gesicht hatte und ihr Mund in der Nähe seiner Leiste ruhte. Er blies gegen ihr Geschlecht und spürte, wie sie erschauerte. Ja, das würde Spaß machen ...

Als ihre warmen Finger über seinen Schaft strichen, hätte er fast gestöhnt. Spaß und ein Test für seine Kontrolle.

Damit er seine Hände benutzen konnte, positionierte er ihr linkes Bein an seinem Rücken, das Knie zur Decke und ihren Fuß flach auf dem Bett hinter seinem Kopf. So offen.

Er legte seinen Kopf auf ihre weiche Schenkelinnenseite und leckte über ihre Klitoris.

Ihre Oberschenkelmuskeln spannten sich an, schüttelten seinen Kopf durch, was ihn zum Grinsen brachte.

Indessen glitt ihre heiße Zunge über seine Erektion und sein Schwanz zuckte. Er spürte, dass sie näher rutschte, und als sich ihr Mund um ihn schloss, schmunzelte er.

Er hatte geahnt, dass sie nicht gehorchen würde. Dickköpfige Bibliothekarin. Nun, seine Aufgabe bestand darin, einen so guten Job zu machen, dass sie hart keuchte und sich demnach nicht um seinen Schwanz kümmern konnte.

Audrey legte ihren Kopf auf Gabes linken Oberschenkel und versuchte, ihre Aufmerksamkeit auf das Streicheln und Lecken seines samtweichen Schaftes zu lenken.

Aber seine Finger, seine Lippen ...

Oh, mein Gott, sie verlor immer wieder den Überblick darüber, was sie mit ihm tun wollte. Als er ihre Klitoris neckte, war seine Zunge so heiß, und doch ... hinterließ jedes Lecken ein seltsames Kältegefühl. Er blies gegen das empfindliche Nervenbündel und sein Atem war eisig kalt. Die Kombination aus warm und kalt war überwältigend.

Eine Sekunde später vereinnahmte er den Bereich mit der Hitze seines Mundes.

Als sie stöhnte, schob er zwei Finger in sie, glitt sanft in sie und wieder heraus.

Die unglaublichen Empfindungen verdrängten jeden einzelnen Gedanken aus ihrem Kopf.

Tief in ihrem Bauch strafften sich die Muskeln, als die Wände ihres Geschlechts seine Finger umklammerten. Jedes lange Lecken seiner heißen Zunge verstärkte die Lust, die in ihrem Blutstrom pulsierte.

Sie versuchte, sich daran zu erinnern, ihn zu streicheln, ihn zu verwöhnen, doch dann würde seine Zunge mit unfehlbarer Präzision ihre Klitoris attackieren.

Sie versuchte, ihre Hüfte zurückzuziehen, damit sie die Kontrolle behalten und ihren Teil zu dem Moment beitragen konnte, aber er legte eine unnachgiebige Hand an ihren Hintern und zog sie näher zu sich. Seine Finger stießen tiefer in sie. Tiefer und schneller.

Ein Stöhnen brach bei dem rücksichtslosen Griff aus ihr heraus, während der Druck in ihr wuchs.

Seine Zunge umkreiste ihre empfindliche Klitoris, selbst als er ihre Pobacke knetete und einen Finger durch ihre Spalte führte.

Der Feuerball in der Form eines Orgasmus brannte von innen heraus und schoss sie in ungeahnte Höhen. Trotzdem ließ er nicht von ihr ab. Seine Zunge bewegte sich sanft über ihr Nervenbündel und rang auch das letzte erregende Beben aus ihr heraus.

Bei einem sanften Kuss auf ihre Pussy pulsierte sie erneut, bevor er sich aufsetzte und seinen harten Schaft aus ihrem Griff befreite.

„Ich ... ich habe es vergessen. Du bist nicht geko –"

Seine Augen funkelten vor Belustigung. „Das war die Idee." Nachdem er sich mit einem Kondom vom Nachttisch bedeckt hatte, rollte er sie auf ihren Rücken und senkte sich auf sie.

Sie schlang ihre Arme um seine breiten Schultern. Das Gefühl seines Gewichts auf ihr, das sie in die Matratze drückte, vernebelte ihr Gehirn und elektrisierte ihr Blut.

Mit einer Hand positionierte er die dicke Eichel seines Schafts, und sie hielt den Atem an.

Dann stieß er in sie, so hart und schnell, dass sie beide nach Luft schnappten.

„Mmm. Genau hier will ich sein." Tief in ihr vergraben stützte er sich auf seine Ellbogen und bewegte seine Hände, um sie auf ihre Wangen zu legen.

Und er hielt ihren Blick gefangen, als er sich zu bewegen begann.

Oh, wie gut es sich doch anfühlte, seinen dicken Schaft in ihrer Enge zu wissen. Er füllte sie so komplett aus. Als ihre Pussy um ihn herum pulsierte, schlossen sich ihre Augen bei dem ekstatischen Gefühl.

„Mmm, sieh mich an, Süße", flüsterte er. „Ich möchte deine Augen sehen."

Seine Tiefen waren ein bodenloses Blau, das in sie hineinbrannte. Er nahm sie mit gnadenlosen, treibenden Stößen, und beanspruchte ihren Körper und ihre Seele allein für sich.

Nach einer Weile schob er eine Hand unter ihren Hintern, um ihr Becken für eine tiefere Penetration anzuheben. Im nächsten Moment spannte sich sein Körper an, erstarrte, während die Sehnen an seinem Hals nun deutlicher hervortraten.

Sein Körper erschauerte, als er einen langen, gedehnten Atemzug nahm.

Er legte seine Stirn an ihre und lachte, küsste sie mit sanften Lippen. „Ich hatte geplant, dich nochmal kommen zu lassen, aber du bist ein bisschen zu talentiert mit deinen Fingern. Sehr oft können wir diese Stellung also nicht machen, da es sonst zu schnell vorbei ist."

Nein, niemals wieder könnten sie das tun.

Bei dem Gedanken ließ sich ein Gewicht auf ihrem Herzen nieder. Sie hatte Angst, ihn zu verlieren. Sie fürchtete sich davor, nie wieder Liebe mit ihm zu machen. Nach dem morgigen Tag würde sie ihn wohl nie wieder sehen.

Nichtsdestotrotz hatte sie keine andere Wahl. Um ihr Leben zu retten, musste sie von hier verschwinden.

Noch wichtiger war, dass sie nicht in der Nähe von Gabe sein durfte! Denn der Gedanke an ihren eigenen Tod war weit weniger furchterregend als der Gedanke, dass dieser Mann bei dem Versuch, sie vor Spyros zu beschützen, verletzt oder gar getötet werden könnte.

KAPITEL ZWANZIG

Am nächsten Morgen stieg Audrey aus Gabes Jeep und er begleitete sie zum Café.

Obwohl es Dienstag war und er arbeiten musste, hatte er sich freiwillig gemeldet, um sie später nach Anchorage zu fahren. Sie würde auf seinen Feierabend warten.

Er hielt das Café für sicher, da es unwahrscheinlich war, dass Spyros und seine Crew bereits Rescue erreicht hatten. Nur für den Fall wollte Gabe sie an einem öffentlichen Ort haben, denn Spyros würde für seine Rache auf Privatsphäre bestehen.

Während sie auf ihn wartete, konnte sie sich einen neuen Ausweis bestellen, und nachschauen, wo sie sich in Anchorage verstecken sollte und wo sie ein neues Auto herbekam.

Einmal in der Stadt konnte sie sich verstecken, bis ihr Ausweis fertig war. Danach würde sie vielleicht in die Unteren 48 zurückkehren oder in ein Dorf im Landesinneren ziehen.

Als Gabe ihr die Tür zum Café aufhielt, sah sie zu seinem gemeißelten Gesicht auf und blinzelte die Tränen zurück. Wann hatte sie den tödlichen Polizeichef so lieb gewonnen?

Und warum musste er so erstaunlich sein? Nicht nur im Schlafzimmer sondern auch abseits davon.

Sex mit ihm war ... nun, wie in all diesen Liebesromanen! Aber was wirklich die Schmetterlinge fliegen ließ, waren diese Momente, in denen er sie in seine große Dusche zog und sie wusch. Sogar ihre Haare.

Wie konnten so starke Hände so sanft sein?

Natürlich hatte sie protestiert, aber er hatte nur gelacht: „Danach kannst du *mich* waschen, Goldlöckchen. Falls du denkst, dass du im Bett nicht genug mit meinem Schwanz spielen konntest."

Oh, und was gefolgt war, war erstaunlich gewesen. Denn als sie seinen Schaft gewaschen hatte, war er hart geworden. Nachdem er die Dusche kurz verlassen hatte, um sich ein Kondom zu holen, beugte er sie über die lange Fliesenbank und nahm sie, schnell und hart, und er benutzte seine Finger, um sicherzustellen, dass sie kam.

Ihre Beine waren danach so schwach gewesen, dass er ihr aus der Dusche helfen musste.

Aber daran sollte sie gerade wirklich nicht denken. Nur ... kribbelte jetzt ihre untere Hälfte und sie war erregt und wollte Gabe für weitere intime Stunden nachhause zerren.

Stattdessen drückte sie die Schultern durch und trat in das Café.

Er folgte ihr hinein und fuhr mit einer Hand über ihre Haare. „Sicher, dass du diese Stadt verlassen willst?", fragte er leise.

Sie nickte. „Das ist sicherer." *Für mich und für alle um mich herum.*

Aber, Gott, es tat weh.

Als sie dort stand, schlang er seine Arme um sie. Und ihr Herz schmolz einfach zu einer warmen Pfütze dahin.

Sie kannten sich noch nicht so lange und doch wusste sie, dass sie ihn liebte.

Sie würde die Stadt verlassen. Sie würde *ihn* verlassen. Die nebelige Morgenluft hielt eine Kälte bereit, die der in Gabes Bauch entsprach.

Nachdem er Uriah und Sarah gewarnt hatte, dass die Möglichkeit bestand, dass jemand nach Audrey fragen würde, lief er durch Rescue und nickte den wenigen Leuten zu, die ihn begrüßten. Der Rest ging ihm aus dem Weg. Er machte den Einheimischen mit seinem finsteren Ausdruck Angst ... und im Moment war ihm das egal.

Sie wollte gehen.

Er hatte sich nicht mit ihr – oder irgendjemandem – einlassen wollen, aber ... na ja, es war passiert. Ein verdammt großer Fehler.

Nur konnte er die Zeit, die er mit ihr verbracht hatte, nicht als Fehler bezeichnen. Eher als Geschenk.

Nichtsdestotrotz wollte sie gehen. Sein Kiefer spannte sich an. Er würde wirklich gerne etwas schlagen.

Und das sah ihm überhaupt nicht ähnlich.

„Der Chief ist verdammt schlecht gelaunt", hörte er ein paar Frauen sagen. „Bleibt besser auf Abstand."

Bei den Worten stoppte er. Um Himmels willen, er war hier doch der gute Kerl. Mit einem Seufzer rieb er die Hände über sein Gesicht. *Reiß dich zusammen, MacNair. Du hast Menschen, die beschützt werden wollen, und es sollte nicht vor dir selbst sein.*

Er atmete langsam durch seine Nase ein und verstaute seine Gefühle, eine Technik, die er zu Beginn seiner SEAL-Karriere gemeistert hatte. Emotionen im Kampf zuzulassen, brachte Menschen um. Er würde zu Gedanken an Audrey zurückkehren, wenn er nicht länger arbeitete. Später.

Als er sich etwas beruhigt hatte, nickte er den Frauen zu. „Tut mir leid, meine Damen. Ich glaube nicht, dass ich schon meine volle Gallone Kaffee hatte."

Sie schenkten ihm ein Lächeln und ein *Guten Morgen* und setzten mit ihrem Spaziergang auf dem Bürgersteig fort.

Na bitte. Er gab sich zwei Sternchen für gute Gemeindearbeit und machte sich wieder auf den Weg.

Jemanden zu verprügeln, klang jedoch immer noch verlockend.

Der Tag verging im Schneckentempo. Zu wissen, dass Audrey im Café saß, war eine einzigartige Form der Folter. Sie war dort sicher, viel sicherer, als in einer einsamen Hütte oder allein in Anchorage.

Dennoch ging er jedes Mal, wenn er in der Nähe war, ins Café, um nach Audrey zu sehen.

Heute waren allerdings verdammt viele Anrufe eingegangen.

Gabe parkte den Streifenwagen vor der Station, stieg aus und streckte sich. Ein besorgter Bürger hatte wegen ausgesetzter Schlittenhunde angerufen. *Mein Gott.* Mit Träumen von großen Gewinnen oder Sponsorships kauften potenzielle Hundeschlittenführer – auch Musher genannt – Hunde und entdeckten schließlich, dass es Arbeit und Geld brauchte, um wettbewerbsfähige Teams zu entwickeln. Und sie waren es dann, die die Hunde töteten oder aussetzten.

Arschlöcher ...

Obwohl Gabe bereits eine Rettungsorganisation angerufen hatte, um die abgemagerten Hunde entgegenzunehmen, würde es eine Weile dauern, bis er sich wieder beruhigte. Dinge dieser Art machten ihn wirklich wütend.

Im Laufe des Tages hatte sich der Nebel aufgelöst, aber der Himmel blieb bleigrau. Gelegentlicher Regen träufelte auf Windschutzscheiben und durchnässte Kleidung.

Nicht mehr lange und seine Schicht wäre vorbei. Er sah die Straße hinunter. Es waren immer noch Touristen unterwegs, die in die Geschäfte ein- und ausgingen.

Ein Sportausrüstungsverleih wollte sich an der Hauptstraße

niederlassen. Wenn das geschah, wäre der nächste Schritt ein weiteres Restaurant, da die Angler und Wanderer ihre gemietete Ausrüstung am späten Nachmittag zurückgeben würden und es dann auf Abendessen abgesehen hätten.

Gabe steckte seinen Kopf in die Station, um zu sehen, ob etwas passiert war, von dem er wissen sollte.

In Vorbereitung auf den Feierabend räumte Regina ihren Schreibtisch auf. „Guten Abend, Chief. Deine Nachrichten liegen auf dem Schreibtisch. Das hat jedoch alles Zeit bis morgen."

„Wie habe ich ohne dich nur überlebt?"

„Oh, Chief, das hast du nicht."

Er lächelte. Sie hatte sich hier wirklich gut eingelebt. Ihre Art und ihre Körpersprache hatten sich in kürzester Zeit verändert. Es war, als ob sie sich endlich so sah, wie sie wirklich war – als intelligente, kompetente Frau und ein wertvolles Mitglied des Teams.

„Ich werde eine schnelle Patrouille zu Fuß unternehmen und dann auch Schluss machen." Als er Audrey angerufen hatte, meinte sie, dass sie ihre Vorbereitungen noch nicht ganz abgeschlossen hatte.

„Okay, Sir."

Gabe kehrte den Kurs um und ging die Hauptstraße hinunter, um sich die Seitengassen anzuschauen und zu prüfen, ob die neuen Geschäftsinhaber seine Anweisungen zur Sicherung ihres Mülls befolgten. Es gab nichts, was ein Schwarzbär mehr mochte als ein kostenloses Mittagessen.

So weit, so gut.

Als er die Sweetgale hinunterschlenderte, sah er, dass Lillian nicht zuhause war. Wahrscheinlich genoss sie gerade ihr Sozialleben.

Am Ende der Straße trat er in das Roadhouse. Es war gut gefüllt und er sah kein Problem. *Perfekt.*

Bevor er ging, hob er seine Hand zu Bull und bekam im Gegenzug ein breites Grinsen.

Auf dem Parkplatz erregte eine laute Stimme von der Rückseite des Gebäudes seine Aufmerksamkeit.

Gabe zögerte nicht lange und brach in diese Richtung auf.

Auf dem Parkplatz befanden sich nur wenige Autos. Mehrere Leute standen herum und beobachteten ... etwas. Wahrscheinlich ein wildes Tier. Touristen gruppierten sich wie Fliegen auf Aas, wenn sie Wildtiere entdeckten.

Als er jedoch näherkam, erkannte er, dass es sich um eine Gruppe Einheimischer handelte. Alle männlich.

„Zieh es aus, Baby", rief einer von ihnen.

„Oh ja", knurrte ein weiterer, „lass uns einen Blick auf deine Titten werfen."

„Vielleicht ist das keine gute Idee." Der Protest des dünnen Mannes wurde von den anderen übertönt.

Gabe kam näher.

Zwei Frauen befanden sich im Zentrum des ... Mobs. Beide weinten. Eine kniete, während die andere versuchte, aufzustehen. Verdammt.

„Was ist hier los?", sagte Gabe in einem autoritären Ton.

„Scheiße, es ist der Bulle." Wie Kakerlaken, wenn ein Licht auf sie fiel, brach die Gruppe auseinander und flüchtete zur Vorderseite des Grundstücks.

Als Pick-ups und Autos das Weite suchten, näherte sich Gabe den zwei Frauen und hockte sich vor ihnen hin.

Beide waren sie Mitte zwanzig, verängstigt und hielten einander in den Armen. Das Oberteil von einer der Frauen war gerissen. Die andere hatte eine geschwollene Lippe und einen roten Handabdruck im Gesicht.

Als sie bei seinem Anblick zusammenzuckten, tippte er auf die Polizeimarke an seiner Brust. „Polizei. Wie schwer seid ihr verletzt?"

„Sind wir nicht ... nicht wirklich", sagte eine.

Gott sei Dank. Er war so wütend, dass er darauf achten musste, seine Stimme gleichmäßig zu halten. „Was ist passiert?"

„Wir ... wir kamen gerade aus dem Roadhouse und ich sah ...“ Die Blondine weinte zu stark, um weiterzureden.

„Marcy sah einen Bären hinter dem Gebäude, also folgten wir ihm. Für ein Foto.“ Die Frau schob ihre Brille die Nase hoch, schaute sich um und fand ihr Handy im Kies. „Diese Männer ... Ich denke, sie haben uns gesehen, und sie sind uns gefolgt und haben uns einfach ... einfach umzingelt.“

Gabe schaffte es, sein Gesicht ausdruckslos zu halten.

„Wir haben nichts getan, nicht einmal mit ihnen geredet. Wir versuchten, zu verschwinden“, sagte die Blondine. „Aber sie haben uns vulgäre Dinge an den Kopf geworfen und fingen an, an unserer Kleidung zu ziehen. Ich wollte schreien, und einer von ihnen schlug mir ins Gesicht.“ Sie zeigte ihm ihre geschwollene Wange mit dem fassungslosen Ausdruck von jemandem, der noch nie in seinem Leben geschlagen worden war.

Dass *seine* Stadt dafür gesorgt hatte, dass sie lernte, was Gewalt war, machte Gabe krank. Er streckte seine Hände aus und half ihnen auf die Füße. „Glaubt ihr, ihr könntet die Männer identifizieren?“

Die Blondine schüttelte hastig den Kopf.

Das Mädchen mit der Brille zögerte sichtlich. „Ich fürchte nein. Und wir fahren morgen nachhause. Wir müssen wieder zur Arbeit.“

Herrgott, was für eine Art, einen Urlaub zu beenden. Rescue wäre sicher nicht das Highlight ihres Urlaubs. „Verstehe. Wir haben hier eine Klinik. Wir können den Mediziner nachsehen lassen, dass mit euch alles in Ordnung ist.“

„Die Ohrfeige war das Schlimmste“, sagte die Touristin mit der Brille. „Zumindest, was das Körperliche angeht.“ Ihre Augen füllten sich mit Tränen. „Ich bin wirklich froh, dass du zufälligerweise vorbeigekommen bist.“

„Habt ihr ein Zimmer im Resort-Hotel? Wie wäre es, wenn ich euch dorthin fahre?“

Sie schüttelte den Kopf. „Nein, es geht mir gut.“ Ihr Arm ging um ihre Freundin. „Marcy wurde mit so etwas noch nie konfrontiert. Ich leider schon."

Nun, das ließ einen Mann wie Scheiße fühlen – dass eine Frau mit der furchtbaren Art, die ein Mann an den Tag legen konnte, so vertraut war und sie diese Erfahrung bereits mehr als einmal in ihrem Leben machen musste. Was zum Teufel war los mit seinem Geschlecht?

An dem Auto der beiden öffnete er ihnen die Tür, half ihnen hinein und untersuchte die Brünette sorgfältig. Ja, es schien ihr gut zu gehen. Sie konnte fahren.

Sie nickte ihm zu und fuhr schließlich aus der Stadt.

Aus seiner Stadt.

Nur war sie das nicht, oder? Er wollte nicht Teil eines Ortes sein, an dem sich Männer wie Hunderudel auf der Suche nach ihrer nächsten Beute verhielten. Nur einer der Männer hatte Einwände erhoben, die auf taube Ohren gestoßen waren.

Mit finsterer Miene ging er zurück in Richtung Innenstadt. Er hatte noch keinen der Männer gesehen, aber er würde die meisten von ihnen erkennen, wenn sie ihm erneut über den Weg liefen.

Er warf einen Blick in das Café und erinnerte sich, dass Audrey bald die Stadt verlassen würde.

Er war wütend und frustriert, und diese Emotionen legten sich als bitterer Geschmack auf seine Zunge.

Audrey saß im Café auf ihrem Lieblingsplatz. Das leise Summen der Kunden bildete eine besänftigende Hintergrundmusik. Das Geschäft hatte wieder Fahrt aufgenommen und die Leute standen für das preisgünstige und bisher unverkaufte Gebäck Schlange.

Oh, wie würde sie diesen Ort vermissen – den Duft des Gebäcks und des Kaffees, wie sich Sarah und ihr Mann neckten sowie die freundlichen Grüße von den Bewohnern dieser Stadt.

Die Leute schienen sie zu mögen, und wie erstaunlich war das?

Falls Gabe keinen Notruf reinbekommen hatte, sollte er sie bald holen kommen. Um sie nach Anchorage zu bringen. Sie sollte besser ihre Sachen wegpacken.

Sie rief ihr E-Mail-Postfach auf, um kurz zu schauen, ob es in Bezug auf ihren bestellten Ausweis etwas Neues gab ... und fand stattdessen eine E-Mail von Dennison.

Mit was für einem Desaster musste sie sich nun wieder herumschlagen?

Sie biss sich auf die Unterlippe und öffnete die E-Mail.

Erfolg!

Spyros wurde heute festgenommen, als er ein Flugzeug nach Alaska betreten wollte, und ist jetzt in Gewahrsam. Eine Kaution wird ihm nicht gewährt.

Audrey, ich freue mich, sagen zu können, dass es für dich sicher sein sollte, nach Chicago zurückzukehren.

Ruf mich an, wenn du wieder in der Stadt bist. Gerne würde ich dich persönlich kennenlernen.

D.

Ein Laut entrang ihr, dann ein Quietschen. Und noch ein Quietschen. Als sie auf die Füße sprang, fiel ihr Stuhl um.

Sie hatten ihn erwischt. Sie würde also nicht bald sterben. Es war niemand mehr auf der Jagd nach ihr.

Oh, mein Gott, sie war frei.

„Julie, geht's dir gut?" Sarah rannte zu ihr. Abrupt blieb sie stehen und ihr besorgtes Stirnrunzeln glättete sich. „Warte ... Gute Nachrichten?"

„Die besten! Die allerbesten!"

Als sie merkte, dass alle sie anstarrten, errötete Audrey und sagte: „Sorry! Ich bin einfach nur glücklich!"

Ein paar Leute grinsten sie an, während andere mit dem Kopf

schüttelten. Sie dachten wahrscheinlich: *diese idiotischen Außenseiter.*

„Okay, also dann." Sarah tätschelte ihre Schulter und kehrte hinter die Theke zurück.

Als Audrey ihren Platz wieder einnahm, senkte sie den Blick und las erneut einen bestimmten Satz von Dennison. *Ich freue mich, sagen zu können, dass es für dich sicher sein sollte, nach Chicago zurückzukehren.* Sie könnte nachhause gehen, wo sie wusste, wie die Dinge funktionierten. Wo Elche sie nicht angriffen. Wo sie ein angesehenes, geschätztes Mitglied der Universität war.

Gedankenverloren strichen ihre Finger über die Tastatur, als sie auf den wirbelnden Bildschirmschoner starrte. Ja, sie könnte wieder arbeiten.

An ihrem dritten Tag auf der Flucht hatte sie ihren Chef angerufen, um bezüglich eines Notfalls in der Familie Urlaub zu beantragen. Ihr Vorgesetzter hatte Verständnis gezeigt – schließlich hatte Audrey ihre Krankheitstage nie genutzt –, und so hatte er ihr gesagt, sich alle Zeit der Welt zu nehmen.

Sie hätte also einen Job, der in Chicago auf sie wartete.

Aber keine Wohnung.

Die war weg, und ihre Habseligkeiten befanden sich in einem Lager. Nicht, dass sie in ihre alte Wohnung hätte zurückkehren wollen. Im Schlafzimmer war ... Blut gewesen. Ein Schauder durchlief sie. Das geringste Geräusch würde sie glauben lassen, dass wieder jemand einbrach.

Nein, es war gut, dass sie sich eine neue Wohnung suchen musste. Eine mit einem weitaus besseren Sicherheitssystem.

Uriah fand ihren Blick, deutete auf die Wasserflasche und fragte so, ob sie Nachschub brauchte. Audrey schüttelte den Kopf.

Gott, sie würde es vermissen, jeden Tag hierher zu kommen. Sie seufzte.

Und sie würde Gabe vermissen.

Nein, nein, nein, denk nicht an ihn. Sie schüttelte den Kopf und versuchte, ihre Gedanken auf etwas zu lenken, was sie nicht zum Weinen bringen würde.

Zum Beispiel hatte sie es sehr geliebt, mit Lillian im Garten zu arbeiten.

Lillian – oh nein! Audrey hatte versprochen, sich bis zur Erntesaison um den Garten zu kümmern. Alle Salatköpfe waren bereits in der Erde, und die schnell wachsenden Tomaten im Wintergarten müssten auch bald in die Erde, und ...

Sie konnte jetzt nicht gehen. Sie *wollte* jetzt nicht gehen.

Und was war mit der Bibliothek? Sie musste sich entscheiden, was sie bestellen sollte.

Knox brauchte sie. Wenn sie ihn nicht weiter unterrichtete, würde er nie lesen lernen.

Auch die Kinderprogramme mussten entwickelt und geplant werden.

Wirklich, sie musste zu Ende bringen, was sie begonnen hatte. Ihre Aufgaben halb erledigt zu lassen, war – wie Lillian sagen würde – wirklich unhöflich.

Außerdem wäre es weniger stressig, zurückzukehren, nachdem Spyros ein paar Monate hinter Gittern verbracht hatte.

August. Sie würde bis August bleiben.

„Problem, Goldlöckchen?" Eine warme Handfläche legte sich unter ihr Kinn und hob es, was sie zwang, in seine durchdringenden blauen Augen zu schauen.

Gabe.

Was würde er denken, wenn sie noch ein paar Monate bliebe? Was, wenn er sie nicht hier haben wollte? Was, wenn es zwischen ihnen unangenehm wurde?

Mit zusammengezogenen Augenbrauen nahm er neben ihr Platz und legte seinen Arm um ihre Schultern. „Was ist los, Süße?" Seine tiefe, widerhallende Stimme zerrte an ihr.

„Ich ... ich werde bis August bleiben. Ich muss bleiben."

„Okay." Er wischte ihr eine Träne von der Wange. „Brauchst du meine Erlaubnis?"

Meine Güte, sie klang wie ein Idiot. „Nein. Ich –"

„Chief, sie hat vor einer Minute hier herumgetanzt. Bis du plötzlich aufgetaucht bist." Sarah blickte ihn finster an. „Jetzt weint sie."

Die anklagenden Worte rollten von seinem breiten Rücken wie Regen von einem frisch gewachsten Auto. „Getanzt? Ist etwas passiert?"

Ihr Lächeln kehrte zurück. „Sie haben Spyros festgenommen. Er wurde verhaftet!" Sie legte ihre Handflächen auf seine Brust und hüpfte in ihrem Sitz auf und ab. „Sie haben ihn erwischt."

Ein Grübchen erschien in seinem schlanken Gesicht, als er lächelte. „Wird auch verdammt nochmal Zeit."

Er lehnte sich vor und presste ihr einen Kuss auf die Lippen. Dann zogen sich seine Augenbrauen zusammen. „Okay, um alles zusammenzufassen: Du hast vor, nach Chicago zurückzukehren, aber nicht vor August?"

Verunsichert ballte sie die Hände zu Fäusten. „Ähm, ja. Ich habe Lillian versprochen, bis zur Ernte zu bleiben, und ich muss Knox und die Bibliothek bedenken. Ich habe –"

„Du hast Verantwortungen." Er drehte sich zum Fenster und sah zur Polizeistation. Sie spürte, wie sich seine Brust bei seinen Atemzügen hob und senkte. „Genau wie ich, verdammt."

„Gabe?"

„August, hmm?"

„Bis dahin habe ich – hoffentlich – alles geregelt." Er hatte seine eigene Verantwortung erwähnt. Sie musterte ihn. „Planst du auch, zu gehen?"

„Vielleicht. Aber wie du kann ich nicht von heute auf morgen die Zelte abbrechen, ob ich das nun will oder nicht. Ich muss mindestens noch für die Touristensaison bleiben."

Gabe will gehen. Sie konnte sich die Stadt Rescue ohne ihren Chief nicht vorstellen. Er war das Herz dieser Stadt. Sie runzelte die Stirn. „Bedeutet ein Skigebiet nicht auch, dass es eine Wintersaison gibt?"

Sein Kiefer spannte sich an. „Ja, aber bis dahin kann die Stadt jemand anderen für meine Position einstellen."

„Nicht Earl Baumer."

Seine Augenbrauen zogen sich zusammen. „Du magst Baumer nicht?"

„Ich ... äh ... kenne ihn nicht. Aber ich glaube nicht, dass er so gut wäre wie du."

Sein strenges Gesicht wurde sanfter und er rieb seine Fingerknöchel über ihre Wange. „Ich denke, du bist ein bisschen voreingenommen."

„Vielleicht." Mit Earl Baumer war sie nicht ins Bett gesprungen. Und das würde sie auch nicht. Vielleicht – möglicherweise – hatte sie gehofft, dass aus ihr und Gabe etwas werden könnte, wenn sie blieb. Die nächsten Worte sprudelten regelrecht aus ihr heraus: „Möchtest du die nächsten zwei Monate damit verbringen, mit mir eine heiße Affäre zu haben?"

Sie klatschte beide Hände auf ihren verräterischen Mund und starrte ihn aus weit aufgerissenen Augen an.

„Affäre?" Die Belustigung in seinem Blick veränderte sich, zeigte sich dunkel und fordernd. „Oh ja, kleine Cheechako, das würde mir gefallen."

Oh, mein Gott, hatte er gerade zugestimmt?

Sein Mund formte sich zu einem zufriedenen Lächeln.

Was hatte sie getan? Ja, sie wünschte sich nichts mehr, als Zeit mit ihm zu verbringen, aber ... Würde sie ihn verlassen können, wenn sie den Sommer damit verbrachte, sich immer mehr in ihn zu verlieben?

„Chief." Sein Name war von der Tür gekommen. „Vor dem Roadhouse ist eine Schlägerei ausgebrochen."

Gabe murmelte leicht genervt: „Ich komme."

Er erhob sich, lächelte Audrey an und wiederholte mit einem amüsierten Glucksen: „Eine Affäre."

„Ich ..."

Er unterbrach sie mit einem Kuss. „Ich bin verdammt froh,

dass du jetzt vor Spyros sicher bist. Ich hole dich heute Abend an deiner Hütte ab, wenn ich mit der Arbeit fertig bin. Denn du wirst die Nacht bei mir verbringen."

Im Stechschritt verließ er das Café und sie starrte ihm mit offenem Mund nach.

Er hatte sie geküsst – vor allen. Als würde er sie für sich beanspruchen. Wie ein Liebhaber.

Ein Liebhaber. Oh Gott, sie konnte keinen Liebhaber haben. Auch wenn sie ihn liebte – und das sollte sie wirklich nicht. Dämlicher ging es gar nicht.

Ein Stuhl kratzte über den Boden, als sich Sarah an den Tisch setzte. „Obwohl er dich geküsst hat, siehst du aus, als hätte er dich geschlagen. Alles in Ordnung bei dir?"

Audrey schluckte schwer, als sie dem besorgten Blick der Frau begegnete. „Ich –"

„Wir haben uns von Anfang an Sorgen um dich gemacht, aber du sahst so aus, als würdest du dich hier gut einleben. Bis heute." Sarah nahm ihre Hand und drückte. „Etwas stimmt nicht. Lass uns helfen, Julie. Was auch immer du brauchst, wir können dir helfen."

Gott. Freundschaft. Ohne es zu merken, hatte sie sich eine Freundin zugelegt. Sie blinzelte, als sich ihre Augen mit Tränen füllten.

„Nein, nein, nicht weinen. Erzähl mir, was los ist." Sarahs Griff wurde schmerzhaft.

Audrey lächelte und wischte sich die Nässe aus ihren Augen. „Nichts ist los – nicht mehr. Ich habe dir eine Geschichte zu erzählen. Zunächst einmal heiße ich nicht Julie. Mein Name ist Audrey."

KAPITEL EINUNDZWANZIG

G abe ließ Audrey in seiner Küche ihr Ding machen und trat auf sein Deck, um den Grill zu prüfen.

Die Schönheit des frühen Abends machte ihn für einen Moment sprachlos. Der See war friedlich, mit einer schimmernden Reflexion des wolkenlosen blauen Himmels. Die Bäume und das Gras entlang des Ufers strahlten in einem saftigen Grün. Ein Paar Weißkopfseeadler streifte mit ihren Flügeln das Wasser.

Die trockenen, klaren Tage des Spätfrühlings waren die schönste Zeit in Alaska.

Und dann lachte er. Er liebte den *Termination Dust* – den ersten Schneefall, der die Berge mit Zucker bestreute und das Ende des Sommers signalisierte.

Nicht zu vergessen die übernatürliche Stille einer Winternacht, den hellen Vollmond in einem schneebedeckten Wald und die intensive Kälte, die einem den Atem rauben konnte.

Oder im Sommer, wenn die rosavioletten Weidenröschen die Wiesen und Straßenränder beherrschten. Oder wenn die Lachsläufe begannen, was die Bären mit ihren Jungen anzog.

Ja, er mochte alle Jahreszeiten.

Besonders in Makos alter Hütte, wo ihn die Wildnis von jeder Seite umgab.

Und doch war er glücklich hier. Genau hier.

Der Duft vom Grill wehte zu ihm. Das Erlenholz war bis zur perfekten Glut abgestorben.

Ein leises Rumpeln wies ihn darauf hin, dass Bull sich mit Caz näherte. In der Hoffnung auf Reste gackerten die Hühner, als die Männer am Stall vorbeikamen. Bull hielt die Platte mit den von ihm marinierten Lachsfilets. Als Gesundheitsfreak hatte Caz einen riesigen grünen Salat zubereitet.

Seine Brüder. Es fühlte sich gut an, sie als Nachbarn zurück zu haben, anstatt sie nur hin und wieder zu besuchen. Gemeinsam hatten sie den Holzschuppen repariert, die Wintertrümmer aufgeräumt und die Schneeschäden beseitigt. Und schweigend um Mako getrauert.

Mit ihnen körperlicher Arbeit nachzugehen, hatte die durch lange Abwesenheiten verursachte emotionale Trennung geflickt.

Er runzelte die Stirn. Wenn er in Makos Hütte zurückkehrte, würden Bull und Caz seine Abreise als eine Art Verrat betrachten?

Nachdem er das Fleisch auf den Grill gelegt hatte und es genüsslich vor sich hin brutzelte, ging Gabe hinein, um alles für die gebackenen Kartoffeln vorzubereiten.

Audrey jedoch hatte die Toppings bereits auf einem Tablett angeordnet, das sie ihm jetzt reichte.

„Perfekt. Danke. Sobald der Lachs fertig ist, können wir die Kartoffeln aus dem Ofen holen."

„Okay." Sie warf einen Blick aus dem Fenster und rieb in einer nervösen Geste die Hände über ihre Jeans. „Bist du sicher, dass es sie nicht stört, wenn ich mich anschließe? Es ist schließlich ein Familienessen."

Er stellte das Tablett auf die Arbeitsfläche und zog Audrey an sich. „Goldlöckchen, wir sind drei Kerle. Zu dem Chaos eine intelligente, wunderschöne Frau dazuzuholen, ist immer ein Plus."

Bei dem verwirrten Ausdruck auf ihrem Gesicht runzelte er

die Stirn. „Wunderschön? Ich bin nicht … Ich meine, ich bin okay, aber ganz sicher nicht wunderschön. Nein, das bin nicht ich."

Er zog sie näher und sein Herz brach. Das glaubte sie wirklich.

Es war nicht das erste Mal, dass er diese seltsame Reaktion bei Frauen bemerkt hatte. Als er jünger war, hatte er gedacht, dass er vielleicht unsichere Frauen anzog, aber mit mehr Erfahrung stellte er fest, dass die meisten Frauen ihre Attraktivität anzweifelten. Während einer nächtlichen Diskussion hatte Caz darauf hingewiesen, dass die Gesellschaft – und die Mode der Frauen – dazu führte, dass sich so ziemlich jede Frau unzulänglich fühlte. Der Körper war niemals perfekt; alle waren entweder zu dick, zu dünn, zu groß, zu klein. Ihr Haar war nie voluminös genug oder glänzend genug. Die Augen waren nicht groß genug. Ihre Haut strahlte nicht genug. Ihre Lippen waren nicht rot genug oder voll genug.

Wären es Männer, die sich diesen Scheiß gefallen lassen müssten, würden sie die Mistgabeln rausholen und die Modeindustrie auseinandernehmen.

Er hob Audreys Kinn. „Du bist wunderschön", sagte er in einem festen Ton. „Deine großen Augen sind wunderschön. Ich kenne niemanden, der schönere Augen hat. Sie haben die Farbe des Morgennebels über dem See."

Als er den Anflug von Tränen in ihren Augen sah, geriet er in Panik. Schnell fügte er hinzu: „Besonders gleich, nachdem du gekommen bist."

Ihre Mundwinkel neigten sich nach oben.

Lächelnd strich er durch ihr Haar. „Dein Haar ist seidenweich und lang … und perfekt, um dich mit ihnen beim Sex zu kontrollieren."

Sie unterdrückte ein Lachen.

Er fuhr mit dem Daumen über ihre Unterlippe. „Und dieser weiche Mund weiß genau, wie er mit meinem Schwanz umgehen muss."

Als sich ihre Augen verengten, grinste er. „Deine Brüste haben die perfekte Größe", *für meine Hände*, „und jedes Mal, wenn ich deinen Arsch sehe, werde ich hart."

Er presste sie gegen die Unterschränke und drückte besagten harten Schwanz gegen sie.

Sie lachte. „Hast du an Viagra geschnüffelt, oder was?"

„Ich brauche kein Viagra; ich habe dich." Er knabberte an ihrem Hals. Ja, ihre Brüste hatten wirklich die perfekte Größe für seine Hände.

Sie lehnte sich an ihn, ihre Finger fuhren in seine Haare. „Gabe, haben wir Zeit, um ..."

„Hey, Bruder", rief Bull. „Bring uns die Kartoffeln."

„Verdammt." Er zog sich zurück und lächelte in ihre glasigen Augen. Ihre Wangen waren vor Erregung gerötet.

Sie blinzelte ihn an.

Er grinste. „Wir werden diese Diskussion später beenden. Kannst du das Tablett heraustragen, während ich die Kartoffeln hole?"

„Ja. Okay. Natürlich."

Sie hob das Tablett auf, ging zur Tür und da sie noch immer im Lustnebel gefangen war, stieß sie mit der Schulter gegen den Türrahmen. Wieder grinste er. Sie wollte ihn und war sich aber weiterhin nicht sicher, wie sie damit umgehen sollte.

Tatsächlich hatte sie ihn völlig überrascht, indem sie eine Affäre vorschlug. Er hatte noch nie eine niedlichere Reaktion gesehen. Entsetzt über ihre Worte hatte sie die Hände über dem Mund zusammengeschlagen.

Niemals hätte er bei dieser Reaktion *Nein* sagen können.

Er warf die heißen Kartoffeln in einen Korb, schnappte sich zwei Bierflaschen und ging auf die Terrasse.

Egal ob Lachs, Elch oder Kuh, nichts war so gut wie Fleisch vom Grill. Und Gabe freute sich, dass Audrey es sich schmecken ließ.

Als sie mit dem Essen fertig waren, sammelte er die Reste ein und zeigte ihr, wie man den Hühnern die Leckereien gab.

Er schaffte es nicht, ihr zu widerstehen, wenn sie bei einer Aufgabe so strahlte, und so zog Gabe sie für einen langen Kuss an sich. Gab es etwas Heißeres als die Art und Weise, wie sie sich auf jedes neue Abenteuer einließ?

Als sie vom Hühnerstall zurückkamen, hatten Bull und Caz den Bereich aufgeräumt und waren auf dem Weg über den Rasen.

„Hey, ihr zwei", rief Bull, als er mit einer Hand eine Mücke an seinem Arm zerquetschte. „Es gibt keine Brise mehr. Es ist an der Zeit, sich auf sicheren Boden zu begeben."

Gabe schnappte sich erneut sein und Audreys Bier, nahm dann ihre Hand und folgte seinen Brüdern in den abgeschirmten Pavillon am grasbewachsenen Seeufer.

„Also, *Viejo*, wie war dein Tag?", fragte Caz.

Vor ein paar Stunden hatte Audrey seinen Brüdern alles über Spyros erzählt. Dann hatten Caz und Bull die Höhepunkte ihres Dienstags wiedergegeben.

Nun war Gabe an der Reihe ... denn das war eine Mako-Tradition. Als Kinder musste jeder Junge eine Zusammenfassung des Tages geben. Der Sarge war eben hinterhältig gewesen, denn so war Hawk gezwungen gewesen, täglich mehr als zwei Worte zu verwenden. Und Caz hatte auf diese Weise sein Englisch verbessert.

Gabe setzte sich auf einen Stuhl neben Audrey und erzählte von der Belästigung der beiden weiblichen Touristen. „Ich habe die beteiligten Männer nicht erkannt."

Er kannte noch nicht alle Stadtbewohner, aber er würde von nun an nach dieser Gruppe Ausschau halten.

Nachdenklich rieb Bull über seinen Spitzbart. „Wie waren sie angezogen?"

„Eher ländlich. Jeans, Stiefel –"

„T-Shirts oder Hemden?"

Gabe spielte die Szene erneut in seinem Kopf ab. „Keine T-Shirts." Das war seltsam. Die Männer waren alle unter dreißig

Jahre alt gewesen – was ein typisches Alter für simple T-Shirts war. „Keiner von ihnen."

„Sie könnten zu den Patriotischen Zeloten gehören. Ihr gefeierter Anführer Reverend Parrish billigt keine T-Shirts. Zu modern. Die Damenbekleidung ist noch altmodischer."

„Ich habe ihre Frauen im Supermarkt gesehen, natürlich immer in Begleitung eines Mannes." Audrey schüttelte den Kopf. „Blusen bis zum Hals zugeknöpft. Knöchellange Röcke. Sie sehen aus, als wären sie einer Episode von *Unsere kleine Farm* entsprungen."

Gabe musterte sie. Hatte er sie jemals in einem Rock gesehen? Sie trug wahrscheinlich nur Kleidung, in der sie rennen und entkommen konnte. Der Gedanke, wie lange sie in Angst gelebt hatte, war wie ein rauer Stein, der auf sein Herz einschlug. Er streckte die Hand nach ihrer aus und nahm sie in seine.

„Wie behandeln die PZ-Mitglieder ihre Frauen?", fragte Gabe. Der Mann, der Audrey im Roadhouse geschlagen hatte, gehörte zu den Zeloten. So wie auch die Männer von heute. Würde es mehr sexuelle Übergriffe von dieser Gruppe geben?

„Ich weiß nichts über ihre eigenen Frauen, aber von den wenigen, die meine Bar besuchen, tun sie so, als wären alleinstehende Frauen Huren." Bull runzelte die Stirn. „Egal, wo die Bastarde sitzen, ich schicke Felix zu ihnen."

Offensichtlich behielt Bull die Mitglieder im Auge.

Gabe hätte fast gelacht. Arme Bastarde. Kein vernünftiger Mensch wollte Bull verärgern. Gabe hatte schon früh gelernt, wie viel Schmerz seine übergroße Faust verursachen konnte.

„Ich bin froh, dass du sie im Blick hast." Das bedeutete, dass Audrey recht sicher war. Gabe hob ihre Hand und küsste ihre Finger.

„Weißt du, es ist eine Erleichterung, zu hören, dass die Arschlöcher von heute Nachmittag zu dieser idiotischen Sektenmiliz gehören." Tatsächlich hatte sich das unwohle Gefühl, das er hatte, seit er die Männer auf frischer Tat ertappt hatte, etwas gelindert.

Bull und Caz sahen verwirrt aus.

„Die Zeloten sind nicht wirklich Teil der Stadt", erklärte Gabe. „Würde ich vermuten, die Einheimischen hätten so etwas zugelassen, würde mich das auf die Palme bringen."

„Verständlich." Caz nickte. „Wer will etwas Gutes in einer Stadt erschaffen, wenn die Bewohner das nicht sind …"

„Sie wären es nicht wert", sagte Audrey.

„Genau." Gabe rieb sich über die Brust. Es fühlte sich an, als wäre eine Wunde in ihm aufgeplatzt.

„Aber wer kann schon sagen, wer wirklich würdig ist?" Caz schenkte ihnen ein schiefes Lächeln. „Ich bezweifle, dass ich die Hilfe verdient habe, die ich erhalten habe. Vor allem von Mako."

Gabe überlegte. Der Sarge hatte ihnen eine Chance gegeben, obwohl sie sich mehr wie Straßenratten als Menschen verhalten hatten. „Auch wieder wahr."

„Du bist genau wie Mako, Gabe", flüsterte Audrey. „Du hast Knox eine Chance gegeben, obwohl er selbst sagt, dass er sich wie ein Idiot benommen hat."

Gabe küsste sie auf den Kopf. Anscheinend hatte sich Knox ihr während seines Leseunterrichts anvertraut, *hmm?* Gabe hätte Knox wahrscheinlich vom Haken gelassen, aber es war Audrey, die den Mann auf einen neuen Pfad lenkte. Einen besseren Pfad.

„Wir werden mit dieser Sekte Probleme bekommen", prophezeite Bull. „Ich weiß nicht, was Parrish hinter diesen Zäunen macht. Ich weiß jedoch, dass er es mag, Aufmerksamkeit zu erregen. Deshalb will er keine neuen Geschäfte in der Gegend."

„Blöd für ihn", sagte Gabe.

„Apropos, wie läuft die Vermietung der Räumlichkeiten?", stellte Caz die Frage an Bull.

Gabe genoss es, wie Audrey ihren Kopf an seine Schulter lehnte, und trank lächelnd sein Bier.

Den grasbewachsenen Hang hinunter war das Wasser des Sees zu hören, das gegen das kleine Dock schwappte. Früher an dem Tag hatte Caz zwei Kajaks aus dem Schuppen geholt und auf der linken Seite angebunden. Der Platz für Hawks Wasserflugzeug war immer noch leer, ein Anblick, der Gabe einen Stich versetzte.

Dass sie zu Dritt zusammensaßen, machte es nur offensichtlicher, dass Hawk fehlte.

Als er seine Aufmerksamkeit wieder auf das Gespräch lenkte, stritten Bull und Caz über das leere Gebäude zwei Türen weiter von Dantes Laden. Bull hatte ein Angebot von einem Mann, der einen Spirituosenladen eröffnen wollte.

„Ich mag ihn nicht", sagte Caz. „Vermiete nicht an ihn, 'mano."

Mit einem Stirnrunzeln neigte Audrey ihren Kopf zurück, um zu flüstern: „Wie kann Caz Nein sagen, wenn das Gebäude Bull gehört?"

Gabe küsste ihre Finger. „Mako hat uns allen die Gebäude in einem großen Bündel überlassen."

„Hat er?" Ihre Augenbrauen zogen sich zusammen, dann kicherte sie. „Du lässt jeden in der Stadt glauben, dass Bull der alleinige Besitzer ist, damit er die ganzen Beschwerden bekommt?"

Sie holte schnell auf. Gabe zwinkerte ihr zu.

„Nein, weil er der Beste ist, wenn es um Finanzen geht." Caz grinste. „Das ist Fakt."

„Redet doch keinen Unsinn", sagte Bull. „Du hast Recht, Jul – Audrey. Sie wollen sich einfach nicht mit genervten Menschen rumschlagen."

Gabe gluckste. „Scheiße, natürlich nicht."

Als es später wurde, holten sie alle ihre Instrumente, und die Gespräche wichen einem Intervall von Musik.

Es brauchte ein wenig Überredung, aber Gabe brachte Audrey dazu, mit ihnen zu singen. Sie hatte eine schöne klare Sopranostimme. Noch besser klang sie, als sie sich schließlich entspannte, und er konnte die Freude in ihren Augen sehen.

Und er sah auch die freudigen Mienen seiner Brüder. Sie hatten gelegentlich Frauen nachhause gebracht – nicht oft –, aber keine hatte so gut reingepasst wie Audrey.

Caz beendete das Lied mit einem schnellen Trommelwirbel und lehnte sich zurück. „Ich habe gesehen, wie Knox und Chevy die zerbrochenen B&B-Fenster reparierten."

„Ja, sie arbeiten hart." Gabe schnaubte. „Ich stehe jedoch wieder auf deren Liste, seit ich sie gewarnt habe, dass ich die Entsorgungs- und Jagdbestimmungen durchsetzen würde."

Bei Audreys fragendem Blick fügte er hinzu: „Ich höre Gerüchte, dass die beiden nicht daran interessiert sind, die Regeln zu befolgen, besonders wenn es um Jagd- und Angelscheine geht."

Sie grinste. „Warum überrascht mich das nicht?"

„Zumindest hat der Vandalismus aufgehört. Gut gemacht, Bruder", sagte Bull. „Also ... was ist der nächste Schritt, um Touristen nach Rescue zu locken?"

Audrey machte den Mund auf und schloss ihn.

Immer noch schüchtern, ja? Gabes Herz öffnete sich für sie. „Hast du ein paar Ideen für uns, Goldlöckchen?"

Caz und Bull stellten ihre Instrumente zur Seite.

„Ich ... ja. Zwischen der Arbeit im Lebensmittelgeschäft und dem Roadhouse spreche ich mit vielen Touristen. Sie teilen, was sie gerne sehen würden oder was ihnen fehlt."

„Wundervoll. Lass hören, Champ", sagte Bull.

Mit ihrer Schüchternheit verbannt, legte sie Punkt für Punkt dar, was sie gehört hatte. Rational. Kurz und bündig.

Gabe starrte sie an. Nach einer Sekunde räusperte er sich. „Du bist erstaunlich gut darin, diese geschäftlichen Sachen zu analysieren."

Sie zuckte mit den Schultern. „Damit verdiene ich meinen Lebensunterhalt."

„Also gut. Die meiste Nachfrage scheint sich auf mehr Ess- und Unterbringungsmöglichkeiten zu konzentrieren." Er rieb die Hände aneinander. „Menschen, die Restaurants und Bed & Breakfasts eröffnen möchten, haben für mich oberste Priorität. Ich hatte auch Anfragen zu dem kleinen Hotelgebäude. Ich werde den Deal versüßen, um das in Gang zu bringen."

„Audrey meinte, dass Rescue andere Freizeitmöglichkeiten als Shopping braucht. Wir könnten den Park am Seeufer aufräumen und wieder in Stand setzen", sagte Caz.

„Das wäre großartig." Beim Blick auf den See runzelte Audrey die Stirn. „Mir ist aufgefallen, dass Angler nicht nur auf Männer reduziert sind. Oftmals kommen ganze Familien. Wie wäre es also mit einem Spielplatz?"

„Gute Idee", sagte Gabe. „Das würde den Touristen *und* den Bewohnern zugutekommen. Das Beste aus beiden Welten."

„Wie wäre es mit Werbung, um Leute anzuziehen?", fragte Bull.

Caz runzelte die Stirn. „Vielleicht sollten wir mit den Ausgaben warten, bis wir mehr Infrastruktur haben."

„Ich stimme zu", sagte Gabe.

„Soziale Medien sind jedoch kostenlos. Wir könnten versuchen, den Namen der Stadt auf diese Weise bekannt zu machen." Audrey zog ihr Handy aus der Tasche und hielt es vor sich hoch. „Die Leute schießen ständig Selfies. Wir könnten ihnen einen Selfie-Standort bieten. Manche Städte haben zum Beispiel eine Statue eines Tieres, welche die Gegend repräsentiert."

„Wie soll uns das helfen, wenn ein Tourist ein Bild mit einer Bärenstatue macht?", fragte Caz.

„Wenn der Bär ein Schild mit *Willkommen in Rescue* zu seinen Füßen hat, hast du kostenlose Werbung, wenn Bilder auf Facebook und Instagram erscheinen. Und während ihr die Einkaufsstraße verschönert, könnt ihr dort weitere Möglichkeiten für Fotos zur Verfügung stellen."

„Verdammt, du bist gut." Bull grinste. „Ich werde uns eine Elchstatue besorgen, sie am See aufstellen und mit einem Schild versehen, auf dem *Bull's Moose Roadhouse* steht."

„Ich nehme nicht an, dass es historische Gebäude gibt?", fragte Audrey.

Caz schüttelte den Kopf. „*Pearl's Roadhouse* wäre eins gewesen, aber es brannte in der Zeit um den Zweiten Weltkrieg ab. *Bull's* wurde auf dem ursprünglichen Gelände gebaut."

Bull rieb über seinen Spitzbart. „Ich kann der Geschichte der Stadt eine Mauer widmen, besonders der von *Pearl's Roadhouse*."

„Guter Plan", sagte Gabe. „Mal sehen, ob der Rat und die Geschäftsinhaber ein oder zwei Festivals veranstalten wollen. Wir könnten etwas gebrauchen, um die Anchorage-Leute zwischen der Angel- und Skisaison anzulocken."

„Wartet mal, Leute. Es gibt zu viel, an das wir uns erinnern müssen." Audrey verschwand im Haus und kehrte mit Stift und Papier zurück. Schnell schrieb sie die Ideen nieder.

Gabe blinzelte. Einige waren ihm bereits wieder entfallen. „Du hast ein beeindruckendes Gedächtnis, Goldlöckchen."

„Ja, das habe ich." Bei ihrer nonchalanten Antwort grinste er. Sie wunderschön zu nennen, hatte sie durchdrehen lassen. Eine Bemerkung zu ihrer Intelligenz? Kein Problem.

Er lehnte sich zu ihr, um sich die immer länger werdende Liste anzusehen, und als er seinen Arm hinter ihren Rücken legte, schmiegte sie sich an seine Seite.

Und er lächelte, denn es spielte keine Rolle, wie spät es heute Abend werden würde; am Ende würde er sie in seinem Bett haben.

KAPITEL ZWEIUNDZWANZIG

A m Donnerstag schlenderte Audrey durch die sonnige Innenstadt. Sie war auf dem Weg zu Lillian, um etwas Unkraut zu jäten. Beim Laufen machte sie sich Notizen darüber, wie man die Innenstadt touristenfreundlicher gestalten könnte.

Die leere Stelle an der Wand des Gemeindehauses wäre ein großartiger Ort für eine Karte der Geschäfte. Auch für sehenswerte Orte außerhalb der Stadt.

Sie würde Lillian fragen, was sie von der Idee hielt.

Sie hatte Spaß daran, sich mit Lillian auszutauschen. Die Erkenntnis, dass sie eine gute Freundin geworden war, fühlte sich wundervoll an. Mehr noch, Lillian benahm sich fast wie ... eine Mutter. Sie ermutigte Audrey, unterstützte sie. Als Audrey ihr von Spyros erzählt hatte, war Lillian wütend gewesen. Und sie hatte Angst um Audrey gehabt.

Sarah hatte die gleiche Reaktion gezeigt.

Ich habe Freunde.

Und einen Liebhaber. Oh Gott! Sie presste die Hand auf ihren Bauch, in dem gerade die Schmetterlinge wie wild flatterten.

Es hatte ihr nicht gefallen, heute Morgen aufzustehen. Lachend hatte er ihr eine dampfende Tasse Kaffee gebracht und sie nach draußen gezogen, um ihr zwei Seetaucher auf dem Wasser zu zeigen.

Warum fühlte es sich so besonders an, etwas so Kleines mit ihm zu teilen?

Lächelnd ging Audrey in den Supermarkt, um sich eine Limonade zu holen und zu fragen, wann Dante eine Pause machen wollte.

Nachdem sie nach seinem Zeitplan gefragt hatte, trat sie aus dem Laden und stoppte. Nach dem schwach beleuchteten Laden versengte die helle Sonne praktisch ihre Augäpfel. Sie blieb unter dem Vorsprung des Eingangs stehen, sodass sich ihre Augen anpassen konnten, und öffnete ihr Getränk.

Eine Stimme kam von jemandem, der um die Ecke zu stehen schien. „… bald werden sie die Straßen mit ihrem Müll, Plastikflaschen und Limodosen verunreinigen." Die Stimme des Mannes klang vertraut.

Eine Frau – nein, zwei Frauen – entließen besorgte Laute.

„Ja, wir werden mit Touristen überschwemmt werden, und ich hasse es, das zu sagen, aber mit ihnen werden Drogen und Perverse kommen. Die Kriminalitätsrate wird ansteigen." Der Mann stieß einen Seufzer aus. „Leider habe ich das Gefühl, dass unsere kleine Stadt nie mehr dieselbe sein wird. Unsere Kinder werden hier nicht sicher sein."

Der Südstaatenakzent des Mannes war ziemlich ausgeprägt, und Audrey spannte sich überrascht an. Officer Baumer. Himmel, wusste Gabe, dass sein Officer eine so negative Propaganda über den Tourismus verbreitete?

Sicherlich wusste Officer Baumer, wie sehr die Menschen hier die Touristen und das damit einhergehende Geld brauchten, und doch machte er ihnen Angst.

Als sich Audreys Hände ballten, wurde ihr klar, dass sie für einen Außenseiter furchtbar wütend war. Aber sie war keine Außenseiterin. Nicht mehr. Sie hatte hier Jobs, Freunde und Leute, die ihr geholfen hatten.

Sie würde ihr Bestes geben, um ihnen im Gegenzug zu helfen.

Zwei Frauen traten unter den Vorsprung des Lebensmittelgeschäfts.

Mit einem Lächeln ging Audrey aus dem Weg.

Vom Bürgersteig beobachtete sie, wie Officer Baumer davon marschierte. Ja, sie hatte ihn richtig identifiziert.

Oje. Das würde Gabe sicher nicht gefallen. Ihr Magen rebellierte, als sie daran dachte, ihm davon erzählen zu müssen. Und das musste sie.

Nachdem sie die Straße überquert hatte, betrat Audrey das Gemeindehaus.

Zwei Personen saßen vor der Tür zur Klinik. Hinter der Rezeption zeigte Regina einem älteren Mann den Weg zur Stadtverwaltung. „Geh dort lang und dann wird dir George bei den Lizenzunterlagen helfen."

„Danke." Der Mann ging um den Schreibtisch herum und lief zur Rückseite des Gebäudes.

Audrey hob die Hand. „Hallo, Regina. Ist der Chief hier? Ich muss kurz mit ihm reden."

„Ist er. Geh nur rein." Die Rezeptionistin drückte einen Knopf auf ihrem Schreibtisch und gab dem Chief Bescheid, dass jemand die Station betrat.

Audrey durchquerte das Großraumbüro und fand Gabe an seinem Schreibtisch.

Sogar sitzend strahlte er Macht aus. Sie war sich nicht sicher, woran das lag. Klar, er war groß und muskulös. Sein starker Kiefer zeigte den Schatten eines dunklen Bartes – und sein Gesichtsausdruck schien oft rücksichtslos. Die breite Brust, die vom khakifarbenen Uniformhemd bedeckt war, die Polizeimarke, der schwere Gürtel mit den Waffen – alles war an seinem Platz.

Selbst wenn er lachte, selbst wenn er in Jeans und einem abgetragenen T-Shirt herumlief, konnte er seine Autorität nicht abschütteln. Er war jemand, auf den man sich stützen konnte.

Die Polizeimarke bestätigte dies nur.

Er stand auf, als sie eintrat, und kam dann mit einem Stirnrunzeln um den Schreibtisch herum. „Du wirkst aufgebracht. Was ist passiert, Süße?"

Es war beunruhigend ... und herzerwärmend, dass er sie so leicht deuten konnte.

Als er sie zu sich zog, atmete sie den Duft von seiner Kiefernseife, seiner frisch gewaschenen Kleidung und seiner überwältigenden Männlichkeit ein.

Sie schlang ihre Arme um seine Taille und lehnte sich an ihn.

Seine stahlharten Arme festigten sich und zogen sie an seinen muskulösen Körper. „Audrey?"

„Alle anderen stolpern immer noch über meinen Namen. Warum du nicht?"

Er lachte. „Du kamst mir nie wie eine Julie vor, und mir wurde schnell klar, dass es nicht dein richtiger Name sein kann. Audrey klingt nach dir."

Polizisten. Natürlich war es dann komisch für ihn, sie bei einem Namen zu nennen, von dem er wusste, dass er nicht stimmen konnte.

„Ich glaube nicht, dass dich dein Name in die Station geführt hat." Seine Belustigung war in seinem geschmeidigen Bariton deutlich wahrzunehmen. Er streichelte mit seiner warmen Hand über ihren Rücken.

Sie lehnte ihre Stirn an seine Brust. Würde es ihn verletzen, wenn sie ihm von Earl berichtete? Er sprach nie über den Officer, als wären sie Freunde, aber trotzdem ... sie arbeiteten zusammen.

„Sag es mir, Goldlöckchen."

„Ich stand unter dem Vorsprung des Lebensmittelgeschäfts und habe gehört, wie Officer Baumer mit zwei Frauen sprach. Er sagte ihnen, dass der Zustrom von Touristen mehr Müll und Kriminelle nach sich ziehen würde. Perverse und Drogenabhängige. Dass die Stadt nie mehr dieselbe sein würde."

Unter ihren Fingern spannte sich Gabes Rückenmuskulatur

an. „Sehr interessant. Ich frage mich, wie lange er schon heimlich Propaganda betreibt. Und warum?"

„Ja, warum? Gute Frage. Die Schaffung eines feindseligen Umfelds wird die Besucher vertreiben." Da sie in Gabes Armen nicht denken konnte, ging sie zum Fenster. „Sein Job hängt davon ab, Touristen zu haben. Ohne sie werdet ihr beide nicht gebraucht."

„Das stimmt. Wir reden über Job-Selbstmord." Gabe lehnte sich gegen den Schreibtisch und verschränkte die Arme vor der Brust.

„Was ist ihm wichtiger als seine Karriere?" Sie blieb in der Mitte des Raumes stehen. „Gehört er zu den Selbstversorgern?"

„Weißt du, ich bin mir nicht sicher, wo er wohnt." Gabe setzte sich hinter den Computer und rief die Akte des Officers hervor. Als er Earls Privatadresse in die Karten-App eingab, presste er bei dem Ergebnis die Lippen fest zusammen.

„Was ist?" Audrey beugte sich über seine Schulter.

Gabe machte mit seinem Finger einen Kreis. „Dieses Gebiet gehört zu dem Gelände der Patriotischen Zeloten. Dort lebt er."

„Oh, das ist nicht gut."

„Seine Zugehörigkeit zu den Zeloten ist ihm demnach wichtiger als Jobsicherheit." Gabes Gesichtsausdruck verhärtete sich. „Ich hatte Bedenken wegen ihm, habe mein Bauchgefühl jedoch nicht weiter verfolgt."

Das sah Gabe nicht ähnlich. „Wieso nicht?"

Sein Lächeln war beklagenswert. „Ich nahm an, dass er einfach die Position als Chief wollte und es ihm nicht geschmeckt hat, dass ich stattdessen angeheuert wurde. Ich dachte, wenn ich ihm etwas Zeit gäbe, würde er sich an einen Vorgesetzten gewöhnen."

Ja, solange der Officer keine Gefahr für die Gemeinschaft darstellte, verstand sie, dass er Earl die Chance geben wollte, sich ins Team einzufinden. Er hatte dasselbe mit Knox und Chevy gemacht. „Glaubst du, Earl wurde die Position als Chief versprochen? Ich wette, die Zeloten wollten, dass er die Polizei leitet."

„Es ist gut, dass sie den Plan nicht durchsetzen konnten." Gabe schloss das Programm. „Da Reverend Parrish gegen die Wiedereröffnung der Wache war, hatte er beim Personal kein Mitspracherecht."

Gott sei Dank. „Was wirst du jetzt tun?"

„Beobachten und abwarten. Ich habe keinen stichfesten Grund, ihn zu feuern. Noch nicht. Obwohl seine Arbeit als Officer zunehmend schlampiger ausfällt."

„Ähm ... Chief?"

Sein Mundwinkel zuckte. „Ja, Ms. Hamilton."

Sie schmunzelte bei der Formalität. „Ich bin gut beim Recherchieren und kann andere Informationen sammeln, als ihr das mit eurer Standard-Hintergrundüberprüfung durch die Strafverfolgungsbehörden könnt."

„Tatsächlich?", fragte er nachdenklich.

Sie wurde rot. „Vor einiger Zeit habe ich für einen Privatdetektiv etwas Recherchearbeit betrieben, und er hat mir einige Tricks beigebracht."

„Du bist eine Quelle interessanter Fähigkeiten." Er fuhr mit dem Finger über ihre Wange. „Ich wäre daran interessiert, zu sehen, was du alles aus den Tiefen hervorholen kannst. Ich werde das Übliche tun, während du deine Magie spielen lässt, und am Ende tauschen wir uns aus."

Er glaubte in sie, wollte ihre Hilfe, schätzte ihre Fähigkeiten. Der Stolz, den sie dabei empfand, war berauschender als jedes alkoholische Getränk. „Okay. Ich fange sofort damit an."

„Vielleicht in einer Minute." Er schlang einen Arm um ihre Taille und presste seine Lippen auf ihre, küsste sie, neckte sie.

Als er sie schließlich losließ, musste sie sich an ihn klammern, um nicht zu fallen. *Puh.* Die Hitze fegte in Wellen über ihre Haut.

Aber ... öffentlicher Ort. *Benimm dich.*

Sie warf ihm einen strengen Blick zu. „Du solltest keine Leute in deiner Station küssen. Böser Polizeichef." Mit viel Mühe schaffte sie es, in einer geraden Linie durch die Tür zu gehen.

Und hörte, wie er hinter ihr lachte.

Gabe stand an seinem Fenster und beobachtete, wie Audrey die Straße überquerte. Ihr wunderschönes Haar schwang über ihren Rücken und wurde von der Sonne in goldenes Garn verwandelt. Anstatt der weiten Kleidung, die sie bei ihrer Ankunft getragen hatte, zeigte sie sich jetzt in engen Jeans, in denen ein erstklassiger Arsch steckte.

So verdammt hinreißend. Er liebte es, dass sie nicht eine Sekunde gezögert hatte, ihre Hilfe anzubieten. Menschen erschreckten sie vielleicht, aber ihr Bedürfnis, zu helfen, kam immer wieder durch.

Er würde ihre Hilfe ganz sicher nicht ablehnen. Die Frau war brillant.

Er setzte sich hinter seinen Schreibtisch, runzelte die Stirn bei dem Papierkram und sah dann zur Tür. Jedes Mal, wenn er die Station verließ, schloss er sein Büro ab. Trotzdem hatte er ein oder zwei Mal gedacht, dass die Stapel nicht in der gleichen Reihenfolge waren, in der er sie zurückgelassen hatte.

Gabe blickte finster drein. Er hatte das Gefühl niedergedrückt und es auf Paranoia und anhaltende PTBS reduziert.

Anscheinend war das falsch gewesen.

Wie Mako immer gesagt hatte: nur weil ein Mann paranoid war, bedeutete das nicht, dass er keine Feinde hatte, die es tatsächlich auf ihn abgesehen hatten.

War diese anti-touristische Flüsterkampagne neu oder war Baumer schon eine Weile damit beschäftigt?

Ihm kam noch ein Gedanke: Hatte Baumer Knox und Chevy zu ihrem zerstörerischen Benehmen angespornt?

Die beiden waren erwischt worden, weil Gabe Sicherheitskameras aufgestellt hatte. Baumer war genervt gewesen, nicht über die Kameras informiert worden zu sein.

Gabe lehnte sich auf seinem Stuhl zurück und starrte aus dem

Fenster. In Anbetracht des Klimas in Rescue und der Feindseligkeit von Parrish musste Gabe vorsichtig sein. Er konnte Baumer nicht einfach entlassen.

In der Zwischenzeit, obwohl der Vandalismus aufgehört hatte, war ihm aufgefallen, dass nun häufiger weibliche Touristen belästigt wurden. Nichts davon wurde von der Kamera erfasst. Denn die Anstifter wussten offenbar genau, wo sich die Kameras befanden.

Nun, das konnte er ändern.

KAPITEL DREIUNDZWANZIG

Eine Wetterfront war in der Nacht durchgerollt, sodass sich der Dienstag nass und kalt präsentierte. Gabe war es an diesem Morgen verdammt schwer gefallen, das Bett zu verlassen – was auch daran lag, dass er neben Audrey aufgewacht war.

Sie hatten seit dem Tag, an dem sie ihm gesagt hatte, dass sie sich eine Affäre mit ihm wünschte, jede Nacht miteinander verbracht.

Er schüttelte den Kopf. Sollte sich bei dieser Art von Beziehung nicht alles um Sex drehen? Zugegeben, er und Audrey *hatten* Sex. Allerdings wachten sie auch zusammen auf, machten Frühstück und neckten sich gegenseitig über Essgewohnheiten.

Er besuchte das Café und die Bibliothek, um sie zu sehen; sie wanderte mit Kaffee, Donuts und einem breiten Grinsen in seine Wache, denn ... *„Das ist es doch, was Polizisten den ganzen Tag essen, oder?"*

Er pflanzte Tomaten mit ihr in Lillians Garten, und sie hatte ihm geholfen, im Eremitage-Garten Unkraut zu jäten. Mittlerweile hatte sie sich dem Einsammeln der Eier aus dem Hühnerstall angenommen.

Letzten Sonntag am Vatertag hatte sie ihn dazu überredet, mit ihr, Tucker und Zappa angeln zu gehen. Später, nachdem sie ihre Fänge gegrillt hatten, waren Caz und Bull mit Geschichten über Mako vorbeigekommen. Sie hatte sich vor Lachen nicht mehr eingekriegt, während sie manchmal so sauer auf den Sarge gewesen war, dass sie ihm eine reingehauen hätte, wäre er noch am Leben.

Sie hatte nicht nur mitgesungen, sondern ihn auch gebeten, ihr das Gitarrespielen beizubringen.

Er hatte noch nie jemanden getroffen, der mit solcher Begeisterung in das Leben eintauchte. Nachdem sie aus ihrem Kokon in Chicago herausgekommen war und sich sicher war, dass Introvertierte Freunde gewinnen konnten, gab es kein Zurück mehr.

Der nächste Schritt war, sie von etwas Zwanglosem in eine echte Beziehung zu führen … mit ihm.

Gabe parkte den Streifenwagen vor dem Lebensmittelgeschäft. Er ließ kurz den Blick über die Läden schweifen und machte einen Abstecher ins Café, um sich von der hübschesten Frau im Bundesstaat einen Kuss abzuholen.

Als er aus dem Auto stieg, traf ihn kalter Regen ins Gesicht. Keine Notwendigkeit für eine kalte Dusche, wenn man in Alaska lebte.

Er warf einen Blick auf die Polizeistation und wandte sich ab. Die Atmosphäre dort war fast genauso kühl, da der hinterhältige Lügenbastard immer noch mit ihm arbeitete. Das würde er auch, solange Gabe keinen guten Grund hatte, Baumer zu feuern.

Um die Frustration etwas zu schmälern, betrat Gabe den Kunsthandwerksladen.

„Guten Tag, Chief." Glendas Webstuhl enthielt einige komplizierte Muster. „Bist du gekommen, um nach deinen Männern zu sehen?"

„Meine Männer?"

„Knox und Chevy." Sie deutete auf ein neues Regal an der

Wand. „Nachdem sie das Holz gekauft hatten, schleifte und lackierte Knox es, und Chevy hat es eingebaut."

Gabe fuhr mit dem Finger über das Holz. Gute Arbeit. „Sehr nett."

„In der Tat. Wir finden, dass die Jungs den Schaden wieder gutgemacht haben."

„Ich bin froh, dass du –"

„Chief! Chief! Wo ist der Chief? Und der Doc?" Die Worte einer Frau kamen von der Straße.

Bei der Verzweiflung in ihrer Stimme rannte er nach draußen.

Eine überaus schlanke, ältere Frau stand zwischen einem Pickup und seinem Streifenwagen.

„Was ist passiert?" Gabe hielt neben ihr an.

„Im Auto." Sie öffnete die Beifahrertür des Pick-ups.

Ein bewusstloser Chevy lag auf dem Sitz, der bis zum Anschlag nach hinten geneigt worden war. Sein Hemd – in Fetzen. Blut bedeckte sein Gesicht und eine Schulter.

Verdammt.

Gabe schaute sich um und zeigte auf einen Jungen im Teenageralter. „Hol Caz aus der Klinik. Beeil dich. Sag ihm, er soll die Trage mitbringen."

Der Junge rannte über die Straße.

„Erzähl mir, was passiert ist", sagte Gabe zu der Frau, bevor er sich in das Fahrzeug lehnte. Das Seil, das um Chevys Körper gebunden war, hielt blutbefleckte Gaze an Ort und Stelle. Gabe warf einen kurzen Blick nach unten und zuckte bei den langen, parallel ausgerichteten Wunden zusammen. Caz würde einige Zeit brauchen, um die Verletzungen zu verarzten.

Gabe schob die Verbände wieder zurück und drückte dann auf die Wunden, um die Blutung zu verlangsamen. „Sieht aus, als wäre er einem Bären zu nahegekommen."

„Das war auch mein Gedanke. Er taumelte aus dem Wald, und heilige Makrele, ich hätte den Idioten fast überfahren. Ich zog seine Jacke aus, schnallte ihm einen Druckverband an und schaffte es, ihn in den Pick-up zu wuchten."

„Bewegen sich alle Extremitäten?", fragte Gabe. Die Kopfwunde hatte aufgehört zu bluten, die umliegende Schwellung und die Blutergüsse jedoch deuteten darauf hin, dass der arme Kerl etwas Hartes auf den Kopf bekommen hatte.

„Ja. Chief, er sagte etwas über seinen Jungen. Ich rief mehrere Male nach ihm, aber es hat niemand geantwortet. Ich entschied, dass es besser wäre, erstmal herzukommen."

Oh ... Fuck. Gabes Kiefer spannte sich an. Er beugte sich vor und schlug Chevy leicht auf die Wange. „Wach auf, Mann."

Chevy stöhnte und seine Augenlider flatterten.

Caz schloss sich Gabe an. „Was ist los?"

„Bärenangriff. Sein Kind scheint noch da draußen zu sein."

„Mit einem verärgerten Bären? *Dios*. Stell deine Fragen. Ich werde ihn danach transportieren."

„Chevy, wach auf."

Chevys Augen öffneten sich und gewannen langsam an Fokus. „MacNair. Was zum Teufel?" Er bewegte sich, stöhnte und schaute nach unten. „Oh Gott."

Er streckte die Hand aus und versuchte, Gabe zu packen. „Niko. Mein Sohn. Ist er hier?"

„Nein, das ist er nicht." Niko. Das war der Junge, der den Welpen unter einem Auto gefunden hatte. Verdammt. Gabe nahm Chevys Hände in seine. „Wo hast du ihn zuletzt gesehen?"

„Wir haben einen Elc –" Chevys Blick landete für eine lange Sekunde auf Gabes Marke. „Scheiße. Okay, ich habe einen Elch erlegt. Wir waren gerade dabei, das Fleisch zu zerlegen, und liefen direkt zwischen eine Bärin und ihre Jungen. Braun."

Verdammt. So ziemlich das, was er erwartet hatte. Braunbären konnten aggressiv sein, besonders die Mütter. „Sie griff an?"

„Ja. Ich wies Niko an, zu rennen, und griff nach meiner Waffe, aber ..." Er schüttelte den Kopf.

Bären waren schnell. Wenn Chevy sein Gewehr nicht bereits

in die Richtung des Bären gerichtet hatte, waren die Chancen gering.

„Hast du Niko danach gesehen?"

Angst war in den Augen des Mannes zu sehen. „Der Bär hat mich gut erwischt, schlug mich gegen einen Baum und dann hörte ich Niko schreien. Sie ist ihm nachgelaufen. Gott!" Ein Schauder durchlief seinen Körper. „Hinter *meinem* Jungen."

Fuck, fuck, fuck. Der Junge konnte nicht älter als zehn sein.

Chevy sah zu Gabe. „Ich habe das Bewusstsein verloren. Ich weiß nicht, wie lange ich weg war. Als ich aufwachte, versuchte ich, Niko zu finden, nur dass ich immer wieder hinfiel."

„Also hast du dich entschieden, nach Hilfe zu suchen. Gute Entscheidung, Mann." Gabe gab der Frau, die Chevy zu ihm gebracht hatte, seinen Stift und den Notizblock. „Schreibe so detailliert wie möglich auf, wie Freiwillige zu dem Ort kommen können, an dem du ihn gefunden hast. Kannst du mich anschließend hinbringen?"

„Natürlich." Sie nahm den Notizblock und begann zu schreiben.

Gabe legte eine Hand auf Chevys unverletzte Schulter. „Ich werde eine Suchmannschaft zusammenstellen. Fällt dir noch etwas ein, das wichtig sein könnte?"

Er zog die Augenbrauen zusammen und überlegte. „Momentan nicht. Bitte finde ihn."

„Das werden wir." Gabe erinnerte sich an das glückliche Grinsen des Jungen, als der Welpe in seinen Schoß gekrochen war. Ihm rutschte das Herz in die Hose. *Bitte lass uns das Kind lebend finden.*

Caz stieß mit der Schulter gegen Gabes. „Ich bin dran, *Viejo*."

Als Gabe zurücktrat, um den Experten ans Werk zu lassen, sah er, wie sich die Stadtbewohner um den Pick-up versammelten.

„Bitte sehr, Chief." Die Frau übergab ihm die Wegbeschreibung.

Gabe fragte: „Willst du mit mir im Streifenwagen mitfahren?"

„Nein, ich bevorzuge mein eigenes Fahrzeug. Du kannst mir folgen."

„Geht klar." Gabe sah sich um. „Eine verärgerte Bärenmama griff Chevy an. Chevys Sohn Niko ist immer noch da draußen. Der Junge ist etwa zehn Jahre alt. Ich brauche Freiwillige, um nach ihm zu suchen."

Eine Person – nur eine – zog sich zurück und ging.

Jemand sagte: „Hol Dante dazu. Er wird in der Lage sein, Chevys und die Spuren des Kindes zurückzuverfolgen."

„Oh ja, Dante ist gut darin, eine Spur zu finden."

Dantes kratziges Lachen kam von rechts. „Ausgehend von dem, was ich gehört habe, kann der Chief das sogar noch besser als ich."

„Niemand ist besser im Spurenlesen als Gabe", bestätigte Bull.

Gabe sah die skeptischen Blicke. Wie es aussah, hätte er vielleicht ein wenig mehr über seine Vergangenheit sprechen sollen. Keine Zeit, das jetzt zu korrigieren. Er deutete auf Bull. „Organisiert Freiwillige. Ich möchte, dass sie in der Wildnis erfahren und in der Lage sind, bei der Durchführung zu helfen."

Bull schnippte mit den Fingern und begann, den Menschen um ihn herum Befehle zu erteilen.

Caz würde sich um die medizinische Versorgung kümmern. Bull hatte das Suchteam unter Kontrolle. Jetzt ... Betreuungspersonal. Es war Unterkühlungswetter.

Gabe entdeckte Sarah und Audrey. „Könnt ihr eine Basis auf der Straße einrichten, wo Chevy gefunden wurde? Decken, warme Getränke und Essen für die Suchenden und hoffentlich den Jungen?"

„Natürlich", Sarah nahm ihm die Wegbeschreibung ab, las über die Notizen, bevor sie den Block zurückgab. „Ich kenne die Gegend gut."

Neben ihr zögerte Audrey, als wäre sie unsicher, ob sie von Nutzen sein könnte. Ein Stadtmädchen wäre es gewohnt, bei einer derartigen Situation 911 zu wählen. Er nickte ihr ermutigend zu.

Ihr Kinn hob sich. „Wir machen das schon."

Ja, das würde sie.

„Gut. Wir stellen sicher, dass ihr Platz zum Parken habt." Als Gabe Regina sah, gab er ihr die Wegbeschreibung. „Wer sich uns anschließen möchte, hier beginnen wir mit der Suche. Benachrichtigt einen Wildlife Trooper über die Situation und sorgt dafür, dass er herkommt."

„Ja, Sir."

Caz hatte Männer gefunden, mit denen er Chevy auf die Trage lud.

Als sie Chevy über die Straße transportierten, schüttelte eine ältere Frau den Kopf. „Dieser Idiot. Jagt er doch wirklich außerhalb der Saison." Sie folgte der Trage.

„Chevys Tante", sagte Dante.

„Ah." Gabe schaute sich um und war erfreut über die Anzahl der Freiwilligen, die sich bereits um Bull versammelten. Wenn Gabe die Spuren des Kindes nicht fand, könnten sich mehr Augenpaare als hilfreich erweisen. „In Ordnung, Leute. Wir werden parken, wo Chevy den Wald verlassen hat. Von dort verfolgen wir seine Schritte zurück."

Nickende Köpfe zeigten, dass alle verstanden hatten.

„Ausrüstung für kaltes Wetter und Regenkleidung, Taschenlampen und Rettungspakete nicht vergessen. Wenn ihr Bärenspray oder Fackeln habt, bringt sie mit. Lasst eure Schusswaffen zurück – mit so vielen Leuten ist das Risiko zu groß."

„Wohl wahr."

„Alles klar, Chief."

„Jeder, der uns jetzt nicht sofort begleiten kann, Regina hat die Wegbeschreibung." Er sah zu Dante und Bull. Bei ihnen vertraute er darauf, dass sie trafen, worauf sie zielten. „Ihr beiden bringt eure Waffen mit."

Er wies auf die Fahrerin des Pick-ups, sodass seine Brüder bei ihr einstiegen, und sprang selbst in den Streifenwagen.

Sobald sie alles zusammen hatten, sprang Audrey neben Sarah auf den Beifahrersitz. Dann fuhren sie aus der Stadt und bogen auf immer schmalere Schotterstraßen ab.

„Da." Audrey zeigte auf eine Ansammlung von Autos, welche die Straße einspurig machten.

Sie parkten und sahen, wie die letzten Freiwilligen im Wald verschwanden.

Wie cool war es, dass zwei davon Frauen waren?

Obwohl Audrey wünschte, sie könnte beim Suchen helfen, wusste sie, dass sie eher ein Hindernis als eine Hilfe sein würde. Sie nahm sich vor, mehr über die Gegend zu lernen und das nächste Mal, wenn es zu einem Problem kam, könnte sie aktiv helfen.

„Ich sollte auch schießen lernen", murmelte sie, was von Sarah zu einem verständnisvollen Blick führte.

Konzentriere dich auf deine Aufgabe, Audrey. Auf der Straße sah sie einen Tannenzapfenhaufen. „Ich wette, das ist der Platz, den Gabe für uns reserviert hat."

Audrey rutschte aus dem SUV und räumte die Tannenzapfen aus dem Weg, sodass Sarah parken konnte. Kalter Nieselregen fiel auf ihren Kopf und ihre Schultern und sie bekam Gänsehaut, als sie an den armen Jungen dachte. Erst zehn Jahre alt. Er hatte gesehen, wie sein Vater von einem Bären angegriffen wurde. Der Kleine musste so verängstigt sein. Und nun wusste er nicht, wie er nachhause kommen sollte.

Auf der Rückseite des SUV öffnete Sarah die Heckklappe. „Wenn du schießen lernen willst, frag den Chief. Mako hat uns erzählt, dass Gabe als besonders erfahrener Schütze eingestuft wurde."

„Oh, gute Idee." Gabe. Sie hätte es wissen sollen. „Ich kann nicht glauben, wie schnell er das alles organisiert hat."

Als er konzentriert Befehle verteilt hatte, waren die Leute gesprungen. Sogar Dante hatte bei einer Anweisung salutiert und hatte dann getan, was ihm aufgetragen wurde.

„Der Chief weiß genau, wie er eine Truppe anführen muss." Sarah befestigte eine Plane an der offenen Heckklappe. „Ich denke, Combat Sergeants haben ein instinktives Bedürfnis, im Chaos Ordnung zu schaffen, und Gabe ist Mako sehr ähnlich."

„Ich wünschte, ich hätte Mako gekannt." Schließlich hatte er beeindruckende Männer großgezogen. Audrey verankerte zwei lange Stangen, um ein Vordach zu bilden. „Das ist wirklich clever. So können sich die Helfer unterstellen."

„Es war Mako, der uns auf die Idee gebracht hat." Sarah lächelte. „Sein praktisches Wissen kannte keine Grenzen. Auch nach vielen Jahren in Alaska haben wir durch ihn immer noch dazu gelernt."

Audrey musterte sie. „New York, richtig?"

„Du kannst den Akzent hören, hmm?"

„Von New York nach Rescue ist eine beachtliche Veränderung."

„Oh, so wahr. Ich gebe meinem Mann die Schuld. Er wollte unbedingt, dass unsere Kinder andere Fähigkeiten als Videospiele erlernen. Wir haben jedoch eine Weile gebraucht, um den richtigen Ort zu finden. Eine Zeit lang waren wir in Anchorage. Zu viele Leute für Uriah. Eine Hütte ohne Strom? Nicht meins." Sie zog eine Grimasse. „Es gibt bestimmte Fähigkeiten, die ich nicht brauche – wie Wäsche von Hand zu waschen."

Was für ein schrecklicher Gedanke. „Ja, das könnte ich auch nicht mehr."

„Also haben wir uns hier in Rescue niedergelassen. Perfekt für uns beide."

Audrey stellte die übergroßen Kaffee- und Suppenspender auf und wickelte sie dann in Isolierdecken. Zusätzliche Thermosflaschen mit heißem Wasser für Tee oder heiße Schokolade wurden aufgereiht und mit weiteren Decken isoliert. Für den Fall, dass die Suche länger dauerte, hatte Sarah einen Campingkocher mitgebracht, um das Essen und Trinken aufzuwärmen.

Decken und Wärmepacks befanden sich in einer Box im Fahrzeug.

„Wir sind bereit." Sarah warf einen Blick auf den Waldrand und presste die Lippen zusammen. „Hoffen wir, dass unsere Arbeit nutzlos war und sie Niko schnell finden."

Audrey sprach ein stilles Gebet.

Zehn Minuten später humpelte Tucker aus dem Wald, gestützt von einem bärtigen Mann. Die beiden kamen direkt auf den SUV zu.

„Tucker, was ist passiert?" Audrey öffnete schnell einen Campingstuhl, damit er sich ins Trockene setzen konnte.

„Ich bin in ein verdammtes Loch getreten. Dieses alte Bein von mir biegt sich nicht mehr so wie früher." Er schlug auf seinen Oberschenkel. „Mein Knöchel ist umgeknickt."

Sarah schüttelte den Kopf und gab dem anderen Mann eine Tasse Kaffee.

„Danke, Sarah."

Tucker sah zu seinem Freund auf. „Danke für die Hilfe, Guzman."

„Immer gern." Guzman trank von dem Kaffee. „Ich werde zur Suche zurückkehren. Kümmert ihr euch um ihn?"

Sarah nickte. „Lass ihn bei uns. Viel Glück."

Als Guzman zurück in den Wald joggte, reichte Audrey auch Tucker eine Tasse Kaffee. „Wie läuft eure Suche?"

„Danke, Audrey." Er nahm einen Schluck und seufzte zufrieden. „Ich muss sagen, ich war besorgt, weil Dante uns nicht geführt hat. Aber Okie hat Recht behalten. MacNair ist verdammt gut. Er folgte Chevys Spuren durch das nasse Gelände. Nachdem er herausgefunden hatte, wo sie dem Bären begegnet waren, hatte er kein Problem mehr, die Spuren des Kindes auszumachen. Aber auf dem abgeholzten Bereich sind wir ins Stocken geraten."

Eine Stelle, wo Holzfäller alle Bäume gefällt hatten und ein baumloses Gebiet voller Unebenheiten zurückgelassen hatten. „Warum?"

„In dem Bereich hat Chevy den Elch erlegt." Tucker bewegte sich unbehaglich und rieb sich das Bein.

Audrey runzelte die Stirn. Erste-Hilfe-Anweisungen bestanden darin, dass verstauchte Knöchel angehoben werden sollten. Sie zog einen weiteren Stuhl zu ihm.

„Guter Gedanke." Sarah hob Tuckers verletztes Bein, damit Audrey den Stuhl darunter schieben konnte.

„Würde eine Lichtung die Spurensuche nicht einfacher machen?"

„Danke, meine Damen." Tucker warf Audrey einen Blick zu. „Nicht einfacher. Das Problem ist, dass sie dort nur Elchspuren und den Beweis von Chevy und Niko gesehen haben, da sie an dieser Stelle das Tier auseinandergenommen haben. Füge dann Bärenspuren hinzu und es führt zu widersprüchlichen Hinweisen. Der Chief lief einen weiten Kreis, um zu versuchen, die Spuren des Jungen außerhalb des Schlachtfelds auszumachen."

„Der Bär hat das Kind nicht angegriffen?", fragte Sarah.

„Nein. MacNair zeigte uns, wo die Bärenmama wieder mit ihren Jungen zusammengefunden hatte. Demnach hat sie an dieser Stelle auch das Interesse an der Jagd verloren."

Gott sei Dank.

Tucker runzelte die Stirn. „Chevy war wahrscheinlich so begeistert davon, einen Elch erlegt zu haben, dass er nicht auf seine Umgebung geachtet hat. Dummer Fehler. Jetzt ist er verletzt, wird das Fleisch verlieren und eine hohe Geldstrafe bekommen. Ich hoffe nur, dass wir seinen Jungen finden."

„Ja, das hoffe ich auch." *Finde den Jungen, Gabe. Bitte.*

Während ihm ein Windstoß eiskalten Regens ins Gesicht blies, lief Gabe den abgeholzten Bereich ab, in dem Chevy den Elch zerlegt hatte. Er hoffte, Spuren des Kindes zu finden und so die Suche eingrenzen zu können.

Alle anderen folgten dem Raster, das er angelegt hatte.

Bisher hatte niemand etwas gefunden. Verdammt. Frustration nagte an seinen Nerven. Gott sei Dank war es fast Sommersonnenwende, denn so hatten sie noch mehrere Stunden Tageslicht übrig. Aber ein verängstigter Junge konnte weit und schnell rennen. Das Kind war wahrscheinlich durchnässt und mit der Temperatur um die zehn Grad Celsius war er sicher unterkühlt.

Was er nicht alles für ebenes Gelände und einen offenen Wald geben würde. Aber ... nein. Stattdessen sorgten die Überreste der Vernichtung von einer Fichtenborkenkäferplage für einen unsicheren Stand – und seine Hüfte schmerzte höllisch. Hüfthohe Blaubeer- und Krähenbeersträucher waren verstreut zu finden, durchsetzt mit Schilf- und Schwingelgras. Nichts davon half bei der Spurensuche.

Er schob seinen Kragen höher, um sich gegen das Wetter zu schützen, ging weiter und behielt den Blick auf den Bereich vor seinen Füßen gerichtet.

Da. Eine Einkerbung, die von den Spuren eines anderen Suchenden fast ausgelöscht worden war. Jemand hatte die Fußspuren des Kindes übersehen. Das passierte. Leichtgewichtige Kinder hinterließen nicht so viele Spuren wie ein Erwachsener.

Er schaute weiter. Dieser Bereich aus plattgedrücktem Gras könnte von einem Tier herrühren, aber nein, da war die Kurve eines Schuhabdrucks. Der Halbkreis zu schmal, als das er von einem Männerschuh stammen könnte.

Er entdeckte einen Handabdruck. Dann einen Knieabdruck. Um sicherzustellen, dass der Bär ihn aus den Augen verlor, war der Junge durch die niedrigen Sträucher gekrochen. Natürlich hätte der Bär keine Probleme damit gehabt, den Geruch des

Kindes aufzunehmen, aber ... aus den Augen, aus dem Sinn klappte hin und wieder. Und das hatte es. Kluges Kerlchen.

Es sah so aus, als wäre Niko direkt auf den Wald zugegangen, den Ort, an dem Büsche für Fichten und Hemlocktannen Platz machten.

„Hast du etwas gefunden?" Bull warf ihm die Hälfte eines Müsliriegels zu.

„Ja, habe ich." Gabe zeigte auf den Abdruck eines Wanderschuhs.

„Gut gemacht."

Gabe kaute den süßen Haferriegel und folgte den Spuren noch ein paar Meter weiter. Ja, das war die Richtung.

Er hob die Stimme: „Hier drüben."

Er ging voran und schätzte es, Bull im Rücken zu haben. Die anderen folgten ihm in einem Fächermuster und achteten auf alles, was ihm entgehen könnte.

Als sie den Wald erreichten, fand Gabe schlammige Fußab-drücke und Spuren an einem Stamm, an dem das Kind hochge-klettert war.

Bull wies auf einen tieferen Fußabdruck hin, wo der Junge später gelandet war, als er vom Baum gesprungen war. „Er hat wahrscheinlich gewartet, um sicherzustellen, dass der Bär weg ist."

„Ich sehe kein Blut." Dantes Bemerkung schaffte es, die Stim-mung zu heben.

„Der Bär hat ihn nicht gekriegt. Er hat nur Angst und ..." – Gabe seufzte, als die Fußspuren direkt in den Wald führten – „... er hat sich auf dem Weg zurück verlaufen."

Verdammt. Gabe hob den Blick zum Himmel. Wenn sie Niko nicht in der nächsten Stunde fanden, würde er die Rettungshunde aus Soldotna anfordern. Er sprach zu Guzman und Erica. „Mar-kiert den Weg, bitte."

Sie machten sich daran, Fähnchen zu setzen.

Eine Weile später kniete Bull nieder und zeigte, wo ein Bereich aus Gras nach oben kippte. „Wir holen ihn ein."

„Ja, wir sind nah dran." Gabe stieß seinen Bruder an. „Du hast eine beeindruckende Lunge, Bruder. Benutze sie."

Er nickte. „Niko! Niko!" Bulls Brüllen war wahrscheinlich in Rescue zu hören.

Das erschreckte Lachen der Suchenden verblasste, als sie auf eine Antwort warteten.

Und die bekamen sie auch.

„Hier. Ich bin h-hier!" Die Stimme des Jungen war schwach – und brach bei dem letzten Wort. Aber das Kind lebte. Und war fähig, zu schreien.

Gott sei Dank. Gabe musste den Kloß in seiner Kehle runterschlucken, bevor er schrie: „Bleib, wo du bist, Niko. Wir kommen zu dir. Nicht bewegen."

Gabe trat einen Schritt zurück und ließ die anderen vor. Seine Crew hatte hart gearbeitet – und dieser Moment war die beste Belohnung.

Sie fanden das Kind in der Fötusposition, in der Mulde eines umgestürzten Baumes. Durchnässt, vor Kälte zitternd ... und am Leben.

Erleichterung schwächte Gabes Knie. Und der Aufprall eines kleinen Körpers, der auf ihn traf, ließ ihn taumeln.

„Ich wusste, dass du kommen würdest, Chief. Ich wusste, dass du mich finden würdest." Der Junge klammerte sich mit seinen dünnen Armen an ihn.

Gabe spürte, wie sich sein Herz in Matsch verwandelte. „Ich bin mir ziemlich sicher, dass die ganze Stadt hier draußen ist, um nach dir zu suchen." Und das war die Wahrheit.

Was für eine Stadt ...

Dante warf ihm eine Decke zu und Gabe wickelte sie um das Kind, bevor er es in seine Arme hob. „Dann bringen wir dich mal zurück zu deiner Familie. Dein Vater wird ein paar interessante Narben haben, aber wie es scheint, wird er wieder."

Niko sackte erleichtert zusammen und vergrub sein Gesicht an Gabes Hals, wo er bitterlich weinte.

Gabe musste seine eigenen verdammten Tränen zurückblinzeln.

Sie waren zwei Kilometer gelaufen, bevor das Schluchzen des Kindes etwas nachließ und sich sein Kopf hob. Ausgeweint. Lächelnd wuschelte ihm Gabe durch die Haare. „Erzähl mal. Wie geht es deinem neuen Hund?"

„Er ist so schlau!"

„Ach, und woher weißt du das?" Bull nahm den erschöpften Jungen, gab vor, ihn fallen zu lassen, und entlockte ihm so ein Kichern.

„Wir sollen ihm kein Essen geben, aber er schleicht sich zu jeder Mahlzeit unter den Tisch. Und wenn ich vergesse, ihm etwas zuzuwerfen, legt er seine Pfote auf meinen Fuß."

Gabe grinste. „Ja, klingt ziemlich schlau."

„Und nachdem er die liebste Messerscheide – die mit dem Rohleder – meines Vaters zerkaut hatte, versteckte er sich in meinem Schrank."

Guzman ging vor ihnen her und sagte über seine Schulter: „Und der Welpe ist trotzdem noch am Leben?"

„Dad hat gebrüllt", gab Niko zu. „Dann lachte er und sagte, ich schulde ihm eine neue Scheide, und er würde mir beibringen, wie man sie herstellt."

Gabe blinzelte. Wer hätte gedacht, dass Chevy so geduldig sein konnte?

Als Guzman mit dem Tragen des Jungen an der Reihe war, schloss sich Gabe Bull an, um Nachhut zu spielen und sicherzustellen, dass niemand verloren ging. Die ganze Gruppe war in Hochstimmung. So ziemlich jeder hatte ihm für sein Talent bei der Spurensuche gratuliert. Gott!

Auf der Lichtung verlangsamte Dante seinen Gang und sah sich noch einmal an, wo Gabe Nikos Spuren aufgenommen hatte. „Ich kann nicht glauben, dass du das gesehen hast, Chief. Gute Arbeit."

Gabe zuckte mit den Schultern. „Ich hatte Glück."

„Blödsinn." Bull folgte dem schwachen Umriss von Nicos Sneaker mit dem Finger. „Du warst beim Spurenlesen immer besser als wir. Schön zu sehen, dass du deine Fähigkeiten nicht verloren hast, Bruder."

„Bruder?" Erica, eine der beiden weiblichen Suchenden, sah über ihre Schulter. „Woher kennt ihr euch? Ich dachte, der Chief sei neu in Alaska."

Bull zögerte und sah fragend zu Gabe. *Erzählen oder nicht?*

Gabe rieb sich über den Kiefer. Der paranoide Sergeant hatte seinen Jungen beigebracht, keine persönlichen Informationen zu teilen.

Aber ... Mako war tot. Und sie gehörten jetzt zu dieser Stadt. Gabe nickte.

„Wir sind als Brüder aufgewachsen", sagte Bull. „In der Nähe von Seward, aber abseits der Zivilisation."

Das halbe Dutzend Menschen innerhalb der Hörweite drehte sich zu ihnen und starrte sie mit offenem Mund an.

„Ich fass' es nicht", murmelte ein Mann. „Kein Wunder, dass er beim Spurenlesen so scheiße gut ist."

Gabe lachte. Es hatte sich gut angefühlt, seine Fähigkeiten einzusetzen. Und wieder ein Team zu führen. Er warf einen Blick auf die Männer und Frauen. Die Stadtbewohner hatten alles fallen gelassen und sich zusammengeschlossen, um den Jungen zu finden. Wirklich herzerwärmend.

Apropos, herzerwärmend ... Als sie auf die Straße kamen, fielen seine Augen sofort auf Audrey.

Sie rannte zu ihm und warf ihre Arme um ihn. „Ich wusste, dass du ihn finden würdest."

Als sie sich auf die Zehenspitzen hob, um ihm einen heißen Kuss zu geben, gluckten die Männer um ihn herum.

Gabe war das scheißegal. Diese offenherzige Frau war genau das, was er brauchte. Er vertiefte den Kuss, bevor er sie gehen ließ.

Sarah übernahm die Verantwortung für den Jungen, während

Audrey herumrannte und die freiwilligen Sucher mit Decken, Wärmepacks und heißen Getränken versorgte.

Seine Tasse Kaffee kam mit einem Schmatzer auf seinen Mund und einer weiteren Umarmung, obwohl er klatschnass war.

Als sie zur nächsten Person eilte, starrte er ihr hinterher. Denn ... weder ein Kuss noch ein Sommer waren genug.

Er wollte mehr.

Ein Leben lang mit ihr klang gut.

KAPITEL VIERUNDZWANZIG

In ihrer Hütte machte sich Audrey gerade für ihre Schicht im Roadhouse fertig. Sie grinste ihr Spiegelbild an. Bisher war es ein großartiger Donnerstag gewesen.

Bevor er zum Einkaufen nach Anchorage gefahren war, hatte Dante die von ihr vorbereiteten Preisvergleiche für Lebensmittel gemustert. Ihr Vergleich zeigte, wie er seine Ausgaben durch selektives Kaufen reduzieren konnte. Da der Laden an der Grenze zu den roten Zahlen lag, hatte sie gehofft, ihm damit eine bessere Gewinnspanne zu verschaffen.

Nachdem er ihre Notizen gelesen hatte, hatte der alte Okie sie tatsächlich umarmt.

Nach seiner Rückkehr hatte sie den Rest des Tages in der Bibliothek verbracht. Mit Knox' Hilfe hatte sie die neuen Romane ausgepackt – und sich über jeden Einzelnen gefreut.

Noch besser war, dass Gabe aufgetaucht war, um ihr eine Limo zu bringen und sich einen Kuss zu stehlen.

Sie fuhr mit dem Finger über ihren Mund und spürte immer noch das Kribbeln.

Wer hätte gedacht, dass ein so tödlicher Mann so liebevoll sein konnte? Er war höflich – packte nie ihren Arsch oder begrabschte sie in der Öffentlichkeit –, aber, ob sie allein oder in der Öffentlichkeit waren, er berührte sie. Er legte seinen Arm um sie und küsste sie. Er genoss es, Zeit mit ihr zu verbringen, und es war ihm egal, wer es wusste.

Gott, sie liebte ihn.

Nein, nein, nein. Affäre. Wir haben eine zwanglose Affäre, erinnerst du dich?

Sie drückte ihre auf Abwege geratenen Emotionen nieder und betrachtete sich in dem uralten, leicht verschwommenen Spiegel.

Perfekt.

Ihre Wimpern und Augenbrauen waren schwarzbraun, ihre Augen sinnlich geschminkt, ihr Mund prall. Ein Hauch von Bronzer betonte ihre Wangenknochen.

Und schau, Mom, ich habe Dekolleté.

Gestern, als sie Lillian beim Ausmisten ihres Kleiderschranks half, hatte die ältere Frau die formlose Kleidung von Audrey kommentiert. *„Mein liebes Mädchen, sicher, die Einwohner Alaskas legen wenig Wert auf die Kleidung einer Person. Es ist jedoch das Vorrecht einer Frau, sich ab und zu etwas zurechtzumachen. Für sich selbst. Einfach, weil sie es möchte."*

Audrey hatte verständnisvoll genickt.

„Gut. Da ich keine tief ausgeschnittene Kleidung mehr trage, solltest du sie von mir nehmen und sinnvoll einsetzen." Lillian hatte ihr mehrere sexy Oberteile überreicht.

Audrey grinste bei der Erinnerung. Lillian war wie die Mutter, die sie nie hatte.

Audrey schaute noch einmal in den Spiegel. In den letzten Wochen hatte sie Make-up, das Styling ihrer Haare oder das Tragen von Kostümen nicht vermisst. Aber Lillian behielt Recht. Sie war bereit, für einen Abend ihre Weiblichkeit offen zu zeigen.

Eine ihrer Persönlichkeiten während der Flucht war eine übermäßig geschminkte Rothaarige gewesen. Sie hatte das Make-up dafür wieder ausgegraben und hatte ihrer Laune nachgegeben.

Sie drehte den Kopf von einer Seite zur anderen und lächelte.

Das Make-up war nicht ganz so übertrieben, aber sie sah anders aus. Sie sah gut aus.

Vielleicht würde sie heute sogar mehr Trinkgeld bekommen.

———

Zwei Stunden später konnte Audrey bestätigen, dass ihr Trinkgeld, insbesondere von Touristen, gestiegen waren. Ein Hoch auf sexy Kleidung und Make-up.

Eine Wagenladung Gäste zu haben, hatte nicht geschadet. Das Roadhouse feierte die Sommersonnenwende, den längsten Tag des Jahres, und Bull hatte Live-Musik organisiert.

Obwohl sie ihre schmerzenden Füße beklagte, hatte sie so viele anerkennende Blicke erhalten, dass es ihrem Ego nicht besser gehen konnte. War es nicht albern, so viel in ihr Aussehen zu investieren? Dennoch hoffte sie, dass Gabe noch vorbeikommen und sie so sehen würde.

Als Audrey an einem Tisch stehen blieb, um Getränke abzustellen, tätschelte Irene ihre Frisur. Ihre Haare waren locker hochgesteckt, was den Eindruck erwecken sollte, dass sie sich nicht viel Mühe gegeben hatte, obwohl das natürlich der Fall war. „Ich habe gehört, dass du neulich bei der Suche geholfen hast. Gutes Mädchen."

Das zustimmende Nicken der streitsüchtigen Dame aus dem Postamt hatte Audreys Tag noch besser gemacht.

Irenes kahlköpfiger Ehemann lehnte sich zu ihr und fragte: „Weißt du, wie es Chevy geht?"

„Er kam gestern Abend aus dem Krankenhaus in Soldotna nachhause." Durch Gabe und Sarah kannte Audrey den ganzen guten Klatsch. „Sie mussten ihn mit Antibiotikum vollpumpen, da einige dieser Wunden bis auf die Knochen gingen."

„Autsch", murmelte der Mann.

„Das kannst du aber laut sagen." *Eklig.* „Niko jedoch geht es gut, und Chevys Frau erzählte Sarah, dass die Leute Essen vorbeigebracht haben, damit sie sich um Chevy kümmern können – der zwar dankbar ist, am Leben zu sein, aber auch mürrisch."

„Ja, das klingt nach ihm." Mit einem missbilligenden Schnauben sah Irene ihren Mann an. „Nichtsdestotrotz werden wir an diesem Wochenende bei ihm vorbeigehen und sehen, ob wir helfen können."

„Ja, Liebling."

Audrey lächelte. Gestern hatte sie gehört, wie die Postmeisterin einen Teenager wegen eines schlechten Packjobs gerügt hatte. Gleich darauf griff Irene nach dem Klebeband und zeigte ihm, wie man es richtig machte. Die Frau hatte zwar eine große Klappe, aber ein weiches Herz.

Aus den Augenwinkeln sah Audrey etwas Pinkes aufblitzen, und sie winkte Felix zu, der sich auf der anderen Seite des Raumes um seine Tische kümmerte. Er schenkte ihr ein breites Grinsen. Er trug ein neonpinkes Hemd und flirtete offen mit einem Touristen in Linebacker-Größe. *Zeig es ihm, Felix.*

Sie nahm Getränkebestellungen von drei Fischern entgegen, die über die verschiedenen Angelcharter am Kenai River diskutierten. Die Lachsläufe hatten begonnen, und die Flussufer waren mit Anglern überfüllt.

Audrey grinste und erinnerte sich an eine Decke, ein Flussufer ... und Gabe. Sie hatten Glück gehabt, nicht erwischt worden zu sein. Kein Sex mehr am Flussufer, solange die Lachssaison in vollem Gange war, das war mal sicher.

Aber Gabe und Tucker hatten versprochen, sie in den Feinheiten des Lachsfischens zu unterweisen. Sie konnte es nicht erwarten.

An der Bar gab sie Bull die nächsten Bestellungen und füllte ihr Tablett neu auf. Dann schienen ihre Füße auf dem Boden festzufrieren.

Gabe lehnte an der Bar neben Caz. Auf Gabes anderer Seite saß Brooke auf einem Barhocker. Die rote Seidenbluse der Frau setzte ihre gebräunte Haut und ihre dunklen Haare in Szene.

Als Audrey all diese lebhafte Schönheit sah, fühlte sie sich im Vergleich dazu langweilig und fad.

„Ich liebe die Idee, ein- oder zweimal im Jahr Festivals in Rescue zu veranstalten." Brookes dunkle Augen blitzten vor Begeisterung auf. „*McNally's* könnte Co-Gastgeber sein, und ich hätte kein Problem damit, mit meinen Vorgesetzten darüber zu sprechen. Ein Teil meiner Arbeit besteht darin, Wege zu finden, Menschen in diese Gegend zu locken."

„Ja, mehr Touristen würden auch dem Resort zugutekommen", stimmte Gabe zu.

Brooke legte ihre Hand auf seine und lehnte sich vor. „Erinnerst du dich an das Jazzfestival in Anchorage, bei dem wir waren? Rescue könnte etwas Ähnliches organisieren."

Audrey hob ihr Tablett mit Getränken auf und wandte sich ab. Tief in ihrer Brust bemerkte sie einen dumpfen Schmerz. Warum tat es so weh, wenn sie sah, wie jemand Gabe berührte? Schließlich gehörte er Audrey nicht.

Brooke könnte ihm dabei helfen, Rescue bekannter zu machen. Wie Audreys Ex wollte Gabe wahrscheinlich auch eine auffällige Freundin, die wusste, wie sie mit Menschen umzugehen hatte. Brooke und Gabe hatten nicht nur eine gemeinsame Vergangenheit, sondern waren auch wie gemacht für das Leben in Alaska.

Und die Frau wollte nicht am Ende des Sommers verschwinden.

Erinnerst du dich, Dummkopf? Du willst nicht bleiben. Obwohl Gabe gelegentlich erwähnte, in seine isolierte Hütte zurückzukehren, wusste sie, dass er hier nicht weggehen würde. Weder die Stadt noch seine Brüder würden ihn gehen lassen.

Brooke könnte ihn auch zum Bleiben bewegen. Schließlich wäre ein Social Marketing Director die perfekte Ergänzung zu einem Polizeichef.

Audrey wollte der Frau ihre ach so tollen Haare ausreißen.

Sie gab ihr Bestes, Gabes sexy Lachen zu ignorieren und

kümmerte sich wieder um ihre Bestellungen. Diese drei Drinks gingen an Tucker, Guzman und Knox, die sich an einem Tisch an der Tür niedergelassen hatten.

Sie ließ ihre Stimme unbeschwert klingen und schaffte es sogar, zu lächeln. „Wie geht es deinem Bein, Tucker?"

„Es brauchte nur einen Ruhetag. Mir geht es wieder gut. Wenn ich mich das nächste Mal auf unebenem Gelände bewege, nehme ich einen Wanderstock mit."

„Klingt nach einem Plan." Als ein Lachen von der Bar zu hören war, warf sie einen Blick über ihre Schulter und musste mit ansehen, wie Brooke die Männer unterhielt.

Audrey seufzte. Niemals würde sie so reinpassen, wie Brooke es tat. An diesem Ort würde sie für immer als Außenstehende gelten.

Knox war ihrem Blick gefolgt, und sein Kiefer spannte sich an. „Lass dich von dieser Kuh nicht ärgern. Du bist so viel besser als sie."

Audrey blinzelte.

Während sie ihn unterrichtete, hatte sie immer wieder den Eindruck gewonnen, dass er sie nicht besonders mochte. „Ähm." Ihre Stimme kam heiser heraus: „Danke dir."

Er … mochte sie. Sie gewann Freunde hinzu! Bei der Erkenntnis konnte sie nicht anders, als den Männern ein strahlendes Lächeln zu schenken.

Nachdem Gabe endlich einen Barhocker ergattern konnte, hörte er zu, während Brooke eloquent über ein dreitägiges Musikfestival sprach. Ihre Pläne waren zu ausgeklügelt – zumal es schon schwer werden würde, einen einzigen Tag an die Bewohner zu verkaufen.

Aber sie hatte gute Ideen, und die Teilnahme des Resorts wäre von Vorteil.

Er bestand jedoch darauf, dass das Festival in Rescue stattfand und nicht auf dem *McNally's* Gelände. Wenn die Stadt Sweetgale Street ab dem Park blockieren würde, könnten sie Stände auf der Straße aufstellen. Sie müssten allerdings herausfinden, was die Stadtbewohner anziehen würde.

Audrey hätte Ideen. Gabe drehte sich um und entdeckte sie auf dem Weg zur Bar. Er hatte sie immer wieder aus den Augenwinkeln gesehen, aber bisher war sie noch nicht zu ihm gekommen – was ihm seltsam erschien.

Es hatte eine Weile gedauert, um Miss Schüchtern davon zu überzeugen, jedoch hatte sie erkannt, dass er ihre Umarmungen schätzte. Und ihre Küsse. Seither begrüßte sie ihn immer mit einer Umarmung. Aber nicht heute Abend?

Er runzelte die Stirn. Vielleicht ging sie jemandem aus dem Weg? Er warf einen Blick nach rechts und ...

Verdammt.

Im überfüllten Barbereich drängten sich die Körper, und es war ihm nicht aufgefallen, wie nah Brooke ihm war. Hätte sich Audrey auf diese Weise an ihn gepresst, wäre es ihm sofort aufgefallen, denn er hätte mit einem Ständer reagiert. Brooke interessierte ihn nicht. Aufgrund ihrer gemeinsamen Vergangenheit sah er sie nicht mal als eine Freundin – eher wie eine Geschäftsbekanntschaft.

Wenn man bedachte, wie sich Brooke gegenüber Audrey verhielt, könnte sie die falsche Vorstellung bekommen haben.

Als er aufstand, um von Brooke auf Abstand zu gehen, knurrte jemand seinen Namen.

Gabe drehte sich um.

Knox schob sich durch die Menschenmenge. Seine Haltung war kriegerisch, der Kiefer angespannt. Er ließ den Blick angewidert über Brooke schweifen und funkelte dann Gabe an. „Diese hübsche blonde Kellnerin ... Ich habe viele Freunde, die an Audrey interessiert wären. So wie es aussieht, ist sie Single?"

„Fuck, nein, das ist sie ganz sicher nicht." Die Worte waren raus, bevor Gabe über eine Antwort nachdenken konnte und doch ... war es die Wahrheit.

Brooke lehnte sich wieder an ihn. Ja, er musste diesen Scheiß stoppen. Was zum Teufel war ihr Problem?

„Gut." Knox warf Brooke erneut einen Blick zu, richtete seine Worte aber an Gabe: „Unsere Bibliothekarin sah ein bisschen niedergeschlagen aus."

Oh verdammt. Der Gedanke, Audrey zu verletzen, war wie ein Stich in die Brust. Er hätte sich der Situation bewusster sein sollen.

Bevor er sich um Brooke kümmern konnte, trat Audrey hinter Knox hervor und stellte ihr Tablett mit Leergut auf die Bar zu Gabes Linker. „Ich bin nicht niedergeschlagen."

Bei Knox' ungläubigem Geräusch schüttelte sie den Kopf und schenkte ihm ein Lächeln, das ihm sagen sollte, dass es ihr gut ging.

„Also gut." Knox nickte ihr zu, blickte erneut mit verengten Augen zu Gabe und verschwand wieder in der Menge.

An der Bar beobachtete Audrey, wie sich Knox in Luft auflöste. Eindeutig, er mochte sie. Ihr Lächeln verblasste, als sie sah, dass sich Brooke immer noch an Gabe klammerte. Und es tat verdammt weh.

Jedoch ...

Gabe hatte gesagt, dass Audrey nicht Single sei. Mit Nachdruck. Diese Diskrepanz musste näher unter die Lupe genommen werden.

Sie biss sich auf die Unterlippe und musterte Gabe.

Sein Blick richtete sich auf Audrey, sein Körper war ihr zugewandt. Seine Knie zeigten von Brooke weg. Ein Arm lag auf der Theke, mit der Hand des anderen hielt er sein Bier.

Als Brooke seinen Arm packte, drehte er sich um und warf ihr einen angewiderten Blick zu. „Hör auf damit."

Er stand nicht auf Brooke.

Brooke war es, die nicht von ihm ablassen konnte und ständig mit ihm flirtete. Aber welcher Mann würde dagegen Einspruch erheben? Brooke war wunderschön. Lebensfroh. Kannte einfach jeden.

Gegen sie komme ich nicht an.

Eine liebevolle Beziehung war kein sportlicher Wettkampf. Am Anfang war es ... wie eine Kostprobe aus einem Eisladen, um sich für eine Sorte zu entscheiden. Kirsche, Vanille und Haselnuss waren gut, aber wenn sie die Wahl hatte, wollte sie Schokolade.

Brooke war vielleicht das richtige Eis für einen jüngeren Gabe, er jedoch interessierte sich jetzt nicht mehr für sie.

Leider hatte die Frau den Wink mit dem Zaunpfahl bisher nicht verstanden. Als Audrey zusah – wahrscheinlich gerade *weil* Audrey zusah –, presste sich Brooke wieder an Gabe.

Oh, also mal ehrlich. Audrey verschränkte die Arme vor der Brust. „Brooke, du gibst der Schwesternschaft einen schlechten Ruf. Jemandes Freund direkt vor ihren Augen anzubaggern? Echt jetzt? Das ist einfach schäbig und ... na ja, wirkt notgeil. Willst du wirklich so rüberkommen?"

Brooke schnappte nach Luft, als hätte sie eine Ohrfeige eingefangen, und nahm ruckartig die Hände von Gabes Arm.

Ein Murmeln kam von irgendwo in der sehr interessierten Menge. „Das macht sie immer. Kein Mann ist sicher."

Audreys Mund fühlte sich zu trocken an. Ihre Mutter hatte ihr beigebracht, wie hässlich Konfrontationen werden konnten. Dennoch ... Sie sah sich um und sagte etwas lauter: „Ich bin sicher, Brooke versteht nicht, dass sie mit ihrem Verhalten die Schwesternschaft verärgert. Ich für meinen Teil werde helfen, indem ich sie wissen lasse, wenn sie es tut."

„Guter Gedanke."

„Das gefällt mir."

Eine Welle der Zustimmung kam von den Frauen in der Nähe, zusammen mit unterdrücktem Lachen von den Männern.

Brookes Gesicht war knallrot, als sie sich auf dem Barhocker zurücklehnte, wodurch sie endlich für Abstand zwischen ihr und Gabe sorgte. Sie tat so, als würde sie Audrey nicht sehen, und nahm ihr Getränk. Wahrscheinlich hatte sie noch nie jemand auf ihr Verhalten angesprochen.

Audrey erkannte, dass ihr eigenes Gesicht heiß war. Hatte sie das wirklich gerade getan?

Das war womöglich nicht das, was Lillian im Sinn hatte, als sie zu Audrey meinte, sie solle an Gesprächen teilnehmen.

Lächelnd zog Gabe Audrey zwischen seine Knie. „Danke, Süße. Ich schätze die Hilfe."

Hinter ihm sah Brooke schockiert aus. „Aber ... Gabe!"

Gabe fuhr mit den Händen über Audreys Arme, bevor er sich an Brooke wandte. „Ich hatte es dir bereits gesagt, doch ich wiederhole mich gerne: Wir hatten damals unseren Spaß. Dann war es vorbei. Aus und vorbei."

„Aber ich weiß, dass du mich willst. Du hast mit mir geredet und –"

Audreys Wut löste sich auf. Vielleicht war die Frau wirklich einfach ... ahnungslos. Sie trat in ihren Lehrmodus. „Brooke."

Brooke fand ihren Blick.

„Hast du schon mal mit Jungs gesprochen und sie nahmen sofort an, dass du mit ihnen ins Bett willst? Dann werden sie ganz aufdringlich und grob?"

Brooke rollte mit den Augen. „Oh ja."

„Okay. Du benimmst dich gerade wie diese Männer."

Ein entrüsteter Ausdruck ihrerseits folgte. „Tue ich nicht!"

„Nur weil Gabe mit dir interagiert hat, nahmst du an, dass er dich will. Ich rede auch gerade mit dir. Soll das heißen, dass ich mit dir ins Bett will?"

Brooke schnappte nach Luft. „Nein!"

„So ist es. Nur weil ein Mann mit dir spricht, heißt das nicht, dass er an etwas anderem als einem Gespräch interessiert ist. Du musst lernen, die Körpersprache besser zu deuten – die Signale eines Mannes. Mit Männern weiß man immer ganz genau, woran man ist und ob sie mehr wollen, als nur zu reden. Und wenn du diese Signale ignorierst, bist du genauso schlimm wie die männlichen Grobiane, die du so sehr hasst."

Die Frau blinzelte, lehnte sich dann zurück und ... nickte.

Okay. Als Audrey versuchte, zwischen Gabes Schenkeln herauszutreten, zog er sie an sich und presste die Knie an ihre Hüften. „Ich mag dich genau hier, kleine Cheechako", murmelte er.

Ihr verärgertes Schnaufen brachte ihn zum Lachen.

Er legte seine Finger an ihre Taille und flüsterte: „Gute Arbeit mit Brooke."

Hmm. Audrey wäre vielleicht weniger aggressiv vorgegangen, wenn sie gemerkt hätte, wie ahnungslos die Frau war. „Danke. Also ... werde ich es noch mit weiteren Ex-Freundinnen zu tun bekommen?"

„Nicht hier in Rescue. Ich bin immer nur in diese Gegend gekommen, um Mako zu besuchen."

Das war eine interessante Einschränkung – hier in Rescue. War der Rest der Welt mit Gabes Ex-Freundinnen übersät?

Er sah, wie sie die Augen zusammenkniff und hob abwehrend seine Hände. „So schlimm bin ich nun auch nicht, Goldie. Ich bin nicht Caz. Eine Scheidung in meinen frühen Zwanzigern – ich glaubte an Treue; sie tat das nicht. Seither ein paar Freundinnen. Niemand in den letzten Jahren."

„Oh." Er war verheiratet gewesen. Nun, wenn man bedachte, wer Gabriel war, sollte sie das eigentlich nicht überraschen.

Seine Antwort war direkter ausgefallen, als sie erwartet hatte. „Danke?"

Er hob eine Augenbraue und wartete.

„Erwartest du gerade ein Quidproquo?" Natürlich tat er das.

„Oh ja." Seine Finger waren sanft, als er eine Haarsträhne hinter ihr Ohr schob. „Ich gebe mich mit dem Geständnis einer

Ehe zufrieden. Oder der letzten wichtigen Beziehung und warum es nicht funktioniert hat."

Mit Alkohol wäre das sicher einfacher. Aber das war nur fair. Sie war diejenige, die das Thema angesprochen hatte. „Keine Ehen. Letzte Beziehung ging vor ein paar Monaten auseinander." Sie holte genervt Luft. „Er wollte jemanden, der aufgeschlossener ist. Jemanden wie Brooke."

„Tatsächlich? Was für ein Idiot, dass er dich gehen ließ."

Die Aufrichtigkeit in seinem Tonfall wärmte ihr das Herz. Dann zuckte sie zusammen. Hatte Brooke gehört, was sie gerade gesagt hatte? Was Gabe gesagt hatte?

Sie warf einen Blick zu ihr und war erleichtert, zu sehen, dass die Frau gegangen war.

Ein Mann saß jetzt auf ihrem Platz. Bei seinem interessierten Blick errötete sie.

Mit einem bedrohlichen Knurren lehnte sich Gabe vor und küsste sie.

Oh, und wie er sie küsste. Sanft, fordernd, neckend, dominant.

Nach dem Kuss fuhr er mit den Fingerknöcheln über ihre heiße Wange. „Das gehört übrigens zu einer anderen Art von Signal."

„Mmm ..." Ihr Gehirn schwebte von den Wolken wieder nach unten. „Was? Welches Signal?"

„Um einem anderen Mann klar und deutlich zu verstehen zu geben, dass ich ihm das Gesicht zerschmettern werde, wenn er berührt, was mir gehört."

KAPITEL FÜNFUNDZWANZIG

Immer den Rücken im Blick halten, Jungs. Achtet immer auf das, was hinter euch passiert. - First Sergeant Michael „Mako" Tyne

Gabe beendete den endlosen Papierkram in der Wache und warf einen Blick auf die Uhr. Die Sonne stand natürlich noch am Himmel – dennoch war es allerhöchste Zeit für den Feierabend. Wenigstens war Baumer nicht hier. Seit Audrey das Arschloch vor zwei Wochen gehört hatte, wie er Panikmache betrieb, hatte der Officer nicht mehr aus der Reihe getanzt – jedenfalls hatte Gabe nichts Verdächtiges aufgenommen.

Verdammt, wenn er ehrlich war, machte Baumer eigentlich weniger als wenig. Er war ein fauler Sack. Selten patrouillierte er zu Fuß und zog es vor, bequem im Büro zu sitzen oder durch die Straßen zu fahren. Während seiner Schichten arbeitete er gerade genug, um nicht ermahnt zu werden.

Das führte zu einem unangenehmen Arbeitsklima. Taktisch klug oder nicht, Gabe würde Baumer in den Arsch treten, bevor die Probezeit des Mannes zu einem Ende kam.

Gabe stand auf und streckte sich.

321

Die Bibliothek war donnerstags geschlossen, sodass Audrey bereits zuhause war. Gestern Abend hatten sie die ersten Erdbeeren aus dem Garten auf dem Gelände der Eremitage gepflückt, und sie wollte Strawberry Shortcake damit zubereiten.

Ihm lief das Wasser im Mund zusammen. Sie hatten frischen Spargel und Erbsen. Caz war gestern angeln gewesen und hatte einen Lachs gefangen. Aber Strawberry Shortcake als Nachtisch, um das Ganze abzurunden? Himmlisch.

In der vergangenen Woche hatte sich das Stadtmädchen vollkommen darauf eingelassen, ihr eigenes Essen zu fangen und anzubauen. Sie war eine ausgezeichnete Köchin, was sie damit kommentiert hatte, dass gute Küche einfach davon abhing, das richtige Rezept zu finden und die Schritte zu befolgen.

Er lächelte. Ihre Persönlichkeit war eine faszinierende Mischung aus Brillanz und Logik, Begeisterung und Mitgefühl.

Seit letzter Woche, als er deutlich gemacht hatte, dass sie nun ein Paar waren, hatte sie sich etwas entspannen können. Sie lebte so ziemlich in seinem Haus.

Und er wollte jetzt zu ihr.

Regina war ein paar Stunden zuvor gegangen und hatte die Eingangstür des Gebäudes abgeschlossen. Gabe verriegelte die Innentür der Station und sicherte den Waffensafe.

Dann öffnete er die Hintertür und warf einen Blick nach draußen. Zwei Autos standen noch auf dem Parkplatz. Keine Menschen.

Er trat einen Schritt aus der Tür und hörte, wie jemand einatmete. Ein Kratzen.

Sein Instinkt übernahm. Er sprang nach vorn ... und der Schlag, der auf seinen Kopf abzielte, traf seine Schulter.

Er rollte auf die Füße, drehte sich und zog seine Glock. Ein Baseballschläger schlug auf seine Hand, sodass er seine Waffe verlor. Jemand trat sie über den Parkplatz.

Seine Fingerknöchel brannten und doch versuchte Gabe, die Situation zu beurteilen.

Fünf Männer. Anscheinend hatten sie sich neben der Tür an die Wand gepresst. Alle trugen Skimasken. Alle trugen Waffen. Ein Baseballschläger, ein Schlagstock, Schlagring und zwei mit Messer.

Die fünf griffen gleichzeitig an.

Meine Fresse! Er wich dem Schlagstock aus, packte das Handgelenk des Kerls und schlug zu. Als sein Ellbogengelenk brach, schrie der Mann. Gabe schnappte sich den Schlagstock, wirbelte … und fing eine Faust auf die Stirn ein. Er ignorierte den Schmerz, wich dem schwingenden Baseballschläger aus und schlug den Schlagstock gegen das Knie eines Mannes mit Messer.

Brüllend ging dieser Bastard zu Boden.

Ein brennendes Gefühl meldete sich an Gabes Rücken. Der andere Mann mit Messer hatte ihn erwischt.

Mit einem Sprung und einer Rolle vorwärts löste sich Gabe aus dem Ring der Angreifer. Als er wieder auf die Beine kam, wischte er das Blut weg, das sein Sichtfeld einschränkte.

Noch drei …

Gabes Kopf und seine Schulter schmerzten. Das Blut von der Messerwunde war am besorgniserregendsten. Er musste diese Sache zu Ende bringen.

Als der Typ mit dem Baseballschläger angriff, taten es ihm die beiden anderen gleich. Ah, verdammt, sie koordinierten ihre Bewegungen.

Gabe trat einem in den Darm, aber der Kerl erwischte ihn mit dem Baseballschläger am Kopf. Quälender Schmerz explodierte in seinem Schädel und er fiel auf die Knie.

Aus den Augenwinkeln nahm er metallisches Glitzern wahr und so hob er den Arm. Gerade noch rechtzeitig, um die Klinge des Messers zu blockieren. Ohne Erbarmen schlug er auf die verletzliche Schenkelinnenseite des Mannes ein. Mit einem Schmerzensschrei taumelte der Kerl zurück.

Knurrend stürzte sich der Angreifer mit dem Baseballschläger auf ihn. Seine Vorwärtsbewegung wurde jedoch plötzlich unterbrochen. Ein Schrei folgte und er wirbelte in die andere Richtung.

Gabe blinzelte. Ein Messer ragte aus dem oberen Rücken des Mannes.

Schwer keuchend riss der Typ das Messer heraus. Er trat einen Schritt zurück, die Klinge fiel zu Boden und dann sprintete er davon.

Alle Arschlöcher rannten, einer half dem Mann mit dem zertrümmerten Knie. Wenige Sekunden später raste ein Fahrzeug mit lauten Motoren die Gasse hinunter. Ein Fluchtfahrzeug hatte auf sie gewartet.

Gabes Kopf drehte sich und er holte tief Luft. Er würde sich in einer Minute bewegen. Ja, eine Minute.

Caz schlenderte zu ihm.

Scheiße, das war knapp. „Danke, Bruder."

„*No hay problema.*" Caz schenkte ihm ein strahlend weißes Grinsen. „Du hättest die letzten beiden auch allein geschafft. Der *Cabrón* mit dem Messer wusste nicht, welches Ende das spitze ist."

Nachdem Caz ihm auf seine Beine geholfen hatte, schaute er über seine Schulter. Blut bedeckte seinen Rücken. „Ich würde sagen, er hat das spitze Ende gefunden."

Glucksend hob Caz sein Messer auf. „Komm, *Viejo*. Zufällig leite ich eine Klinik mit Verbandsmaterialien aller Art."

„Klingt nach einem Plan." Nachdem Gabe seine Glock aus dem Kies gefischt hatte, zog er die Augenbrauen zusammen. „Verdammt, ich werde zu spät zum Abendessen kommen."

Audrey sang zu Green Days *21 Guns*, als sie braunen Reis abwog. Der Spargel war bereit zum Dünsten. Ein Salat stand im Kühlschrank. Der Lachs konnte in den Toasterofen, um ihn zu braten.

Alles wartete auf Gabes Ankunft.

Lillian hatte über ihre Erfahrungen mit einem Polizisten gesprochen, da die Britin mit einem Sheriff ausgegangen war. Audrey grinste. Natürlich war sie das. Die Frau stürzte sich mit beneidenswertem Schwung und Elan ins Leben. In einer Eisdiele war Lillian der Typ, der jede Sorte einmal probieren wollte.

Lillian hatte auf die schmerzhafte Weise lernen müssen, dass das Leben eines Polizisten nicht sein eigenes war. Er wäre nicht immer pünktlich zuhause, könnte nicht immer Bescheid geben, dass es später werden würde.

Audrey schüttelte den Kopf. Kein Problem. Sie konnte zeitlich flexible Mahlzeiten zubereiten. Und war sie hungrig, dann war sie alt genug, etwas zu essen, obwohl er noch nicht zuhause war.

Zwanzig Minuten später hörte sie, wie sich das Garagentor öffnete. Seine Schritte ertönten im Flur.

Sie erstarrte. Gabe war normalerweise so leichtfüßig, dass er stets unerwartet hinter ihr auftauchte. So hatte er gelernt, sie mit Worten vorzuwarnen, bevor er sie berührte.

Die lauten Schritte waren untypisch.

Besorgt eilte sie ins Wohnzimmer. „Gabe?"

Er trat aus dem Flur.

Seine Augen hielten eine Kälte bereit, die an eine Winternacht erinnerte. An seiner Stirn entdeckte sie eine Kompresse. Lila Blutergüsse blitzten darunter heraus. Die Linien in seinem Gesicht waren heute tiefer und ließen ihn rauer und wilder erscheinen. Er bewegte sich steif, ohne seine übliche geschmeidige Anmut.

Und das war nicht das khakifarbene Hemd, das er heute Morgen getragen hatte.

Sie rannte durch den Raum und rutschte vor ihm zu einem Halt. „Wo bist du verletzt? Wie schlimm ist es? Du solltest in ein Krankenhaus. Ich fahre. Lass mich nur meine Handtasche holen. Zeig mir, wo –"

„Süße." Seine Augen verloren an Härte. „Ich habe ein paar

Schrammen abbekommen, aber es geht mir gut." Als ob er es beweisen wollte, zog er sie in seine Arme.

Ja, das war es, was sie gebraucht hatte. Dennoch rieb sie mit den Händen über seinen Oberkörper und atmete tief ein. Vorne schien mit ihm alles okay zu sein.

Auf seinem Rücken jedoch bemerkte sie unter dem Hemd einen großen Verband. Oh Gott. „Sag mir sofort, wo genau du verletzt wurdest."

„Du hast mein Gesicht gesehen. Zudem habe ich ein paar Prellungen. Eine Messerwunde an meinem Rücken. Und ich wurde am Kopf getroffen – nur eine Beule, aber ich habe Kopfschmerzen. Mach dir keine Sorgen. Caz hat mich zusammengeflickt und mich gründlich untersucht."

Alles in Ordnung. Es ging ihm gut. Sie rieb ihre Wange an seiner soliden Brust und atmete erleichtert aus.

Er gluckste, legte seine Hand um ihren Arsch und drückte leicht zu. „Nach einem solchen Kampf hätte ich gerne das Goldlöckchen gevögelt, das in meinem Bett schläft, aber ... na ja, Kopfschmerzen."

Bei seinem verärgerten Tonfall überrollte sie eine Welle der Belustigung. Ja, es ging ihm gut. „Du setzt dich und ich hole Aspirin. Nein, ich hole Paracetamol. Das ist sicherer, wenn du blutest."

Lächelnd hob er mit einem Finger ihr Kinn und beugte sich vor, um sie zu küssen. „Du bist ein wahres Wunder, Süße. Danke."

Sie platzierte ihn auf dem Sofa, holte ihm Schmerztabletten und verlor dann das Argument, ob er in diesem Zustand ein Bier trinken sollte.

Als sie ihm die Flasche reichte, spürte sie eine eisige Kälte in ihren Knochen. Obwohl er nicht schwer verletzt war, hatte er doch einiges einstecken müssen. *Zu viel.*

Bull und Caz hatten oft Geschichten über ihre Schlägereien erzählt. Bull gewann allein schon deswegen, weil er riesig war; Caz war nie ohne Messer unterwegs und Hawk war ein Berserker, ein wilder Krieger. Trotz dieser Talente sagten Caz und Bull, dass Gabe die meisten Kämpfe gewann, da er ein geborener Kämpfer war. Sie hatte gesehen, wie effizient er Knox niedergeschlagen hatte – und wie unbesorgt Bull gewesen war.

Sie runzelte die Stirn. „Wurdest du von mehr als einem angegriffen?"

Nach einem Schluck Bier sah er sie an. „Warum fragst du?"

„Weil ich nicht doof bin. Ich wette, du hättest nicht so viele Schrammen davongetragen, wäre es nur ein Mann gewesen. Wie viele waren es?"

Als er nicht antwortete, hob sie das Kinn. Dieses Argument würde er nicht gewinnen.

„Fünf."

Bitte was? Sie starrte ihn voller Ehrfurcht und Entsetzen an. Fünf.

Er lachte reuevoll. „Ich bin nicht Chuck Norris, Goldlöckchen. Bei den ersten Dreien habe ich alles richtig gemacht, hätte vielleicht sogar den Vierten geschafft. Es ist jedoch gut, dass Caz noch in der Klinik war und auf die verdächtigen Geräusche reagiert hat."

Verdächtige Geräusche. Das war keine Kneipenschlägerei gewesen. „Wo ist es passiert?"

„Hinter der Station. Sie hatten sich an die Wand gepresst und mich angegriffen, als ich aus der Hintertür trat." Er presste die Lippen zusammen. „Ich werde von jetzt an vorsichtiger sein. Und ich werde einen Spiegel aufstellen, damit ich sehen kann, was da draußen vor sich geht."

„Caz hat sich dem Kampf angeschlossen?"

„Nach einer Weile. Er stand in der Tür und hat einen der Angreifer mit seinem Messer ausgeschaltet. Er besteht darauf, Messer zu werfen, weil Menschen in seinem Berufsfeld nicht riskieren sollten, ihre Hände zu beschädigen. Wer's glaubt."

Audrey neigte den Kopf. „Der Grund klingt für mich logisch."

„Abgesehen davon, dass er mit dem Werfen von Messern begann, als er etwa zehn war."

Er hatte schon in dem Alter mit scharfen Messern hantiert? Was hatte Mako sich dabei gedacht? Na gut, er hatte seinen Jungs beigebracht, wie man kämpfte, und Gott sei Dank dafür.

Sie fuhr mit der Zunge über ihre trockenen Lippen. Ihr Herz schien sich in ihre Kehle gedrängt zu haben, und sie zwang sich, ihre Stimme gelassen klingen zu lassen: „Typischerweise sagt man doch nach so einer Schlägerei: *Du solltest den anderen Kerl sehen.*" Sie zog eine Augenbraue hoch. „Wie schlimm sehen die anderen Fünf aus?"

Gabe stellte sein Bier ab, zog sie an seine Seite und lehnte seinen Kopf gegen die Rückenlehne. „Einer hat sich Caz' Klinge in den Rücken eingefangen. Ein anderer hat ein abgefucktes Knie, das mit Sicherheit operiert werden muss; das gleiche gilt für den Ellbogen eines anderen Bastards. Die letzten beiden sind wohl mit blauen Flecken davongekommen."

Sie gab ihr Bestes, etwas Belustigung in ihre Worte einfließen zu lassen: „Oh, nun, ich schätze, dann ist ja alles in Ordnung."

Schließlich schluckte sie die Galle herunter, die ihre Kehle hinaufstieg. *Nicht kotzen, nicht kotzen.*

Stunden später erwachte Gabe in seinem Bett. Er lag auf dem Rücken und Audrey kuschelte sich an seine Seite. Die kühle Nachtluft, die vom See an den Vorhängen des Schlafzimmers vorbei wehte, offenbarte das Zwielicht. Es musste zwischen Mitternacht und vier Uhr morgens sein.

Als seine Kopfschmerzen etwas nachgelassen hatten, war es Gabe möglich gewesen, das köstliche Abendessen mit Audrey zu genießen. Es hatte keine Vorwürfe gehagelt oder genervte Blicke von ihr gegeben, weil er sich verspätet hatte. Als dennoch eine Entschuldigung über seine Lippen kam, hatte sie gelacht und gesagt, dass nichts von der Mahlzeit durch die Verspätung ruiniert wurde.

Verdammt, sie war so süß zu ihm gewesen. Hatte er jemals jemanden an seiner Seite gehabt, der sich mit einer so liebevollen Mischung aus Praktikabilität und Sorge um ihn gekümmert hatte?

Nach dem Essen hatte sie sich an ihn gekuschelt und einen Film über eine Frau ausgesucht, die eine Spionin sein wollte. Leicht verdaulich und lustig. Bis der Film zu Ende war, hatten sich die Knoten in seinem Magen gelöst.

Mit jedem Kampf wurde es härter. Egal wie viel Erfahrung ein Mann mit sich brachte, sein Körper reagierte auf Schmerz und Gefahr. Es hatte immer eine Weile gedauert, von diesem Adrenalinhoch herunterzukommen.

Eine Schande, dass er den Abend nicht mit Sex hatte ausklingen lassen können. Er mochte das gewisse Etwas, das Adrenalin zu Sex hinzufügen konnte. Sex hätte jedoch seinen Blutdruck erhöht und wahrscheinlich seinen schmerzenden Kopf zum Explodieren gebracht.

Er drehte den Kopf nach rechts, nach links, und lächelte.

Die Kopfschmerzen waren weg.

Im Geiste öffnete er das Handbuch für Beziehungen zwischen Frauen und Männern. Im Militär definierte ROE die Umstände und die Art und Weise, wie viel Gewalt angewendet werden konnte. Aber in diesem Fall ...

Er streichelte über den hübschen, kurvenreichen Körper neben ihm, in der Hoffnung, dass sie aufwachen und in Stimmung sein würde. Wenn sie weiter schlief, würde er aufhören. Nur ein Idiot drängte eine Frau zum Sex, wenn sie nicht interessiert war. Sie jedoch heiß zu machen und in Stimmung zu bringen? Das fiel in die hinterhältige, aber zulässige Kategorie.

Als er hörte, wie sich ihre Atmung leicht beschleunigte, grinste er und legte eine Hand auf ihre Brust. Er streichelte und massierte sie. Gab es etwas Schöneres als das Gefühl einer Brust in seiner Hand?

Blinzelnd kippte sie den Kopf zurück. „Gabe?" Ihre Stimme war vom Schlaf heiser und belegt. Verdammt sexy. Genauso wie ihr Nippel, der unter seiner Handfläche hart wurde.

„Mmm?"

„Warum habe ich den Eindruck, dass dein Körper dich geweckt hat, um zu spielen?"

Meine kleine Bibliothekarin. „Ist *spielen* ein – wie nennst du es? – für Sex?"

„Euphemismus – und ja."

„Dann ja. Lass uns spielen." Er zog an der aufgerichteten Brustwarze und spürte, wie ihre Hüfte an ihm wackelte. Ah, der Köder funktionierte.

Mit einem winzigen Kichern hob sie den Kopf, sodass er sie küssen konnte.

Oh ja. Er begann, sich auf seine weiche, willige Frau zu rollen, nur um dann ... einen stechenden Schmerz zu verspüren. Der Schlag auf seine Schulter und die Messerwunde am Rücken meldeten sich zu Wort. Und so tat das so ziemlich jeder Muskel in seinem Körper. „Heilige Scheiße."

„Oh Gott, ich habe vergessen, dass du verletzt bist." Mit weit aufgerissenen Augen setzte sie sich auf.

Seine Hand bedauerte den Verlust ihrer hübschen Brust. Und er musste die Zähne zusammenpressen, um nicht zu knurren ... denn sein erigierter Schwanz pochte fast so stark wie die Wunde an seinem Rücken.

„Oh, was du doch für ein Gesicht ziehst ..."

Seine Augen verengten sich. „Hast du gerade gekichert?"

Ihre Lippen pressten sich zusammen, was bedeutete, dass sie mehrmals ein Schnauben entließ, das nur als unterdrücktes Lachen gesehen werden konnte.

Die Laute, die aus ihr kamen, waren so komisch, dass er grinsen musste. „Verdammt nochmal, ich wollte wirklich ficken."

„Oh, armer kleiner Chief." Sie schüttelte den Kopf und streichelte mitfühlend über seine nackte Brust. „Es würde deine Wunde zu sehr belasten. Tut mir leid."

„Wenn ich diese Bastarde finde, werde ich ..." Er blinzelte, als sie ihm einen Kuss auf seine Brust drückte, ihre weiche Wange an ihm rieb, seine Brustwarze mit der Zunge umkreiste, dann die andere. Tiefer und tiefer küsste sie sich vor.

„Süße?" Seine Stimme kam schroff heraus.

„Na ja, weißt du, ich denke, ich bin mal an der Reihe." Sie leckte sich verführerisch über ihre Lippen und er sah den Schalk in ihren nebelgrauen Augen.

Verdammt, sie klang doch tatsächlich selbstgefällig und enthusiastisch.

Dann ließ sie sich zwischen seinen Beinen nieder und nahm ihn in den Mund. Von ihm würde es keine Beschwerden geben.

Sie wurde beim Sex immer besser. Übung machte eben den Meister, oder? Und Blowjobs waren immer ein Spaß. Zumindest, wenn sie Gabe einen geben konnte.

Audrey leckte über den pilzartigen Kopf und genoss die vielfältige Beschaffenheit: Die Eichel wie schwammiger Samt, der Schaft wie Seide über Eisen gespannt. Nachgiebige Venen bettelten geradezu darum, von ihrer Zunge nachgezeichnet zu werden.

Sie hatte gelernt, ihre Finger um die Basis zu legen, und vermied so, dass sie würgte. Als sie ihn noch tiefer nahm, knurrte er.

Sie grinste. „Gibt es etwas an einem Blowjob, das du nicht magst?"

„Scheiße, nein."

Er wurde noch härter. Als sich seine schweren Hoden anhoben, legte sie die Hand um seinen Sack. Sie hatte noch nie versucht, mit seinen Eiern zu spielen. Also ...

Seine Finger schlossen sich um ein Bündel ihrer Haare. „Komm her, Frau."

Sein Kiefer war angespannt. Sie warf einen Blick auf seine Erektion – dick und groß. „Aber ..."

Ohne hinzusehen, nahm er ein Kondom vom Nachttisch und packte es aus. „Roll es mir drüber."

Zugegebenermaßen hatte sie ihn viele Male dabei beobachtet ... denn, ja, es war extrem erotisch, ihm dabei zuzusehen.

Sie legte das Gummi auf seine Eichel und rollte das Kondom herunter. „Gabe, deine Wunde ist in den letzten paar Minuten nicht verheilt. Du kannst immer noch nicht –"

„Ich kann nicht oben sein. Ich weiß." Er schenkte ihr ein schiefes Lächeln. „Du aber schon."

Ich soll mich rittlings auf ihn setzen? Hmm. Obwohl sie in den letzten Wochen eine Vielzahl von Stellungen ausprobiert hatten – weitaus mehr Stellungen, als sie jemals mit Craig erkundet hatte –, hatte sie ihn bisher noch nie geritten. Am liebsten hätte sie gelacht, denn egal wie erfinderisch Gabe auch war, am Ende nahm er immer die dominante Rolle ein. Ihr Alpha. „Okay."

Vorsichtig setzte sie sich rittlings auf ihn, ein Knie zu beiden Seiten seiner Hüfte.

Seine Lippen formten ein träges Lächeln. „Jetzt nimm meinen Schwanz und senke dich auf ihn herab."

Das klang so verrucht. Regelrecht sündhaft.

„Wenn du das Grinsen auf deinen Lippen sehen könntest", hauchte er.

Ihr Gesicht wurde heiß, sie jedoch legte die Finger um seine Länge und ließ den ersten Zentimeter in sich gleiten. *Mmm, nett.* Ihre Hüfte zuckte instinktiv nach vorn, aber sie schaffte es, sich wieder zu beruhigen.

Mit seiner Spitze weiterhin nur einen Zentimeter in ihrer Hitze vergraben, beobachtete sie, wie sich sein Gesicht bei der Verzögerung anspannte.

Er brach zuerst. Mit einem rauen Knurren packte er sie an den Hüften und riss sie auf seinen Schwanz.

„Oh, mein Gott!" Das Gefühl, gefüllt und gedehnt zu werden, ließ Hitze in ihr entfachen. Er fühlte sich in dieser Position so viel größer und länger an.

Als sie nach vorne schaukelte, rieb sein Schambein über ihre Klitoris. Oh, das war nett!

Die Lachfalten neben seinen Augen vertieften sich. „Jetzt ist der Punkt gekommen, an dem du die Arbeit tun musst, Süße."

„Das kann ich machen." Sie lehnte sich vor und stützte sich mit den Händen neben seinen Schultern ab. Ihr Hintern hob sich, sein Schaft glitt aus ihr heraus. Dann nahm sie einen Rhythmus auf, bewegte sich vor und zurück und genoss das Gefühl seiner Erektion in ihr. Rein und raus. Rein und raus.

„Oh, das ist gut." Sie würde diesen Moment in die Länge ziehen. Sie würde ihn foltern, ihn so verrückt vor Lust machen, wie er es so oft bei ihr gemacht hatte. Sie hob sich und senkte sich quälend langsam.

Sie hatte das Sagen und bezweifelte doch stark, dass sie ihr bösartiges Grinsen unterdrücken konnte.

Obwohl sie kein Wort gesagt hatte, zeigte sich auf seinen Lippen ein Schmunzeln. „Das glaubst auch nur du." Ohne seine schmerzende Schulter zu beanspruchen, massierte er ihre Brust.

Als seine sachkundigen Finger über ihre Klitoris glitten, schoss schockierend exquisite Lust durch sie. Seine Berührung und seine harte Erektion in ihr formten eine überwältigende Allianz.

Der Drang, das Tempo zu erhöhen, war allgegenwärtig und so gab sie den langsamen Rhythmus auf. Schneller und schneller ritt sie ihn, rotierte ihre Hüfte, sodass sein Finger mit mehr Nachdruck über ihr Nervenbündel schnellte.

Das Beben begann tief in ihrer Mitte, der Druck wuchs. Sie zog sich um seine Länge zusammen, bis sie spürte, wie sich jeder Zentimeter von ihm in sie hinein und wieder heraus bewegte.

„Oh, oh, oh, ich brauche ...“

Glucksend packte er ihre Hüften und riss sie auf seinen Schwanz, hob im gleichen Augenblick sein Becken und drang hart und tief in sie.

Die Wände ihres Geschlechts pulsierten, massierten seinen Schwanz und sandten eine Lustwelle nach der anderen durch ihren Körper. Als er gleichzeitig mit ihr zur Erlösung fand, schickte sie das Wissen, dass sie diesen lustvollen Moment mit ihm teilte, in ungeahnte Höhen.

Als die Energie aus ihren Muskeln floss, sank sie auf ihn und legte ihre Wange auf seine Brust. Sein Herz klopfte beruhigend unter ihrem Ohr.

Seine Arme schlangen sich um sie, hielten sie fest, und er streichelte mit einer Hand ihre Haare. „Danke.“

Sie hob den Kopf und küsste die Seite seines markanten Kiefers. „Gern geschehen, Mister Gebieterischer Chief, der es hasst, Kontrolle abzugeben.“

Sie spürte sein Lächeln, als er unschuldig fragte: „Wolltest du nicht, dass ich meine Finger benutze? Es sah nämlich ganz danach aus, dass es dir gefällt.“

Sie setzte sich vorsichtig auf, legte ihre Hände auf seine Wangen und sah ihn stirnrunzelnd an. „Du wusstest genau, was du da tust.“

Belustigung erschien in seinen Augen, und oh, es gefiel ihr. „Manchmal bin ich mir nicht so sicher, was ich tue, nein. In welchem Punkt ich mir aber sicher bin ...“ Sein Blick wurde ernst und er fuhr mit den Fingern in ihre Haare. „Ich mag dich, Audrey. Nein, das ist Schwachsinn – ich *liebe* dich, Frau.“

Was? *Was?* Ein Feuerwerk der Freude funkelte um sie herum, selbst als sich in ihrer Kehle ein Kloß formte. Audrey schüttelte den Kopf. „Nein, nein, du irrst dich. Du kannst mich nicht lieben.“

„Ach nein?“ Er legte den Kopf auf die Seite. „Scheint aber so, als würde ich das schon tun. Oh ja, ich liebe dich.“

„Das ist nicht lustig." Verdammt, er war verletzt. Sie konnte ihn also nicht schlagen.

Sein Blick traf auf ihren. Direkter Augenkontakt. Sein Ausdruck klar und ehrlich.

Er liebte sie? Wirklich?

Oh, mein Gott! Was sollte sie tun? „Ich … ich bin noch nicht bereit. Noch nicht bereit … dafür."

Panik ließ ihre Lungen zusammenschrumpfen. Craig hatte sie geliebt, und dann hatte er das plötzlich nicht mehr. Wenn sie bliebe und Gabe seine Meinung änderte, dann … „Ich kann nicht. I-Ich gehöre nicht hierher. Du solltest mich nicht lieben. Das ist einfach nicht richtig. Ich bin noch nicht bereit. Nein. Ich muss zurück nach Chicago. Ich habe dort ein Leben und –"

Jetzt plapperte sie auch noch. Eindeutig. Sie klappte den Mund zu und starrte ihn an. Gänsehaut formte sich auf ihren Armen.

„Audrey, es ist alles in Ordnung." Lächelnd fuhr er mit der Hand über ihre Wange. „Du behältst die Information im Hinterkopf – dass ich dich liebe – und lässt sie eine Weile schmoren."

Sein Befehl klang fast beleidigend, doch er kannte sie gut. Sie musste erst darüber nachdenken.

Nach einem kleinen Kuss ging er ins Badezimmer und kehrte nach ein paar Sekunden wieder zurück. Er legte sich auf den Rücken, zog sie an sich, ihr Bein über seinem, ihr Arm über seinem Bauch.

„Schlaf jetzt, Süße." In einem tieferen Tonfall sagte er: „Ich muss sagen, dass nichts das Gefühl überbieten kann, dich hier in meinen Armen zu haben."

Mit einem Seufzer legte sie ihre Wange auf seine breite, warme Schulter. Schnurrend küsste er sie auf den Kopf. Als sie seinen maskulinen Duft einatmete, wusste sie, dass sie noch nie glücklicher gewesen war.

KAPITEL SECHSUNDZWANZIG

In der Polizeiwache schaute Gabe die Aufnahme, die den Hinterhalt der vorherigen Nacht auf dem Parkplatz zeigte. „Es scheint, als hätte es etwas gebracht, die Überwachungskameras umzupositionieren."

Aus der Ecke grunzte Bull seine Zustimmung.

Obwohl Gabes Falle funktioniert hatte, würde er bei dem Resultat am liebsten kotzen.

Auf dem Bildschirm umgaben ihn die Männer. Er drückte *Pause* und setzte das Video an die gewünschte Stelle zurück. Es gab keinen Grund, es erneut zu schauen. Er hatte genug Prellungen, um sich an jeden Schlag zu erinnern.

Die Tür zur Station öffnete und schloss sich.

Bull murmelte: „Der Bastard ist hier."

„Gut. Dann lass uns diesem Scheiß mal ein Ende setzen."

Im Büro ertönten Schritte. Baumer war pünktlich zu seiner Freitagsschicht erschienen. „Bist du in deinem Büro, MacNair?"

„Ja. Komm rein."

„Schöner Tag heute, oder? Hey, Bull." Baumer lehnte sich an den Türrahmen. „Gibt es heute eine Besprechung? Gibt es etwas, das ich wissen sollte?"

„Ich fürchte ja." Gabes Wut zeigte sich als eine Flamme in seinem Magen. „Ich wurde gestern Abend auf dem Parkplatz von einem Haufen feiger Schwächlinge angegriffen." Gabe konnte nicht widerstehen und sah zu Bull. „Fünf Männer nur für mich. Bin ich wirklich so gruselig?"

Als Bull lachte, färbte sich Baumers Gesicht rot. Verdammt befriedigend.

Gabe lehnte sich zurück ... und legte seine Hand auf die Pistole, die in seinem Schoß lag. Denn er war kein Idiot. „Eine Frage: Hast du deine Medikamente abgesetzt, Officer Baumer?"

Baumer erstarrte, bevor er leicht lachte. „Sehr witzig. Ich nehme an, du willst, dass ich nach deinen Angreifern suche?"

„Nein, gerade blicke ich in die Augen ihres Anführers. Netter Schlagring, den du da hattest, Baumer." Nicht, dass er ihn oft benutzt hätte. Nein, der Officer hatte im Hintergrund gewartet und die Drecksarbeit seinen Kameraden überlassen.

„Niemals weißt du –" Baumer erkannte seinen Fehler und setzte eine ausdruckslose Maske auf. „Warum um alles in der Welt sollte ich dich angreifen? Erzähl mir genau, was passiert ist, und wir werden nach den Tätern suchen."

„Du bist gefeuert. Händige deine Polizeimarke und deine Schlüssel aus."

„Das kannst du nicht machen! Ich ... Du hast keinen Grund, mich zu feuern. Keine Beweise."

Oh, sie hatten Beweise, aber warum sollten sie die an dieses Arschloch verschwenden? Gabe lächelte grimmig. „Wir befinden uns noch in deiner neunzigtätigen Probezeit, was bedeutet, dass ich keinen Grund brauche."

Baumers Blick wandte sich von Gabe zu Bull und zurück, als er versuchte, einen Weg aus dem tiefen Loch zu finden. Dann griff er nach der Marke, holte seine Stationsschlüssel heraus und warf alles auf den Schreibtisch. „Ich arbeite ohnehin nicht gern für Weicheier wie dich."

Gabe ignorierte die Beleidigung und sagte: „Sag Parrish, wenn seine Zeloten – einschließlich dir – das nächste Mal auftauchen, werde ich mit einem Haftbefehl auf dem Gelände erscheinen und den Ort auf den Kopf stellen."

Ganz sicher hatte der unausstehliche Reverend Munition da draußen, die nicht legal war. „Sag ihm, er soll seine Leute unter Kontrolle halten."

Baumer erstarrte. „Ich gehöre nicht zu ihnen."

„Spar dir den Scheiß", murmelte Bull. „Wir wissen, dass du auf dem Gelände lebst."

Gabe machte sich nicht die Mühe, hinzuzufügen, dass Audrey Bilder von Baumer und seiner Frau gefunden hatte, die zeigten, wie sie mit Parrish und anderen bekannten Zeloten verkehrten. Die Frau war so dumm gewesen, die Bilder auf Facebook zu posten. „Wirklich blöd für dich, dass ich nie etwas Interessantes in meinem Büro zurückgelassen habe, damit du es an ihn weitergeben kannst."

Baumers Gesicht nahm wieder Farbe an.

Ja, das Arschloch war durch die Papiere auf Gabes Schreibtisch gegangen.

Als Baumer sich nicht bewegte, deutete Gabe zur Tür. „Du darfst gehen. Regina hat die Box mit deinen persönlichen Sachen."

„Fein." Baumers Gesicht wurde vor Wut violett. „Zumindest bin ich kein sentimentaler Liberaler, der die Ärsche von Ökofreaks küsst. Diese Stadt wird nie zu etwas werden und genauso mögen wir es. Niemand will hier einen Bullen aus der Stadt."

Baumer stampfte aus der Station. Eine Minute später schlug die Tür hinter ihm zu.

Bull schüttelte den Kopf. „Schlechter Verlierer."

Gabes Magen drehte sich. Baumer hatte die Wahrheit gesagt. Kein Mensch mochte die Strafverfolgung, ebenso wenig die rauen Selbstversorger und nicht zu vergessen diejenigen, die abseits jeglicher Zivilisation lebten. Alles, was sie über Gabe wussten, war, dass er in Anchorage und LA gearbeitet hatte. *Bulle aus der Stadt.* „Glaubst du, er hat Recht? Mako hat sich vielleicht geirrt, als er dachte, wir könnten diesen Ort wiederbeleben."

Bull fuhr mit der Hand über seinen Spitzbart. „Wir werden es nicht wissen, wenn wir es nicht versuchen. Aber geben wir jetzt auf, werden Touristen diesen Ort meiden, obwohl das Resort bereits geöffnet ist. Dafür würden die Zeloten sorgen."

„Und Dante, Sarah und die Geschäfte werden untergehen."

„Ja. Wir müssen gewinnen, Bruder. Nicht für Mako – er ist tot. Nicht für uns – wir kommen schon klar. Wir müssen für die Bewohner gewinnen."

Bull hatte ein großes Herz, und er hatte Recht.

Gabe seufzte. Es gab gute Leute hier, die Hilfe verdienten.

Es schien, als würde er sich so schnell nicht in Makos Hütte zurückziehen. So war er nicht. Seit seiner Geburt kämpfte er für andere. Zu denken, dass er damit aufhören könnte, war wirklich dämlich von ihm.

Er sah zu Bull. „Okay."

Das eine Wort war alles, was Bull brauchte. „Gut. Ohne dich könnten wir das nicht schaffen."

Gabe schob seine Waffe ins Holster. „Ich werde Sarah eine Kopie der Kameraaufzeichnung geben. Sie kann sie benutzen, wenn nötig. Hoffentlich wird es Parrish für eine Weile zum Schweigen bringen."

„Das ist doch mal ein netter Gedanke." Bull stand auf. „Wie viel Ärger wird Baumer dir jetzt bereiten?"

„Einigen. Vielleicht. Er ist faul. Das Problem ist, er ist auch ein Wiesel. Er wird nicht von vorne angreifen. Aber er weiß auch, dass du ihn ausweiden und den Wölfen zum Fraß vorwerfen wirst, wenn ich zu Schaden kommen sollte."

Bull grinste. „Ich dachte mir schon, dass du deshalb mich und nicht Caz als Zeuge dabei haben wolltest. Zu Einschüchterungszwecken."

„So ist es." In Wirklichkeit war Caz tödlicher als Bull. Mr.

Einschüchterung kämpfte einfach gerne. Obwohl Caz das Töten vermied, war er, hatte er es auf jemanden abgesehen, so still, dass seine Zielobjekte die drohende Gefahr erst wahrnahmen, wenn es bereits zu spät war.

Bull schüttelte den Kopf. „Wenn Baumer eine Vorstellung von deinen Todeszahlen hätte, würde er sich einscheißen."

„Eklig!" Audrey stand in der Tür. „Was habt ihr für Themen?" Sie rümpfte die Nase.

Gabe atmete erleichtert aus. Sie hatte nur den letzten Teil des Satzes gehört.

Er ging zu ihr, packte ihre Oberarme und zog sie für einen harten Kuss auf ihre Zehenspitzen.

Er hätte ihr wahrscheinlich nicht sagen sollen, dass er sie liebte. Heute Morgen hatte sie dennoch neben ihm im Bett gelegen. Zum Teufel, sie war bei ihm, wann immer es möglich war. Vielleicht hatte sie die Worte nicht gesagt, aber er wusste, dass sie genauso fühlte. Und na ja … Mako hatte ihm die Kunst des geduldigen Wartens beigebracht.

Sie war all die Geduld wert, die er aufbringen konnte.

„Wie ist es gelaufen?", fragte sie.

„Er ist jetzt arbeitslos."

„Auf Nimmerwiedersehen." Sie lächelte zu ihm auf. „Lass mich wissen, wenn du mit Vorstellungsgesprächen beginnen willst, um ihn zu ersetzen. Ich werde etwas schnüffeln, falls es Dinge gibt, die nicht in ihren offiziellen Lebensläufen stehen."

„Du hast eine hinterhältige Seite, hmm?" Gabe schaute in ihre großen, grauen Augen, die ein niederträchtiges Funkeln bereithielten. „Gefällt mir."

KAPITEL SIEBENUNDZWANZIG

Am Dienstagnachmittag ging Audrey von Gabes Terrasse zu dem Stall, in dem die Hühner untergebracht waren. Ein Drahtzaun bildete den Hof. Sie hatte immer gedacht, Landhühner würden mehr Freilauf bekommen, aber Gabe hatte ihr schnell den Wind aus den Segeln genommen. Anscheinend würden große Vögel, die im Garten nach Käfern kratzten, Setzlinge entwurzeln und Pflanzen zerstören. Bull hatte hinzugefügt, dass Falken und Adler Geflügel als ausgezeichnete Mahlzeit empfanden.

Das wollte sie nun wirklich nicht sehen. Niemals.

Also blieben die Hühner in ihrem eingegrenzten Hof. Die Playmouth Rocks-Rasse erinnerte an Zebras in Hühnerform, mit schwarz-weißen Federn, dekorativen, roten Kämmen und Kehllappen.

Bull fand sie süß. Und obwohl die scharfen, gelben Schnäbel sie zunächst beunruhigt hatten, mochte sie die hübschen Hühner. Immer wenn sie die Eier einsammelte, kamen sie zum Zaun, gackerten fröhlich und erwarteten Leckerlis.

Gabe fand es amüsant, weil sie sich stets schuldig fühlte, wenn sie nichts anbieten konnte.

Auf der gegenüberliegenden Seite des Stalls öffnete sie die

Klappe zu den Nistkästen und sammelte die Eier ein. Ein ganzes Dutzend.

Hervorragend. Sie würde Gabe einen Kuchen backen. Aus keinem anderen Grund als ... nun, weil ihn zu füttern eine Möglichkeit war, ihm zu zeigen, dass sie ihn mochte.

Und sie kochte und backte gerne für ihn. Er schien immer noch überrascht, wenn sie es tat – als hätte ihm noch nie jemand Köstlichkeiten dieser Art zubereitet.

Sie runzelte die Stirn. Seine Mutter war gestorben, als er drei Jahre alt war, und sein Großvater, bei dem er einige Jahre gelebt hatte, musste viel arbeiten. Dann war er zu Pflegefamilien gekommen, die wahrscheinlich kaum Liebe für gutes Essen übrig hatten. Danach ging er zu Mako, der eine Philosophie hatte, die auf *ohne Arbeit kein Essen* beruht hatte. Deren Sergeant war nicht gerade ein mütterlicher Typ gewesen.

Der Gedanke an Gabe als kleinen Jungen, dem es an Liebe mangelte, brach ihr das Herz. Die Kindheit von ihnen ähnelte sich mehr, als sie gedacht hätte.

Als sie den Korb mit den Eiern ins Haus trug, gelobte sie, dafür zu sorgen, dass ihr Mann immer gutes Essen hatte, und viel Liebe erfuhr ... solange sie hier war.

Aber es war bereits Juli, und das Ende des Sommers rückte näher.

Sie positionierte ihr Handy auf eine Weise, damit sie das Rezept sehen konnte, und rührte den Zucker, die Eier und die Butter zu einer glatten Masse zusammen.

Ende August würde sie Rescue verlassen. Sie würde Gabe verlassen.

Ihre Brust schmerzte.

In Chicago, selbst in der Universitätsbibliothek, hatte sie sich noch nie so sehr als Teil von etwas gefühlt, wie sie das hier tat. Freundschaften hielten in einer Stadt nicht lange an. Die Leute fanden neue Jobs und zogen weg.

Zum Teil war es ihre Schuld, dass sie nicht viele Freunde

hatte. Sie ging nie zu den organisierten Aktivitäten der Universität.

Wenn sie ehrlich mit sich selbst war, dann musste sie sich eingestehen, dass sie eine Einsiedlerin war.

In Rescue ohne Geld dazustehen, hatte ihre Isolation von einem auf den anderen Tag beendet. Ihre Jobs hier erforderten mehr als eine höfliche, effiziente Bibliothekarin – Dante und Bull erwarteten von ihr, freundlich zu sein.

Nicht mal für ihre Recherchearbeit konnte sie sich verkriechen – nicht mit einer internetlosen Hütte. Wenn sie im Café saß, kamen die Leute zu ihr und so war es zur Routine geworden, dass es zu Gesprächen kam.

Dann, nachdem sie die Stadt zur Wiedereröffnung der Bibliothek überredet hatte, musste sie beweisen, wie groß der Mehrwert für ein Etablissement dieser Art sein konnte. Und es funktionierte. Immer mehr Menschen kamen in die Bibliothek. Viele hatten den Wunsch an sie herangetragen, ihre Lieblingsfilme zu bestellen. Sie hatte mit ihnen über Bücher gesprochen. Sie wurde um Hilfe gebeten, wenn es um die Auswahl von Kindergeschichten ging.

Dann war da noch Knox. Ein befriedigendes Gefühl blühte in ihrem Herzen auf. Er beherrschte bereits das Alphabet. Er war so viel klüger, als er glaubte. Sie war stolz auf ihn. Und er veränderte sich, da er sich nun selbst in einem anderen Licht sah.

Ähnlich zu ihr, denn ihr Selbstbild hatte sich verbessert. Nachdem sie jahrelang geglaubt hatte, dass ein Nerd niemals akzeptiert werden könnte, war sie langsam, aber stetig Teil dieser Stadt geworden. Die Einwohner mochten sie.

Wie konnte sie wieder zu einem Leben in Einsamkeit zurückkehren?

Und – sie starrte auf den Kuchenteig – dies war ihre Art, Gabe zu sagen, dass sie ihn liebte.

Wie konnte sie *ihn* verlassen?

Ich will nicht.

Könnte sie bleiben? Würde er das wollen?

Er hatte gesagt, dass er sie liebte, und – *oh Gott, steh mir bei* – sie liebte ihn so sehr.

Sie tauchte mit dem Finger in den Teig und leckte ihn ab. Könnte etwas Zucker ein Mädchen mutiger machen? Irgendwie musste sie den Mut aufbringen und dem Mann sagen, was sie für ihn empfand.

„Ich liebe dich." Sie zuckte zusammen, als sie sich die Worte sagen hörte. Das letzte Mal, als sie es herausgepresst hatte, war sie von ihrem Freund ausgelacht worden. Weil er geplant hatte, sie zu verlassen und bereits eine perfektere Freundin in den Startlöchern hatte, mit der er seinen Status aufzuwerten gedachte. *„Ich brauche jemanden an meiner Seite, der Menschen mag."* Mit einem Satz hatte er ihr Ego zerschlagen.

Gabe würde das nicht tun. Nein, würde er nicht.

Oder doch?

Nein, sie kannte ihn besser. Mr. Kurz und Bündig und Ehrlich würde sicher nicht sagen, dass er sie liebte, wenn er es nicht tat.

Er will, dass ich bleibe. Ich, der Nerd. Er könnte die wunderschöne Brooke haben, aber er hatte sich für Audrey entschieden.

Er würde seine Meinung ändern. Mit Sicherheit. Und damit würde er ihr das Herz brechen.

Aber was, wenn er das nicht tat? Könnte sie das riskieren?

Das musste sie. Sie würde es ihm sagen. Ja, das würde sie. Ganz bestimmt.

In dem Moment öffnete sich die Haustür. Gabe kam herein und zerstreute ihre Willenskraft in alle Winde.

„Ähm. Hi."

Er blieb stehen und seine Augen verengten sich. „Süße, deine Wangen sind ganz rot."

„Das kommt von der Hitze des Ofens. Ich mache dir einen Kuchen."

Er imitierte sie, tauchte einen Finger in den Teig und genoss die Mischung mit einem anerkennenden Summen. Eine Sekunde später hatte er sie zwischen seinem Körper und dem Schrank eingefangen.

„Gabe."

Sein Kuss war zuckersüß, bevor er sich etwas zurücklehnte und an ihren Lippen murmelte: „Der Ofen ist nicht an, Audrey. Und jetzt antworte mir ehrlich. Warum siehst du so erschüttert aus?"

Er trug seinen Polizistenausdruck, und seine Finger unter ihrem Kinn hielten sie davon ab, dass sie ihr Gesicht an seiner Brust vergrub.

Wo war all ihr Mut geblieben? „Ich ... ich habe über einige Dinge nachgedacht."

Seine Lippen zuckten. „Über einige Dinge, ja?"

Als sie einen schaudernden Atemzug nahm, verschwand jede Spur von Humor aus seinem Gesicht. Er legte seine einnehmende Sexualität beiseite, glitt mit den Händen nach unten zu ihrer Hüfte und packte sie fest. „Bist du zu einer Schlussfolgerung gekommen?"

„Oh, du Blödmann. Ist es da noch verwunderlich, dass ich dich liebe?", murmelte sie.

Ein Funke strahlte in seinen Augen und er zog sie in seine Arme. „Das tust du?"

Als er seine Wange an ihrer rieb, war das leichte Kratzen der Stoppeln so berauschend wie Champagner. „Kann ich es in der angemessenen Form hören? In einem Satz und ohne Beleidigung?"

„Du bist so ein regelgebundener Strafverfolgungsbeamter. Bekomme ich einen Strafzettel, wenn ich es nicht richtig sage?" Sie konnte ihre Lippen nicht länger kontrollieren und sie verzogen sich zu einem Lächeln.

„Nein." Er knabberte an ihrem Kiefer und sie erschauerte bei dem betörenden Gefühl. „Wenn nötig, werde ich dich aber verhören."

Seine Zähne fanden ihr Ohrläppchen. „So lange wie nötig. Vielleicht die ganze Nacht."

Meine Güte …

„Sag es, Audrey." Sein Flüstern an ihrem Ohr war heiser und tief.

Sei mutig. „Ich liebe dich, Gabe MacNair." Ihre Knie bebten.

Seine Arme legten sich enger um sie und pressten sie an seinen harten Körper. „Das ist ein guter Anfang."

Sein langes Ausatmen sagte ihr, dass er besorgt gewesen war.

Besorgt, ob sie ihn liebte? Auch sie schlang ihre Arme um ihn und schmiegte sich so eng an ihn, wie es ging.

„Was ist mit Chicago, Süße?"

„Wenn … wenn es in Ordnung ist, würde ich gerne bleiben." Sie hatte gerade genug Mut, den Kopf zu heben und ihm in die Augen zu schauen. Wenn sie in seinem Gesicht eine Emotion sah, die auf Unzufriedenheit hinwies, würde sie hier und jetzt und auf der Stelle sterben.

Stattdessen … grinste er.

Er grinste!

„Scheiße ja! Das ist mehr als in Ordnung." Er drückte sie so fest, dass sich ihre Rippen beschwerten.

Sein Mund senkte sich auf ihren. Als er sie anhob, um sie die Treppe hinaufzutragen, drehte sich bereits ihr Kopf. „Was machst du denn da?"

„Ich denke, das ist eine alte Tradition – ich will feiern."

„Die Leute essen, wenn sie etwas feiern."

„Oh, das kann ich machen. Das *werde* ich machen. Ganz sicher. Ich werde dich verschlingen, bis das einzige Wort, das du noch herausbekommst *Bitte* ist."

Sein gnadenloser Griff und sein dunkles, sexy Versprechen sorgten dafür, dass Hitze durch jede Zelle ihres Körpers brannte.

KAPITEL ACHTUNDZWANZIG

Im abgeschirmten Pavillon rutschte Audrey auf dem Adirondack-Zweisitzer nervös herum und versuchte, eine gemütliche Position zu finden. Mit dem Holzstuhl war alles prima. Sie konnte sich einfach nicht entspannen. Wegen dem, was kommen sollte.

Eine Tür fiel zu, was ihre Aufmerksamkeit erregte. Caz kam aus seiner Hütte. Alle fünf Blockhütten sahen gleich aus. Mit Terrassendecks und hohen Fenstern und mit Blick auf den See und das Gelände. Aber jede Hütte hatte einzigartige Akzente. Gabes Fensterläden und Zierleisten waren graublau. Im Gegensatz dazu waren Makos ein solides Schwarz. Nach dem, was sie über den Sergeant gehört hatte, passte das wohl sehr gut.

Bull verließ sein Haus und überquerte sein Deck voller blühender Pflanzen. Sie hoffte, dasselbe für Gabes Hütte zu tun.

Wenn sie dann noch hier war. Sie biss sich auf die Lippe, als Gabe mit Bierflaschen aus der Hütte kam.

Bisher war es ein schöner Sonntag gewesen. Sie und die Männer hatten den Vormittag gemeinsam bei der Arbeit im Freien verbracht, bevor sie am Nachmittag ein Barbecue gestartet hatten. Nachdem er abgewaschen hatte, entschied Gabe, dass er ein Bier brauchte, um sich heute Abend der Stadtversammlung stellen zu können. Seine Brüder hatten gelacht und sich bereit erklärt, mit ihm im Pavillon abzuhängen.

Audrey verlangte es gerade eher nach Tequila.

Sie und Gabe hatten über ihre Entscheidung, bleiben zu wollen, geschwiegen, bis sie sich alle zusammensetzen und reden konnten. Das wollte sie eigentlich schon letzten Mittwoch zum 4. Juli getan haben, aber irgendwie hatte es nicht gepasst. Das Roadhouse war geöffnet gewesen, und Caz war in die Klinik gerufen worden, um sich um einige verbrannte Finger zu kümmern, da die beiden verletzten Männer dachten, es wäre klug, Alkohol und Feuerwerk zu mischen.

Nicht, dass es viele Feuerwerke gegeben hätte. Schließlich ging die Sonne zu dieser Jahreszeit nicht wirklich unter. Was wäre also der Sinn?

Heute waren alle daheim. Sie rieb ihre feuchten Handflächen an ihren Oberschenkeln.

Als sich Gabe neben ihr niederließ und ihr ein Bier reichte, nahm Bull auf einem Stuhl gegenüber von ihnen Platz.

Caz setzte sich und sein Lächeln verschwand. „Was ist los, *Chiquita?*"

„Ähm ..." Sie sah zu Gabe.

Sein besorgter Ausdruck löste sich auf und Verständnis erfüllte seinen Blick. Er legte seine Hand auf ihren Nacken und drückte seine Stirn gegen ihre. „Du, Goldlöckchen, machst dir zu viele Sorgen", flüsterte er.

Nein, nein, das tat sie nicht. Seine Brüder mochten sie vielleicht, aber es gab einen großen Unterschied zwischen einem gelegentlichen nächtlichen Besucher und einem echten, wahrhaftigen Partner, der mit ihm in der Hütte wohnte. Zumindest hatte sie diesen Eindruck gewonnen, als sie den Gesprächen ihrer Kollegen gelauscht hatte.

„Okay, Süße, lass uns das aus dem Weg räumen." Gabe legte seinen Arm um sie. „Meine Brüder, sie hat Angst, dass ihr etwas dagegen haben könntet, dass ich mich in sie verliebt habe und plane, sie zu behalten."

Die Stille hielt an und hielt an ...

Caz sprang auf und zog sie vom Stuhl, und sie erkannte, dass nur eine Sekunde vergangen war und nicht eine halbe Ewigkeit. *„Eso es excelente!"* Er umarmte sie und küsste überschwänglich ihre Wangen. „Der *Viejo* kann sich sehr glücklich schätzen."

Bull nahm sie in die Arme und quetschte die Luft direkt aus ihren Lungen. „Ich kann mir niemanden vorstellen, der perfekter für ihn ist."

Lächelnd zog Gabe sie wieder nach unten und legte seinen Arm um ihre Schultern. „Siehst du, Goldie?"

Oh Gott, gleich würde sie weinen. Sie vergrub ihr Gesicht an seinem Hals, bis sie ihre Fassung wiedererlangt hatte.

Als sie einen schaudernden Atemzug nahm, gluckste er nur. „Besser?"

Sie versuchte, sich heimlich die Tränen aus den Augen zu wischen, und setzte sich auf. Als sie die freudigen Mienen seiner Brüder sah, wären ihr fast erneut die Tränen gekommen.

„Sie zieht ein, oder?", fragte Bull.

„Verdammt, ja." Gabe zog sanft an ihren Haaren. „Sie wollte Dante erst sagen, dass sie aus seiner Hütte ausziehen will, wenn wir es euch gesagt haben. Für den Fall, dass euch meine Entscheidung nicht zusagt."

Bulls ernster Blick traf auf ihren. „Selbst wenn wir nicht einverstanden gewesen wären, hätte Gabe dich nicht gehen lassen, Audrey."

„Er hätte uns genervt, bis wir gesagt hätten, dass wir einverstanden sind", sagte Caz.

Freude erfüllte sie und strömte hell durch jede Zelle.

Gabe salutierte seinen Brüdern mit seinem Bier. „Es ist, als könntest du meine Gedanken lesen."

„Ich wette, Lillian war begeistert, zu hören, dass sie ihr Mädchen nicht verlieren wird", sagte Bull.

„Was lässt dich glauben, dass Lillian es bereits weiß?", fragte Gabe.

„Bruder, ernsthaft?" Bull schüttelte den Kopf. „Eine Frau wird jedes Detail herausfinden, bevor ein Mann überhaupt weiß, dass es ein Geheimnis gibt."

Bei Gabes ungläubigem Blick sagte Audrey kichernd: „Genau das hat sie getan. Und sie freut sich." Tatsächlich hatte sie Tränen in Lillians Augen gesehen, als sie Audreys Hände in ihren gehalten hatte.

„Sag ich ja", sagte Bull selbstgefällig.

Caz hob sein Bier. „Auf das neue Familienmitglied."

Als die Jungs mitreißend jubelten und mit ihren Flaschen anstießen, drückte Audrey ihr Gesicht wieder gegen Gabes Schulter.

Sie hatte Freunde.

Sie hatte eine Familie.

Und sie hatte Gabe.

Wie viel Glück und Zufriedenheit passten in ein Herz?

Gabes Hand bedeckte ihre und sie schaute auf. Er beobachtete sie ... so wie er das so oft tat.

Sie lächelte ihn an und rieb ihre Wange an seinem harten Bizeps. War es möglich, dass ihre Liebe für ihn weiter wuchs? Manchmal fühlte es sich an, als würde ihr Herz gleich aus ihrer Brust springen.

Ein Klingeln war aus Gabes Haus zu hören.

„Oh, das ist mein Handy." Audrey rannte über das Gras, das Deck und ins Haus.

Dennisons Name wurde auf dem Display angezeigt. Obwohl sie ihm nach der Festnahme Spyros' ihre Nummer gegeben hatte, rief er sie heute zum ersten Mal an.

„Hallo?"

„Hier spricht Special Agent Dennison."

„Wie geht es dir?" Sie ging zurück nach draußen. „Bekommst du keine freien Wochenenden?"

„Nicht an diesem Wochenende. Es gibt Ärger." Seine Stimme klang grimmig. „Vor einigen Stunden, als Spyros in eine längerfristige Einrichtung verlegt werden sollte, drängte ein Van den Gefängnistransporter von der Straße. Ein zweites Team in einem SUV schoss auf die Wachen und befreite Spyros. Er ist entkommen, Audrey."

„W-Was ..." Entkommen? Spyros war frei? Die Angst traf sie wie ein Vorschlaghammer, und sie blieb mitten auf dem Rasen stehen. Sie drückte ihre Panik nieder und flüsterte: „Die Wachen. Geht es ihnen gut?"

Es folgte eine kurze Pause. „Leider nein. Es war hässlich ... und es ist auf jedem Nachrichtensender zu sehen. Der SUV ist danach absichtlich über den Bürgersteig gerast und hat einige Fußgänger erwischt. Zudem haben Spyros' Männer auf Menschen geschossen – auf Kinder –, um die Wachen zu zwingen, Spyros aus dem Gefängnisfahrzeug zu befreien. Es war ein Blutbad, Audrey."

Ihre Knie bebten. Diese armen Leute. Ihr Herz schickte ein Gebet für sie gen Himmel. „Und er ist entkommen."

„Jede Behörde arbeitet daran, ihn wieder einzufangen, aber das war gut geplant. Sie hatten Ressourcen, um alle spurlos zu verschwinden."

Und nun war Spyros garantiert auf dem Weg zu ihr.

Lähmende Angst erfüllte sie. Ihre Füße bewegten sich nicht, festgefroren auf dem Gras, und sie konnte keinen klaren Gedanken fassen.

„Audrey?" Gabe schlang einen Arm um sie. „Was ist passiert?"

Sie starrte in Gabes blaue Augen, brachte aber kein Wort heraus.

Mit zusammengezogenen Augenbrauen schnappte er sich ihr Handy. „Hier spricht MacNair, Rescues Polizeichef. Wer ist da?"

Sie hörte Dennison antworten.

Gabes Gesicht verdunkelte sich. „Was zum Teufel?"

„Das hört sich nicht gut an." Bull zog sie von Gabe weg und an seine massive Brust.

Ihr Atem stockte und sie schmiegte sich enger an ihn.

Als Caz zu ihrer Linken Stellung nahm, war sie von Makos Söhnen umgeben, den taffsten Männern, die sie je gekannt hatte. Etwas in ihrer Brust lockerte sich und erlaubte ihr, tief einzuatmen.

„*Chiquita*, kannst du uns sagen, was los ist?" Caz' Stimme war sanft.

„Spyros, der Mörder, der hinter mir her war ... Er ist entkommen. Das ist ein FBI-Agent am Telefon."

Immer noch im Gespräch scannte Gabe das Gelände, den See und die Häuser, als ob sie sich bereits im Krieg befänden. „Sie haben meine Nummer. Halten Sie mich auf dem Laufenden. Wir werden sie beschützen."

Nachdem er den Anruf beendet hatte, reichte er ihr das Handy und zog sie zurück in seine Arme. Über ihren Kopf sagte er zu seinen Brüdern: „Hat sie es euch gesagt?"

Bull nickte. „Der Auftragsmörder ist geflohen. Wie stehen die Chancen, dass er hinter Audrey her sein wird?"

„Zu hoch − obwohl Dennison denkt, dass er sich verkriechen wird, bis die Jagd nach ihm etwas abschwächt. Spyros gehört anscheinend zu den Geduldigen. Aber er will Rache." Gabe drückte sie an sich. „Wegen ihr hat er nur noch ein Auge. Seine Schussfähigkeit ist beeinträchtigt und sein Ruf im Eimer. Er wurde von einer verdammten Bibliothekarin zum Krüppel gemacht."

Bull schnaubte.

„Weiß er, wo Audrey zu finden ist?", fragte Caz.

„Weiß er. Er wurde ursprünglich beim Versuch erwischt, ein Flugzeug nach Alaska zu besteigen. Er hat Informanten in der Chicagoer Polizei, die ihm von Baumers Anfrage erzählten." Mit zusammengezogenen Augenbrauen führte Gabe den Weg zurück zum Pavillon.

Caz folgte ihm. „Wie lautet der Plan, *Viejo*?"

„Ich sollte verschwinden", sagte Audrey. „Ich sollte −"

„Das musst du nicht sofort entscheiden, Süße." Gabe drückte einen Kuss auf ihren Kopf, bevor er sie auf seinen Schoß zog. „Wir können die Luken schließen, uns verstecken und uns auf den Krieg vorbereiten."

Bull nickte. „Und wenn ein Außenstehender auf der Suche nach Ärger auftaucht, machen wir ihn fertig."

Aber sie würde sie in Gefahr bringen. Nur hatte sie diese Menschen in Chicago nicht in Gefahr gebracht und doch waren sie jetzt tot. Was würde Spyros tun, wenn er sie nicht hier fand? Würde er Menschen foltern, um ihren Aufenthaltsort herauszufinden?

Jeglicher Hoffnung beraubt schloss sie die Augen. Egal, was sie tat, jemand könnte so oder so in Gefahr geraten. Vielleicht war es an der Zeit, mit dem Wegrennen aufzuhören.

Vielleicht könnten sie mit Gabe und seinen Brüdern einen Plan ausarbeiten und so Spyros für immer aus dem Verkehr ziehen.

Am Sonntagabend wartete Gabe, während Audrey mit Regina im Eingangsbereich des Gemeindehauses plauderte.

Es war ein schwieriger Tag gewesen.

Zuerst hatten er, seine Brüder und Audrey an einem Plan gearbeitet, denn ja, sie hatte zugestimmt, zu bleiben. *Gott sei Dank.*

Spyros würde sie nicht vergessen, und sie konnte sich nicht für immer verstecken – nicht in dieser vernetzten Welt. Nicht einmal in Alaska. Egal, wohin sie ging, früher oder später würde der Bastard sie finden. Niemand konnte für immer auf der Hut bleiben.

Sie wussten, Spyros würde kommen und es war besser, wachsam und vorbereitet zu sein. Audrey hatte zugestimmt, nur hatte sie die Idee mit der Vorbereitung noch einen Schritt weiter getrieben.

Sie hatte Gabe um ein Messer und eine Pistole gebeten. Gott!

Vielleicht war er mit Makos Pessimismus infiziert, denn ja, er war der Meinung, dass sie in der Lage sein sollte, sich zu verteidigen, wenn die Kacke zu dampfen begann. Er gab ihr seine Backup-Waffe aus dem Knöchelholster und arbeitete den ganzen Nachmittag mit ihr, bis sie bewiesen hatte, dass sie traf, worauf sie zielte.

Caz musste ähnlich gefühlt haben, denn er gab ihr ein Messer und grub eine seiner alten Armscheiden aus seiner Teenagerzeit aus.

Sie dabei zu beobachten, wie sie sich Waffen anschnallte, hatte bei Gabe zu einer eisigen Kälte im Magen geführt.

Er hasste es, in welch großer Gefahr sie war. Sie bedeutete ihm einfach ... alles, und er würde jeden vernichten, der vorhatte, sie zu verletzen. Er fühlte dasselbe für seine Brüder, aber mit Audrey war dieses Gefühl noch stärker ausgeprägt. Sie war keine hochkarätige, kampferprobte Ex-Soldatin; sie war eine süße, viel zu unschuldige Bibliothekarin.

Und er liebte sie mehr als das Leben selbst.

Es wäre gut gewesen, genau zu wissen, wem sie sich bald gegenüberstehen würden. Dennison sagte, Spyros könnte mit einem Team kommen oder auch nicht.

Gabe runzelte die Stirn. Vor nicht allzu langer Zeit war er Teil eines SEAL-Teams gewesen. Sie waren sich so nah, wie Männer das eben waren, wenn sie zusammen geblutet und gekämpft hatten. Im Laufe der Jahre hatten sie sich jedoch verloren. Es wäre gut gewesen, sie hinter sich zu wissen.

Andererseits hatte er jetzt sein Originalteam zurück – seine Brüder. Seine Stimmung hob sich. Wenn er bedachte, wie der Angriff auf dem Parkplatz ausgegangen war, wusste er, dass Caz' Fähigkeiten nicht nachgelassen hatten.

Auch ohne die Hilfe der Bewohner würden Gabe und seine Brüder das schaffen.

Als Gabe zur Rezeption ging, blinzelte Regina ihn an und

fragte: „Was soll nur aus der Welt werden, wenn Mörder wie er einfach entkommen können?"

Ah, Audrey hatte Regina von Spyros erzählt.

„Das wüsste ich auch gern." Als ihm ein Gedanke in den Sinn kam, spannte Gabe den Kiefer an. Schweigend legte er einen Arm um Audrey und bat Regina, mit ihnen zum Konferenzraum der Stadt zu gehen.

Audrey betrachtete ihn. „Du siehst jetzt noch unglücklicher aus als zuvor."

„Na ja, ich dachte nur gerade, dass Spyros und ich mehr gemein haben, als mir lieb ist." Spyros arbeitete wie Gabe in einem Team und war wahrscheinlich stolz darauf, gute Arbeit zu leisten. „Er nimmt Geld entgegen und tötet im Austausch Menschen, und als ich für die Söldner gearbeitet habe, tat ich genau das Gleiche."

Sie blickte ihn ungläubig an. „Du hast für Geld unschuldige Frauen getötet?"

„Nein."

„Hättest du das?"

„Nein." Für kein Geld der Welt.

„Spyros fehlt jeder Moralkodex. Du hast einen sehr starken. Söldner zu sein, passte nicht zu dir." Sie hob sich auf die Zehenspitzen und küsste ihn auf die Wange.

Und seine Stimmung hellte sich wieder auf. Sein Goldlöckchen hatte Recht. Es gab Grenzen, die er nicht überschreiten würde.

Lächelnd küsste er Audreys Stirn. Sie hatte wirklich ein Talent dafür, die Dinge ins rechte Licht zu rücken.

Als sie sich der Versammlung anschlossen – etwas zu spät –, sah er, dass der Saal wieder einmal bis unter die Decke gefüllt war. Vorne verkündete Dante, dass Baumer entlassen wurde.

„Das scheint mir doch etwas voreilig von Chief MacNair." Parrishs tiefsitzende Augen blitzten vor Wut auf. Er beugte sich vor und ließ den Blick über die Stadtbewohner schweifen. „Vielleicht haben wir einem Außenseiter zu viel Kontrolle über unsere Stadt gegeben. Was weiß ein Polizist aus den Unteren 48 schon über Alaska und wie wir die Dinge hier handhaben?"

„Oh, er weiß es." Guzman schnaubte. „Noch nie bin ich jemandem begegnet, der besser Spurenlesen kann."

Chevy erhob sich, noch immer etwas steif. „Er hat meinen Sohn gerettet. Ich würde sagen, er weiß verdammt viel."

„Er weiß mit Elchen umzugehen", schrie ein anderer.

Dantes lautes Lachen brachte alle zum Schweigen. „Gabe ein Außenseiter? Was für ein Blödsinn. Er wuchs in einer Hütte ohne Anschluss auf. Unten bei Seward. Sein Vater war ein Kamerad von mir. Unser Chief hier hat als Navy Seal gedient – ja, er diente unserem Land – und war dann als Cop in Anchorage tätig."

Ein SEAL ... Anchorage ... Hütte? Das Flüstern breitete sich wie eine Welle im ganzen Raum aus.

Gott ... Wer hätte ahnen können, dass der alte Mann so gesprächig war. Gabe sah Dante mit gerunzelter Stirn an.

Parrishs Ausdruck verfinsterte sich. „Er hat in Los Angeles gearbeitet."

Unbeeindruckt grinste Dante. „Für eine Weile. Er verliebte sich in eine Außenstehende, die ihn in die unteren Staaten gezerrt hat, wo er sich dann einen Job suchen musste. Aber jetzt haben wir ihn zurück, wo er hingehört, und wir werden ihn nicht wieder gehen lassen."

Bei dem Jubel und den zustimmenden Pfiffen erstarrte Gabe. Jubel?

Parrish ließ sein Außenstehender-Argument fallen, zeigte auf Gabe und rief: „Sie haben Officer Baumer ohne Grund gefeuert!"

Es war an der Zeit, ein paar Karten auf den Tisch zu legen. „Sie meinen, ich habe *Ihren* Jungen gefeuert, Mr. Parrish?" Nicht Reverend, denn er war ganz sicher kein Mann Gottes.

Parrish erstarrte. „Officer Baumer gehört nicht zu mir."

„Er lebt auf Ihrem Gelände. Er gehört Ihnen."

Der Mund des Mannes bildete eine dünne Linie.

„Erlaubt mir, euch den Grund dafür zeigen, warum er gefeuert wurde." Gabe nickte Uriah zu, der alles vorbereitet hatte, um das Video an die weiße Wand hinter den Ratsmitgliedern zu projizieren. „Zur Verbrechensbekämpfung wurden in Hochrisikogebieten Sicherheitskameras installiert. Da Kliniken ein hohes Risiko darstellen, befindet sich hinter unserem Gemeindehaus auf dem Parkplatz eine Kamera."

Parrish wich jegliche Farbe aus dem Gesicht.

„Nun werdet ihr sehen, warum Earl Baumer gefeuert wurde ..." Gabe gab Uriah das Zeichen, der dann die Aufnahme startete.

Der Raum verstummte, als das Video Baumer und vier weitere Männer zeigte, die den Parkplatz überquerten. Ihre Gesichter waren leicht zu identifizieren ... ebenso wie die Waffen, die sie trugen. Sie setzten ihre Skimasken auf. Als Baumer einen Schlagring aus der Tasche zog, schnappten einige Anwesende nach Luft.

Alle sahen, wie sich die fünf Männer gegen die Wand drückten, und Uriah sagte mit erhobener Stimme: „Die Narren standen dort für eine Weile. Wie es scheint, war ihnen nicht klar, wie viele Stunden unser Chief am Tag in die Sicherheit der Stadt investiert." Er spulte vor.

Die Tageszeit wurde auf dem Bildschirm angezeigt und dann verließ Gabe das Gebäude. Der Mann mit dem Schlagstock holte aus. Gabe sprang nach vorn – und die Schlägerei begann.

Das Video wurde gestoppt. Die Anwesenden protestierten.

„Es wird gewalttätig", sagte Uriah, „und es befinden sich Minderjährige im Raum. Nach dem Meeting spiele ich es für jeden Erwachsenen, der den Rest sehen möchte."

Die Einwände starben.

Ein Mann schrie: „Neben Baumer gehören mindestens zwei dieser Bastarde zu den Zeloten. Parrish, hast du sie auf unseren Chief gehetzt?"

Unser Chief. Scheint, als wäre er von der Stadt beansprucht worden. Die Wärme um Gabes Herz dehnte sich aus.

Parrish war damit beschäftigt, die Sache zu leugnen, Schadensbegrenzung zu betreiben und allen das Wort im Mund umzudrehen. *Arschloch.* Das würde ihn erstmal für eine Weile zum Schweigen bringen. Diese Schlacht war vorerst gewonnen, der Krieg aber sicher noch nicht. Parrish hatte zu viel in die Gegend investiert, um sie zu verlassen.

Der Lärm nahm zu. Die Leute wurden immer wütender.

Gabe ging in die Mitte des Raumes. Verdammt, er wünschte, Parrish und seine PZ-Anhänger wären nicht hier – aber das waren sie, und dies war die einzige Chance, die Gabe hatte, um die meisten Bewohner der Stadt zu erreichen. „Ich habe eine Bitte, die etwas ungewöhnlich ist."

Er wartete, bis die Menge zur Ruhe fand. Dann rief Tucker von hinten: „Lass hören, MacNair!"

Im Geiste drückte Gabe die Daumen und hoffte auf etwas Glück. Er zeigte auf Audrey, die hinten neben Regina saß. „Die meisten von euch kennen unsere Bibliothekarin. Als sie bei uns ankam, stellte sie sich mit dem Namen Julie vor. Der Grund dafür ist, dass sie sich vor einem Chicagoer Auftragsmörder namens Spyros versteckt halten musste."

Als sie ihren Namen hörte, zuckte sie zusammen.

„Ihr habt sie dabei beobachten können, wie sie versucht, hier ihren Lebensunterhalt zu verdienen. Sie arbeitet nicht nur in Dantes Lebensmittelgeschäft, sondern auch in *Bull's Moose* und jetzt zudem in unserer Bibliothek."

Die Zustimmung, die in der Menge zu hören war, brachte ihn zum Lächeln.

„Als sie Spyros erwischten, erzählte sie vielen von uns ihre Geschichte und dass ihr richtiger Name Audrey ist. Gestern Abend ist Spyros jedoch entkommen. Möglich, dass ihr das in den Nachrichten gesehen habt?"

Diejenigen, die es hatten, teilten die Geschehnisse mit ihren Sitznachbarn.

Gabe wartete, bis sich die Lautstärke wieder runterdrehte.

„Audrey hat ihm seines Auges beraubt, als sie um ihr Leben kämpfte."

Mehrere schnappten nach Luft.

Der Mann, der ihm am nächsten stand, murmelte: „Sie ist taffer, als sie aussieht."

Gabe grinste über die Variationen von: „Weiter so, Mädchen!" Einige der Anwesenden – männlich und weiblich – waren verdammt blutrünstig.

„Das FBI vermutet, dass Spyros auf Rache aus ist und er es sich nicht nehmen lassen wird, mit seinen Leuten nach Audrey zu suchen." Gabe hasste es, wie bleich Audreys Gesicht nun war. „Ich möchte, dass ihr alle auf sie aufpasst. Ich will keine Heldentaten. Das sind erfahrene Killer, und sie werden jeden töten, der ihnen im Weg steht. Um was ich euch jedoch bitte, ist, dass ihre eure Augen und Ohren offen haltet."

„Wie sollen wir sie erkennen?", rief Felix. „Die Stadt ist voller Fischer."

Es war Lachssaison, verdammt. „Stimmt. Aber diese Männer sind Raubtiere. Und einem von ihnen fehlt ein Auge. Wenn ihr bei jemandem ein ungutes Gefühl habt, ruft sofort in der Station an. Egal zu welcher Uhrzeit. Die Nachricht wird an mich weitergeleitet."

Uriah tippte auf dem Laptop auf eine Taste, und die Nummer für die Station erschien an der Wand.

So ziemlich jede Person im Raum zog ein Handy oder einen Stift und Papier heraus, um die Nummer zu notieren.

Gabe blinzelte und schluckte schwer. Er musste sich räuspern, um weitersprechen zu können. „Das war's schon. Vielen Dank."

Nachdem Bürgermeisterin Lillian das Treffen beendet hatte, holte er zu Audrey auf und packte ihren Arm.

Sie kniff die Augen zusammen.

Er küsste ihr den finsteren Ausdruck von den Lippen, der einfach zu niedlich war, und zog sie an sich. „Tut mir leid, Liebling. Ich weiß, dass du es nicht magst, im Mittelpunkt zu stehen."

Bevor sie sprechen konnte, trat Guzman vor sie. „Aber sie ist so ein hübscher Mittelpunkt." Er warf Gabe einen ernsten Blick zu. „Tucker und ich werden eine Weile in der Nähe der Stadt bleiben und die Gegend im Auge behalten. Wir stehen bereit, wenn du Unterstützung brauchst."

Gabe schüttelte ihm die Hand.

Weitere Leute kamen zu ihm, um im Wesentlichen dasselbe zu sagen, einschließlich des Suchteams, das mit ihm nach Chevys Kind gesucht hatte.

Bei Gott, er mochte diese Stadt.

Gemeinsam könnten sie Audrey vielleicht − hoffentlich − beschützen.

KAPITEL NEUNUNDZWANZIG

A ls Audrey am nächsten Tag vor Lillians Haus aus Gabes
Auto stieg, schaffte sie es immer noch nicht, über die
Reaktion der Stadtbewohner hinwegzukommen.

Gestern Abend hatten die Bewohner von Rescue angeboten,
auf Audrey achtzugeben, und auch heute kamen Leute zu ihr, um
ihr klarzumachen, dass sie ihre Aufgabe sehr ernst nahmen.

Vorhin im Café tätschelte ein Mann die Pistole in seinem
Holster und sagte, er trage sie heute, da man nie wusste, wann die
Bastarde auftauchten. Er versicherte ihr, dass er bereit sei, diese
Arschlöcher zu ... durchlöchern. Zwei Männer und eine Frau
hatten zustimmend gelacht und waren aufgestanden, um Audrey
deren Waffen zu zeigen.

Es hätte nicht viel gefehlt und sie wäre in Tränen ausgebrochen.

In Chicago hatte sie auf der Flucht um ihr Leben niemanden
gehabt, an den sie sich hätte wenden können.

In Rescue hatten ihr den ganzen Tag Leute einen Zufluchtsort
angeboten: *Diese Bastarde werden dich nie bei mir finden; meine Hütte
liegt weit abseits der Straße. Komm und verstecke dich bei mir.*

Gott!

Die Emotionen in ihr waren kaum zu kontrollieren, so überwältigend, dass sie keine Möglichkeit hatte, sie zum Ausdruck zu bringen.

Gabe ging es nicht anders. Die Reaktionen der Stadtbewohner hatten ihn sichtlich umgehauen. Als sie über den Bürgersteig zu Lillian spazierten, nahm sie seine Hand. Er drückte ihre Finger mit einem Lächeln.

Wie konnte sie sich so verängstigt fühlen ... und gleichzeitig so gesegnet?

Er hatte ihre Hand gehalten, als sie Dennison anrief, um zu sagen, dass sie als Köder dienen wollte. Nach einer langen Pause hatte der Special Agent widerwillig zugestimmt. Dann hatte er ihr mitgeteilt, dass die Chicagoer Polizeihotline Berichte über Spyros und seine Männer an einer Tankstelle erhalten hatte. Der Auftragsmörder war noch nicht auf dem Weg nach Alaska.

Das Gefühl der Erleichterung war überwältigend.

Nichtsdestotrotz bestand Gabe noch immer darauf, ihr Wachen zu geben. Nur für den Fall. Weil er sie liebte.

Wie konnte sie Einwände erheben, wenn er so etwas sagte?

Gabe beugte sich vor, um ihr einen langen anhaltenden Kuss zu geben. Dem süßen Kuss folgte ein strenger Blick. „Ruf mich an, sobald du bereit bist, zu gehen."

Sie würde nichts tun, um die Sorge in seinem Gesichtsausdruck zu verstärken, also lächelte sie einfach nur und sagte: „Jawohl, Mister Gebieterischer Chief. Ich werde mich benehmen."

Ihre Belohnung zeigte sich darin, dass er seinen Kiefer etwas entspannte. „Danke, Süße."

„Ich werde auf sie aufpassen, Gabriel." Lillian stand in der Tür.

Gabes Küsse waren extrem potent. Audrey hatte nicht mal gehört, wie sich die Tür öffnete.

Gabe wagte ein Lächeln. „Danke, Lillian."

Als er zu seinem Auto zurückkehrte, bemerkte Audrey zwei Männer, die an einem geparkten Pick-up lehnten.

Ihre muskulösen Wachen nickten Gabe zu und lächelten sie und Lillian an.

„Komm, Kind." Lillian führte sie durch das Haus nach hinten. „Es gibt Gartenarbeit zu erledigen."

Gut. Sie brauchte etwas, um ihre Hände zu beschäftigen. „Es scheint falsch zu sein, Spaß zu haben, während diese Männer da draußen festsitzen und nur ihre Zeit verschwenden."

„Dich zu beschützen, ist keine Zeitverschwendung." Gleich neben den Reihen aus Karotten und dem Gartenwagen stellte Lillian einen Klappstuhl auf und setzte sich. „Lass mich dir die feine Kunst des Ausdünnens beibringen — auch bekannt als das Abschlachten unschuldiger Setzlinge."

Selbst als Audrey lachte, jagte ihr ein kalter Schauer über den Rücken.

Eine Stunde später kniete Audrey im Beet und sang mit Lillian, während sie Salat und Rüben erntete. Das Lied von Hobo Jim — *was für ein Name!* — war eine melancholische Ballade über einen Fischer, der nicht zu seiner Frau zurückgekehrt war.

Die Frau hatte er sich wahrscheinlich eingebildet. Trotzdem führte die traurige Melodie bei Audrey zu einem Kloß im Hals. Weil sie den Gedanken nicht ertragen konnte, dass Gabe etwas zustoßen könnte.

In Liebesbüchern ging es stets darum, wie wunderbar es sein konnte, sich zu verlieben, es drehte sich um Sex, sogar um Streit und Auseinandersetzungen. Sie erwähnten jedoch nie, wie eine Frau bei dem Gedanken, den neuen Mittelpunkt ihres Universums zu verlieren, zusammenbrechen könnte.

Gabe war ihr Mittelpunkt.

Als Lillian einen quälenden Abstieg in der Melodie vornahm und so das Lied noch trauriger wurde, kämpfte Audrey gegen Tränen an.

Sie bemerkte den besorgten Blick ihrer Freundin und versuchte es mit einem Lächeln. Was hatte Lillian getan, als ihr Mann gestorben war? Wie hatte sie überlebt?

In dem Moment verschwand die Sonne hinter aufdringlichen Wolken und die Welt wurde dunkler. Und kälter. Audrey ertrug es nicht länger. „Es fängt an zu nieseln. Lass uns alles reinbringen und uns drinnen aufwärmen."

„Gute Idee." Bei der Stimme eines Mannes stolperte Audrey auf die Beine.

Earl Baumer stand im offenen Gartentor.

Audrey schnappte nach Luft. „Was willst du hier?"

„Dich." Dann stürzte er sich auf sie.

Es blieb keine Zeit, eine ihrer Waffen zu ziehen. Sie wich aus und stellte ihm ein Bein, sodass er stolperte. Anschließend sprintete sie zur Seite des Hauses. Ihre Wachen waren vorne positioniert.

Sie kam an der Hausecke an, als sie hörte: „Bleib stehen oder ich bringe sie um."

Bei seinen Worten sah Audrey über ihre Schulter.

Nein!

Sie hielt abrupt inne und musste sich an einem Baum abfangen, um ihr Gleichgewicht nicht zu verlieren.

Earl benutzte Lillian als Schild, ihr Rücken an seiner Brust. Eine Hand packte ihr weißes Haar, während er ein Messer an ihren dünnen Hals hielt.

„Earl Baumer, du bist ein durchgeknallter Bullenschniedel." Lillians Gesicht verzog sich vor Schmerz. Sie sah zu Audrey. „Lauf, Kind, du –"

Ihre Stimme schnitt ab, als Earl mit der Messerspitze Druck ausübte. Ein dünnes Rinnsal aus Blut lief über ihren weißen Hals.

„Sicher, du könntest entkommen, Audrey, aber das bedeutet auch, dass du diese alte Dame dem Tod überlässt." Earls Stimme war rau und angespannt. Seine Reaktionen waren ... unvorhersehbar.

Er starrte sie an. „Kannst du damit leben, Schlampe?"

Alles in ihr schrie: *Lauf weg!*

Lillians Mund bildete das Wort: *Geh!*

Audrey zögerte und die Angst stellte die Haare in ihrem Nacken auf. Nur könnte sie es nicht ertragen, wenn sie überlebte und Lillian verletzt wurde. „Ich werde dich begleiten."

„Komm her."

Ihr blieb keine andere Wahl. Mit den Händen zu Fäusten geballt, ging Audrey über den Rasen.

Earl packte sie und schob Lillian von sich.

Die ältere Frau taumelte, stolperte über ihren Stuhl und ihr Kopf schlug mit einem grässlichen Laut auf den hölzernen Gartenwagen.

Schlaff und unbeweglich landete sie auf dem Gras.

„Nein!" Audrey riss Caz' Messer aus der Scheide an ihrem Arm. Sie schlitzte in Earls Hand, mit der er sie am Arm packte und verwundete ihn am Handgelenk.

Schreiend ließ er sie los – und schlug dann so hart auf ihren Arm, dass sie ihre Finger nicht mehr spürte. Ihr fiel das Messer aus der Hand.

Bevor sie wegspringen konnte, gab er ihr eine Ohrfeige. Schmerz explodierte in ihrem Gesicht, und sie taumelte zurück, bis er sie an ihrem Oberteil packte. Schwärze flackerte am Rande ihres Sichtfelds.

„Dumme Schlampe." Sie wehrte sich mit allem, was sie hatte, doch er schaffte es, ihre Arme hinter ihrem Rücken zu fesseln. An ihrem Oberteil zerrte er sie zur Vorderseite des Hauses.

Tränen strömten aus ihren Augen und sie suchte verzweifelt nach den beiden Männern, die sich freiwillig gemeldet hatten, um über sie zu wachen.

Niemand stand am Pick-up. Audreys Atem gefror in ihren Lungen.

„Oh nein, hat die Schlampe ihre Bodyguards verloren?" Earls spöttischer Ton ließ sie erstarren.

„Was hast du mit ihnen gemacht?"

„Tja. Die Idioten haben auf einen Kerl mit einer Augenklappe gewartet. Mich hatte niemand auf dem Schirm." Er grinste. „Ich ging zu ihnen, um ein wenig zu plaudern – und taserte sie. Sie liegen gefesselt auf der Ladefläche. Es ist gut, dass die alte Henne in einer so ruhigen Straße lebt."

Sie schaffte es, wieder einen Atemzug zu nehmen. Die Männer lebten.

Oh Gott, Lillian, geht es dir gut?

Earl zerrte sie zu einem großen SUV.

Damit wirst du nicht durchkommen. Sie sprach die Worte nicht laut aus, da es möglich war, dass er das würde. Wie könnte sie entkommen? Ihr Messer war weg. Die Pistole, die an ihrem Knöchel befestigt war, konnte sie nicht erreichen.

Er öffnete die seitliche Schiebetür und schubste sie in sein Auto.

Sie rutschte zur Seite, stemmte eine Schulter gegen den Türrahmen und trat ihn so hart wie möglich zwischen die Beine.

Mit einem hohen Schrei fiel er auf die Knie und packte sich an den Schritt.

Ja!

Jemand im Auto packte ihre Handschellen und die Rückseite ihres T-Shirts.

Sie schrie und kämpfte verzweifelt, wurde jedoch nach hinten gezogen. Sie fiel auf den Rücken und landete schmerzhaft auf ihren gefesselten Armen.

Ein Stiefel presste sich auf ihren Bauch und raubte ihr den Atem.

„Na sieh mal einer an. Das sollte Spyros' Laune verbessern."

Mit klopfendem Herzen starrte Audrey den Mann an, der über ihr lauerte.

Kurz rasiertes, blondes Haar, gebrochene Nase, ausgeprägter New Yorker Akzent. Das war der Mann, der mit Spyros in ihre Wohnung eingebrochen war.

Der gefeuerte Polizist hatte sie sich nicht geschnappt, um Rache an Gabe zu üben. Earl arbeitete mit Spyros zusammen.

Oh Gott!

„Aber Spyros ist in Chicago. Er wurde dort gesehen." Die Worte brachen in einem dümmlich und mit Sicherheit vergeblichen Protest aus ihr heraus. Als ob ihre Hoffnung es wahr machen könnte.

Das hässliche Grinsen des New Yorkers zeigte, wie gefährlich er war. „Falsch gedacht, Fotze. Er stieg eine halbe Stunde, nachdem wir ihn befreit hatten, in einen Privatjet. Die Leute, die die Hotline anriefen, weil sie uns angeblich an der Tankstelle gesehen haben? Sie wurden wirklich gut bezahlt."

Spyros war hier. *Hier.*

Ein schwerer Felsbrocken lastete auf ihrer Brust, als sie um jeden weiteren Atemzug kämpfte.

„Du kannst sie nicht in meinem Fahrzeug töten." Nachdem Earl ein Taschentuch um sein aufgeschlitztes Handgelenk gewickelt hatte, sprang er auf den Fahrersitz. „Ich will nicht, dass ihr Blut überall hinspritzt."

„Mach dir keine Sorgen. Der Boss will sich Zeit nehmen." Der New Yorker grub die Ferse seines Stiefels in Audreys Bauch, und sie konnte das Wimmern nicht zurückhalten. „Er wird ihren Körper – was davon übrig bleibt –, an einem hübschen öffentlichen Ort in Chicago ablegen."

Earl grunzte. „Er will ein Exempel statuieren, um deutlich zu machen, dass ihm niemand entkommen kann?"

„So ist es." Der Typ grinste. „Er wird eine Seite ihres Gesichts intakt lassen, damit sie identifiziert werden kann. Der Rest wird an eine Horrorshow erinnern."

Oh nein, bitte nicht. Als ihr Körper vor Todesangst bebte, schloss Audrey die Augen. *Nicht weinen. Nicht weinen.*

Aber Tränen sickerten bereits unter ihren Augenlidern hervor.

Tucker, Guzman und Bull drängten sich um Gabes Schreibtisch, als Lillian über den Lautsprecher am Telefon zu hören war.

Gabes Hände ballten sich beim Zuhören.

Gott sei Dank hatte sich die ältere Britin ein medizinisches Alarmsystem zugelegt. Als sie im Garten das Bewusstsein wiedererlangt hatte, hatte sie sofort den Knopf gedrückt. Daraufhin hatte die zuständige Firma ihren Anruf direkt an die Station weitergeleitet.

„Audrey hätte entkommen können, Gabriel, aber dieses Schwein hielt mir ein Messer an die Kehle. Das Mädchen kam zurück. *Für mich.*" Das unterdrückte Schluchzen in der Stimme der alten Frau hallte in Gabes Herz wider. „Finde sie, Chief. Und bitte beeile dich."

Sie fing an zu weinen, und dann deutete die Stille an, dass sie den Anruf beendet hatte.

„Tucker." Gabe sah zu dem robusten, alteingesessenen Alaskaner. „Kannst du mit Guzman nach Lillian und den beiden Kerlen sehen, die im Wachdienst waren? Bring Lillian zurück zur Station, wenn sie will."

Tucker und Guzman gingen und drängten sich an den Leuten vor der Bürotür vorbei.

„Regina alarmiert alle, die sie erreichen kann." Caz kam herein, gefolgt von Knox und Chevy.

„Baumer hat sie entführt." Knox rieb sich ungläubig das Gesicht. „Ich dachte, er wäre ein guter Kerl. Ich habe sogar seine Scheiße über Touristen geglaubt – wie ein einfältiger Idiot."

„Das taten wir beide." Chevys Gesicht war blass.

„Das ist Schnee von gestern. Wir müssen uns auf das Hier und

Jetzt konzentrieren." Gabe winkte ihre Reue ab. „Wohin würde Baumer Audrey bringen? Wahrscheinlich nicht auf das PZ-Gelände."

Parrish wollte zweifellos Gabes Untergang, aber ein erfolgreicher Betrüger wie er würde nicht so offen handeln. Er würde Gabe sicher nicht die Chance geben, das Gelände zu durchsuchen, besonders nach gestern Abend, als Baumer als PZ-Mitglied identifiziert worden war.

Ausgehend von Parrishs bisherigen Reaktionen ... „Ich wette, Parrish hat Baumer aus der Gemeinde geworfen."

„Das hat er", sagte jemand. „Earl hat mich heute Morgen um Geld gebeten. Als wären wir immer noch Freunde, nachdem ich diese Aufnahme sah, in der er dich mit den anderen Arschlöchern hinterhältig angegriffen hat? Das ist einfach krank."

„Wo kam er unter?", fragte Caz.

Der Mann schüttelte den Kopf. „Hat er nicht gesagt."

Baumer wollte sich an Gabe rächen ... und Audrey würde den Preis dafür zahlen. Verdammt, er hätte nie gedacht, dass der Bastard so weit gehen würde – dass er eine Frau oder einen Zivilisten angreifen würde.

Gabe drängte seine Angst zurück. Er musste seinen Verstand einsetzen. *Audrey, wo bist du?*

Zuerst mussten sie sicherstellen, dass Baumer sie nicht von hier weggebracht hatte. Er drückte einen Knopf auf dem Telefon. „Regina, kannst du Späher zum Sterling Highway schicken, im Osten und Westen? Baumer ist wahrscheinlich nicht mehr als fünfzehn Minuten entfernt. Sende jedem ein Foto von ihm, seinem Auto und dem Nummernschild. Lass uns dafür sorgen, dass er die Gegend nicht verlässt."

Zum ersten Mal freute er sich über den Mangel an Straßen in Alaska. Der einzige Weg, der aus dieser Stadt führte, war über den Sterling Highway.

„Ich habe viele Freiwillige. So gut wie erledigt." Regina legte auf.

Als der nächste Donnerschlag das Fenster erschütterte, warf Gabe einen Blick nach draußen. Der Regen hatte sich in einen Wolkenbruch verwandelt.

Gabe konzentrierte sich auf seine Aufgaben und benachrichtigte als nächstes die State Trooper.

Ein schmerzender Knoten formte sich in seinem Magen. Alles in ihm wollte sie selbst suchen gehen und nicht hier drin sitzen, um Anrufe zu tätigen.

Hier war er jedoch am nützlichsten.

Wenn Baumer nicht aus dem Gebiet herauskam, wo würde er abtauchen? Wer könnte das wissen? Gefolgt von Caz, Knox und Chevy ging Gabe in das Großraumbüro.

Es war voller Menschen, die darauf warteten, zu helfen. „Weiß jemand, wo Baumer gerade unterkommt? Ich würde gerne mit seiner Frau sprechen. Sie könnte etwas von seinen Plänen wissen."

Erica, eine der beiden Frauen, die bei der Suche nach Niko geholfen hatten, hob die Hand, als wäre sie in einem Klassenzimmer. „Letzte Nacht waren Earl, MaryEllen und die Kinder noch bei meiner Mutter hier in der Stadt. Ich habe vor ein paar Minuten mit meiner Mutter gesprochen. Earl ist heute Morgen gegangen, aber seine Frau ist immer noch dort."

In der Stadt. Ein Hoffnungsschimmer. „Kannst du mich hinbringen?"

„Gerne, Chief."

Fünf Minuten später folgte Gabe Erica und ihrer Mutter durch das kleine Haus an der Dall Road. Caz – der ein Profi darin war, Informationen aus Menschen zu extrahieren – kam mit ihm. Die anderen warteten draußen.

„Chief MacNair und Caz." In der Küche zeigte Erica auf eine angespannt aussehende, dünne Rothaarige, die neben dem Tisch stand. „MaryEllen Baumer."

Ericas Mutter hatte eine sanfte Stimme. „MaryEllen, der Chief hat ein paar Fragen zu Earl."

MaryEllen hatte ein Baby im Arm und ein Kleinkind, das sich an ihren knöchellangen, schwarzen Rock klammerte. Sie ließ den Blick über Caz schweifen und rümpfte die Nase.

Als sie sich an Gabe wandte, starrte sie auf seine Polizeimarke. Ohne seinem Blick zu begegnen, trat sie einen Schritt zurück. „Wir wurden rausgeschmissen. Und haben unser Zuhause verloren."

Er konnte den Teil hören, den sie nicht sagte: *wegen dir*.

Earl war der Typ, der andere für seine schlechten Entscheidungen verantwortlich machte – und diese mitleiderregende Frau würde gegenüber ihrem Mann niemals ihre Meinung sagen.

„Earl ist nicht hier, aber ich glaube nicht, dass er Sie sehen möchte", beendete sie.

„Ich habe auch nicht gerade das Bedürfnis, ihn zu sehen. Leider hat er Bürgermeisterin Lillian ein Messer an die Kehle gehalten und Audrey Hamilton entführt." Gabe beobachtete sie genau.

Jegliche Farbe wich ihr aus dem Gesicht und dann sank sie an dem kleinen Tisch auf einen Stuhl. „Nein. So war das nicht geplant."

Gabe warf einen Blick zu Caz und wartete darauf, dass er übernahm.

Ein winziges Kopfschütteln sagte, dass er das nicht tun würde. Caz fuhr mit einem Finger über seine braune Haut und zuckte mit den Schultern. Er hatte Recht. Eine religiöse Person wie sie würde sich wahrscheinlich keinem Hispanoamerikaner anvertrauen.

Verdammt.

MaryEllens Blick blieb auf dem Boden, und er hörte sie flüstern: „Sie sollten gehen."

Gabe rieb sich über den Nacken, als er die Frau aufmerksam musterte. Langer Rock, Haare im Dutt, Bluse bis obenhin zugeknöpft. Sie war vielleicht rausgeschmissen worden, aber ihr Herz war immer noch bei den Zeloten. Zwar verspürte er einen unausweichlichen Druck, Informationen aus ihr herauszuholen, konnte jedoch nicht anders, als Mitleid für diese Frau zu empfinden. Es war ihr nicht erlaubt, für sich selbst zu denken. Sie war in das Glaubenssystem der Zeloten indoktriniert worden.

Nur durfte das keine Rolle spielen. Obwohl Baumer zweifellos die Entscheidungen in der Familie traf, hatte MaryEllen genug gehört, um zu wissen, was vor sich ging und dass Gesetze gebrochen wurden. Es war an der Zeit, eigenverantwortlich zu handeln – und jetzt würde sie einige Wahrheiten hören, vor denen sie wohl lieber die Augen verschließen würde.

In seinem Kopf verfluchte er Baumer erneut. Nicht nur für das, was er Audrey und Lillian angetan hatte, sondern auch dafür, dass ihm seine Familie nicht wichtig genug war, um sie vor Schaden zu bewahren.

Gabe setzte sich an den Tisch, um etwas von der Bedrohung aus der Situation zu nehmen. Zusätzlich ließ er seine Stimme sanfter erscheinen: „MaryEllen, Entführung ist ein Bundesverbrechen, fürchte ich, und du wirst als Komplizin betrachtet werden. Wenn du uns hilfst, kann ich dich vielleicht vor dem Gefängnis bewahren." Er sah zu ihren Kindern.

„Gott steh mir bei", flüsterte sie und zog das Kleinkind näher zu sich.

„Erzähl mir alles."

Sie schüttelte den Kopf. „Nein, nein, nein. Eine Frau muss ihrem Mann gehorchen. Sie darf nicht –"

Caz sagte sehr leise: „Verlässt eine liebende Mutter ihre Kinder? Wer wird dann deine Babys beschützen?"

Ihr Arm legte sich enger um das Baby in ihren Armen und ihr Blick wandte sich dem Kleinkind zu. „Oh Gott, was soll ich tun?"

Sie schluckte schwer und dann ... redete sie. Ihre Stimme war immer noch nicht lauter als ein Flüstern. „Gestern Abend erhielt Earl eine E-Mail von jemandem, der sagte, er würde zehntausend

Dollar zahlen, wenn Earl dafür sorgte, dass Ms. Hamilton an einen abgelegenen Ort gebracht würde. Es sollte keine ... Gewalt geben."

Gabe starrte sie an. Eine E-Mail? Zehntausend Dollar?

Spyros.

Gabe sah das Entsetzen auf dem Gesicht seines Bruders, als es auch ihm dämmerte, was hier los war. Baumer hatte dies nicht aus Rache getan − jedenfalls nicht nur −, sondern, weil Spyros ihn angeheuert hatte.

MaryEllen verstand ihr Schweigen nicht und wechselte zu Ausreden. „Nachdem Sie das Video gestern Abend gezeigt haben, hat uns der Reverend rausgeworfen. Earl ist ... ist sehr wütend auf Sie."

„Ich verstehe."

MaryEllen errötete. „Es ist falsch, ohne den Bund der Ehe in Sünde zu leben. Earl meinte, die Frau sei Ihre Geliebte."

„Das ist sie." Sie war auch die Luft, die er zum Atmen brauchte. „Earl hat Audrey in seinem Auto. Wohin bringt er sie?"

„Das weiß ich nicht."

Bei ihren ungläubigen Blicken hob sie ihre Stimme. „Ich weiß es wirklich nicht. Ein Mann rief heute Morgen an und sagte Earl, er solle ihn abholen. Er wollte im Auto mitfahren, um ... die Lieferung zu erleichtern."

„Die Lieferung."

„Ja. Sobald sie ... im Auto ist, wollten sie sich mit jemandem treffen und zu irgendeiner Zone wandern." Sie rieb ihre Wange an dem Köpfchen des Babys. „Ich habe nicht alles gehört."

Sie hatte wahrscheinlich nur Earls Seite des Gesprächs belauschen können.

Eine Zone?

„Eine Landezone", sagte Caz leise.

Gabe nickte, während ihm die Kälte durch die Adern lief. Wenn Audrey in ein Flugzeug stieg, wurden die Chancen, sie zu finden, verschwindend gering. Er zwang sich, die nächste Frage zu stellen: „Hubschrauber oder Wasserflugzeug?"

„Earl sagte etwas über einen Hubschrauber und fing an, Vorschläge zu machen, aber Matthew Mark wachte auf, sodass ich nichts mehr mitbekam." Tränen füllten ihre Augen. „Dann ist Earl gegangen. Er hat sich nicht verabschiedet; er ist einfach gegangen."

Weil er es eilig hatte, sich an Gabe zu rächen und seine verdammte Belohnung einzuheimsen. Das Arschloch. Und diese Frau hatte davon gewusst und ...

Er schüttelte den Kopf und hielt seine Stimme sanft, aber fest. Die Frau war in einer Sekte, einer Gehirnwäsche unterzogen. „Hast du seitdem von ihm gehört?"

„Nein", flüsterte sie. „Telefone sind für Männer, nicht für Frauen."

Gott. Gabe gab alles, um nicht seine Fassung zu verlieren. Er würde sich in Zukunft mehr mit den Patriotischen Zeloten beschäftigen, oh ja, das würde er. „Ich verstehe, MaryEllen."

Nach ein paar weiteren Fragen ließen Gabe und Caz sie in der Küche sitzen.

Erica und ihre Mutter waren im Wohnzimmer, und Gabe hielt inne, um die beiden Frauen zu bitten, MaryEllen im Auge zu behalten. Damit sie nicht flüchtete oder vielleicht doch das Telefon benutzte.

„Hier draußen haben wir sowieso keinen Empfang." Erica schickte einen wütenden Blick in Richtung Küche. „Wir werden sie nicht aus den Augen lassen, Chief."

„Danke." Er zögerte. „Erica, dieses Chaos ist nicht ihre Schuld."

Caz übernahm: „Die Patriotischen Zeloten glauben, dass ein Mann all das Denken übernehmen sollte. Dumm, ja, aber das ist es, was sie glaubt, und das bedeutet, dass sie ohne ihren Mann, der ihre Entscheidungen trifft, verloren sein wird. Ich werde die

Sozialdienste benachrichtigen; sie reagieren jedoch meist recht langsam. Wenn du MaryEllen bis dahin helfen könntest ...“

„Du hast Recht.“ Erica schenkte Caz ein reuevolles Lächeln. „Sie wird es in dieser Welt schwer haben, oder?“

„Das wird sie.“ Und wie viele weitere MaryEllens befanden sich hinter dem Maschendrahtzaun des Geländes?

Zurück in der Station umarmten Gabe und Caz eine gebrechlich aussehende Lillian. Die Bodyguards waren auch hier, beschämt und wütend, ausgetrickst worden zu sein.

Nachdem Gabe alle auf den neuesten Stand gebracht hatte, riefen Bull und Dante eine Karte des Gebietes auf dem Computer auf und suchten nach potenziellen Landeplätzen außerhalb der Stadt. Sie schlossen Lichtungen mit Hindernissen, unebenem oder rauem Gelände aus, sowie Gebiete, wo der Platz nicht ausreichte. Sobald ein möglicher Landeplatz gefunden war, machten sich Freiwillige auf den Weg, um nach geparkten Fahrzeugen zu suchen – insbesondere nach Baumers Auto oder möglichen Mietwagen.

Chevy und Knox benutzten Gabes Computer.

„Ja, ein Hubschrauber könnte auf jeder dieser Lichtungen landen“, sagte Chevy. „Hey, Chief.“

„Etwas gefunden?“ Gabe schloss sich ihnen an.

Knox zupfte an seinem dichten Schnurrbart und zeigte auf das dreidimensionale Kartendisplay. „Earl und ich haben dort vor einer Weile gejagt. Es gibt eine Reihe von nicht markierten Wegen, ein paar Hütten und Unterstände. Der Ausgangspunkt des Pfades befindet sich hinter etwas Unterholz. Ein Allradfahrzeug kann zum Parken dorthin gelangen und wäre von der Straße aus nicht zu sehen.“

Knox rutschte auf seinem Platz herum und errötete. „Das bedeutet, dass es sehr unwahrscheinlich ist, dort außerhalb der Saison von einem Wildtier-Trooper erwischt zu werden.“

Gabe seufzte nur. „Gibt dieses Gebiet die Möglichkeit her, einen Hubschrauber zu landen?“

„Ja, mehrere." Chevy zeigte auf dem Bildschirm auf die Lichtungen.

Dante und Bull standen mittlerweile auch neben ihm. Dante runzelte die Stirn. „Hmm. Ich wusste nicht, dass es in dieser Gegend Wanderwege gibt. Dort habe ich bisher niemanden hingeschickt."

Gabe musterte den Monitor. Versteckte Parkplätze, nicht markierte Wege. Das würde Spyros sicher gefallen.

Wenn es dort auch noch Hütten gab, in denen die Entführer den Regen abwarten konnten, bis der Hubschrauber kam?

„Weißt du, wie man dort hinkommt?", richtete Bull die Frage an Knox.

„Es ist eine Weile her, aber ja."

Halte durch, Audrey. Ich denke, wir haben eine Spur.

Gabe sah sich im Raum um. Die letzten Leute waren losgefahren, um die Straßen zu durchkämmen und auf gut Glück nach Baumers Auto Ausschau zu halten. Zurück blieben nur seine Brüder, Knox, Chevy, Dante, Lillian und Regina.

Und Gabe. Ganz sicher würde er nicht hierbleiben und Tee trinken.

„Dante, kannst du mit Lillian und Regina hier die Stellung halten? Koordiniert nach Bedarf." Er schenkte dem alten Soldaten ein Lächeln. „Ich weiß, dass du nicht vergessen hast, wie das geht."

„Verlass dich auf mich." Dante warf einen Blick auf den Waffenschrank. „Bewaffne deine Männer, Chief."

Gabe hatte bereits den Schlüssel in der Hand.

Der kalte Regen prasselte auf Audrey nieder und presste ihr T-Shirt gegen ihren zitternden Körper. Ihre Kraft schwand, als sie Earl Baumer auf dem schmalen Waldweg folgte.

Verzweiflung lastete noch schwerer auf ihrem Herzen, als die nutzlose Pistole ihren rechten Knöchel beschwerte.

Hinter ihr lief Spyros. Er stieß den Finger in ihre Wirbelsäule. Grausam. Schmerzhaft. „... und dann schneide ich dich hier auf."

Seit sie den Pfad betreten hatten, erzählte er ihr, wie sie sterben würde.

Zuvor hatten Earl und der New Yorker sie am Ausgangspunkt aus dem SUV gezogen und auf den Boden geworfen. Ein anderes Auto hatte neben ihnen geparkt. Vier Männer waren ausgestiegen.

Und dann hatte sie aufgesehen ... direkt in das Gesicht ihrer Albträume.

Spyros. Oh Gott. Terror überschwemmte sie, ertränkte sie. Sein rechtes Auge war weg, das Lid vernarbt und eingesunken. Weiße Narben hoben sich deutlich von seiner dunklen Haut ab.

„Du hast die Maláka. *Gut, gut." Er warf ihr ein niederträchtiges Lächeln zu, bevor er den New Yorker fragte: „Das Backup-Team?"*

„Im Zeitplan."

Earl runzelte die Stirn. „Backup?"

„Nur ein paar Männer mehr. Eine Vorsichtsmaßnahme. Für den Fall, dass wir Schwierigkeiten bekommen." Spyros riss sie auf die Füße. Mit den beiden Fahrzeugen, die von dem Unterholz versteckt wurden, ging die Gruppe den Wanderweg hinauf. Neben Spyros, Earl und dem New Yorker gab es drei weitere brutal aussehende Männer.

Zu viele Männer. Sie würde heute sterben.

Sie hatte es in dem Moment gewusst – und sie wusste es jetzt.

Bei jedem Schritt hatte er ihr das auf Griechisch und Englisch verdeutlicht. Als der Donner laut genug wurde, um seine Stimme zu übertönen, war sie dankbar für die kleine Pause. Nun konnte sie versuchen, ihre Angst zu überwinden, um an einer Lösung zu arbeiten.

Was könnte sie tun? Gab es etwas, was sie tun konnte?

Inzwischen wusste Gabe sicher, dass sie entführt wurde. Ihr Herz brach, als sie daran dachte, wie er seine Angst um sie niederdrücken musste, sodass sie die Fassung nicht verlor. Er würde alles tun, um sie zu finden. Wenn sie nicht überlebte, würde er das nicht gut verkraften. Er würde sich selbst die Schuld geben.

Oh, Gabe ...

So wie sie sich selbst die Schuld gab. Für den Schmerz, den er gerade erlitt.

Für Lillian. Immer wieder spielte ihr Verstand den Moment ab, als Earl sie geschubst hatte, sie gestürzt und auf dem Wagen gelandet war.

Es tut mir leid, Lillian. Ihr Herz schmerzte.

In Rescue zu bleiben, war die falsche Wahl gewesen. Lillian wäre in Ordnung gewesen, wenn Audrey die Stadt verlassen hätte.

Hoffnungslosigkeit sickerte in ihre Knochen und schwächte ihre Muskeln. Sie stolperte über einen moosbedeckten Felsbrocken. Mit ihren Handgelenken hinter ihrem Rücken gefesselt konnte sie sich nicht abfangen und landete mit einem Stöhnen auf ihrem Bauch.

Neue Kratzer brannten. Ihre Schultern schmerzten. Sie schaffte es, einen keuchenden Atem zu –

Spyros hob sie an den Haaren hoch.

Ihr Schmerzensschrei brachte ihn zum Lachen. „Du wirst uns mit deinem Scheiß nicht bremsen, *Poutana.*" Er schlug ihr auf die linke Wange und mit der Rückhand auf die rechte.

Heiße Tränen vermischten sich mit dem kalten Regen auf ihrer brennenden Haut. Sie sprach nicht. Jede Antwort wäre nur ein Grund für ihn, sie erneut zu schlagen.

„Wir haben es nicht eilig", rief Earl. „Dein Hubschrauber kann nicht landen, bis dieser Regen nachlässt."

„Gut. Dann werde ich mir zuerst ein wenig Spaß gönnen", sagte Spyros und fügte etwas auf Griechisch hinzu.

„Wenn du sie zu sehr zerschneidest, lässt uns der Pilot vielleicht nicht an Bord", warnte der New Yorker. „Er wird nicht überall Blut haben wollen."

„Fein." Spyros schlug sie zwischen die Schultern und sie taumelte nach vorn. „Beweg dich."

Gabe, finde mich. Bitte, bitte, bitte finde mich. Weitere Tränen liefen über ihre Wangen. *Ich will nicht sterben.*

Dann spannten sich ihre Muskeln an, als sie die sechs grausamen Männer sah, die sie umgaben. All die Waffen, die sie trugen. Sie dachte an die Verstärkung, die noch kommen würde.

Da Gabe wusste, dass sie eine Gefangene war, würde er nicht aufgeben. Er würde kommen, unabhängig von der Gefahr für sich selbst.

Sie würden ihn töten.

Nein, nein, ich nehme es zurück. Bleib weg, Gabe! Bleib weg!

KAPITEL DREISSIG

M urphys Gesetz bei einem Einsatz: Eine Situation kann immer noch schlimmer werden.

Am Ausgangspunkt des Wanderweges fanden sie einen Mietwagen und Baumers SUV.

Gabe war nicht in der Lage, an dieser abgelegenen Stelle an Handyempfang zu kommen, und hatte deswegen Chevy gebeten, in die Stadt zurückzukehren, sodass er Dante und die Trooper auf den neuesten Stand bringen und Verstärkung holen konnte. Der Mann hatte sich zunächst geweigert und darauf bestanden, dass er sich von dem Bärenangriff erholt hatte. Gut möglich, aber er war auch der einzige von ihnen mit Kindern.

Gabe hatte die Spuren im Blick. Ausgehend von den Fußabdrücken hatte Audrey mindestens fünf oder sechs Entführer. Nicht gut.

Audreys Fußabdrücke waren kleiner. Er sah, wo sie gefallen und wie sie zur Seite getaumelt war – wahrscheinlich, weil jemand sie geschubst hatte. Aber sie war auf den Beinen, lebte und bewegte sich.

Er versuchte, daraus Hoffnung zu schöpfen.

Gabes Gruppe – Bull, Caz und Knox – waren alle alteingesessene Alaskaner. Sie hatten kein Problem mit derartigen Auseinandersetzungen und wussten mit ihren Waffen umzugehen. Und sie bewegten sich schnell – hoffentlich schneller als die Außenstehenden vor ihnen. Als es zu einer Abzweigung kam, musste er stoppen und bei Regen und schwachem Licht nach einem Zeichen suchen.

Als er die Männer nach oben führte, zeigten sich frischere Spuren.

Der Regen war nervig, aber verdammt, das Wetter war auch ein Segen. Gewitter waren in Alaska eher selten, und Hubschrauberpiloten hatten eine Abneigung dagegen. Blitze und die dunklen Wolken würden Spyros' Hubschrauber für eine Weile verzögern.

Als sie immer weiter nach oben wanderten und die schlimmste Zelle des Sturms vorbeizog, schufen eisige Bergwinde eine dicke Wolkenschicht. Mit den vertikalen Berghängen, dem hohen Wald und dem dichten Nebel, der den Landeplatz bedeckte, würde es ein Pilot nicht riskieren, hereinzufliegen.

Noch nicht.

Knox berührte seinen Arm.

Gabe hielt seine Faust hoch und brachte alle zum Stillstand.

„Siehst du, wie sich die Bäume vor dir öffnen? Es gibt eine Hütte hinter dieser Kurve", sagte Knox kaum hörbar.

Gabe ließ den Blick über die anderen schweifen. Alle trugen sie die Tarnkleidung, die sie auch für die Jagd verwendeten.

Diesmal jagten sie Menschen.

Trotz der dämpfenden Wirkung des Nieselregens wäre es möglich, dass ein Wachmann sie hören konnte. „Wir bewegen uns langsam und leise fort." Gabe betrachtete den Pfad. „Knox, bleib direkt hinter mir und klopfe mir auf den Rücken, wenn du etwas von mir willst."

Ein paar Minuten später verharrte Gabe am Waldrand im

Schatten. Ein Blick durch den Nebel zeigte eine weite ebene Lichtung – ausreichend für eine Hubschrauberlandung.

Westlich der Lichtung stand eine grobe Blockhütte mit moosbedeckten Holzschindeln. Wahrscheinlich eine alte Jagdhütte. Unter dem niedrigen Überhang hielt ein Mann vor der Holztür Wache. Seine Pistole war bereit und geladen. Gabe entließ ein tiefes Knurren.

Vor der Hütte lag ein hoher Stapel Feuerholz neben einer von Steinen umringten Feuerstelle. Rechts war eine massive umgestürzte Fichte, die von toten Ästen umgeben war.

Gabe runzelte die Stirn. Wie viele Männer waren hier, und was für Waffen trugen sie? Das kleine Fenster neben der Tür war verdeckt und es gab keinen Hinweis darauf, was im Inneren vor sich ging. Leise sagte er: „Knox, gibt es noch ein Fenster?"

„Auf der Rückseite. Zu klein, um sich durch die Öffnung zu quetschen. Ohne Scheibe. Aber abgedeckt, um die Tierwelt fernzuhalten."

Es machte ihn wahnsinnig, wie verzweifelt er sehen wollte, ob Audrey in Ordnung war. Er zwang sich, an Ort und Stelle zu bleiben. Er hatte nicht genügend Informationen, um einen Angriffsplan zu formulieren.

Seine Brüder und Knox warteten geduldig, während Gabe über den nächsten Schritt nachdachte.

Gabe sah zu Bull. „Ich werde die Rückseite checken. Vielleicht bekomme ich so eine Vorstellung davon, was uns bevorsteht." All das ohne Funkgeräte zu koordinieren, würde nicht einfach werden. „Wenn der Hubschrauber doch kommen sollte, musst du tun, was nötig ist. Ist sie einmal an Bord, sehen wir sie nicht mehr lebendig."

Ausdruckslos nickte Bull. Seine Pistole war in seiner Hand.

Gabe wies Caz und Knox an, ihm zu folgen. Er blieb im Schatten des Waldes und schaffte es so zur Rückseite der Hütte. Gabe wies die beiden an, hinter ihm zu bleiben, und näherte sich der Rückwand. Der Fensterladen war zu, aber das gealterte Holz hatte sich verzogen und hinterließ große Risse.

Er warf einen Blick ins Innere.

An einem Wandhaken hängend erhellte eine Kerosinlaterne das einzige Zimmer in der Hütte.

Und da war Audrey. Am Leben. Gabe atmete bei dem Ansturm der Erleichterung aus.

Sie saß auf dem Dielenboden, die Schulter an der linken Wand. Ihre Handgelenke waren hinter ihrem Rücken gefesselt, aber ihre Beine waren frei. Ihr nasses verworrenes Haar wies Zweige und Schmutz auf. Schlamm, Kratzer und Prellungen markierten ihr Gesicht und ihre nackten Arme. Ihr T-Shirt war gerissen.

Obwohl sie sichtlich zitterte, hielt sie den Kopf hoch.

Ja, das war die Frau, die er liebte.

Konzentriere dich, MacNair.

Fünf Männer im Raum.

Ein blasser Baumer saß auf dem Boden, seine einzige Waffe ein Messer an seinem Gürtel. Vielleicht vertraute Spyros ihm nicht? Der Stoff, der um sein Handgelenk gewickelt war, war blutig.

Ein Mann mit kurzgeschorenen, blonden Haaren und einer breiten Brust lehnte gegen die vordere Wand. Sein Schulterholster hielt eine Pistole.

Zwei weitere Schläger saßen auf einer Bank an der rechten Wand. Mehr Pistolen.

Der letzte Mann ...

Anhand der Fotos, die Dennison geschickt hatte, erkannte er Spyros. Natürlich machte auch das versunkene rechte Augenlid seine Identität deutlich. Kurze schwarze Haare. Mehrere Tage unrasiert.

Mit einer Pistole an der Hüfte saß Spyros auf einem Baumstumpfstuhl neben Audrey. Er hielt ein Bowie-Messer, warf es immer wieder in die Luft und beobachtete Audrey wie ein Wiesel, das es auf eine Maus abgesehen hatte.

Er fing das Messer auf und sagte etwas zu ihr – und fuhr dann mit der Klinge über ihren Arm.

Gabes Kiefer spannte sich an.

Ohne einen Laut von sich zu geben, zuckte sie zusammen. Gabe sah, wie Blut über ihren Oberarm tropfte, das sich winzigen Rinnsalen von älteren Schnitten anschloss.

Rot, die Farbe ihres Blutes, erfüllte Gabes Sichtfeld, hämmerte in seinem Kopf, nahm seine Welt in Besitz, bis jeder Atemzug heißer schien als Feuer.

Er biss sich auf die Unterlippe, bis er Blut schmeckte, und trat schließlich zurück.

Wenn Spyros mit ihr spielte, hatten sie etwas Zeit.

„Das ist nur ein Vorgeschmack, eine kleine Kostprobe darauf, was dich erwartet, *Poutana*", knurrte Spyros. Das Messer glitt erneut über Audreys Arm.

Sie presste die Zähne zusammen und zwang sich, still zu halten, denn bewegte sie sich, schnitt er tiefer.

Ihre Haut spaltete sich unter der fein geschliffenen Klinge. Eine Sekunde später kam der sengende Schmerz begleitet von heißem Blut. Sie wandte ihr Gesicht ab und blinzelte die Flut von Tränen zurück. Ihr ganzer Oberarm war eine pochende Masse aus Schmerz.

Und sie war so, so verängstigt.

Vor ein paar Stunden hatte sie beschlossen, ihn nicht zu verspotten oder ihn gar zu reizen, um nicht zu riskieren, dass er sie tötete. Nicht jetzt. Nicht, bis der Hubschrauber kam. Vielleicht – *vielleicht* – würde Gabe sie noch rechtzeitig finden. Als der Weg jedoch immer höher geführt hatte, war ihre Hoffnung verblasst, bis sie in dieser winzigen Hütte mitten im Nirgendwo angekommen waren.

Wusste Gabe überhaupt, dass Spyros sie hatte? Was, wenn Lillian bei dem Sturz gestorben war? *Meine Schuld.* Immer wieder schlugen die Schuldgefühle auf ihr Herz ein. Sie sackte gegen die Wand.

Warum war sie nur in diese Stadt gekommen? Warum hatte sie sich mit den Bewohnern angefreundet? Sie hatte sie in Gefahr gebracht.

Menschen zu lieben, tat weitaus mehr weh als die Klinge seines Messers.

„Ja, langsam wird dir bewusst, wie du sterben wirst. Mit einem Schrei auf deinen Lippen." Spyros' Mund schloss sich um die Worte, als würde er den Geschmack genießen.

Weil es ihn erregte, ihr Angst einzujagen.

Ihre Wut ließ die Angst in Rauch aufgehen. „Ein Mann, der sich einem Gegner Mann gegen Mann stellt, ist beeindruckend." Selbst, als ihre Antwort aus ihr herausplatzte, versuchte sie, die Worte zurückzuhalten – und scheiterte. „Ich bin kein Mann. Nein, ich bin weiblich, fünfzig Kilo leichter als du und gefesselt. Trotzdem brauchst du fünf Schergen, um deine Überlegenheit zu demonstrieren. Du bist ja so mutig." Ihre Tirade wurde durch Spyros' Gebrüll unterbrochen, und seine Faust landete auf ihrem Kiefer.

Ein Schmerzensschrei entrang ihr.

Sie fiel zur Seite. Als ihre Schulter mit dem rauen Boden kollidierte, gruben sich Splitter in ihren Arm und ihre Wange. Ihre linke Gesichtshälfte pochte und Tränen rannen aus ihren geschlossenen Augen.

Ein paar der Männer lachten.

Okay, das war vielleicht dumm gewesen.

Zurück bei den anderen hielt Gabe kurz inne, als ein wütendes Brüllen gefolgt von einem Schmerzensschrei aus der Hütte zu ihnen drang.

Audrey. Blinde Wut fegte über ihn. *Will töten.* Er stürmte los.

Bull jedoch packte ihn rechtzeitig an der Schulter. „Nein, Bruder."

Gabe knurrte. Ein Krieg tobte in ihm. Er musste sie da rausholen. *Jetzt sofort!*

Aber seine Dummheit würde sie umbringen. *Halte dich an den Plan.*

Mach schon, MacNair. Er atmete durch seine Nase ein und fand erneut seinen Fokus. „Spyros sitzt neben Audrey und ritzt sie mit seinem Messer." Er hob seine Hand, um Knox ruhig zu halten. „Die Schnitte sind nicht lebensbedrohlich, aber ein Messer in ihrer Nähe bedeutet, dass wir nicht riskieren können, die Hütte zu stürmen."

Spyros würde ihr die Kehle aufschlitzen, noch bevor sie ihn ausschalten könnten.

Verfluchte Hütte.

Kleine Fenster mit Fensterläden. Eine schwere Tür, die sich nach außen öffnete. Hervorragende Abschreckungsmethoden gegen einen Bären. Hervorragende Methoden, um sein Team davon abzuhalten, in die Hütte einzufallen und Audrey das Leben zu retten.

„Der *Cabrón*." Caz hatte eines seiner Messer gezogen. „Wir warten, bis er sie aus der Hütte führt?"

„Das ist unsere beste Chance." Gabe hob den Blick zum Himmel. Die Gewitterwolken waren vorbeigezogen und allmählich verschwand der Nebel. „Der Hubschrauber sollte auf dem Weg sein."

Ein gedämpftes Zischen kam von Knox, der die Wache vor der Tür beobachtete.

Alle erstarrten.

Nachdem er gegen einen Baum gepisst hatte, lief die Wache den Bereich um die Hütte ab.

In der Ferne hörte Gabe einen Hubschrauber. Sein Pulsschlag stieg an. Perfekt. Das Geräusch würde die Wache ablenken.

Jetzt zum Plan. Bull und Caz konnten ohne detaillierte Anweisungen operieren – sie hatten ihr ganzes Leben lang als Team gearbeitet.

Und Knox ... Audrey bedeutete ihm etwas. Das hatte er in der Bar gezeigt. Er würde sie beschützen.

„Caz, du und Bull schnappt euch den Wachposten und bringt ihn nach vorne. Er muss in der Lage sein, zu sprechen. Sie müssen denken, dass er immer noch Wache hält."

Bull und Caz nickten.

„Knox, du und ich werden uns zu beiden Seiten der Tür positionieren, bis sie herauskommen. Wenn ich *Los* schreie, schnappst du dir Audrey." Gabe sah den Mann mit verengten Augen an. „Deine einzige Aufgabe besteht darin, sie von der Tür wegzuziehen – egal, welchen Schaden sie dabei auch erleidet. Dann bewachst du sie. Das beste Versteck ist wahrscheinlich hinter dem Holzstapel oder seitlich an der Hütte. Nutze dein Urteilsvermögen und halte dich aus der Todeszone heraus."

„Verstanden."

„Hier. Sie haben ihr Handschellen angelegt." Gabe gab Knox seinen Universalschlüssel und wandte sich dann an seine Brüder. „Wir kümmern uns um Spyros, Baumer und die vier Unbekannten. Diese Bastarde sind keine unschuldigen Beobachter; sie wissen, dass Spyros Audrey töten will. Wenn nötig schaltet sie aus."

Sie nickten.

„Was ist mit dem Piloten?", fragte Knox.

„Er ist wahrscheinlich ein Angestellter in Anchorage. Wenn er sich dem Kampf nicht anschließt, lass ihn."

Caz salutierte.

Bull schenkte Gabe ein Lächeln. „Wir werden sie rausholen."

Gabe versuchte, das Lächeln zu erwidern, wusste aber, dass er versagt hatte. Die Chancen ... standen schlecht.

Audrey lag noch immer auf ihrer Seite, als das Summen des Hubschraubers lauter wurde. Ihr Herz sank. Oh Gott ...

Earl Baumer neigte den Kopf. „Ist das der Hubschrauber?"

Ist es.

Alle Anwesenden verstummten. Der Motor klang komisch. Laut, dann leiser, wieder laut.

Der New Yorker zog die Augenbrauen zusammen. „Klingt fast so, als wären es zwei."

„Lärm neigt dazu, von den Klippen widerzuhallen." Earl warf sich den Rucksack über seine Schulter. „Ich kann es kaum erwarten, von hier zu verschwinden."

Ein Schlag gegen die Tür ertönte, und die Wache vor der Tür sagte: „Hubschrauber kommt."

„Los geht's." Mit einer Faust um das Messer packte Spyros mit der anderen Hand Audreys T-Shirt und riss sie auf die Füße.

Sie taumelte und wäre fast gestürzt, als er sie zur Tür schubste.

Reiß dich zusammen, Audrey.

Draußen wäre es ihr vielleicht möglich, zu entkommen. Mit dem Kopf nach unten, spannte sie die Muskeln an und lockerte sie wieder, um ihren Kreislauf in Gang zu bringen. Sie würde rennen − und wenn der Weg nicht frei war, würde sie in den Heckrotor springen und auf einen schnellen Tod hoffen.

Ihr Herz bebte. *Sterben.* Sie wollte nicht sterben.

Aber das würde sie, musste sie.

Die Tür öffnete sich und Earl trat aus der Hütte.

Hinter Audrey packte Spyros ihr Haar. „Schließlich wollen wir nicht, dass du rennst, oder?" Der Ruck an ihrem Kopf zog sie einen Schritt zurück.

Als er ihre Hoffnung mit seinen Worten zerschlug, leerte die Verzweiflung ihren Verstand.

An die Wand neben der Haustür gepresst, wartete Gabe.

An Händen und Füßen gefesselt hatte der verängstigte Wachposten sein „Helikopter kommt" schön artig aufgesagt. Caz' Messer an seinem Augenlid hatte sich als ausreichender Anreiz für die Zusammenarbeit erwiesen.

Anschließend hatte Bull den Kerl K. o. geschlagen, den Körper um die Ecke geworfen und dort Position bezogen.

Caz war an der anderen Ecke stationiert.

Knox und Gabe standen zu beiden Seiten der Tür.

Über ihnen begann der Hubschrauber seinen Sinkflug. Die Äste der Bäume peitschten bei den Turbulenzen, die von den Hubschrauberblättern ausgingen.

Die Tür öffnete sich. Gabe spannte sich an.

Baumer kam heraus, eine Hand über seinen Augen, als er zum Hubschrauber aufsah.

Komm schon, Spyros. Sei der Nächste. Lass die Bastarde erstmal drinnen.

Das Schicksal meinte es jedoch nicht gut mit ihm. Der Blonde mit den kurzgeschorenen Haaren kam zuerst und runzelte bereits die Stirn.

Als die zwei Schläger folgten, sagte der Blonde: „Suche nach Jones. Wahrscheinlich ist er pissen gegangen."

Lachend trennten sich die beiden.

Gabe erstarrte. Sie würden ihn und Knox gleich –

Audrey trat heraus. Spyros folgte ihr auf den Schritt, die linke Faust in ihrem Haar, das Messer sorglos an seiner Seite.

Und los. Gabe schlug auf Spyros' Unterarm, lähmte die Nerven und lockerte so den Griff an Audreys Haar. „Pack sie!"

Als Knox Audrey wegzog, holte Spyros mit dem Messer nach ihr aus.

Gabe stürzte sich auf ihn und krachte mit ihm gegen den Türrahmen.

Mit dem Rücken an der Wand zappelte Spyros, bekam Gabes Jacke mit der linken Hand zu fassen und attackierte mit der rechten, in der er noch immer das Messer hielt. Kaum gebremst von Gabes Regenausrüstung, bohrte sich die scharfe Klinge in Gabes Seite.

Sengend breitete sich der Schmerz an seinen Rippen aus, als die Klinge den Knochen streifte. Gott! Mit einem wütenden Abwärtsblock schlug Gabe das Messer in den Dreck und krachte dann mit dem Kopf gegen Spyros' Stirn. Der Griff des Arschlochs an seiner Jacke lockerte sich.

Gabe riss sich los.

Auf der Lichtung brach ein Schusswechsel aus.

„*Gamóto!*" Spyros spuckte griechische Flüche aus, taumelte vorwärts und zog seine Pistole.

Heilige Scheiße. Mit voller Kraft verpasste Gabe dem Mann einen rechten Haken.

Spyros fiel und landete auf seiner Seite.

Gabe zog seine Pistole, schlug ihm mit dem Griff auf den Kopf und schaltete ihn so aus. Ein Tritt mit dem Fuß schickte Spyros' Handfeuerwaffe unter die Hütte.

So weit, so gut. Ein kurzer Check zeigte, dass einer der Schläger bewegungslos am Boden lag. Ein anderer hatte ein Messer in der Brust – tot.

Baumer ignorierte alles um ihn herum und rannte auf den Hubschrauber zu.

In der Nähe der Feuerstelle stand der Blonde und als er Gabe entdeckte, stürmte er los, während er gleichzeitig Schüsse abfeuerte.

Eine Kugel zischte vorbei. Gabe wich aus, zielte und –

„Nein!" Direkt zwischen Gabe und dem Mann sprang Audrey hinter dem Holzstapel hervor.

Scheiße!

Sie zog ihre eigene Waffe und feuerte auf den Blonden, schoss daneben, drückte wieder und wieder den Abzug.

Taumelnd schoss der Bastard auf sie, traf sie und sie ging zu Boden.

Nein. Oh Gott, nein!

Gabe visierte sein Ziel an, schoss dem Bastard eiskalt zwischen die Augen und wandte sich ab.

Mit einem wütenden Brüllen griff Spyros ihn von der Seite an.

Gabe schaffte es geradeso, an seiner Pistole festzuhalten, als er auf seiner Hüfte landete. Eine Faust schlug in seine Niere und sandte eine Welle aus Schmerz durch ihn. Er drehte sich, rammte seinen Ellbogen nach hinten und direkt in Spyros' Gesicht. Sofort sprang er wieder auf die Füße.

Spyros hatte sein Messer.

Gabe feuerte zweimal.

Das Sackgesicht brach zusammen.

Audrey! Gabe stürmte über die Lichtung.

Bull war schon bei ihr und beugte sich über sie. Er sah Gabe und sagte: „Es geht ihr gut."

Als sie sich aufsetzte, wäre Gabe vor Erleichterung fast zusammengebrochen. *Gott sei Dank.*

Er machte eine schnelle Einschätzung. Die bösen Jungs waren alle ausgelöscht – bis auf einen.

Baumer.

Am Hubschrauber riss der Ex-Officer die Hecktür auf und kletterte hinein.

Gabe sprintete los.

Das Geräusch der Motoren veränderte sich. Anstatt abzuheben, schien der Hubschrauber das Gegenteil zu machen. *Was ging da vor sich?*

Mit der Pistole in der einen Hand positionierte sich Gabe außerhalb der Schusslinie und schlich zur offenen Tür.

Baumer kniete zwischen den Passagiersitzen und verschränkte die Finger auf seinem Kopf.

Gabe blinzelte und warf einen Blick auf den Piloten.

Mit einer Pistole direkt auf den Kopf des Ex-Officers gerichtet, fand Gabe einen grinsenden Hawk vor. „Was zum Teufel, Bruder? Du schmeißt hier eine Party und hast mich nicht eingeladen?"

Audrey presste eine Hand auf ihren Mund, um sich davon abzuhalten, Gabe zuzuschreien, vorsichtiger zu sein. Sie versuchte aufzustehen, aber ihr Bein gab nach, sodass sie wieder auf dem Hintern landete.

„Warte, Champ." Bull wickelte seine Jacke um sie. „Ich glaube, du hast dir den Knöchel verletzt, als Knox auf dir gelandet ist."

„Hilf Gabe. Lass mich hier und hilf Gabe." Ihr Herz klopfte so heftig, dass sie Schwierigkeiten beim Sprechen hatte. Gabe bewegte sich nicht, starrte einfach in den Hubschrauber. Richtete jemand eine Waffe auf ihn?

Dann packte Gabe seine Handschellen vom Gürtel und lehnte sich in den Hubschrauber. Eine Minute später zog er einen gefesselten Baumer heraus und schob ihn auf die Knie.

Als der Pilot um den Hubschrauber herumkam, gab Gabe ihm einen Klaps auf die Schulter.

Gabe kannte den Piloten?

Audreys Blick auf die beiden wurde versperrt, als Caz neben ihr auf ein Knie fiel und Bulls Jacke wegzog. „Ich muss nach deinem Arm sehen, *Chica*."

Sie schob ihn von sich. „Knox braucht zuerst Hilfe. Etwas traf ihn am Kopf."

Caz' Blick fegte über sie. Er nickte und schenkte ihr ein flüchtiges Lächeln, bevor er sich Knox zuwandte. „Dann lass uns mal nachschauen."

Mit der Hand an seinem blutigen Kopf setzte sich Knox auf. „Ich glaube nicht, dass es schlimm ist."

Bull stand an dem Holzstapel immer noch Wache und rief laut: „Yo, wir haben Gesellschaft, Gabe."

Eine Menschengruppe trat vom Pfad und breitete sich auf der Lichtung aus.

Oh Gott, nein! Das musste Spyros' Verstärkung sein. Mit einem sinkenden Gefühl sackten Audreys Schultern nach unten. „Ich brauche Kugeln. Wer hat Munition?" Sie machte sich auf eine Schießerei gefasst.

„Erschieß sie nicht, *Chica*. Sie gehören zu uns." Caz öffnete seinen Rucksack, zog einen Erste-Hilfe-Kasten heraus und warf Verbandszeug zu Bull. „Übe für mich Druck auf ihren Arm aus, *sí*?"

Als Bull grunzend zustimmte, wandte sich Caz erneut Knox zu und neigte seinen Kopf nach oben. „Sieht aus, als hätte dich Holz erwischt, das von einer verirrten Kugel abgespalten wurde. Das wird wieder."

„Die Männer gehören zu uns?", fragte Audrey, als Bull sich neben ihr hinkniete. Er drückte eine Kompresse auf die Schnittwunden und legte seine Hand unter den Verletzungen um ihren Arm. Bei dem quälenden Brennen knirschte sie mit den Zähnen.

„Ja", sagte Bull. „Das ist Chevy mit Verstärkung."

Als die Gruppe näherkam, erkannte sie Chevy an der Spitze. Er gestikulierte, und Tucker, Guzman und andere machten sich auf den Weg zu Gabe. Uriah führte einige zur Hütte.

Oh, und da war Zappa von der Tankstelle. Sie hatte immer angenommen, Hippies hassten Waffen.

Gott, ihre Gedanken wurden mit jeder Minute seltsamer.

„Hey, Chief, wir haben ein paar Wiesel für dich einfangen können." Chevy deutete auf mehr Männer, deren Arme hinter dem Rücken gefesselt waren. Und wie es aussah, hatten sie einiges einstecken müssen.

„Sie haben Spyros' Männer aufgehalten." Audrey drehte sich zu Bull. „Spyros meinte, dass Verstärkung für ihn käme."

„Gut gemacht." Gabe schüttelte Chevy die Hand. „Ist es nicht nett, dass es keine Jagdbeschränkung für Bösewichte gibt?"

Gelächter schwappte über die Lichtung.

„Chief, die blauen Hemden sind auf dem Weg", rief Uriah.

„Das ist eine Erleichterung." Gabe riss Earl auf die Füße und schob ihn zu Guzman. „Übernimm du ihn, bis die Trooper eintreffen, okay?"

„Aber gerne doch." Guzman packte Earls Arm. Mit einem mitleidlosen Ausdruck nahm Tucker den anderen.

Earls Schultern sackten zusammen.

Gabes Augen fanden Audreys – und ließen sie nicht gehen. Die Härte in seinem Gesicht löste sich langsam auf. Er schlug dem Piloten auf die Schulter und joggte zu ihr.

Audrey konnte spüren, wie sich ihre Muskeln lockerten. Es ging ihm gut. Am Leben. Noch alle Gliedmaßen an Ort und Stelle.

„Audrey."

Sie erkannte, dass jemand nach ihrer Aufmerksamkeit verlangte. Mit viel Mühe zog sie ihren Blick weg.

„*Chica*, sieh mich an."

Sie drehte den Kopf und sah in Caz' dunkelbraune Augen.

„Das ist besser." Während Bull zurücktrat, hielt Caz eine Rolle Gaze hoch. „Ich werde dir am Arm einen Druckverband anlegen, damit Bull ihn nicht die ganze Zeit an die Wunden pressen muss."

„Okay."

„Hey, Bull, du solltest den Piloten begrüßen." Gabe fiel neben ihr auf ein Knie. „Caz, hast du gesehen, dass sie angeschossen wurde? Hat sie es dir gesagt?" Seine Hand legte sich auf ihren Nacken und er lehnte seine Stirn an ihre. „Mein Gott, ich musste mit ansehen, wie du zusammenbrichst, und verdammt, ich wusste nicht, wie viel Angst ich um jemanden haben kann. Bist du in Ordnung?"

Ja, alles prima. Jetzt, da er hier war, sie berührte, lockerte sich der Knoten in ihrer Brust. „Mein Held", flüsterte sie und legte eine Hand auf seine Wange. „Ich bin nicht verletzt. Ich bin runter auf die Knie, weil mir die Kugeln ausgegangen sind. Mir geht es gut. Wirklich."

Caz entließ einen Laut, der etwas anderes ausdrückte. Gabe sah zu ihm.

„Bericht, Bruder." Gabes Hand lag immer noch auf ihrem Nacken. *So wunderbar warm.*

„Ihr Arm – meist oberflächlich, jedoch viel zu viele Schnitte. Aber wo kommt das Blut an der Seite her?" Caz runzelte die Stirn, als er Bulls Jacke beiseiteschob und an ihrer durchnässten Kleidung zupfte. „*Sí*, hier ist Blut. Audrey, lass mich deine Hüfte sehen."

Als sich Gabe nach vorne lehnte, um ihre Jeans zu öffnen, richtete sich ihr Blick auf seine Regenjacke. Auf die Stelle, wo die Tarnflecken alle zusammen liefen … mit Rot.

„Oh nein. Nein, nein, nein, du bist verletzt." Ein Summen begann in ihren Ohren. So viel Blut. „Kümmere dich um Gabe. Er ist verletzt. Caz!"

Ihre Atmung wurde komisch, beschleunigte sich, als sie sich flehentlich an Caz wandte. „Mach schon. Bitte."

„Ganz ruhig." Caz fuhr mit der Hand über ihren Rücken. „Zieh dich aus, Gabe, während ich ihre Wunde untersuche. Und dann kümmere ich mich zuerst um denjenigen von euch, der schlimmer verletzt ist."

„Du wirst dich zunächst um Aud –" Gabe brach den Satz bei dem hohen Knurren ab, das sie entließ. Glucksend zog er seine Jacke aus und knöpfte das Hemd auf.

Die blutende klaffende Wunde an seinen Rippen kam zum Vorschein und sie begann zu weinen. „Nein! Er hat dich verletzt."

„War schon mal schlimmer." Gabes Augen verdunkelten sich, als Caz ihre Jeans nach unten zog. „Meine Fresse, das sieht übel aus."

Sie sah nach unten. Eine blutige Furche verlief über ihrer

Hüfte. Nun, verdammt nochmal, die Kugel des New Yorkers hatte sie anscheinend doch getroffen. Ihr blieb nur eine Sekunde, sich die Wunde anzusehen, bevor Caz etwas drüber schüttete und eine Kompresse drauflegte. Er fixierte alles, und sie zuckte bei der recht groben Behandlung zusammen.

„Du hattest Glück, *Chiquita*. Die Kugel hat dich nicht richtig erwischt, verfehlte so den Knochen und das Gelenk. Nur Gewebe wurde verletzt." Nachdem Caz ihr Bulls Jacke wieder umgelegt hatte, erhob er sich und trat mit seinem Erste-Hilfe-Kasten an Gabes Seite.

„Deine Rippen haben die Klinge von wichtigen Organen weggedreht. Du hattest Glück, *'mano*", murmelte Caz.

„Ja, das hatten wir alle."

Nachdem die Messerwunde an Gabes Rippen gereinigt und bedeckt war, konnte Audrey endlich wieder aufatmen. Alles in Ordnung. Es ging ihm gut.

„Sieh mal, wer hier ist, Caz." Bull näherte sich mit dem Piloten. Der Mann hatte kurze karamellfarbene Haare, helle Haut mit einer verwitterten Bräune. Eine lange gezackte Narbe lief über seine Stirn. Eine weitere befand sich auf seiner Wange, die in einem kurzen Bart verschwand und seine Oberlippe in ein höhnisches Grinsen zog.

„Hawk." Caz sprang auf und umarmte den Mann. „*Dios*. Wo kommst du denn plötzlich her, Bruder?"

„Ich habe vor ein paar Tagen mit Bull gesprochen. Er hat mir erzählt, dass die Freundin des alten Mannes in Schwierigkeiten steckt."

Warum klang Hawks Ton eher wie: Die Freundin kommt mit vielen Problemen? Vielleicht lag es daran, wie er sie aus seinen zynischen, blauen Augen musterte.

Hawk wandte sich von ihr ab und sah zu Caz. „Ich wollte euch eigentlich besuchen kommen. Als ich bei der Polizeistation von Rescue anrief, um zu fragen, wo ich landen kann, sagte Dante, dass es gerade um Leben und Tod geht. Also habe ich direkt meinen Kurs geändert und bin hierher geflogen."

„Gutes Timing." Caz beäugte den Hubschrauber. „Knox, Gabe und Audrey sollten in den Hubschrauber, und ich muss mit, damit ich mich um sie kümmern kann."

„Laufen kann sie auf jeden Fall nicht. Sie ist halb erfroren, und hast du ihren Knöchel gesehen, Caz?" Bull warf Hawk einen Blick zu. „Die Gefangenen kannst du auch fliegen."

„Nein, ich werde nur Caz und die Verletzten transportieren. Mehr geht nicht", sagte Hawk. „Ich habe nicht mehr viel Sprit."

Als sich Caz ihrem Knöchel zuwandte, zuckte Audrey zusammen. Irgendwie war dieser Schmerz ein Schmerz zu viel. Ihre Hände ballten sich zu Fäusten. *Au, au, au.*

Gabe kniete nieder und legte einen beruhigenden Arm um ihre Schulter, bevor er Hawk fragte: „Wenig Sprit? Hast du in der Luft auf das Ende des Sturms gewartet?"

„Nein, nein, die Wolken lösten sich bereits auf, als ich näherkam. Das Problem war, dass der andere Hubschrauber landen wollte." Hawks Lippen verzogen sich zu einem bösartigen Grinsen. „Nachdem ich ihn ein paar Mal mit einem Sturzflug aus dem Konzept gebracht habe, änderte er seine Meinung und flog davon."

Bulls Lachen hallte über die ganze Lichtung. „Nur du denkst, dass ein Messerkampf mit Hubschrauberblättern ausgeführt werden sollte."

„Caz trägt vielleicht mehr Klingen herum, aber meine sind größer." Das Lächeln des Piloten erreichte nicht seine Augen.

Audrey lehnte ihren Kopf an Gabes Brust. Ihr tat alles weh, oh Gott, wirklich alles, und es störte sie nicht. Gabe lebte, sein Herz schlug langsam und stark unter ihrem Ohr.

„Geht es Lillian gut?", flüsterte sie und neigte den Kopf zurück, um ihn anzusehen.

„Ja, es geht ihr gut." Er küsste ihre Nasenspitze, dann ihre Lippen. „Du hättest sie fluchen hören sollen."

Audrey lachte. Sie war anwesend gewesen, als eine Brombeer-
rebe Lillian den Arm zerkratzt hatte. Die arme Rebe war danach
wahrscheinlich vor Scham verdorrt, denn Lillian hatte so ziemlich
alles an dem Gewächs beleidigt.

Caz zog an Audreys Schuh, und ihr Lachen stoppte abrupt, als
sich dadurch ihr schmerzender Knöchel meldete.

„Tut mir leid, *Chica*. Dir die Schuhe auszuziehen, lassen wir
für den Moment." Caz wickelte eine elastische Bandage um die
Außenseite ihres Stiefels. „Lass sie dran, bis wir die Klinik
erreichen."

„Guter Plan." Ihre Worte pressten sich an ihren Zähnen
vorbei, und Gabes Arm legte sich enger um sie.

„Verdammt." Chevy stand neben Caz und starrte auf Audrey
hinunter. „Du siehst schei – äh, schlecht aus."

„Junge, Junge, so verzauberst du keine Frau mit deinem
Charme." Bull zwinkerte Audrey zu.

Mit einem besorgten Ausdruck schüttelte Chevy den Kopf.
„Unsere süße Bibliothekarin macht mir keine Angst. Die Bürgermeisterin allerdings schon. Als ich die Verstärkung abholte, sagte
die Britin, sie würde mich mit einem schmutzigen Fischmesser
ausnehmen, wenn ich ihr Mädchen nicht gesund und munter
zurückbringe."

Tucker gesellte sich zu ihnen. Sein beurteilender Blick nahm
Audreys blutige Jeans und ihr zerbeultes Gesicht in sich auf. Wut
und Sorge verengten seine Augen, bevor er zu Gabe sah, um sich
versichern zu lassen.

„Sie wird wieder", sagte Gabe.

„Das Arschloch, das ..." Tuckers Stimme war angespannt.
„Bevor du ihn zurückbringst, möchte ich eine kleine Unterha –"

„Er ist tot, Tuck." Gabes Worte kamen kalt und gleichmäßig
heraus. „Er wird nie wieder jemandem wehtun."

Audrey bemerkte, dass die meisten um sie herum zuhörten
und in der kalten Bergluft ihre Zufriedenheit über diesen Ausgang
zum Besten gaben.

„Gut."

„Genau, was er verdient hat."

„Zieh ihn aus der Hölle und töte ihn nochmal."

„Er musste lernen, was passiert, wenn er sich mit unserer hübschen Bibliothekarin anlegt."

Tränen brannten in ihren Augen, als sie merkte, dass niemand ihr die Schuld gab. Dass sie gekommen waren, bewaffnet und bereit, ihr Leben zu riskieren … für sie, war einfach ein unbeschreibliches Gefühl. *Unsere Bibliothekarin.* Mit feuchten Augen sah sie von einem Mann zum nächsten. Hatte sie wirklich mal gedacht, dass sie nicht dazugehörte?

„Danke." Ihre Stimme brach, wurde aber über die Lichtung getragen. „Vielen Dank. Ich danke euch allen."

KAPITEL EINUNDDREISSIG

W enn ein Mann blutet, um deinen Arsch zu retten, weißt du, dass
du niemals einen besseren Freund finden wirst. ~ First Sergeant
Michael „Mako" Tyne

Gabe lauschte einem Blue-Grass-Trio, das den klassischen Song
John Henry vor einem dankbaren Publikum spielte. Die Bühne im
Lynx Lake Park war nichts Besonderes, nur eine halben Meter
hohe, überdachte Plattform, aber sie erfüllte ihren Zweck.
Überall um ihn herum waren Menschen, einige saßen an Pick-
nicktischen, andere auf Decken im Gras. Bunte Kühlboxen und
Picknickkörbe fügten Farbe hinzu. Der frühe Samstagabend im
August zeigte sich von seiner besten Seite. Um halb zehn machte
sich die Sonne nun stetig auf den Weg zum Horizont. Eine Brise
aus Richtung der Grills brachte die Aromen von Burgern, Hot
Dogs und Lachs mit sich.

Seit der Entführung waren knapp drei Wochen vergangen. *Die
Entführung*. So nannten die Stadtbewohner das Ereignis. Persönlich hatte er es den *Was zum Teufel*-Tag getauft. Es würde eine

Weile dauern, bis er über den Anblick hinwegkam, wie Audrey angeschossen wurde – wie sie gefallen war.

Er erinnerte sich auch an ihren schieren Mut und die Wut auf ihrem Gesicht, als sie hinter dem Holzstapel hochgesprungen war und eine Kugel nach der anderen auf den Blonden abgefeuert hatte. Wenn sie die Aufmerksamkeit des Mannes nicht auf sich gelenkt hätte, wäre Gabe wohl jetzt tot.

Verdammt, sie war wirklich etwas Besonderes.

Und seine Albträume – und ihre – würden mit der Zeit verblassen. Die Strafverfolgungsbehörden, Reporter und alle anderen im bekannten Universum hatten sich endlich verzogen. Abgesehen von den Verhandlungen, die auf die Überlebenden in Spyros' Team und Baumer warteten, hatte sich das Leben in Rescue wieder normalisiert.

Tatsächlich hatte er begonnen, Leute für Baumers alten Posten als Officer zu interviewen.

Er schlenderte durch den Park, begrüßte die Menschen, wich den spielenden Kindern aus und überlegte, für einen weiteren Burger anzuhalten.

„Hey, Chief."

Auf Uriahs Ruf hin blieb Gabe stehen. „Guten Abend, ihr zwei."

Auf einer dunkelblauen Satteldecke genossen Sarah und Uriah ihre Drinks, während deren Tochter Rachel einen Hotdog aß. Sarah neigte den Kopf zurück. „Also, Gabe, genießt du das Mini-Festival?"

„Tue ich."

„Ich habe das Gefühl, dass die Stadtbewohner nächstes Jahr nichts gegen eine größere Veranstaltung einzuwenden hätten", sagte Sarah. „Das gesamte Klima in der Stadt zeigt, dass die Bewohner offener gegenüber Touristen sind, als es zu Beginn den Anschein hatte."

Bürgermeisterin Lillian hatte dies einen *Testtag* genannt, um zu sehen, ob Rescue im nächsten Sommer ein echtes Erntefest abhalten konnte. Dieser Probelauf war nur eine Stadtveranstaltung – ein Abend im Park –, jedoch hatten die Feierlichkeiten auch eine ganze Reihe von Touristen aus dem Resort und den Angelhütten angezogen. Der Rat hatte Burger und Hot Dogs zur Verfügung gestellt; einheimische Fischer spendeten Lachs. Freiwillige besetzten die Grills. An mehreren Picknicktischen gab es ein gemeinschaftliches Buffet mit Beilagen und Desserts.

„Ich denke, du hast Recht." Gabe grinste, als eine Schar kleiner Kinder mit Luftschlangen vorbeiraste und den Teenagern aus dem Weg ging, die auf einer Wiese Fußball spielten.

Alle hatten Spaß.

Noch besser: Es hatte keine Zwischenfälle gegeben. Kein Stehlen. Kein Vandalismus. Nicht einmal irgendwelche Schlägereien, was wahrscheinlich ein Rekord war.

Hmm. Das wäre von nun an sein Ziel für Events – keine Schlägereien.

Ein melodisches Lachen erregte seine Aufmerksamkeit.

In einer Gruppe von Frauen in der Nähe beschrieb Audrey ihren Kampf mit dem Lachs, den sie gestern gefangen hatte – und spielte ihn mit Händen und Füßen aus. Sie beendete die Anekdote, indem sie auf den Grill zeigte, um zu beweisen, wer siegreich gewesen war. Ein Chor von Glückwünschen kam von den Frauen.

War es nicht seltsam, dass die Frau, die sich Sorgen machte, dass sie keine soziale Kompetenz hatte, dazu beigetragen hatte, die Barrieren zwischen den Einheimischen einzureißen? Abgesehen von den Patriotischen Zeloten hatten sich die verschiedenen Fraktionen zusammengeschlossen, um sie zu retten ... und dabei festgestellt, dass sie mehr gemeinsam hatten, als anfänglich gedacht.

Das Mini-Festival heute Abend mit Essen, Aktivitäten und einer Fülle von Kindern schuf auch neue Verbindungen. Mit dem ersten Spielplatz und einem Bolzplatz waren die Kinder beschäftigt, sodass die Eltern ihre Geschäfte führen oder als Angelführer agieren konnten.

Schon bald legten die Eltern ihre eigenen Differenzen beiseite – zumindest für einen Abend.

Begleitet von einem Knistern kündigte die Geigenspielerin des Trios über die Lautsprecher an: „Wir machen jetzt eine kleine Pause. Bürgermeisterin Lillian meinte jedoch, dass sie Caz und Bull – und sogar unseren Polizeichef – als nächstes auf die Bühne holen wird."

Gabe runzelte die Stirn. Wann hatte er sich bitte dafür angemeldet?

Er sah sich um und entdeckte Caz und Bull, die ihre Instrumente bereits zur Bühne trugen. Bull hielt Gabes Gitarre. Und wer folgte ihnen mit seiner Geige? Richtig. Hawk.

Anscheinend war er eingezogen worden. Es wäre nicht das erste Mal. Sie hatten beim Militär zusammen gesungen, in alkoholreichen Nächten, sogar während sie Bull mit seiner ersten Bar geholfen hatten …

Trafen Makos Söhne aufeinander, spielten sie oft ein Ständchen.

Auf dem Weg zur Bühne blieb er bei der Frauengruppe stehen und legte seinen Arm um Audrey.

Sie lächelte ihn an. „Ich habe gehört, dass du –"

Er küsste sie. *Oh ja.* Er zog sie näher an sich und genoss es einfach, ihre Lippen unter seinen zu spüren. Irgendwie konnte er sich nicht vorstellen, dass sich das jemals ändern würde. „Mmm."

Obwohl sie gut geküsst aussah, funkelte sie ihn an. „Chief MacNair, hier sind Kinder."

Er warf ihr einen unschuldigen Blick zu. „Hey, ich habe meinen Schwanz in meiner Hose behalten."

Das führte bei allen Frauen um sie herum zu Gelächter, auch bei einer, die um die neunzig Jahre alt sein musste.

Während Audrey ihr Gesicht gegen seine Brust drückte und versuchte, ihr Kichern zu unterdrücken, zog er sie mit sich.

„Wo gehen wir hin?"

„Wir brauchen eine Sopranistin." Er grinste Caz auf der Bühne an. „Richtig, Bruder?"

„So ist es." Caz beugte sich vor, nahm Audreys Hand und half ihr auf die Bühne. „Schau nicht so besorgt drein, *Chiquita*. Du weißt, dass wir besser klingen, wenn du singst."

„So wahr." Bull lächelte sie an und spielte das Lied *Rainy Day People* an.

Als sich ihre Stimmen im Park erhoben, war auch eine süße Sopranistin zu hören.

Zwanzig Minuten später sagte jemand mit erhobener Stimme: „Eines dieser Dinge ist nicht wie die anderen."

Gabe schaute von seiner Gitarre auf.

Vor der Bühne stand eine Männergruppe, die alle Caz anstarrten. Sie gehörten zu den Patriotischen Zeloten und trugen Jeans, Arbeitshemden und Baseballmützen mit patriotischen Slogans.

Gabe hatte noch nie einen von ihnen gesehen. Um Himmels willen, wie viele Männer hatte Parrish auf seinem Gelände?

Ein Mann mit rotem Bart hielt seine Kehle und machte Würgegeräusche.

Ein Typ mit Tattoos auf beiden Armen sagte: „Ich habe zwei Grenzen überschritten, um von den stinkenden Bohnenfressern wegzukommen. Und jetzt steht einer direkt vor mir."

Diese Arschlöcher hatten es auf Caz abgesehen, weil er hispanischer Herkunft war.

Als der Rest der Zeloten mit sarkastischen Bemerkungen fortfuhr, spannten sich Gabes Finger auf dem Bundstab an und flachten so den Klang der Saiten ab. Er starrte auf die bigotten Idioten. „Verschwindet. Sofort."

Sie ignorierten ihn.

„Natürlich hat es der Mexikaner nach Alaska geschafft. Die

sind wie Öl; die rutschen überall rein." Der Mann in seiner ganzen hundertfünfzig Kilo Pracht grinste, als hätte er etwas Geistreiches gesagt.

Caz knurrte und Gabe zuckte zusammen. Sein Bruder ertrug diese dumme Intoleranz und schaffte es sogar, sie die meiste Zeit zu ignorieren. Aber jeder hatte eine Grenze. Und das Knurren bedeutete, dass er sie erreicht hatte.

Heilige Scheiße.

Gabe lehnte sich vor. „Letzte Chance. Verschwindet, bevor ihr es bereut."

„Oh, der Weichei-Cop verteidigt seinen Tacokopf-Freund. Ich habe solche Angst." Ein gedrungener Kerl mit dem Gesicht eines Wiesels gab vor, zurückzuzucken, stieß dabei gegen eine junge Frau ... und schubste sie dann mit Gewalt von sich.

Als sie taumelte, bewahrte ein schwarz gekleideter Mann sie vor dem Fall.

„Fotze stand im Weg", murmelte Wieselfresse.

„Total, Frauen sollten nicht aus der Küche gelassen –"

„Jetzt reicht's." Caz trat hinter seiner Trommel hervor, sprang von der Bühne und auf den Mann, der ihm am nächsten war. Zusammen fielen sie kämpfend auf den Boden.

In typisch feiger Manier stürzten sich vier der Bastarde auf Caz.

Ja, es reichte wirklich. „Kümmere du dich um den Drecksack, Bull." Gabe stellte seine Gitarre zur Seite und warf sich auf drei weitere Männer, die sich den anderen anschließen wollten.

Sie fielen wie Kegel.

Bull entließ einen zufriedenen Kampfschrei, als er von der Bühne sprang. Er kämpfte sich zum Drecksack vor, wobei er auf dem Weg mehrere Körper von sich warf. Etwas abseits wartete Hawk höflich darauf, dass einer davon vor seinen Füßen landete. Es war schön, seinen Bruder lachen zu sehen.

So sollte es sein.

Ein paar Minuten später war Gabe mit seinen drei Idioten fertig und sie lagen stöhnend auf dem Boden. Als er sich von ihnen abwandte, bemerkte er seinen pochenden Kiefer, der eine Faust abbekommen hatte, und seine heilenden Rippen schmerzten von einem verirrten Tritt.

Überrascht, dass seinen drei Gegnern nicht mehr Zeloten zu Hilfe gekommen waren, ließ er den Blick schweifen, um zu sehen, wie die Schlägerei lief.

Verdammt, überall auf dem Rasen wurde gekämpft.

Mit einem grausamen Lächeln stand Hawk mit dem Fuß auf dem dicken Hals des Hundertfünfzig-Kilo-Mannes. Das Gesicht des korpulenten Bastards war dunkelrot, nicht blau. Er bekam also ausreichend Luft.

Gabe grinste.

Ein ihm vertraut aussehender Mann in Schwarz, der die Frau vor einem Sturz bewahrt hatte, landete einen Tritt in den Bauch eines PZ-Mitglieds und folgte diesem mit einem K.-o.-Schlag.

Tucker, Guzman, Uriah − verdammt, eine große Anzahl von Männern hatte es mit den Zeloten aufgenommen. Er entdeckte Knox und weitere männliche als auch weibliche Bewohner, die er gerade nicht zuordnen konnte.

Jetzt waren es die PZ-Mitglieder, die in der Unterzahl waren.

Mit dem Drecksack ausgeschaltet, zerrte Bull zwei bewusstlose Männer an den Füßen vom Schlachtfeld und zu den Zuschauern.

In der Nähe eines Picknicktisches hatte Audrey einen schwarzen Gehstock in der Hand und einen bewusstlosen Zeloten vor sich. Sie stieß ihn mit dem Fuß an. Als er sich nicht bewegte, gab sie den Stock an einen dürren, alten Mann weiter.

Gabe beäugte den Gehstock, dann den tätowierten Bastard vor ihr. *Oh ja*, diese Frau würde er behalten.

Zwei Brüder und eine Frau gesichtet. Wo war Caz?

Ah, fuck!

Caz hielt dem rotbärtigen Mann, auf dem er saß, ein Messer an den Hals.

Gabe rückte näher und räusperte sich. „Mein Gott, Caz, ihn zu töten, würde mir nicht gerade gefallen. Weißt du, wie viel Papierkram das ist?"

Die Klinge bewegte sich nicht. „*No hay problema* – ich werde ihn nur ein wenig anritzen."

„Lass uns mal kurz nachdenken. Wer genau wird den Bastard flicken müssen?"

Caz sah mit verengten Augen zu Gabe, bevor er wieder auf sein Opfer blickte. Das Messer bewegte sich einen Zentimeter. Caz flüsterte ihm etwas zu und das Gesicht des Arschlochs nahm die Farbe von frisch gefallenem Schnee an.

Gut. Drohungen waren gut. Gabe entließ den Atem, den er angehalten hatte.

Caz warf das Messer einmal in die Luft, fing es auf und steckte es in die Scheide an seinem Stiefel, bevor er sich erhob. Er bedachte Gabe mit einem gekränkten Blick und lief davon. „Ich brauche einen Drink."

„Hey, alter Mann." Bull reichte Gabe ein Bier und schaute zu Caz. „Er hasst es wirklich, wenn du ihn davon abhältst, Blut fließen zu lassen."

„Ja, nun, man könnte denken, dass ein Gesundheitsexperte vorsichtiger mit Sondermüll umgehen würde. Schließlich ist dies ein Park."

Bull lachte und folgte Caz. „Sollte man denken."

Gabe trank sein Bier und schaute sich um, um die Folgen des Kampfes zu beurteilen.

Die Stadtbewohner zogen die Zeloten auf die Füße und schoben sie zum Parkplatz.

Der Rest der Leute hatte sich nicht bewegt. Sie schüttelten jedoch alle die Köpfe.

Wahrscheinlich wegen des beschissenen Verhaltens, das ihr

Polizeichef an den Tag gelegt hatte. *Was für ein Vorbild du doch bist, MacNair.* Gabe hob seine Stimme: „Die Schlägerei tut mir leid, Leute."

„Verdammt, Chief, es war ein großartiger Kampf", rief jemand.

Nach einer Sekunde erkannte Gabe, dass die Unterhaltungen enthusiastischer Natur waren. Wertschätzend.

„... gute Teamarbeit. Mir gefiel, wie Bull die Idioten zur Entsorgung zum Hubschrauberpiloten warf. Sehr nett."

Ein junger Mann sprang aufgeregt von einem Fuß auf den anderen. „Hast du den Kinnhaken des Chiefs gesehen? So gut."

„Ich habe dir ja gesagt, dass MacNair ein wahrer Alaskaner ist." Tucker grinste eine ältere Frau an und schaukelte zurück auf die Fersen.

Auf der einen Seite spielten zwei Teenager die besten Aktionen der Schlägerei nach.

Verrückte Alaskaner.

Gabe rieb sich die schmerzenden Rippen und setzte sich auf einen neu konstruierten Picknicktisch.

„Brauchst du medizinische Hilfe?" Die tiefe, geschmeidige Stimme kam von links.

Er kannte diese Stimme. Gabe drehte sich um.

Es handelte sich um Zachary Grayson, gekleidet in seiner üblichen Aufmachung. Kein Wunder, dass ihm der Typ in Schwarz bekannt vorgekommen war.

„Was machst du so weit weg von Florida? Vor allem mit einem Neugeborenen. Apropos ... Herzlichen Glückwunsch." Gabe streckte seine Hand aus.

„Danke." Nachdem sie Hände geschüttelt hatten, schloss sich Grayson ihm auf dem Picknicktisch an. „Ich bin hier, weil ich Mako versprochen habe, hin und wieder nach seinen Jungs zu sehen."

Seine *Jungs.* Die Trauer hatte sich zu einem dumpfen Schmerz gelindert, und die guten Erinnerungen überwogen mittlerweile den Verlust. Selbst nachdem sie das Erwachsenenalter erreicht hatten, hatte der Sarge sie immer als seine Jungs bezeichnet.

Gabe deutete auf das Schlachtfeld. „Wie du siehst, machen wir uns nicht besonders gut."

„Da muss ich dir widersprechen." Graysons Mundwinkel zuckte. „Abgesehen von Caz schienen alle ihren Spaß gehabt zu haben."

Gabe nahm einen Schluck von seinem Bier. Er hatte keine gute Antwort, denn seine Beobachtung war auf den Punkt gebracht.

„Wie ich sehe, bin ich nicht der Einzige, der sich freut, dass du dich nicht mehr in einer Hütte isolierst."

„Was meinst du damit?"

Grayson lächelte leicht. „Deine Stadt hatte mit der Schlägerei kein Problem, bis *du* einen Schlag einstecken musstest. Dann stürmte jeder Mann in der Nähe los, mit der Mission, den Chief zu retten."

„Sie haben was getan?"

Graysons graue Augen trafen auf seine. Der Mann meinte es ernst.

„Okay, wow." Wie es schien, hatten die Bewohner der Stadt einen ebenso ausgeprägten Beschützerinstinkt wie er.

„Das hast du gut gemacht, Gabriel."

Gabe lächelte. Graysons anerkennende Worte verdiente man sich fast so schwer wie die des Sarges. „Wissen meine Brüder, dass du hier bist?"

„Noch nicht. Ah, ich sehe, dass Cazador immer noch nicht die richtige Frau gefunden hat."

Gabe folgte Graysons Blick.

Caz flirtete, und die hübsche Frau hatte es sich gerade auf seinem Schoß bequem gemacht. Wenig überraschend. Sein Bruder hatte einen tödlichen Charme. „Caz ist ehrlich und lässt die Frauen stets wissen, was seine Absichten sind. Mehr als ein paar Stunden oder Tage gibt es nicht mit ihm."

Grayson schüttelte den Kopf. „Irgendwann wird ihn diese Praxis in den Arsch beißen."

„Bisher dient sie ihm ganz gut." Auf der anderen Seite ... Jetzt, da Gabe Audrey hatte, wusste er, was seinen Brüdern entging.

„Das bedeutet nicht, dass es für immer anhalten wird." Grayson drehte sich um und beobachtete, wie drei PZ-Anhänger in einen Pick-up kletterten. „Interessant. Religiöse Miliz?"

„Korrekt." Gabe sah zu, wie der Pick-up wegfuhr. „Ich kann nichts gegen sie tun ... noch nicht."

„In der Tat." Graysons Augen verengten sich und seine geschmeidige Stimme nahm einen harten Ton an. „Lass es mich wissen, wenn du Hilfe brauchst."

Mit dem Angebot erinnerte sich Gabe daran, dass Zachary Grayson in Psychologie promoviert hatte. „Das werde ich. Danke, Doc."

Grayson drückte Gabes Schulter und stand auf. Er deutete auf Caz. „Ich denke, ich sollte mich jetzt mit deinem Bruder unterhalten."

Gabe musterte ihn. Im Laufe der Jahre war Grayson immer wieder aufgetaucht und hatte mindestens einmal im Jahr nach den Jungs in Makos alter Hütte geschaut. Er hatte Zeit mit ihnen verbracht, mit ihnen geredet, zugehört und ihnen mit Rat und Tat zur Seite gestanden. *Er hatte ihnen geholfen.*

„Grayson." Gabe streckte seine Hand aus. „Ich glaube nicht, dass ich es als Kind jemals gesagt habe, aber ... danke für die Gespräche."

Grayson nahm seine Hand. „Gern geschehen." Ohne ein weiteres Wort schlenderte er davon.

Viel Glück, Caz. Gabe grinste und trank mehr von seinem Bier.

Auf der Bühne hob Hawk seine Geige auf, schaute sich um und kam dann zu Gabe. Die Sonne hob seine tätowierten Arme hervor. Es schienen ein paar neue Tattoos hinzugekommen zu sein.

Als eine Schar junger Frauen wie erschrockene Auerhühner

aus Hawks Pfad flüchtete, runzelte Gabe die Stirn. Zugegeben, sein vernarbter Bruder hatte ein entmutigendes Aussehen, aber er war ein guter Mann. Warum schienen Frauen das nicht zu sehen?

Es war gut, ihn zuhause zu haben, die Geige wieder zu hören, gemeinsam zu kämpfen. Damit hatte er ein Loch gefüllt, verdammt.

„Was für ein Bier trinkst du?" Hawk ließ sich auf dem Picknicktisch nieder und stellte die Füße auf die Bank.

„Beartooth." Gabe hielt ihm die Flasche für eine Kostprobe hin.

Hawk nahm einen Schluck. „Äh, nein."

Sie hatten noch nie dieselben Biersorten gemocht – Gabe genoss Malz, Hawk war mehr auf Hopfen aus. Verdammt, generell waren sie nicht oft einer Meinung.

Gabe wies mit dem Kinn zu der Geige. „Du willst heute Abend nicht mehr spielen?"

„Ich werde verschwinden." Hawk starrte auf das Wasser, wo zwei Kajakfahrer vorbeitrieben.

Gabe drehte sich ihm zu. „Zurück zu den Söldnern?"

„Nein. Gekündigt." Das war Hawk. Niemals benutzte er drei Wörter, wenn zwei ausreichten.

„Das heißt …"

„Nicht sicher."

„Du hast hier ein Haus. Gibt immer etwas zu tun. Mako hat uns allen die Treuhand hinterlassen, weißt du."

„Ich weiß."

„Wäre nett, wenn du bliebst."

Hawks Mundwinkel hoben sich ein wenig. „Gut zu wissen. Ich war mir nicht sicher, ob …"

„Wirst du mir jemals sagen, warum du die Truppe verlassen hast?", fragte Gabe.

„Vielleicht. Irgendwann."

„Okay." Typisch.

Der letzte Funke Zorn, den Gabe herumtrug, seit sein Bruder

die Truppe ohne Erklärung verlassen hatte, war verschwunden, als Hawk aufgetaucht war, um dabei zu helfen, Audrey zu retten. „Danke für die Hilfe. Auf dem Berg."

„Kein Ding." Nach einer Pause fügte Hawk hinzu: „Ich mag sie für dich."

Von seinem Bruder war das eine glühende Auszeichnung, zumal Hawk sie zunächst mit offenem Misstrauen betrachtet hatte. „Sie mag dich auch."

Hawk zuckte mit den Schultern.

Ja, tu nur so, als wäre es dir egal. Denn das ist es nicht. Gabe schüttelte den Kopf. „Weißt du, obwohl du ein dickköpfiger Idiot bist, bist du immer noch mein Bruder. Und ich liebe dich."

Als Tränen in Hawks Augen auftauchten, wandte Gabe hastig den Blick ab. Er räusperte sich und zeigte auf einen Jungen, der mit einem flauschigen Welpen Tauziehen spielte. „Das ist das Kind, von dem ich dir erzählt habe. Niko. Der Junge, der einer angepissten Bärenmama entkommen ist."

Hawks Kiefer war angespannt, sein Blick auf das Kind und den Hund gerichtet.

„Alles gut mit dir, Bruder?", fragte Gabe leise.

„Gut genug." Hawk beobachtete, wie das Kind seinen Halt verlor, auf seinem Arsch landete und in ansteckendes Kichern ausbrach.

„Fuck, ich hatte vergessen, wie das klingt." Als ob das sein Wortkontingent aufgebraucht hätte, sprang Hawk vom Tisch und boxte Gabe in den Arm. „Wir sehen uns später, alter Mann."

„Flieg hoch, Bruder."

Audrey beobachtete, wie Gabes blonder Bruder zum Parkplatz lief. Nur war *laufen* nicht das passende Wort. Dafür war seine Gangart zu bedrohlich. Er *pirschte*.

Caz bewegte sich so leise, dass er sie mehr als einmal

erschreckt hatte. Bull hatte nicht die gleiche Anmut, aber niemand stand ihm jemals im Weg.

Und ihr Gabe streifte durch die Gegend, was sie von Anfang sexy gefunden hatte.

Sie sah sich nach ihm um und erkannte, dass er seinen Bruder mit einem angespannten Ausdruck nachsah.

Ihr Herz schmerzte für ihn. Er hatte oft über Hawk gesprochen und wie sein einsilbiger Bruder ohne ein Wort verschwunden war.

Gabe drehte sich in ihre Richtung und bemerkte, dass sie ihn beobachtete. Sein Ausdruck wurde sanfter und er warf ihr diesen Blick zu, den er nur auf sie richtete. Weil er sie liebte.

Sie schluckte schwer. Er *liebte* sie.

Gabe stand auf und bewegte sich über den Rasen zu ihr.

„Alles okay, Goldlöckchen?" Er hob ihr Kinn und sagte in einem tieferen Ton: „Haben dich die Schlägereien erschreckt?"

Neben ihr schnaufte Cecil. „Sie erschreckt? Sie sah, wie dieser eine Mistkerl auf dich zuging, schnappte sich meinen Gehstock und gab dem Arschloch – Entschuldigung dafür, Miss – einen Schlag auf den Kopf, der ihn sofort ausgeschaltet hat."

Ihr Gesicht erhitzte sich, als Stolz – *ich bin ein Badass!* – und Verlegenheit – *ich habe einen Mann geschlagen!* – in ihrem Verstand Tango tanzten. „Ähm ..."

„Ich hab's gesehen." Gabe grinste sie an. Seine warme Hand legte sich auf ihre Wange. „Gut zu wissen, dass du mir den Rücken freihältst."

„Ich werde immer deinen Rücken freihalten." Sie rieb ihre Wange an seiner Handfläche. „Du bist mein Held, weißt du. Ich sollte dir einen roten Umhang kaufen."

Gabe starrte sie an und schlang dann seine Arme so fest um sie, dass sie Schwierigkeiten hatte, Luft zu holen.

„Ja, der Chief lebt ganz nach der Tradition der Rescue-Bewohner." Cecil rieb sich über seinen kurzen weißen Bart.

Gabe sah ihn neugierig an. „Was meinst du?"

„Hast du noch nie von den Ursprüngen unserer Stadt gehört?" Mit einem zufriedenen Lächeln lehnte sich Cecil an den Picknicktisch und machte es sich für eine kleine Erzählstunde bequem. „Dieser Abschnitt des Weges war im schrecklichen Winter von 1896 nur als *Pearl's Roadhouse* bekannt. Der Schnee ist in dem Jahr spät geschmolzen. Durch die lange Schneedecke hatten die Bären nach dem Winterschlaf nichts zu essen."

Als er die schrecklichen Zustände beschrieb, unterdrückte Audrey ein Lächeln, weil er den Anschein gab, dort gewesen zu sein.

„Pearl – ihr gehörte damals das Roadhouse. Das Gebäude brannte nach dem Zweiten Weltkrieg ab, aber auf dem Grundstück steht nun *Bull's Moose*. Wie auch immer, sie brachte den Müll raus, und ein hungriger Grizzly entschied, dass er die Reste wollte – und Pearl."

Audrey erstarrte. Sie hatte genug Albträume, ohne eine Bären-Horrorgeschichte hinzuzufügen. „Hat sie überlebt?"

„Nun, sie schrie Zeter und Mordio, und was ist passiert? Rusty hörte sie aus dem Roadhouse, obwohl er einiges intus hatte. Der alte Musher hatte sich das scheiß – tut mir leid, Miss – Bein verletzt und saß am Roadhouse fest, während er versuchte, genug Geld für die Bootsfahrt zurück nach Seattle zusammenzubekommen. Das Problem war, dass er es immer wieder für Alkohol ausgegeben hat. Also schnappte sich der alte Betrunkene seinen Gehstock und stürmte nach draußen. Er schlug erbarmungslos auf den Bären ein, und obwohl er selbst einen Schlag auf seinen Arm einstecken musste, schaffte er es, den Bären zu vertreiben. Rusty blutete wie ein aufgespießtes Schwein und zerrte Pearl ins Roadhouse. Und zur Belohnung gab sie ihm einen fetten Schmatzer auf die Lippen. Ihren Helden hat sie ihn genannt."

Gabe gluckste. „So hat sich also der Name von *Pearl's Roadhouse* zu Rescue geändert?"

Der alte Mann zuckte seine Schultern und grinste verschwörerisch. „Auf eine Weise. Rusty hat Pearl gerettet, ja, aber die wahre

Rettung war, dass er die Flasche aufgegeben und Pearl geheiratet hat. Er meinte immer, sie habe ihn gerettet ... dass sie sein Leben in eine andere Richtung gelenkt hat. Die Liebe kann das, weißt du ..."

Gabes Arm um Audrey festigte sich, und ihr Herz schmolz bei dem Ausdruck in seinen Augen dahin.

Er fuhr mit dem Finger über ihre Wange, seine Stimme sanft und belegt. „Ja, ich weiß."

ÜBER DIE AUTORIN

Als New York- und USA Today-Bestsellerautorin ist Cherise dafür bekannt, emotionale, herzzerreißende und spannende Liebesromane mit hinreißenden Männern zu schreiben, denen sie Frauen an die Seite stellt, die ihren subtilen – und manchmal nicht so

Mit den Kindern aus dem Haus lebt Cherise mit ihrem geliebten Ehemann, ihrem vierzig Kilo schweren Schoßhündchen und einer flauschigen Katze im pazifischen Nordwesten, wo nichts gemütlicher ist als ein regnerischer Tag, den sie damit verbringt, neue Bücher zu schreiben.

Rezensionen:

Ich hoffe, Dir hat das Buch gefallen! Ich würde mich freuen, wenn Du für Gabe und Audrey eine Rezension verfasst. Das hilft mir als Autor und auch anderen Lesern, die auf der Suche nach neuem Lesestoff sind.